聊城文学年选（2021 卷）

◆主编　赵昌军

中国海洋大学出版社

·青岛·

图书在版编目（CIP）数据

聊城文学年选．2021 卷／赵昌军主编．—青岛：
中国海洋大学出版社，2022. 11
ISBN 978-7-5670-3333-7

Ⅰ．①聊… Ⅱ．①赵… Ⅲ．①中国文学－当代文学－
作品综合集 Ⅳ．① I217. 1

中国版本图书馆 CIP 数据核字（2022）第 221517 号

LIAOCHENG WENXUE NIANXUAN

聊城文学年选（2021 卷）

出版发行	中国海洋大学出版社		
社　　址	青岛市香港东路 23 号	**邮政编码**	266071
出 版 人	刘文菁		
网　　址	http://pub. ouc. edu. cn		
电子信箱	1193406329@qq.com		
订购电话	0532-82032573（传真）		
责任编辑	孙宇菲	**电　　话**	0532-85902349
印　　制	山东聊城兴华印刷有限公司		
版　　次	2022 年 11 月第 1 版		
印　　次	2022 年 11 月第 1 次印刷		
成品尺寸	170 mm×240 mm		
印　　张	22		
字　　数	391 千		
印　　数	1～1000		
定　　价	90. 00 元		

发现印装质量问题，请致电 0635-8721799,由印刷厂负责调换。

前言 / Preface

　　继《聊城文学年选(2019—2020)》后,我们选编了《聊城文学年选(2021卷)》(以下简称《年选》),这是聊城市文联(市作协)服务聊城高质量发展、推动全市文学事业繁荣发展的一项重要举措。《年选》囊括了2021年全市佳作,集中展示了全市文学创作的成果,展现了聊城作家的不凡实力,在为文学评论家、理论工作者研究聊城作家、作品提供系统翔实资料的同时,为广大人民群众奉献了富有营养、充满正能量的精神盛宴。

　　聊城是独具魅力的江北水城、运河古都,历史悠久,文化灿烂,拥有丰沃的文学土壤、丰厚的历史底蕴。近年来,聊城市文联(市作协)认真贯彻落实习近平总书记关于文艺工作的重要讲话精神,坚持把精品创作作为重中之重,加大对文学创作生产的扶持、引导力度,建立健全奖励激励机制,为培养创作人才、推出文艺精品营造了良好的氛围。

　　习近平总书记在中国文联十一大、中国作协十大开幕式上说:"文化兴则国家兴,文化强则民族强。当代中国,江山壮丽,人民豪迈,前程远大。时代为我国文艺繁荣发展提供了前所未有的广阔舞台。推动社会主义文艺繁荣发展、建设社会主义文化强国,广大文艺工作者义不容辞、重任在肩、大有作为。"聊城广大作家牢记习近平总书记嘱托,坚持深入生活、扎根人民,站在时代进步和历史发展的高度,潜心创作,辛勤笔耕,创作出一大批反映火热生活、凸显时代精神、群众喜闻乐见的文学作品,切实担负起了举旗帜、聚民心、育新人、兴文化、展形象的使命任务。

　　为保证本书的权威性、经典性,经得起时间检验,我们在广泛征集的基础上，组成专家委员会进行认真、严谨的编选，力求将 2021 年度的精品力作收录其中。本书按体裁分为三部分，即"小说""诗歌""散文"。"小说"包括中、短篇小说，小小说（微型小说），儿童文学；"诗歌"按国家、省选本体例，只选编新诗（自由诗）；"散文"包括文学散文、纪实散文。所选作品，除在国家级、省级文学期刊上发表过的外，还包括在市级以上文学内刊，日报、晚报文学副刊上所发表的佳作，以及获市级以上文学奖的部分获奖作品。原则上每位作家每个体裁选取一部中篇或一部短篇，小小说三篇内，诗歌五首内，散文一篇或多篇（五千字内）；在编排顺序上，按照作者姓氏首字母顺序排列，以便于读者查找、阅读。

　　由于我们力量有限，水平不高，纰漏在所难免，还请文学艺术界同仁和广大读者指正。

编　者

2022 年 6 月

目 录/Contents

🌲 小 说

诗　歌

散　文

小 说

陈东亮

古歌行

一

得有好几年了吧,我表哥李小年闭上眼睛就能感觉到,他头顶常常有一条河。河的头颅巨大,身子逐渐瘦下去,看不清它有多长,像圆周率 π 一样拖着条无穷无尽的尾巴。河水汤汤,里面藏着无数若隐若现的鱼虾。河就在他头上几米远的地方,盯梢似的紧紧盯着他,常搅得他心神不安。后来,李小年就交叉双手,抱住自己。这种动作让他看起来很滑稽,一个五大三粗的汉子,怎么看怎么像个孩子。不知道从何时起开始这样的,也不知道为什么会这样,但亲戚们没有一个笑话他的,还有种很心疼的感觉。没有人问他为什么,生活就是这样,总能糊弄着往前走。

那天下着小雪,犹犹豫豫的雪花还没来得及落下,就被好事的风给吹跑了。李小年在去殡仪馆上班的路上,忽然接到市医院的电话,他老婆苗一歌患尿毒症多年,需要做肾移植手术,电话里说配型成功了。李小年停下电动车,感觉双脚踩着的地软绵绵的。遇到这种兴奋的事情,一般人会张开双臂,想拥抱点什么,可李小年想拥抱的是自己,这让他看上去很别扭。李小年站在闸口东北角的人行道上,雪花落在他的嘴里,他觉得是那样的甜。

闸口是个繁华路口,那天路过的人都印象深刻,李小年交叉手臂抱住自己,像抱着许多远去的陈年旧事,整个人哆嗦着。大家冲着他举起手机,兴奋地拍照或录像。自媒体时代需要博眼球,增加热度,谁不希望这种人出现。粉丝经济就是眼球经济嘛。这话是李小年的同事老霍说的。李小年开殡仪车,老霍是个接尸工,跟他搭班。当然李小年不光开车,有时也帮着抬抬尸体,这也是他们这行的规矩。老霍是个退休教师,整天把儿子挂在嘴边,常给他买各种各样的小吃。

李小年想抓紧给老婆打个电话，犹豫着又放下了。一切还未定，不能让老婆再空欢喜一场。肾源是有了，李小年似乎能摸到那个实实在在的像蚕豆似的东西了。可医生刚才电话里说，这事还得家属同意。这让他的心迅速凉了半截。对方是个小伙子，从工地高架上摔下来，住院四天就出现了脑死亡，医生说已经失去抢救价值了。主治医生算是半个熟人，是通过别人认识的。当然这种半熟关系，李小年在辉城每个医院都有。

李小年常去见个别医生。他眼巴巴地看着人家，也不说话。人家猛然发现他，赶紧冲他摆手、摇头。有个医生说，有一点可能，肯定会通知你，看见你就瘆得慌。实在是没有办法的事情，配型这东西太难了，太需要运气了。这种运气，李小年碰了好几年，都没有碰上。

李小年电话里跟单位请了假，他要去医院看看。

医院不远，他拐了个弯，突然叹了口气。昨天下午出的活，仍然让他感到痛心。他们这行管去现场叫出活儿。昨天下午，李小年开着殡仪车，赶到那个小区时，门卫照样对他一脸嫌弃。干这行非常不受欢迎，他已经习惯了。小区很大，七拐八拐找到出事的地方，现场已经围了很多人。出事的是个十五六岁的女孩。大致情况是，女孩品学兼优，一次考试成绩不好，爸妈都批评了她，女孩竟然想不开喝了安眠药，由于发现太晚，她已经死亡。

这种情况，当然是不能乘坐电梯的。女孩的爸爸抱着她，一步一步走下楼，从21楼下来后，一下子跪到了水泥地上。老霍走上前想接过死者，可女孩的爸爸不松手，一直跪在那里，不说话。

李小年的眼睛忽然湿了，他想起自己的女儿。老婆患病的时候，女儿刚上大学，他们没有告诉她。当然他开殡仪车的事，女儿也不知道。女儿很争气，大学毕业后，应聘到了本市一家合资企业，当了总经理办公室秘书。那个地方待遇高，还包吃住，很多人眼热。女儿的运气太好了，李小年有时候很担心，担心女儿的好运，会被他这个爸爸给污染了。女儿在家用过的东西，他都不会去碰。

回去的路上，老霍说他，这样显得很不专业，知道吗？他知道老霍指的是什么。不能这样的。老霍说。刚入行的时候，老霍就说过，不能掉眼泪。李小年曾怀疑过老霍的人品，觉得他心肠太硬了。老霍说，干我们这行，除了给亡者尊严，更要抚慰家属。如果因为我们的存在，让生者更难过，那就没了意义。李小年忽然佩服老霍了。老霍也不容易，他儿子白血病，起因或许因为一次烫伤。有那么一阵子，老霍反复说，不知道俺家那个憨小子，听谁说的用抗生素药片碾碎，涂抹烫伤的地方，可以治好，不用去医院。可一个月后，孩子出现了失明，到医院一查，麻烦大了。

老霍反复说着这件事，眼里流淌着许多悔恨。

二

李小年赶到医院，听说有个妇女，期望出事的小伙子提供眼角膜，给她失明的孩子换上。他还听说，小伙子的眼角膜和肾脏，准备救治四个人。小伙子只有一个姐姐在医院，她是从几百里外的河南新乡赶来的。她看到全身捆着仪器和管子的弟弟，双手捂住脸哭了。她站在重症监护室外的走廊尽头，头发蓬乱，穿着深色羽绒服，脸哭得通红。主治医生想问问她捐献器官的事情，可走过去两三次，都摇摇头回来了。

李小年站在医院走廊，远远望着那个姐姐。他想过去，对她说，您别难过了，这也是没有办法的事情。还有那些高大上的话，比如，让您弟弟的部分器官活下来，这样他的身体，就会以另一种方式活着，以后您想弟弟了，就可以来看看……可他什么也说不出来，他就站在那里等，慢慢地等，像等待一朵花慢慢地开。

李小年转向窗外，风小了，雪不紧不慢地落到地上，毛茸茸的一层。他慢慢地在铁条椅上坐下来，闭上眼睛。他看到了老婆苗一歌，一张巨大的脸，忽闪着大眼睛。

几年前也是个雪天，好多年都没下过那么大的雪了。李小年当时开着公交车，老婆忽然来电话说，摔倒了，浑身没劲儿，起不来。李小年当时就有种不好的预感。他找到老婆时，她还坐在雪窝里呕吐，脸和嘴唇，都有些泛白。他把她送到医院，诊断结果让人绝望，慢性肾衰竭。他不相信，连续去了三家医院，可结果都一样。

老婆苗一歌在企业工会工作，小鸟依人那种，唱歌、主持节目样样拿手。眼睛很大，忽闪忽闪的。老婆生病后，一直给李小年道歉，说对不起，说不能花钱了，说她成了家里的负担。她的态度让他心里很不好受，有种深深的自责。

李小年那时候开公交车，听说这种病花费很大，就改开殡仪车。殡仪车队队长看了一眼李小年说，你还真是个爷们，夫妻本是同林鸟，大难来临你没飞掉啊。队长把老霍介绍给他，他们成了搭档。老霍戴着个近视眼镜，很有文化的样子。

搭班第一天，老霍就跟李小年说了很多，他说干我们这行的，不能乱开玩笑，要学会控制感情。他还带着李小年去停尸间练胆。开始的时候，李小年不敢待在里面。老霍说，各种情况都会碰到，慢慢就适应了。最难处理的是腐尸，臭气熏天。最忌讳的是呕吐，这是对逝者最大的不敬。处理尸体的时候需要憋气，这个需要练习，有时候要憋一分多钟。最后，老霍说，去现场的时候，可以开快点，回来的时候，就得慢，把亡者磕碰着，那是很不敬的事情。

有时候看到李小年困乏，老霍也会主动帮他开车，他对李小年很是照顾。老霍原来也开过殡仪车，那时候殡仪馆人少，他就一个人开着车，在大片田野里奔跑，总感觉后背凉凉的。他就自言自语地说话，跟自己说，跟亡者说，跟外面的一草一木说。老霍很喜欢说，他似乎有说不完的话。

苗一歌透析两年多了，每周两次，每次几个钟头。每次透析的痛苦，都让她绝望。血从一个管子里出来，通过一个设备，然后再流进另一个管子里，粗针头也扎得疼，有时候连续疼几个钟头，苗一歌说，还不如死了好呢。李小年就告诉她，他问过奈何桥上的孟婆了，现在还不能让她过。透析几个月后，他们想到了换肾，这是最好的办法，得二三十万。苗一歌不想换，李小年就说，匹配好了，能多活二三十年。

他们想尽一切办法赚钱，赚了钱就存起来，这些年也渐渐存了一些。爱和希望能支撑一个人，苗一歌开朗多了，她常唱一首叫"活着真好"的歌。她说唱着唱着，人就有了勇气。每天清晨伸一伸那懒腰，活着真好；在那大自然的怀抱中呼吸，活着真好；看到阳光下花儿在微笑，活着真好……

是啊，活着真好。李小年闭着眼睛，眼前又出现了那条河，像条龙一般上下舞动，似乎随时都要俯冲下来，他不由自主地交叉双手抱住自己，又想起昨天晚上出的那个棘手活儿。

三

他们这行把车祸、煤气爆炸和跳楼等一些难处理的情况，称为棘手活儿。昨天晚上出的那个活儿，就是棘手活儿，折腾到很晚。出事的是个准新郎，一米八多，看照片很是帅气。第二天就要办结婚仪式了，他骑着摩托车出村去买东西，刚一上大路，就被一辆大车给撞了。他和老霍赶到现场时，亡者身体分成几段，场面非常骇人。李小年掏出殓尸袋，和老霍不紧不慢地处理现场。

入行这几年，李小年也学会了按程序办事，一切按程序来，坦然面对，不再惧场和躲避。回去路上，李小年对老霍说，现在不那么怕了，应该是心肠硬了。老霍黯然地说，不是的，是更慈悲了，懂得了善待和敬畏。前几天，老霍被人请去监狱，给犯人讲了一上午。李小年问老霍讲的什么，老霍说，都是些生死问题。反正想到哪儿就讲到哪儿。李小年就让老霍讲讲。老霍眯上眼睛说，其实这个生死啊，是没有绝对界限的。死是生的一部分，生是死的延续。大家一般说的死，是肉体的、物理的死亡，其实人啊，还有精神。像雷锋、焦裕禄、武则天……老霍说着忍不住笑了，李小年也笑了。

好好开车，我讲你听就行。老霍又像平时那样说起来，也有人说生和死是邻居，生不注意就会打扰到旁边的邻居。也有人认为，人死后要到黄泉国，再重新生活下去。这个说法和中国古代皇帝的想法差不多,他们认为,人死了就是换一个地方活着,所以要花那么多钱,建造豪华坟墓。天堂和地狱的说法,也是差不多的。但这种区分,似乎带有某种教化目的,因而不是那么纯粹。

李小年感觉老霍说得有点深奥。李小年觉得,车上的逝者,也是他们的听众。他们没有死,只是换了一种方式活着。

老霍继续说,李小年静静地听着,车灯耀眼,照亮前行的路。昨晚到家后,已经是凌晨两点钟了,李小年有些心慌,似乎感觉有什么事情将要发生。他又习惯性地抱紧自己,睁大眼睛,盯着黑夜拿着把刷子,一点点把窗外的白昼刷出来,脑子里只有一个声音,时大时小,在告诉他,必须抓紧筹钱。只有筹到了钱,才能救苗一歌的命。

李小年睁开眼睛,下了住院部的楼,来到院里面几栋楼中间的小花园里,想起几个同学、同事承诺过他,急用钱的时候说就行。他试着拨了两个,里面传来电子小姐的声音,您拨打的电话正在通话中。这两个人一个是同学,在省城包工程。另一个是原来在公交公司时的同事。他反复拨打了几次,都是一样的声音。他忽然明白了,可能他们已经拉黑了他。后来他又打了几个电话,通了一多半,但没有人接他的电话。

李小年终于明白了,自己已经没有了朋友。他们都离他而去。这几年,所有人的喜事,都忌讳他。同学和朋友的孩子结婚,也都不再通知他。有次他去了,大家都吃得很勉强,没有人愿意跟他一个桌,场面很是尴尬。过后他再也不去参加了。有个在南方开公司的同学,去年夏天忽然给李小年打电话,让他晚上赶到临湖酒店,说要请客。他们上高中的时候,是在一个茶缸子里吃饭的。就是两个人打一份菜,一起吃,那时候,他们家里都穷。他们吃了三年。临湖酒店是辉城最高档的酒店,看样子,是那同学发达了。他很高兴,犹豫了好久,还是去了。

一起去的还有八九个同学,他们对他的到来都表现得很惊讶。其中有两个女同学,眼神里闪烁着惊恐的光,似乎他是只怪兽,是来吃她们的,但碍于面子还是坐下了。过了一会儿,那同学来了,和每个同学拥抱握手。中年人更珍惜友情,都年过半百了,所有的沧桑都化成了温情,他也想这位同学,脑子一热,就和同学握了握手。他坐在那里很不自然,想起老霍说过的话,这行的规矩,不能拥抱握手,不能捎人,不能说再见,等等。他忽然有些紧张,满脸是汗。一会儿,那位同学去了卫生间,据说,用了半桶洗手液来洗和他握过的那只手。

那天他没有回家,在环城湖边慢慢地转。辉城有一大片湖,近处的灯光映在湖面上,发出粼粼的光。有一刻他很想跳下去,他累了,支撑不下去了。他坐在湖边,母亲来了电话,问他,没事吧?她的声音像那夜的风,苍老又温暖。他

说没事，你有事吗，娘？母亲说没事。过了一会儿，又说，儿啊，娘知道你难，这些年我们也攒了几万块钱，你要用就拿去。他的泪突然涌了出来，忙说，没事，我有办法。就挂了电话。他躺在草地上，像躺在母亲的怀里。这几年父母养羊养猪，付出了很多。他记不清自己多久没回老家了，父母想他的时候，就来辉城看看他。

　　他没告诉过父母，苗一歌的病，和自己换工作的事情。但是他知道，父母一定察觉到了什么。他抬头看向四周，发现三座楼形成三面玻璃墙，他正置身在这方方正正的玻璃匣子里，空气是一种肃穆的稀薄。

　　李小年想流泪，但眼睛是干的。

　　他忽然觉得很委屈。这些年，他挨过批，也挨过骂，但这些都是可以忍的。

　　但是，那突如其来的一点温暖，当然也包括母亲，他拒绝起来却是那样的力不从心。

四

　　楼下小广场，又被一阵琴声所覆盖，琴声不大，但在这静谧的夜晚，在越来越走近的李小年的耳里，就显得浩大了。李小年每次路过，都麻木地看一眼，他只记得拉琴少年的轮廓，小小的，和少年脚下泛白的球鞋，像故去一样的那种白。这次，他停下了脚步，是因为他无意中瞥了眼少年手中的小提琴，那把小得都有了灵气的小提琴，凹陷了一大块，像被谁一拳打下去，再也没有浮上来。李小年停下脚步，伸出粗大的手，拿过小提琴。琴声戛然而止，少年抬头，惶恐地看着他，那双漆黑的眼睛，像被过滤了一般。李小年心一动，他想起女儿的小时候，也是这样的眼睛，也是这样巴掌大的小提琴，被女儿整天抱在怀里。你叫什么名字？李小年问。小顾。少年回答。小顾？你姓顾？不是，姓李。声音低低的，像枕边的一场梦。你喜欢小提琴？李小年用粗大的手翻看着小提琴，这是一把儿童提琴，像是定制的，做工有些粗糙，也很旧。琴弦旧，琴身旧，整个都旧，像是从废品收购站淘来的。

　　你买的吗？李小年问，把琴还给少年。

　　不是，叔叔给的。少年回答。接过琴，他用手抚摸着，声音依然低低的。

　　你叔叔住在这儿？

　　是的。少年回答。

　　李小年寻思着，他抬头看了眼四周，他在这里住了十几年了，还没听说过一个年龄相近，姓顾的。

　　好了，你弹吧。李小年摆了摆手，心里竟莫名欢喜起来。女儿小时候，跟他纠正过多少次了，是"拉"，小提琴是"拉"，不是弹。可他总也记不住。

　　回到家,李小年打开床体箱子,翻出那把小提琴,女儿小时候用过的,琴被包在一块绒布里,取出来还是很干净的。苗一歌看着他,找琴做什么?拉!他头也不抬,只顾小心翼翼地擦着琴。你终于说对了一回。苗一歌笑了。自生病后,她很少笑,李小年都不记得她有多久没笑过了。

　　你站到窗户前去听听。李小年说。

　　听什么?苗一歌诧异地看着他。

　　琴声。你听听就知道了。

　　苗一歌真的站到了窗户前,还打开了窗户,可她什么也没有听到。她自言自语地说,没有啊。又关上窗户,她很失望地走到李小年面前。没有。她说。

　　李小年点点头,明天会有的。

　　李小年擦完,左看右看,这把小提琴也很旧了,但明显比小顾手里的要强很多。

　　你要送人吗?苗一歌看着他。

　　是的。李小年回答,又将琴包在绒布里。

　　送给谁?

　　一个少年。李小年说。他没有说小顾。苗一歌根本不会认识小顾。她的视力越来越差,出去的次数也越来越少,更不会去小广场那种人多的地方。

　　李小年看着手里的琴,像看着往事,那种亲切感,让人信心倍增。他决定,第二天,就把这把小提琴送给小顾。

　　老霍说,干这个和其他行业的司机一样,要多拉快跑,拉回的尸体多,赚的钱就多,这也是规矩。

　　第二天,他和老霍又去出活儿,这次的逝者是个老年男人,癌症患者,最后无钱医治,病死在了家里。他的老伴,一位满头白发的女人,冲着李小年和老霍,大喊大叫,神经质地重复几句话,断药了断药了,几万块一瓶的药,钱吃没了,房子也吃没了,人也吃没了!很像《我不是药神》里,那个病号说的话。老妇人的儿子跪在那里,妈,借不到钱了,你儿媳已经闹着不跟我过了,她也是独生女,她爸爸也是癌症……话还没说完,白发妇人就冲着李小年大骂,似乎李小年就是他们不幸的罪魁祸首。

　　李小年当时就恼了,老妇人的儿子赶紧过来,给李小年道歉。李小年只能忍着。那天他和老霍一起往外抬尸体的时候,从六楼走到四楼,李小年忽然踩空了,脚下一个趔趄,差点摔倒,他拽了下裹尸布,一个头露了出来。他看到一张狰狞的脸,五官严重扭曲,吓得他出了汗,僵在了那里。四楼的住户跟着骂起来,停什么停!老霍说,抬这个不能停,抓紧走。他看着老霍,脚步突然变得轻飘飘的。

　　下了班,吃过饭,他带上小提琴径直去了小区广场。

天已经黑了，小顾果然在那儿，在拉一支不知什么的曲子。他看见小顾，白日的不快，慢慢地都消散了。他走过去，给！他把小提琴递到小顾面前，来，试试这把。小顾一看，呆住了，眼珠都不会动了，过分的惊喜让他变得羞涩起来，他抬起头，脸上突然镀上一层红。他不敢去接，他看着李小年，声音像只小鸟，是给我的吗？他问。是的。李小年点头，换下他手里的小提琴。来，试试这把，看音色怎么样。小顾看着李小年，过了会儿，才露出孩子般天真的表情。拉什么？他问。随便，什么都行。李小年说。小顾想了想，琴声慢慢飘了出来，明艳、起伏、绵延，如层林尽染，落叶飘飞，似带着一股仙气。他没想到，这把小提琴在小顾的手里，竟能发出这样让人动容的声音。他站在那里，一动不动。渐渐地，琴声变得神秘而遥远，还有零散的忧伤，他知道，那不是出自小顾的手里，而是出自他的心里，他觉得，他那颗经过风吹日晒，变得坚硬无比的心，开始慢慢融化了，他听到了往事的声音、时光的声音、逝者的声音……每种声音都是那样的深情。路灯昏黄的光，将他的影子拉得又大又长，将小顾的影子也拉得又大又长。他认真地听着，声音让他脱离到了尘世之外，他忘了自己是谁，也忘了小顾是谁。

五

正想着，手机突然震动起来，是老霍打来的。老霍先问了问医院的情况，才慌张着说，既然是等，还不如出来干点活儿。你抓紧到医院路口等我，我开车过去，又一个棘手活儿。

等的时候，苗一歌打来电话，说晚上回家吃饭吧。他答应着，说忙完，就回去。

见到老霍，上了车，他们赶紧往事主家赶。干这行，是不能误点的，无论是出于迷信还是其他，因为事主都很在意时间，但还是晚了半个小时。事主冲他们大发雷霆，还投诉了他们。老霍说，队里规定，除非地震等不可抗力，是必须赶到现场的。

去的路上，医院大夫打来电话，说家属同意了。李小年很高兴，他兴奋地告诉老霍，又唉声叹气起来。老霍说，想用钱，你就用。李小年说，那哪行，你家儿子也用钱。

老霍说，其实，队里人都不知道，我儿子，他——已经死了好几年了。他在公墓里，我买很多东西，就是去看他。

李小年一下子呆住了，他想起老霍给他讲过的一个希腊故事，宙斯给潘多拉一个魔盒，她控制不住好奇心，打开了它。很多魔鬼冲了出来，把疾病、疼痛等很多杂乱的东西丢给了人类。潘多拉赶紧盖上，只是把希望关在了里面。

他回到家，吃过饭。窗外又飘起了雪花。雪花大而稠密。

好多年没下过这么大的雪了。

他走出家门，撑着伞，向小区广场走去。

那条河流又出现了，只是距离他似乎更高更远，它变成了孔雀形状，在空中飞来飞去。他双手抱住自己，孔雀忽然不见了。他张开双臂，大雪落在了他的怀里。

他听到了小提琴声。轻柔、零落，如飘起的衣袂，在雪里翻飞，在风里翻飞，落到树梢上，落到他脑海里的那条河里。他向琴声走去，他看到了小顾。小顾还是站在那块大青石旁，头上已经落满了白雪，穿着一件大大的、厚厚的羽绒服，灰黑色的，大概是他叔叔的。

下雪了，还出来弹琴？李小年有些气恼，又有些好笑地说。

学校里要表演节目。小顾把小提琴抱在怀里，眼神浓烈地看着他，声音依旧低低的，我在等你。等我？李小年心头一热。我想，让你去。小顾看着李小年，老师说，一个学生可以带一名家长。李小年看着他，有些恍惚，眼前这个少年，眼里是灰飞烟灭后的葱茏，浓烈饱满，常青藤一样缠绕着他，这让他很为难。

为什么不让叔叔去？李小年问。

叔叔不方便。小顾低下头，抚摸着小提琴。

可是，我是个……他想着该怎么说下去。

你一定要去！小顾上前一步，站到他面前，脸上满是急切的表情，那双漆黑的眼睛在杂沓的雪花间，闪烁着异常的光。李小年没有再说下去，他将伞撑在小顾的头上，这个少年太瘦小了，像根细长的胡萝卜。他点了下头，抬头望着远处，他想，也许，眼前这个小小少年，还不懂什么生死那些大道理。他想，我是可以去的，生和死不是统一的吗？老霍说的。《古歌行》书里的句子。都是一个过程，这个过程，每个人都是相似的，正如这每一片雪花，都是要落向大地的。

原载《青岛文学》2021 年第 8 期

冯彩霞

一只叫加缪的猫

一

加缪刚一进门就充满敌意地盯了我一眼。男主人用脸贴了贴它的脸，算是表示安慰，然后才冲我抱歉地笑了笑。

他抱着它进了宠物游乐园，用逗猫棒逗它。它跳跃着，一次次咬住布偶鱼。他笑弯了眼。他的演技如此拙劣，让我很同情。我想他如果是个老师，肯定不是个合格的老师，他一定会带着学生舞弊，故意调慢时钟，让考试的学生多做会儿题，或者干脆直接出类似于 $1+1=2$ 这样难度的题。

但他和他的加缪都很享受他的无原则，两个人（不，是一个人和一只猫）像是两个相声演员，一个愿意逗，一个愿意捧。

这家宠物医院也是宠物店。西间是宠物店，有宠物游乐园、宠物玩具，还可以给宠物做美容；东间是宠物医院，中间是用巨大的玻璃隔开的，有一个玻璃门，人可以自由地在东间和西间穿行。

我来这家宠物医院时间不长，还只能打杂。前天资深元老红姐说我这辈子只配打杂，除非我离开这个店。我问为什么，红姐说我不爱动物。

面试的那一天，刚进店门，就听见后院有猫发出凄惨的叫声，我有点儿烦躁地对着镜子理了理妆容，在心里默念准备好的自我介绍。猫叫得一声紧似一声，催命似的。我皱着眉往后院看了看，心想，这猫叫成这样也没人管，这家宠物医院看来管理不善。

后来红姐说那猫的叫声是放的录音，就是测试我们这些面试的人对宠物敏感不敏感，热爱不热爱。我问红姐："那像我这样不爱动物的人是怎样被选中的？"红姐说："这还不简单，应聘的本就不多，还就你长得合适呗！"我一听乐了，敢情一个宠物店招人还看颜值？红姐说："那可不。长得面相恶了，宠物害怕，主人也不喜欢；长得妖艳了，宠物喜欢，女主人不喜欢。""那我长啥样？"我都有些小激动了，从小到大没有人对我的长相有所评价，他们认为不值得费那工夫和口舌。红姐瞥我一眼，"你呀，长得平和。"我舒了一口气，真是中肯的评价。红姐又瞥我一眼，"主要是让老板娘放心。"我说："红姐，做人要厚道，有些实话还是不说为好。"红姐哈哈笑了，"我就这么个实诚人，自己都拿自己没办法。"

看着琳琅满目的宠物玩具，我有些气馁，这些玩具这个男人都买了，今天能推销给他点儿什么呢？当然，劝他什么也不买才是最有良心的，但绝不是最划算的，毕竟我的工资跟这些玩具多少有些联系。

这个宠物游乐园有两种功能，一是为打针、做手术的宠物缓解紧张情绪，二才是销售宠物玩具。

来打防疫针的猫猫狗狗们，先在此玩耍一通，玩得不亦乐乎时抱过来打一针，好像还来不及体会疼痛，疼痛就结束了，刚一放手，它们又冲到游乐园里去了。当然，也有特别娇气的宠物，比如这只叫作加缪的虎斑美短，上次就是我给它打的针。我已经尽可能地温柔了，可它打完针立马趴到男主人的脖子上去了，它双爪搂着男主人的脖子，发出哀哀戚戚的叫声，委屈得跟正断奶的孩子见着了妈妈一样。它叫一声，让我这不爱猫的人心尖尖都颤悠。再一看它主人那眼神，就是掉进去个生铁蛋子也能融化了。从那一刻起，我就想这辈子一定要吃斋念佛，积德行善，下辈子也托生成猫。

男人放下逗猫棒，加缪不满地叫了一声跳到男人怀里撒娇。男人将它放到猫爬架上，摸摸它的背告诉它，乖，自己玩一会儿，我跟阿姨说句话。我有些不满，我在这里是猫姐、狗姐、猪姐或者其他姐，还没有当过猫姨、狗姨、猪姨或者其他姨。我为这个男人的不懂礼貌不悦。但我还是绽开让人放心的笑容迎了上去，我的职业精神不允许我跟顾客一般见识。男人却朝我点点头，越过我冲着红姐去了。

加缪一见主人离开它了，立马跳下猫爬架追了上去，蹭在男人的腿踝处。男人只好将它抱了起来。我听见男人低低地对红姐说："红姐，麻烦您给加缪打针吧，那个护士下手太重了，加缪不喜欢她。"红姐轻轻地点点头。

我一点儿也不怪罪红姐，顾客是上帝嘛。我也不敢怪罪那个男人，顾客就是上帝嘛，我只怪自己耳朵太好使。

我装作没听见，拿着抹布在玻璃柜上擦呀抹呀。这时男人走过来，"不好意思，麻烦您帮我去那边超市买盒烟好吗？"我说："您最好别在宠物店里吸烟。"我指着门上"禁止吸烟"四个大字给他看。他挠挠头，"那，那买盒巧克力吧。"我问："要黑巧克力还是白巧克力？要代可可脂的还是纯可可脂的？要可可脂含量百分之多少的？要什么品牌的？"男人一脸窘迫，求助地看向红姐。红姐嗔我，"瓶瓶，别闹，赶紧去，纯可可脂的，你看着买就行。"

我满腹委屈地走出门去。太阳这么大，烤得我平和的脸都扭曲了。我堂堂一个有执业师证的兽医，几百公斤的牛都能开膛破肚，你一个几两重的猫我还伺候不了了？

到了超市，空调的凉爽给我的愤怒降了降温。我在巧克力货架前转来转去，老转也没意思，挑了两大盒，一算价钱，198元，可算出了口恶气！你嫌弃我，我也得让你出出血。但是时间不行呀，我如果现在回去，针还没打完那多尴尬，不如顺便也买点儿自己用的吧。我又买了两大包卫生巾，几袋薯片，几袋话梅，几袋牛肉粒。

回去的路上手机响了，是红姐。"喂，闹够了没有？快回来吧，人家走了。"我大惊："啊，他走了？要我呢，198呢，198呀！""什么198呀？你把刀磨这么快，多卖点儿咱的玩具多好。别废话了，有顾客找你。"

我觉得牙花子像爆米花一样迅速膨胀起来了，这198块钱的巧克力就是我一周的伙食了。

手机"叮咚"响了一声，我打开一看，一个头像是一只猫、叫"阿尔贝"的申请加我微信好友。准是红姐说的顾客，我赶紧通过了，有话好商量，千万别到老板那里投诉我啊。

"您好！我是加缪爸爸，我有急事先走了，买的巧克力送给您了，多少钱我转给您。"我激动得手都抖了，多少钱，198块啊！可我光说人家怎么会信呢，于是我把小票拍了发过去。阿尔贝发过来一个可爱吐舌头的表情，然后转过来308元。

我回："用不了这么多，巧克力198，其他的是我的个人用品。"

阿尔贝回："你先收下，把多余的钱再转给我就行了。"

我收下钱，又给他转回去110块，但他直接拒收了，回了一句："不用了，算我赔罪了。"他又发了一个握手的表情。我摸了摸腮帮子，不仅平了，好像都有点儿凹了。

二

如果198块是我的心灵抚慰费，我能坦然接受，但这110块就让我难受了。虽说我工资低，房租高，但对于意外之财我是从来没敢想的。收了这意外之财，我心里老不踏实，决定将钱还回去。

"红姐，那个阿尔贝先生在哪里上班呀？我要把钱还回去。"

"哪个阿尔贝先生啊？"

"就那个为了不让我给他的猫打针,把我支出去的那个人。"

"哦,他呀,你直接叫他加缪爸爸不就得了嘛,还阿尔贝先生。我不知道他在哪里上班,这是人家的个人隐私,哪能随便问。"

"哎哟红姐,谁不知道你是个人隐私库啊,这些顾客谁家妯娌不和,谁家房子风水不好,你都门儿清。你说吧,卖一条多少钱?超过110块就免了啊。"

"卖给你还不便宜点儿,为了给你个打折的理由,你先猜猜。"

"他是不是体育老师?"

"小脑袋瓜子想什么呢,电视剧看多了吧!咋的,你也想要个大叔?"

"我看见了,他是双眼皮,大眼睛,还戴着眼镜,像个文化人。"

"看得还怪仔细,不光耳朵好使,眼也尖。"

"你快说嘛,他到底是干什么的?"

"你个榆木脑袋,你看他给猫起的名,加缪,说明什么?"

"说明什么?他是戏剧大师?"

"什么大师?不懂。他肯定姓加啊,姓加的很少,都集中在南市口那一片。你到那附近一打听,准行。"

"红姐,你这条信息我不买啊!"

"你这个没良心的。"

我一撇嘴,把红姐手里的薯片抢了过来。红姐夺过去一袋牛肉粒,白了我一眼。

这110块钱折磨得我寝食难安,再一看那两包卫生巾,窘得我连例假都不敢来了。我一遍遍地翻看他的朋友圈,一条横线无情地横亘在我眼前,告诉我,他的朋友圈只显示3天。这个家伙,似乎有点儿懒哦!但他的视频号里有很多小视频,每一条都是加缪的。

这只小老虎一样的猫咪从最初刚来时的小心翼翼,一步步到在他的家里称王称霸,先是霸占了他的书房,然后是卧室,连厨房和卫生间都不放过。它将吊兰一盆盆消灭掉;他写字,它就拨动他的毛笔;他写文章,它就趴在他的键盘上;他喝水,它就双爪抱着他的杯子;它躺在他的床上装死;它抱着他的脚踝耍赖……这些视频唯一的主角就是加缪,他的双手曾作为配角出现过。他一遍遍地抚摸着它,像是哄孩子睡觉,可调皮的加缪却精神得很,伸出柔软的小舌头舔他的手,好奇地仰头看看镜头,然后再去舔他的手;他双手喂它猫条,它满足得像吃着母乳的婴儿……这些视频我反反复复地看,几次都笑出声来,心里像有一只毛茸茸的小雏鸡在啄食。这只小小的被他称为"小可爱""小公主"的猫咪,让整个家满满当当,到处都有它柔软的小身子,它细小的呼噜声像春风拂过湖面,不仅融化了冰,还荡起一圈圈涟漪。

我给这些视频逐一点了个赞，然后给他转了110块钱，又忍不住发了一条信息："加缪爸爸，这110块钱让我很为难，虽然钱不多，但这是原则问题，希望您收下，让我睡个好觉。"

房间里很静，能听到我的心跳声，我的眼睛一眨不眨地盯着屏幕，直到它变黑，我再点亮……我的眼睛瞪得生疼，心一点点儿凉下来，这个男人太没礼貌了。

我抱着手机昏昏沉沉地睡了过去。突然，手机"叮咚"响了一声，我翻身而起，却是垃圾短信。我抱着手机再也睡不着了，开始搜索宠物打防疫针的知识，知道时隔28天加缪才该打下一针，28天，28天呀！

第二天，我晃到宠物店。红姐看到我吓了一跳，"这是咋啦？"我没精神说话，一屁股坐在矮柜上。红姐拿一根逗猫棒在我眼前晃来晃去，我一把揪住布偶鱼。红姐长舒一口气，"哦，没事，只是猫附体了。"我说："红姐，别闹了，人家烦着呢。"

红姐走过来摸摸我的额头，"去看看吧，病得不轻，快去吧，在南市口啊，打车28块，坐公交车2块。"

既然红姐准假了，我要是不去也怕辜负了她的好意。我说："红姐，我给你带张记炸臭豆腐回来。"红姐用鸡毛掸子掸掸我身上的灰，"能带着自己的魂儿回来就行了。"

我真去南市口吗？笑话，就红姐那智商！

但是，不去南市口又去哪里呢？再说南市口不光是姓加的多啊，还有各种小吃美食啊！

南市口的张记炸臭豆腐"臭名"远扬，我百吃不厌。依着习惯，我直奔张记炸臭豆腐的摊子而去。距摊位一百米时我一个急刹车，然后转身被色狼追着一样地逃了（不对，我从未被色狼追过，反正就一个比喻嘛，也别太较真）。好险，如果真能找到他，我却沾染了一身臭豆腐味儿该多尴尬啊！

我在一个卖炸糕的摊前要跟人家换110块现金。摊主将装钱的盆子直接端到我面前，我一看那些1块、5块的零钱觉得自己太不良善了，居然这样为难别人。

功夫不负有心人，我终于在一家足疗店换到110元，但这样的一百元肯定不是我满意的，我想这100元上得沾着多少脚气、脚癣的病菌啊？我捏着这110元钱直奔银行，银行工作人员惊诧过后很客气，并配合地将崭新的110块钱直接放到我的钱夹里。我又找一个公共卫生间用洗手液狠狠地洗了手。

一切准备妥当，我到底该去哪里找一个不知道姓名的男人呢？我在街上转来转去。六月份的太阳跟18岁的小伙子一样，火力无限，我汗流浃背，在一个小卖部一口气灌下去两瓶冰水后，老板坚决不再卖给我了，他怕我的胃爆炸。

我一遍遍地看着他的朋友圈，希望能突然蹦出来一条。刚发的朋友圈肯定带着他鲜活的气息，我也许能从那里寻到蛛丝马迹。可是，那条横线在眼前一点点儿长高、长宽，像一堵墙一样，死死地挡住了我窥视的眼睛。

不能坐以待毙，我又不是光有腿和眼，我还有嘴嘛。

当我想张口开始打听时又犯了难，一个一看就是大龄剩女的人，满大街找一个男人，是不是有点儿欠妥当？

"请问，附近有一只叫加缪的猫吗？"我问出来的话就是这么睿智，我对自己佩服得五体投地。

"啥？叫啥的猫？"

"叫加缪。"

"哦，这附近姓加的人倒是不少，没听说过姓加的猫。"

"加缪？没听说过，一只猫叫这么别扭的名儿，主家肯定也是别扭人。"话不投机，我谢也没道一个就走了。

在我买了好几包口香糖、不同口味的糖葫芦、两包瓜子、三袋果脯以后，这些店家没有一个能给我提供像样的线索。

加缪像是负气离家出走的孩子，我知道它就在不远处藏着，但就是找不到它。我也知道不用找它，用不了多久它自会出现，可我就像丢了孩子的妈妈，根本沉不住气，就想赶快找到它。一想到"加缪妈妈"这个词，我不禁老脸一红。

这时我才想起来检验自己的智商，我是怎么一头钻到他姓加而且在南市口这个死胡同的？红姐真是无厘头，我决定回去找红姐算账。

即使丢盔卸甲也得兑现诺言，我回到张记的臭豆腐摊，站在摊前，像是一块巨大的炸臭豆腐。我赌气买了两盒，自己先吃一盒再说，已经委屈了自己的腿，不能再委屈自己的胃了。我大口大口地吃着，好像多塞进去一块炸臭豆腐，就能多挤出一些怨气一样。吃完一盒，我抚着肚子打着饱嗝准备往回走。

"缪缪乖，回家喽，我们回家看金鱼。"我的一个嗝哽在喉咙里，上不去也下不来。他就在我旁边不远处的金鱼摊前，左手抱着加缪，右手拎着刚买的几只金鱼走过来。我捂住嘴，迅速跑到摊子后蹲下藏了起来，心里的懊悔像钱塘江涨潮一般涌起。

摊主瞅瞅我，又瞅瞅四周，"咋的姑娘，欠高利贷了？"我揪揪摊主的裤脚，小声问："师傅，你知道那个男人叫什么，在哪里住吗？"摊主摇摇头，"哪个男人啊？秃头的那个，驼背的那个，还是刺青的那个？"我有点儿急，"就是一笑眼就弯成月亮的那个，抱着猫的那个。"摊主说："妹子你是让我们的臭豆腐熏瞎眼了吧，满大街没一个你说的那样的人。"

这怎么可能，我小心地直起身，他呢？加缪呢？我使劲揉揉眼，果真，满大街都没有他和加缪的身影。

回到店里，我将炸臭豆腐"啪"的放在红姐面前。

红姐白了我一眼，"小样儿，猫要是一下子就抓住老鼠那还有什么意思？"

"可我眼睁睁地看着他从我跟前过去呀！"

"啥，他还真在南市口啊？那你得付信息费。"

"红姐……"

"别红姐绿姐的了，赶紧收拾收拾吧，又进了一批货。"

红姐一边收拾，一边指挥我。等归置完，红姐留出来一个纸盒子朝我晃了晃，"你猜，这是什么？"我兴致不高，"就我这智商你又不是不知道，不猜不猜。"红姐打开纸盒子，拿出一只老鼠，我吓得一蹦三尺高，跳得远远的。

"这是最新进来的遥控电子鼠，我先玩玩你学学，顾客来了你好推销。"

红姐操作着遥控，刚才还死老鼠一样趴着不动的电子鼠，突然像喝多了酒一样，兴奋地吱吱叫着东跑西钻。它跑到我脚下，我来不及跳开，它就从我脚面上爬了过去。我尖叫着打了个冷战，连耳朵眼里都起了鸡皮疙瘩。

红姐越操作越熟练，电子鼠开始时而停下，时而漫步，时而警惕地东瞅瞅西望望，时而迅捷地藏了起来。我兴奋地东扑西扑，它总能在我要扑到它时的前半秒逃脱。

红姐玩够了，我也累了，我们坐在矮柜上休息。红姐说："你刚才可真像只猫。"我心里一惊，"我像猫吗？是像加缪吗？"红姐同情地看着我，说："你不像加缪，什么时候也像不了加缪，你又没有加缪爸爸的宠爱。"

我默默地拿起遥控器，电子鼠发疯似的到处冲撞。红姐过来夺我手中的遥控器，我歪着身子挣扎，电子鼠趁势从门口蹿到街上，随即一声塑料的碎裂声传来，一辆车叫骂着冲了过去。

红姐拿出进货单，将电子鼠的价格用红笔标了扔给我。好吧，正好给了我减肥的理由，三餐可以并一餐了。

三

晚餐既然不吃了，胡思乱想的时间就更多了一些。

人啊，不管年龄多大，一委屈就开始想妈妈。我想我妈了，本想给我妈打个视频电话，一想还是算了，儿女的苦闷一旦到了母亲那里，至少会放大两倍。

我很少回家，因为我爹妈一看到我平和的面容就满面愁容，他们总是担心我嫁不出去，用我妈的话说，你都28岁高龄了，还没个着落，当爹妈的能不揪心吗？并鼓励我说："只要你能追得上，什么样的我们都能接受。"我安慰他们，大数据表明,现在有三千万光棍在等着我去选择。他们故作兴奋,说:"好,为了改变基因,你找的对象越帅,嫁妆越丰厚。"为了不让他们破财,我一直一个人游荡。现在,我唯一能尽的孝道,就是让他们眼不见心不烦。

上次我爹妈来看我,看到我租的房子居然落泪了,他们说扭不开脸,调不开身。可我觉得我租的这房子简直太浪费了,除了单人床占的位置,之外的空间对我来说都是多余的。比如沙发,我看到它整天空在那里就替它难过,如果它上面坐着一个吸烟的男人,小茶几上放着一盏热茶就和谐。如果没这块空间,我就不会有这种想法,因幻想而得的失落就会减轻一些。

小小的台灯只将我拢在光里,周围一片漆黑,那黑里有什么?会不会有手伸出来,会不会有游荡的冤魂在找人附体?我蒙住头,整个人缩在被子里抖成一团。太安静了,必须要有些声响才行。比如孩子的哭闹,比如大人的呵斥,比如猫碰落茶杯的脆响。

"喵呜!"一声猫叫解救了寂静,也驱走了黑暗里的幽灵。会不会是加缪?它是知道我在找它吗?我长出一口气,悄悄探出头来。"喵呜!"又一声猫叫,这天籁之音呀,像是儿时母亲叫我"宝贝儿"的声音。这声音从哪里来呢?我打开大灯,四下搜寻,却找不到声音的源头。"喵呜!"又一声猫叫,我惊呆了,狠狠地扼住自己的喉咙。

四

我好好地洗了脸化了妆,又换上最满意的衣服才去店里。

我打开一盒新的电子鼠,红姐飞似的冲了过来。

"你想干吗?"

"哎哟红姐,我录个视频发到朋友圈里,让大家都知道咱们店里来了新货嘛。"

"可算开窍了,多卖点儿,把赔的钱赚回来吧。"

红姐放下手里的活儿帮我操作,我在一旁录像。录完了就发到朋友圈,还特意加了煽情的广告词。

我知道他一定会来,他那么宠爱他的加缪。那么,这会儿加缪在干什么呢?它(不能用它了,如果让他知道,肯定会不高兴,得用"她"),她现在是不是正围着鱼缸看金鱼呢?那他肯定是蹲在一旁陪着她看呢。加缪的小爪子也许会伸到鱼缸里试探。那他呢,舍得呵斥她吗?如果加缪不高兴,只需"喵呜"一声,他的心就化了。我想试试,便将手伸进店里的鱼缸,我好像听到他的嗔怪,于是仰起脸,幽怨地"喵呜"了一声。红姐喊,"加缪",我下意识地"喵呜"了一声,以示回答。红姐的脸苍白起来。

十分钟过去了,他没出现。他肯定还在陪着加缪看金鱼,他肯定没看手机。

半个小时过去了，他还没出现。他到底在干什么呢？会不会因为来得慌张摔了跤，现在在医院包扎呢？

一个小时过去了，他会不会病了？他如果病了，有人照顾他吗？

红姐过来搂了搂我的肩，又用手抚弄我的眉头，说："快把眉头展开，多大个事，三根腿的蛤蟆不好找，两条腿的男人多的是。"

两个小时过去了，我想站，但站不起来，红姐过来扶我。

"红姐，麻烦你给他打微信电话。"红姐接过我的手机，用眼神询问我，我确定地点点头。红姐拨过去，一直不通。

他的手机肯定丢了，他不会这么没礼貌，一个眼神温良、爱猫如命的男人，怎么会没礼貌呢？

我必须去卫生间了，我夹着腿挪向卫生间，红姐不放心，跟在我身后。我咆哮着："你别过来，你帮我盯着，万一他来了呢。"

坐在坐便器上，我的小腹隐隐地绞痛，汗顺着脸颊淌了下来。我知道我的例假已经对我满怀意见，开始抗议了。

"喵呜。"

肯定是加缪在撒娇，可是她的声音为什么这样孱弱？

"喵呜。"

"喵呜。"

"喵呜。"

加缪好像很委屈，难道加缪爸爸没在她的身边？难道他没有听到她的呼唤吗？

"喵呜……"

加缪，哦，加缪……

红姐破门而入，她脸色苍白："加缪乖，快下来。"

"喵呜。"

我坐在窗台上，对红姐的召唤很不满意，我等的是一笑眼睛弯成月亮的那个人，我只听从他的召唤。

"加缪爸爸来了，他刚在隔壁修好手机。我替你将钱还给他了。"

我一跃而下，身体里的潮汐奔涌而出。

原载《聊城文艺》2021 年冬季号

高　杉

小小说二篇

父亲的悔

几十年后，父亲多次给我讲起，他在鲁西北反扫荡时候的那次死里逃生。

人被逼急了，平常办不了的事，都能完成！父亲说，那么高的院墙，我噌的一下就攀上墙头，翻墙入院。那是全村最高的院墙、最好的院落。

等日伪军进村挨户砸开大门寻找时，他已经下了这家编筐编篓的地窖子。听到上面鸡飞狗咬人吵吵，他的心咚咚咚跳着，已经做好了被捕的最坏准备。

部队头一天被打散了，他的背包和马也丢了，手上只剩下一把没有了子弹的盒子枪。他又累又困，加上两天没吃东西，很快昏睡在窖子里。

不知过了多久，他听到洞口秫秸被搬动的声音。一位五十岁上下的大娘探着身子，对他轻声招呼：孩儿啊，快上来，没事了，赶紧走吧！

父亲赶快顺着梯子，爬出窖子，看到大娘端着个大碗站在那儿。大娘说，家里实在没吃头了，你喝碗粥，快跑吧，说不准那些玩意们嘛时候会回来！

父亲接过大碗。那是一碗凉玉米粥，粥里还有几块地瓜头子。父亲三下五除二把粥喝下去，用手指把地瓜头子扒拉到嘴里，他倒没忘问，大娘，你家贵姓！等我回来谢你的救命之恩！

大娘说，别这么多事了，赶快跑吧，越远越好，回来就给俺添事了！

那时候，天已擦黑，一心想赶快逃离的父亲，顾不得了解太多，只记得那位大娘头发梳得一丝不乱，嘴角上有一个黑色的痦子。

20 世纪 50 年代，南下的父亲已经是某个军分区的司令员，即将调省军区任职。任职前，专门回山东，找到他获救的那个县。县武装部同志帮他找到了那个村，了解到救他的那位大娘还健在，只是她的成分是地主，男人新中国成立后被镇压了。随行人员好言相劝，他便打消了携带重礼进门当面谢恩的打算。

但在父亲的坚持下，采取了变通的办法。趁老大娘去井上打水，父亲装作过路人，躲在墙角后，看到了嘴角上长着一个黄豆大的瘊子，拐着小脚艰难挑水的恩人。

父亲忍住泪水，几次想举手敬礼，因为旁人在身边，只好作罢！他买的那一大堆礼品，让村干部转交，也不知道大娘收到没有、收到多少！

不提拔又怎样，不进省军区机关又怎样，我不去当面叫声娘、磕个头，至少应该帮救命恩人把那挑子水送到家吧，何况那天我没穿军装啊！我算个什么人啊！

父亲生命最后的日子，不止一次跟我念叨着、自责着：我这辈子，对得起党、对得起人民，唯一对不起的，就是我的这位救命恩人！

这，是他一生最大的悔！

原载《红豆》2021年4期，入选《微型小说选刊》2021年20期

毛线手套

每年冬天，母亲都要带上那副毛线手套，哪怕天并不是很凉。我知道，她以这种方式，纪念父亲。

这副手套，最初是以毛线的样子，出现在母亲生活里的。那时是在延安，经组织批准，来自福建和上海的父亲谢林和母亲储秀儿恋爱了。父亲是边区有名的战斗英雄，而母亲是陕北公学的年轻教员。两个人的定情礼物，就是八两毛线。这是父亲参加英模表彰会，边区林伯渠主席亲自发的奖品。这是大生产运动中，延安军民自己捻的毛线。收到这件礼物后，母亲特别喜欢，就用它织了一条短围巾。后来，毛主席派兵到山东，父亲跟着部队去了冀鲁豫。

那天早上，母亲为父亲送行，高原上的风冷飕飕的，母亲却没有围那条她天天都佩戴的围巾。看到父亲询问的目光，她从挎包里掏出一个四四方方的纸包。父亲打开一看，原来是一副厚厚的毛线手套。你？——父亲忽然明白了，一把把母亲揽在怀里。

母亲把那副手套一个指头、一个指头地为父亲套在手上，轻轻地抚摸着，说，那边的冬天挺冷的，你站岗时带上。

父亲说，秀儿，咱们三个，都要平平安安的。

母亲在他怀里流着泪点了点头。那时，我正在母亲的肚子里。

三年后,母亲在沂蒙山见到了父亲的战友王闯叔叔。当王叔叔把一副毛线手套交给母亲时,母亲什么都明白了。

他没戴过吗?母亲看着好像新的一样的手套,不解地问。

他哪里舍得,宝贝的什么似的,生怕脏了、丢了,说这是你们的定情物,以后还要传给延河呢。王叔叔解释着,他手都冻了,也舍不得戴。

王叔叔越说,母亲哭得越厉害。我的那个憨憨啊!她双手把手套捂在脸上,哭得昏死过去。

在鲁西一次反扫荡战斗中,八路军营长、我的父亲谢林为掩护乡亲们转移,胸部重伤,倒在一片杨树林子里。牺牲前,专门托付小老乡王闯,有机会一定要想方设法把背包里的手套,转交给他的秀儿。

那副由围脖改成的手套,跟着母亲,从临沂、到苏北、到南京、到贵阳,从接管城市、到投身国家建设、到参与改革开放,直到光荣离休。那些记录着峥嵘岁月的老照片和象征着爱情的毛线手套陪伴她一直到老。

母亲在最后的日子里,脑子仍很清醒。她说,你爸葬在他战斗的地方,是一个共产党人最好的归宿。我只是个普通干部,没有资格和烈士葬在一起。不能像老百姓那样夫妻合葬,这是上级的规定,我最后必须听组织的安排。

她抚摸着手套对我们说,能不能让它替我去陪着你爸,给鲁西北革命烈士陵园的负责同志说说?我答应了她。

记得去莘县肖郭庄看看肖……没等她说完,我就接上她的话茬,以证明我们从没忘记她要说的那三个人的名字:肖遵月、山福才、王锁柱。她满意地点点头,脸上露出欣慰的表情,说,如果他们不在了,就看看他们的孩子,别忘了买点东西。她叮嘱。二十七年的情谊,多少金子都买不来!

我们全家都知道,在父亲迁葬烈士陵园之前,这三位淳朴善良的老房东为父亲看坟扫墓二十七年。

九十四岁的她,忘不了七十多年前她青春的恋人和战火硝烟时期的爱情。

等我们赶到父亲的墓园,摆上鲜花、香烛祭奠之后,才发现完成母亲交办的任务,并不是件容易的事。父亲的坟墓建得结实高大,圆形的墓顶都用混凝土封好,墓周围全部硬化,带来的花铲和军锹根本无法完成挖掘。

正为难之际,鲁西北革命烈士陵园的主任小艾赶到。原来,管理人员在监控中发现我们异常的行为,专门报告了领导。本想悄悄祭奠一下,完成母亲交给的任务就走,没想到,还是把小艾主任惊动了。

在接待室里,他认真倾听了我们的来意,郑重地提出了他的建议和请求。

我和家人认真商量了一下，替母亲答应了。

半月前，小艾主任打来电话，兴奋地告诉我，谢叔叔，您全家捐赠给我们的那副手套，被评定为国家一级革命文物，新成立的国家文物局革命文物司通知调我们这件藏品到北京参展啦！

对于做子女的我们，做出这个有违母命的决定，我想，母亲一定会满意的！

原载《聊城日报》2021 年 11 月 10 日副刊

李立泰

小小说三篇

三碗面

媳妇听说簸箕柳区这次要征四十个青壮年,都补充到冀南七分区 24 团。

征兵动员会县里开了区里开,区里开了村上开,层层发动。男人当民兵队长,工作那么积极,平常是说别人的主,他能落后啊,一准报了名,别看他不吭不哈,该吃的吃该喝的喝,俺也装没事人,没戳透这事。这回当兵跑不了啦,准有他。

打鬼子,枪对枪、刀对刀、你打我、我打你、你攮我、我砍你,死人还不跟喝凉水的样? 枪子儿不长眼,说打死谁,老天爷一句话的事儿,小鬼儿生死簿上一勾你就那边去了。

她想到这心就打战,不寒而栗。家里老的老,小的小,儿子才十三,十亩地,他扑啦扑啦腚走了,俺要侍弄。

媳妇扭过去身子,背靠背,嘴噘得老高能拴个驴。

"你别生气,不能听他们瞎说,我不去,没报名。"她一听这话,扭过脸来。"真的? 俺不信。你当民兵队长,能没你?"

"看看,我能骗你吗? 我啥时候骗你啦。在村上工作也是抗日,我组织担架队跟 24 团打'老吴(顽匪、汉奸)',受伤战士及时抬下来救治,减少多少伤亡?! 李团长夸咱村担架队,敢上前线,敢听炮响,敢抬血人,敢在死人堆里走。"

她眼里含着泪儿,抚摸着他温暖宽厚的胸膛,说:"俺知道你带领担架队上去,跟打仗差不多。但,俺心里还踏实点,就怕你走,整天提溜着心。哪天俺娘们儿俩摸不着你了,不敢想日子怎么过。"

他不敢再表白什么了。他说的那些,跟媳妇的话比起来太苍白了。

这几天他仍然为参军的事在村里忙活。他儿子听小伙伴儿们说,恁爹要参军走了,你知道吗? 他儿子听说了,立马跑到村部找他爹,问:"爹,听说你要参军

走？"他对儿子说："别听他们乱说，没影儿的事，这回没我，住几天我去县里受训。"

一直坚持到临走前一天，他才跟爹娘揭锅。娘掉泪，爹叹气。他说，爹、娘，咱是老解放区，觉悟不能比人家低。参军打鬼子又不是光叫我自己去，别的人家当儿的能去，我不能去啊？再说我走了，种地的事，村上组织帮工队，落不后边，家里还有她哩。老人这关过去了。

媳妇见他回家拿东西，换洗的衣服，烟叶啥的，知道他要走，咋想法拦他，就说："李臣孝你个没良心的，撇下俺娘俩儿不要了，你要走，我就跳坑死了。"

他一听媳妇说这，心想，关键时刻压不住，就走不成了。李臣孝嗓门提高八度，喊："你要不叫我去打鬼子，就跳井死了！"

妇道人家的拿手戏是，大哭。媳妇"哇哇"的呼天抢地哭起来。随哭随唱歌般地念叨："俺没法过了，我的那孬命唉——"

他说："你愿意叫我站狗熊台啊？我告诉你，你别哭，我一两年就回来。你要再哭，我一辈子也不回来了！"媳妇一看这，就不敢哭了。我再告诉你："我要待了狗熊台，咱全家，咱爹娘、你、小小都别想在村上抬起头来。"

下午她怂恿儿子又去拉后腿，他小小儿找到村部，跟他说："爹，你去参军怪好的，吃白馍馍，我也去。"小屁孩跟我来这套，"好！好哇！你来得正巧，正缺个通讯员哩，去吧。"他儿子一听傻了眼，这招儿也不行，就回了家。

晚上，统一叫他们回家道个别。规定凌晨，鸡叫三遍准时集合，去区里报到。

李臣孝在北屋跟爹娘说话，娘坐炕上看着熟睡的小小儿，上面椅上老爹，他爷俩一袋袋抽了半夜烟。爹说："我没啥说的啦，别挂家，他娘俩儿有我和你娘哩，管好自己，打仗多加小心。"

他说："爹、娘，你们保重。打跑鬼子，儿回来再孝顺你们！"

娘撵他："回屋去吧。跟人家说说话。"

他回到屋里，媳妇已睡下。其实她心潮澎湃地睁眼听气儿哩。

他进屋坐到杌子上继续抽烟，看她一眼，说："还生我气呀？"

她猛一扭脸，弓腰撅腚对墙去了。

"男人这辈子还不是就吃'三碗面'吗？人之间要有情面，给男人留个脸面，在外边有点场面。"他说给她听。

"明天区里欢送我们，戴大红花，有的骑马，有的坐轿，有的坐车，路两旁村民列队，队伍后鼓乐、秧歌欢送。区里搭彩台，唱戏、扭秧歌举行隆重的欢送仪式。区长讲话发表祝词，鼓励新战士英勇杀敌立功，荣耀乡里！"他自顾自地说着说着，鸡叫头遍了。

她突然抬起头，泪水渐渐地说："俺想通了还不行啊！"

他着实出乎意料，媳妇说出这话。他说："俺对不起你，上有老下有小的。

等我回来再、再、再疼你！"

"别瞎叨叨啦！"她从炕头桌摸了颗枣，朝他砸去。

"憨玩意儿，还不抓紧哩……"

原载《安徽文学》2021年9月号，入选《微型小说选刊》2021年20期、《2021年中国微型小说排行榜》（百花洲文艺出版社2022年版）

女卫生员

姑姑漂亮。修长身材，短发，整洁，明睁大眼。

姑姑离休回家探亲，谈起当年战火纷飞、烽烟连天、腥风血雨、残酷的革命战争岁月。

那年全村参战和八路军一起打鬼子。咱村有围墙，墙外有壕。壕里放水，还有葛针寨，鬼子不好攻。

家人都上去了，八路军得吃饭啊，娘回不来咋办？姑姑还是孩子，但姑姑要蒸窝窝给八路军。八岁的姑姑跟锅台差不多高，蒸窝窝够不到箅子，站在小板凳上。姑姑小手儿捧着窝窝，放锅里。八路叔叔夸姑姑孩儿小心好，机灵手巧。

那次八路军冀南七分区24团来解的围，把鬼子打败，扔下几十具尸体跑了。

姑姑八岁参加八路军，在伙房帮忙。姑姑站在小板凳上学做饭，生的做成熟的，凉的煴成热的，凉水烧成开水。

姑姑九岁去卫生队。八路军冀南七分区卫生所在咱村上，家家住了伤病员，我整天接触的全是受伤的男人，枪子没眼伤哪儿的也有，什么男女啊，该脱的脱该铰的铰，全不顾。医、食、住、行姑姑跑前跑后，发动婶子大娘姐妹们帮助卫生所拆被褥，洗衣服，照顾伤员，喂汤、喂饭、喂药，甚至端屎尿。

姑姑当卫生员负责洗伤员绷带，在水坑里洗洗，没肥皂血斑洗不干净。有时找不到好水，小水坑儿也凑合。人手不够我也给伤员包扎，包得歪歪扭扭。

再大点儿我就开始学扎针，扎不进去，吓得我手哆嗦，急得哭。大姐姐们告诉我，手把肉捏住，猛一下子扎下去，别试量。慢慢我会扎针了，都说我小手儿柔软扎得不疼，抢着叫我扎。遇到输液的病号，我站旁边看护士姐姐扎血管儿，还在自己胳膊上练习过扎针。

我问姑姑：您一生中最骄傲的是什么？

应该是那次躲过敌机空袭。那天狂风怒号，刮得天昏地暗，黄风和枯枝败叶都旋到天上去了，本不是偷袭的天气。就是那天敌机偏偏来了。我负责的两名

重伤员转移不动，十三岁的我急中生智，抓了两个麻袋片儿把伤员盖上，上面撒些树叶树枝。我也趴在下面，敌机盘旋扔炸弹，没炸着我们，躲过一劫……立了三等功。

我到驻地就积极发动妇女做军衣，抬担架，护伤员，动员青年参军参战。十四岁入党，十六岁任护士长。

当护士长有职务，责任重了。吃苦在前、享受在后，把方便给别人，把困难留给自己。脏活累活抢着干，加班加点冲在前。上前线抢着去，那次前边卫生员不够用，我第一个站出来上前线。就是那次为抢救伤员，我被炸伤，至今腿上还嵌着块儿弹片，阴天下雨犯疼。

姑姑：您作为护士长最厉害的是啥？

最厉害的是那个县大队战士的大腿骨里嵌了子弹，我和几个护士当班，医生往前线了，一没麻药二没专门器械，把伤员捆在床上，叫他嘴里咬根棍子。战士疼得嗷嗷叫！肉剥开子弹露出来，用老乡打铁的老虎钳子在火上烧烧，我一边哭一边把"钢铁战士"腿骨上的子弹拽出来。

越干越进步，十九岁任医疗队党支部书记。肩上的担子更重了，我一边抓政治学习，一边加强医疗知识学习，越学越觉得懂的东西少。

这年，一个家伙儿闯进我心里，他是连长，跟我平级。我给他扎针，三扎两扎有了好感，偷偷摸摸谈，俺们不够谈恋爱的级别。一次战斗他连被鬼子挡住冲不出来，回不了大部队，就跟别的八路军走了，反正都是打鬼子。走了我们再没见过面，说心里话还真想他，但不知他死活，成天提留着心。

后来我调到军分区医院任护士长，后任院长。新中国成立那年，那家伙受伤送到我医院。一见他浑身的血，我心里一紧，疼得哆嗦，他是个不错的人。

可是我刚结了婚。

急得他跺脚，拍头，捶胸。

他急咧咧的：我给你写信，怎么不回？！

我说：没收到你的信，兵荒马乱的。

你怎么不等我？

我等你好几年，也不知道你活着没有，走了就没音信儿。

他哭了，泪淌下来。我不敢看他。

我说：都团长了，哭人家笑话，好好干再找大学生比我强多了。

再好的大学生也抵不上你！

别说憨话，我帮着给你介绍。

我照顾他个把月，也算弥补吧。他伤养好要南下，打过长江去，一次攻坚战他顶着湿被子率敢死队冲锋，牺牲了。

姑姑一说他，那种伤神，眼里含泪。

原载《泉州文学》2021年8月号、《短篇小说》2021年10月号

钢铁战士

老革命李政稳八十多了，身板硬朗。

当年的李子跟栾县长闹革命才十五六，警卫员、勤务员、通讯员一肩挑。那次县大队被偷袭，他办了两个鬼子还打趴一个，突围出来隐蔽在夹皮墙里。栾县长给中心县委写东西，没桌凳。李子说：县长，我蹲下举着马灯，您在我脊梁上写。

栾县长笑说：李子，你给我当办公桌了。等打跑鬼子，建新中国，在县政府叫你坐我办公桌上过瘾。

一次战斗他腿被打穿了，发炎肿得跟小孩肚子样。高烧迷糊，眼看活不了。八路军冀南七分区24团转到马颊河来。栾县长把他送到24团，卫生员不敢下手，说：这么重看不了，得转分区卫生所。上哪儿找卫生所？找到他也没气了。栾县长说：我相信你，活人当死人治。

24团卫生队，有镊子、针管针头，手术刀是铁匠打的刀子，消毒用白酒，盐水清洗伤口。但麻醉药、盘尼西林早没了。

卫生员说：他小腿坏死，必须截肢。栾县长你得抓紧找盘尼西林。

栾县长说：你说咋治就咋治。

卫生员作难，说：栾县长，截肢咱没手术锯。

栾县长问她：拉树的锯行吗？

卫生员说：也只能用那种锯了。

栾县长说：我不管用啥截了就行。

锯条锅里煮，毛巾包小棍儿让李子咬住。胳膊腿绑床上，四个战士摁紧。栾县长说：兄弟坚持，咬紧牙关！一会儿就完。李子疼得把棍子咬断了，浑身淌汗往床下滴答。栾县长褂子溻透了。

李子，真正的钢铁战士！没麻药，像锯木头般把他小腿锯下来！李子疼晕过去又醒过来。他硬挺过来了。

李政稳后来回村上做革命工作。

新中国成立后，栾县长任专员。李子骑驴进城看栾县长，门卫不让牵驴进。

李子说：我找栾县长！找栾居山！

老战友见面，李政稳不敢拥抱曾经的栾县长。倒是栾专员抱住了他，都掉

泪了。

栾专员说：兄弟，过得咋样？

李政稳擦擦泪说：凑合着过哎。

栾专员说：我许的咱胜利了，叫你坐我办公桌上，今儿兑现。

李政稳在褂子上擦擦手，摸摸老县长的桌子，说：那不叫人家笑话吗？

栾专员说：那坐坐我椅子吧，也算兑现。

李政稳坐在栾专员椅子上，两手扶住扶手，屁股颠了三颠，说：不孬，坐江山啦！！

栾专员给他要了新拐，到省民政厅定做假肢。

找定补他麻烦栾专员，虽然规定：红军、西路军、八路军、新四军、解放军、志愿军和中国共产党领导的脱产游击队都享受国家优抚的定期补助。但李政稳需确认在县大队属脱产游击队。

人说李政稳：你背脑瓜子革命，也没弄个一官半职的？他说：都当官，谁干活？要跟牺牲的战友比，我还坐过江山哩。

他当大队书记，公社书记夸他：老李啊，你当社员，别说"五好、八好、十好"也合格。大队书记当得不易。老李没文化，打游击跟栾县长学的几个字。退下来闲不住，好操心。

有次因提留，他背根假肢上县城啦。门卫挡住，他想抢假腿：老子革的命你在这享福，我打鬼子那会儿你才在腿肚子里转筋。民政局来人把他接进去。

李政稳说：您光说县长在哪儿办公就中。没人告诉他。

我革一辈子命，图啥？！难道连县长在哪儿办公都不叫知道吗？！

他褂子一扒，说：当年县长在我脊梁上办公。他脊梁上那块块伤疤亮闪闪的像勋章！

不找县长啦，回家。

正碰上县长下乡回来，他嘟囔县长县长的，县长问：老大爷啥事？

我不跟你说，您这些好同志都不告诉我县长在哪儿办公。

噢——我就是县长。

那我不白来，见县长了，回去好跟庄乡爷们说，要不他们笑我白革一辈子命。

啥事啊？给我说。

没事啦，民政局跟我说了，县长你忙去吧。

县长一指：看见了吗？二楼中间就是我办公室。

县长对秘书说：小车班送送。

原载《泉州文学》2021年8月号、《短篇小说》2021年10月号

李明新

将军渡

几杯酒下肚,柳爷脸色泛红,说今年是虎年,是我柳爷的本命年,要活出个样子来。

亲家知道柳爷来,是惦记家中又粗又高的三棵大槐树。前几天,柳爷还说不当船板可惜了。亲家问,为什么当船板,那不是儿媳嫁妆用的?做厨子、柜子呢?柳爷说,这也不重要。

喝了几口酒,亲家急了,这不重要,那不重要,子娶媳妇女嫁夫,是天经地义的事情,到你口里什么都不重要?亲家你喝多了没有?就在前几天,当柳爷意外地出现在亲家面前时,亲家两口子还喜出望外地杀了一只大公鸡特别招待柳爷呢。

当柳爷将话全盘托出,亲家傻了眼。

亲家说,你女儿娟妹,我们家都喜欢,可她过门后,没有新房住,总不能和我们大人挤在一起吧?话又说回来,只要你带头捐木料,我就奉陪!

哼!柳爷头也不回地走了。听儿媳回来说,柳爷把自己儿子的新婚房门拆了,把太爷做的棺材板都捐出来做船,柳爷疯了,魔怔了!柳爷在村子说,这不重要,咱们支持解放军渡河最重要。

这是1947年的事情,当时柳爷是农会组织发展起来的第一批党员,最值得柳家村人信赖。柳爷五十岁左右,圆脸络腮胡,面色黝黑,说话嗓门大,走路咚咚响。

柳爷小时候长在黄河边上。父亲叫柳之轩,是私塾先生,是当地有点知名度的文化人,会写诉状、春联,据说还给当地的县长写过字符。父亲给儿子起了一个柳树春的名字,希望他是个好苗子。柳树春十二岁就跟着父亲四处行医。父亲是好医生,也是黄河上最好的船工。

柳家村靠近黄河滩,以前不叫将军渡,其实就是拴小船的浅水滩。

常有贩火柴、粮食、布匹的生意人来往两岸。小舢板上，一头牛，两匹马，再加上四五个人就满了。

夏天风急浪大，都不敢出船。富贵人家有病人等着急救，也要先等着医生坐着小汽艇过河医治。穷人更不用说，只能扎扎针，听天由命。

柳树春十三岁了，识不了几个字，在村子里是打架王。那一年，黄河泛滥，死的牲畜漂在河岸上，蚊虫、蝇鼠遍地，很多人患上了疟疾、伤寒。柳树春见父亲为救人日夜忙碌，消瘦了很多，自己帮不上忙，暗自垂泪。

一次半夜三更，有个叫孟石头的男人冒雨驾着小船来到黄河边找到了他父亲，原来他的妻子难产。当时他父亲还在发烧，头疼得厉害，咚咚喝了两口水就跟着出门了。不料船到黄河中心，小船倾斜了，三个人一起落水，柳树春与父亲好不容易扒到船帮上了船，但始终不见孟石头。

柳树春见父亲又纵身跳进黄河，在水中一手推船，一手划水，又一个猛子扎到船底才把孟石头救上来。父亲说，自己如果豁不上，孟石头这一家人全完了！

父亲最后一次出门看病却没能回来，因为他救治的是一位八路军通讯员，由于叛徒出卖，两人最后都惨死在国民党军手里。从此，柳爷更加盼望消灭全国的敌人，给父亲报仇。

就在前天，敌人的飞机又在黄河边炸毁几条船，几个玩耍的孩子也被炸伤了，柳爷牙把根咬得咯咯响。

半月前，柳爷进城时，隐隐约约听人说，解放军准备渡河了："解放军过黄河，要打这些龟孙子。"

记得那天柳爷在田里干活儿，却见在田间小路上走来一位背着柴篓的中年汉子，他时而弯腰割草，时而抬头望向黄河岸边。这位中年汉子个头一米七上下，身材结实，脸色黝黑，当发现柳爷注意他时，中年汉子过来递给柳爷一支卷烟。柳爷发现他的手指很粗，像个干苦力活儿的，特别是右手中指磨得有茧子，从小父亲告诉他，这是只有窑工或者猎人才会有的标记。

中年汉子说，他是从河南讨饭过来的，家里只有老娘，现在没有船，也没办法过河回家看望老娘。柳爷的怜悯之心顷刻就上来了，说，现在黄河上的船都让飞机炸得开不动了，村子里倒是藏了几条船，更是不敢露面。

傍晚，柳爷把中年汉子领回家，让柳奶奶下了一碗面条，放了两个荷包蛋给中年汉子吃。晚饭后，柳爷让他在西房里歇息。

柳奶奶问柳爷：你领到家里的到底是什么人？多一事不如少一事。

天明的时候，中年汉子不见了，枕头下放着十块大洋。

柳爷拿着大洋说，你看看，咱有没有得到好报？

没几天，村子里都在谈论有陌生人背着草篓在黄河岸边活动的事，感觉蹊跷得很，还有人说，在城里看见过他，做过卖油郎、烟贩呢。

一天晚上，柳爷的窗户后有沙沙的声响，紧接着听到手指抠门的三声响。透着月光，他看到一个熟悉的身影贴在窗棂上。柳爷把门打开，果然是那天身背草篓的中年汉子。汉子进屋后，将身后大门轻轻关上，说，在壕沟里躲了整整一天，天黑刚刚跑出来。

柳爷才看到中年汉子裤腿、裤脚上全是水，鞋子开着口子沾着泥水。

汉子接过柳爷的热水喝下，说实话吧，这几天我在考虑怎么渡黄河。

柳爷说，今晚你要过河，就把羊皮筏给你，你老娘等着你哩。

中年汉子压低声音悄悄说，不只是老娘自己，还有千万的爹娘等着我们。说实话吧，我是咱们的解放军，要准备渡过黄河消灭老蒋呢！

啊！

柳爷这才醒悟过来，我们全村人早盼着解放军过河呢，但是对岸有国民党军把守，天上有飞机轰炸，几条船也被炸毁了，怎么办？他们就想把我们困死在这里！

柳爷问，咱们军队有多少人？

中年汉子说，不少于十万人。

好，这么庞大的队伍，我和全村人都支持你们。

中年汉子说，你在全村很有威信，你加入，就会有更多人支持咱们，加入解放队伍中来。

他们一直聊到深夜。

听说大部队就要过黄河了，柳爷动员全村人收集木材做船，半个月筹备到很多木材、木板，亲家不仅同意把三棵大树砍掉做船板，还拿出五十斤小米支援解放军做渡河准备。造船厂就在树林里，悄悄地进行着……

几十条船造好了，怎么下水却成了问题。黄河北岸到河心还有一片沼泽地，无法行船，也很容易被河岸上的敌人发现，最近天上飞机来的次数也多了，还炸沉了几条偷渡贩盐的木船。

在解放军指挥部里，肖营长说：我们现在守卫要更加严格，敌人更害怕解放军渡河，必须要用巧计。挖一条八米宽、三米深、五百米长的引河，形成一个新的渡口，才能将我们的船只和解放军战士运送到河对岸去。

开挖都是在晚上进行，为了让几百条船只顺利过河，柳爷和儿子水生还有村民几十口人，每天夜里都在悄悄深挖。花了三个夜晚就开通了，河水一下子涌到脖子上。柳奶奶和女人们在村子里收集大大小小的葫芦，帮助解放军战士渡河。

树林中的造船厂到黄河岸边有一段滩涂，柳爷和大家发挥聪明才智，在路中铺上打湿的玉米秸、高粱秸，靠肩顶手推，这些船慢慢滑动起来。柳爷说，齐

心协力就一定能胜利!

肖营长赞许地望着柳爷,只见柳爷隆起的臂膀,被一道道绳索紧紧地勒进肉里。柳爷血脉偾张,口里喘着粗气,眼珠子红红的,像头发怒的腱子牛,要冲上战场。

随着两颗银色信号弹升起,沿岸十万大军与七千名船工冒着枪林弹雨,冲向对岸……

胜利后很久,柳奶奶也没能等到柳爷回来,有人说他牺牲在南方的战斗中,也有人说,他渡河时受伤被黄河水卷走了。

她常常站在黄河岸边的渡口上。她相信,柳爷一定会回来的!

2021年,渡河战役胜利后的第七十四个春天,我专程到山东省亲,才知道柳奶奶等柳爷的地方,就是刘邓十万大军突破黄河天险的渡口。

竖碑上写着——将军渡。

原载《聊城文艺》庆祝中国共产党成立100周年专刊

刘　北

问津渡

一

最近一段时间，我总是走神儿，思绪不知不觉地飞到问津渡口的冰面上，写作业或吃饭时有发生。爸爸对此很恼火，恨不得扇我两个耳光，呵斥起来："你能不能走走心？这呆样子能把书念好？汽车、摩托车可是没长眼睛——"爷爷沉下脸，为我解脱："想让我绝孙不成？你上的哪门子邪劲儿？冲镜子照照自己。俺佳佳专心着呢，噢，是全神贯注。"爸爸立刻闭了气。我心知肚明，是爷爷在袒护我，故意狡辩说："你在学校，可精神着呢。"

话不凑巧，第二天下午偏偏让我出尽了洋相。

第四节语文课上，田老师让我讲一下孟郊《苦寒吟》这首诗的释意。

我愣怔一下，低下头左顾右盼，只看到几脸嬉笑，没得到半点援助。我只有深深低下头，再努力地低一些。

田老师提高声音说："你讲一下孟郊为什么写这首诗？"

我把声音压在嗓子里，弱如游丝，哼哼唧唧地说："我——我——不知道。"

突然，教室里爆棚一般，笑声轰然炸响。

我知道，自己走神了，恨不得钻到书桌下面去，此刻一切想法都无济于事。我只有忍耐尴尬，或者挤挤眉头，或者吐吐舌头，无所适从地一直坚持到放学。

放学路上，石榴用胳膊肘顶顶我的胳膊，问我啥原因。我装作没有听见，沉默着。有一次，她把我的肋骨都顶疼了。我瞪瞪眼，她的眼睛比我还大。她问我想啥了，我耸耸肩，装作很轻松，回答没啥。她把脸转向我，擎着鼻子"哼"一声，说："你是野起来就忘记了预习的事。"

我拧了一下脖子，转脸冲着石榴，说："昨天晚上，爷爷听我背诵了呢，不信去问我爷爷。"

"不去费唾沫，你爷爷当然偏护你。"石榴撇撇嘴巴。

我辩解起来："我已经背诵得滚瓜烂熟，不信？我背你听。天寒色青苍，北风叫枯桑。厚冰无裂文，短日有冷光。"

"解释就是掩饰，掩饰就是事实。"石榴的嘴巴就像机关枪。

一路上，她像一只饿急的鸡，把我当成了小米，啄个不停。我张嘴结舌，有一搭没一搭地冒出几句话。

"过你家门了。"她停住脚步说。

我停下来，眼前是非常熟悉的景象。院墙上方数根挂着几片干枯树叶的树枝微微晃动，树顶高处几根树枝挑着几只干瘪的柿子，枝丫间有一只显眼的鸟窝。柿子的颜色依然红艳，像是挂在鸟窝门口的一盏灯领。鸟窝里住着喜鹊，一家四口，最近一段时间不再频繁出出进进，我猜想是不是外出寻找到了一个合适的地方过冬。

我苦笑一下，说："这么快啊，都是我爸惹的，总是走神。"

"我可不听你胡诌，奶奶包的饺子可真好吃。"石榴皱皱眉头，甩开胳膊走进家门。

我望了一下石榴的背影，转身慢吞吞地走进院子里，嘴里嘟囔着："冬至谁家不吃饺子啊？俺奶奶包的饺子才叫个好吃呢。"

二

说啥石榴也不相信我说的话，我和她争究也没用，敢拉钩发誓向她保证。爸爸最近有些郁闷，我确实看在眼里。

最近，爸爸时常失神地望着冰面，脸上如同结了一层厚厚的冰，愁眉不展，像是眼前有一道难过的坎儿。周末，爸爸打开一只紫红色的长木箱，独自发呆。木箱内，是两只油光光的木桨。他从头到尾地抚摸，有时怅惘着兴叹："唉，几百年的渡口咋说没就没了？"

听爸爸说，这双儿油光光的木桨是爷爷给他的，自己一直舍不得用，想传给我，拴在柄上的红绸布条从来没有解开过。我不屑地瞟一眼，漫不经心地说："还不如遥控飞机模型呢，水生的那列尖头白火车整天在巷子里哗啦啦跑。"

这时，爸爸会失望地摇摇头，深深叹口气，说："你这孩子啊，就贪玩儿。没了船，咱还算个啥运河人。"

每当爷爷看到他这个样子，就会乜斜一眼，说："人生如戏啊。运河人哪个不是漂来漂去的？你真是块榆木疙瘩啊！"

爸爸从不反驳，只是点上一根烟闷闷地用力吸几口，有时会冒出一句话："我是舍不得这渡口。"

爷爷用手挥挥脸前的烟雾,然后甩下一句:"谁舍得?我死都想着走!"随后摆动着身子走出屋子。

我知道,爸爸是为问津渡东边修桥的事烦心。我凑在爸爸面前好言相劝:"咱城内有窑口、新开口、榷关口、南湾渡、广积桥渡、南板闸口,还差一个问津渡吗?"

"这问津渡是咱城里最后一个渡口,是咱这城里的念想。"爸爸连续叹几口气,"当年乾隆皇帝几次下江南,都是从这里停船上岸,然后坐上带篷的马车,沿河观光。"

"那都是些陈年谷子芝麻啦。修座大桥多气派啊,汽车鸣一下就跑过去,我还可以骑着自行车去上学。"我用手比画着。

"别提修桥了。市里有月径桥、天桥就蛮好,偏偏把问津渡给毁了,架一座问津桥,美其名曰'玉带三桥'景观。"爸爸连连叹了几口气。

"办事处安排你回济美酱园上班,多好的事啊。爷爷教你进京腐乳的腌制技艺,可以当个传承人。你再也不用整天风吹日晒、风里雨里的,应该心里美滋滋的。咱济美酱园在清朝就是很叫好的,与北京的六必居、保定的大慈阁、济宁的玉堂齐名,这八宝包瓜也是紫禁城里有名的御用贡品,八宝包瓜如今几乎成了工艺品。一招鲜,吃遍天,爷爷挂在嘴边的。"我努力说得头头是道。

爸爸抬眼审视着我:"我接过摆渡有十多年了,老感情咋能说断就断了?"

"嘻嘻,我懂。就像咱巷里董爷爷整天摆弄那些老物件,一辈子连个媳妇也不娶。"我马上嬉皮笑脸。

"爸爸出生时,你奶奶难产,急着去医院,你爷爷连哭带喊地去敲摆渡王爷爷的家门。王爷爷听到后,披上件单衣就跑到渡口,把你奶奶运送到河对岸的华美医院。我差一点没了小命,你奶奶也是死里逃生。不然,也就没你这个淘气的小子喽。"爸爸眯着眼,回想着,"唉,这渡口,跟谁家没有个交情?"

"听奶奶说,王爷爷还闹了一场病。"我猛然想起奶奶也讲起过,接起话茬,"奶奶说,可别忘了王爷爷,也别忘了咱问津渡,渡口没少运过地下党、解放军。爷爷跟这问津渡,感情也铁着呢。"

"你啊,耍贫嘴是好手。"爸爸叹一口气,站起身,走出院子。

我望着爸爸的背影,知道他又去渡口吸闷烟去了,心里升起一团迷雾。

三

北方的冬天是顺着运河来的,也是翻着筋斗来的。几个小空翻,几个大空翻,前空翻,后空翻,冷冷热热拧麻花一样。先是风变得冷飕飕,弄得满树的叶子纷纷离开枝头;然后,一场冷雨不约而至,让枯黄的草儿打着一个个冷战。

这时，衣服突然厚起来，过冬的羽绒服被强制套在身上，有些夸张得好笑。其实，我们的身体就像火盆一样，浑身冒着火，脸蛋都是红扑扑的。

"三九四九凌上走"的日子，北方的运河一夜之间结了冰。航运已经停了一些日子，一些船只被拖到岸上歇息起来。冰面上孩子多起来，追逐、滑冰、打尕类的游戏也多起来。

冬至的日子与往常不太一样，家家户户要包饺子，讲究一些的还要摆弄几个菜端到桌上。

问津渡的摆渡是否该停了，爸爸终于把这个问题推上了餐桌。

餐桌上摆着三个菜，一个是花生白仁，一个是醋熘白菜，另一个是白萝卜丝炒肉末。白萝卜丝炒肉末也挺简单，肉末是快炒熟萝卜时加进去的肉卤。

爷爷让我拿出两只酒杯摆在桌上。

"爷爷，不是说三个菜不能喝酒吗？"我笑嘻嘻地说。

爷爷嘿嘿笑一声，说："饺子就酒，越吃越有。"

他沉闷一会儿，让奶奶再去做一个葱煎豆腐。

我把酒杯摆在爷爷面前，又把另一只放在爸爸身边。我撅起屁股，嘴里嘟囔着"酒满心诚"，抱着酒瓶倒酒，先是给爷爷倒满，接着再给爸爸倒上。

爷爷端起酒杯，咕咚一口把酒倒进嘴里。

爸爸望着爷爷的脸，没有去拿自己的酒杯。

我立即抱起酒瓶，把爷爷的酒杯倒满。

奶奶端着香喷喷的葱煎豆腐走进屋，放在桌子上。

爷爷端起酒杯，放在嘴上，鼻孔连连吸气，闻闻酒香，才轻轻呷一口。

我催促着："爷爷，你爱吃的豆腐，趁热吃。"

"没个眼力见儿，不看个时候。"爷爷用手敲敲桌子，"三个菜咋动筷子啊？这叫断头菜、散伙菜。"

我知道爷爷的讲究多，忙把醋熘白菜端起来，说："爷爷，这不是两个菜吗？快动筷子，我会撑不住的。"

爷爷呵呵笑一下，说："还是咱孙子活泛，活人能让尿憋死？"说完，他夹起一片儿豆腐，凑在嘴边吹了几口气，送进嘴里，津津有味地嚼起来。

我把举在手里的盘子放在桌上，抓起筷子，夹住两片豆腐，颤颤悠悠地塞进嘴里。

"没个吃相。"爸爸呵斥我。

"他还是个孩子，咋那么多规矩。"爷爷总是袒护我，"把你自己的事掰扯明白就足了。"

爸爸转移了话题："听说，御史巷里的人家都要搬走。房子没人住哪里能成呢，过不了三年四年，说不定房顶就会露出大窟窿。这不叫保护老街巷和古院落，简直就是糟蹋。”

爷爷端起酒杯，看了一眼爸爸，重重地摇摇头。

爸爸忙捏住酒杯往上举，低下头把嘴巴往酒杯上凑。

“市里要统一修缮，恢复老街巷的原样子，让外地人来旅游。”爷爷喝干酒，举着空酒杯，“你在船上尽听些风里来风里去的闲话，就是不肯过脑子。”

爸爸放下筷子，等爷爷放下酒杯，倒上酒，又倒满自己的酒杯，说：“船没了，咱还算得上哪份子运河人呢？”

“南来北往，咱这运河改过多少次道儿？心里撑得开船，那才是运河人呢。”爷爷端起酒杯仰起脸倒进嘴里。

“当年我干摆渡这差事儿，几次打退堂鼓。是您说，船是运河人的命，运河人就要守住船。现在，您又调转船头了。”爸爸低下头，声音也压得低低的。

“你咋这么死犟劲儿呢？不开个窍。”爷爷沉下脸，弯起两根手指，把桌子敲得当当响，“船在心里，你真是一窍不通。”

爸爸见势不妙，起身走向厨房。

爸爸端着饺子走回屋里，说：“河里已结了冰，我琢磨着是不是明天停了摆渡。”

爷爷的酒杯已经空了，举起酒杯说：“年关，年关，《林家铺子》《茶馆》里说，过年像过关一样。如今，日子好了，哪还有过不去的关口。”说完，他自己拿起酒瓶，准备倒酒，抬眼望着墙上的中堂，目光停滞了片刻。

我望着墙上的中堂画轴，画心是一片黑乎乎的山水图景，两边卷轴是一副泛黄的对联。上联“修身岂为名传世”，下联“做事惟思利及人”。我看不出画里的意思，但爷爷给我讲过这幅中堂已经传了几辈，对联的意思是人的一生不要追逐名利，要做对他人有利的事。

爷爷深深地叹口气，哆哆嗦嗦地抓着酒瓶往杯子里倒着酒，说：“这些年的运河水算是白喝啦，咋就咂摸不出个味儿，人与人之间咋能不留个念想？”

奶奶端着饺子进了屋，说：“喝吧，喝憋了没人管你，急着去跟老陶头做伴。”

爷爷说：“就知道唠叨。饺子就酒，越喝越有。”

我把一盘饺子拉到自己身边，夹起一只饺子送到爷爷嘴边，给他递个眼色，大声说：“奶奶包的饺子就是香，闻着就流口水。”

奶奶笑呵呵地说：“俺孙子最懂事。”

爷爷和奶奶的吵嘴成了家常饭，从来没有过青红皂白，谁的声音大谁就算是胜者。

爸爸闷声闷气，眉头上拧了疙瘩，用力把燃得正旺的半截子烟拧在地上。

他端起一盘子饺子,吃得狼吞虎咽,然后咕咚咕咚几口喝下一碗饺子汤,抹抹嘴巴,不声不响地溜达出家门。

四

爷爷起身坐到方桌一旁开始张罗自己的茶事,奶奶忙活着收拾盘子和碗筷,我拖着摞在一起的盘子和碗送到厨房的水池里。

奶奶一边收拾,一边唠叨:"忙活一大晌,一会儿就三光。"

爷爷向来不把奶奶的唠叨放在心上,我也是如此。况且,吃饺子算不上"三光","三"在奶奶嘴上就是个虚词,奶奶唠叨起来从来没有考虑过我和爷爷是否在关注。因此,我觉得奶奶的唠叨是唠叨给自己听的。

奶奶继续唠叨着:"我看金来有心事,小佳妈又不在家,跟谁说道说道呢。他从小就钻牛角尖儿,钻进去就出不来。你整天就是喝啊唱啊,也不挂挂心。"

"脑袋长在他脖子上,腿长在他身上,谁能咋的他?不撞南墙不死心。"爷爷喝一口茶水,冲着我说,"小佳,去渡口看看,你爸爸一准儿在发呆呢。"

我应声去渡口,打紧脚步,看看爸爸在做啥。我了解爸爸的闷脾气,啥都闷在心里。

爸爸不像运河上来的人,没有一点儿精明和算计,也不懂得周旋。他从来都是实诚得要命,脾气火暴,见火就着,天生就不是生意人的料。他认准的理儿,八匹马也甭想拉回头。

我赶到耳朵眼胡同口,听到"啪啪"的击打声音,快步顺着坡道从堤岸上往下跑。然而,我看到了惊奇的一幕:爸爸在破冰。

夜空的星星异常明亮,岸上稀疏的灯光投到河里的冰上,爸爸朦朦胧胧的身影显得高大起来。爸爸上身前倾,叉开腿,稳稳地站在船上。他挥动着木桨,用力击打着冰层,把破碎的冰块拨到一旁,"哗啦啦"劈出一道晃动着灯火的水路。"嘿嘿"的号子像是从他胸腔里冒出来的,来自丹田,在喉咙里打着转。他专注地击打冰面,没有发现我的到来。

我实在控制不住自己,扯开嗓子大喊:"爸——爸,我来了。"

爸爸的身体僵住一般,水里的灯光停止了晃动,水也静止了一般。片刻,他缓缓地站直身,声音厚重地说:"天冷,回家!"

"我要跟爸爸一起破冰。"我大声喊着。

爸爸迟缓了一下,亮起嗓门:"咱一起!等着,去接你。"

我好久没有听到过爸爸如此响亮的声音,眼泪顿时涌满眼眶。我用棉衣袖子在脸上划拉一下,跳上船。

木桨拨动着水上的冰块和亮光,船转眼越过河的中心。

我和爸爸靠着背，一起击打着冰面。我们的身体忽而贴在一起，忽而闪开。

破冰是多年留下来的习俗。冬至后，北方的天气冷了，一夜就结出玻璃厚的冰。三两天的功夫，冰就变得有半指了，船就开始寸步难行。为了摆渡，人们每天要把河道里结的薄冰敲碎，经过数次，留出一条水路。每天如此反复，才能保证水路不被冰封。每年如此反复，摆渡成了累并被人看重的差事。爷爷常挂在嘴边，这摆渡就是积德行善，就是搭上你的命也值。

爷爷的话，我不是太明白。爷爷对爸爸总是吆三喝四的，没个好脸色。

一会儿，我和爸爸就开通了一条水路。

爸爸坐在船头歇息。他点燃一支烟，大口大口地吸着，忽然的亮光照到他的脸上。

风吹过来，打了一个冷战，抬眼望见路灯照亮的一片芦苇。大片的、洁白的、轻盈的、柔美的芦苇花儿，像是雪，像堆在苇秆上的雪。芦苇荡里传来簌簌的响声，可以想象朵朵苇花雪花般舞动的柔姿，可以想象朵朵苇花天女散花一样纷纷扬扬飞向天空。对于芦苇，从春天到冬日，从芦笛到包粽子的苇叶，包括芦苇荡里捉迷藏、钓鱼虾、捡鸭蛋，我是一点儿也不陌生的。"人是一支有思想的芦苇"，法国思想家帕斯卡尔的一句名言忽然涌上我的心头。我一直有些费解，芦苇和人为什么会联系在了一起。突然传来几声犬吠，把我的思绪拉回来。眼前，一望无际的芦苇花儿在风中摇曳，像是涌动着的白色波浪；蜿蜒的河漂浮在上面，流向远方。

五

我用力依在爸爸身旁，望着他堆起皱纹的脸，心疼地说："明天早上再破冰不行吗？"

爸爸把烟蒂在船板上拧一下，扔进水里，说："说不定谁家有个紧急事，黑天半夜的哪里来得及破冰啊。再说，今晚破了冰，明早也省劲儿。"

"这渡口就要停了，你就不用这么上心啦。"我悻悻地说。

"船到码头，人到岸，没有过不去的关。（爸爸）摆渡这七八年就悟出一个理儿，这渡口就是渡人呢。"

我心里咯噔一下，似懂非懂，顺着爸爸的话茬说："我知道，渡口就是渡人的呢。"后来，我才真正理解这句话，也才明白一句话能有两个或者多个意思。

爸爸拍拍我的肩膀，说："小佳，爸爸不是个固执的人，你爷爷说的理儿我都明白。咱家的那两只船桨，祖父传给了你爷爷，你爷爷又传给了我。现在没有渡口了，你爸爸就怕传不下去啊。这桨啊，就是咱运河人的两条腿。"

我摆出大人的架势，拍拍爸爸的肩膀，说："爸爸，我不是小孩子了，运河水也不是白喝的,啥都懂。"

　　爸爸也拍拍我的肩膀,说:"我看到时候了,今天正式把祖传的两只船桨交给你。"

　　我站起来,弯下身,面对爸爸的脸,说:"爸爸,我已经想好了,以我的名义,把咱家的这两只船桨送给市运河博物馆。"

　　爸爸猛地站起来,把我抱在怀里,沉默了一会儿,哽咽着说:"儿子,你不愧是运河生运河长的。"

　　"船在咱运河人的心里,远方也在咱的心里。"我抱着爸爸的腰,亲了一下满是胡茬的脸,已是泪流满面。

原载《儿童文学》2021 年第 11 期

留　待

地平线

一

　　乔小卉再次说到那个男人是在一个小镇的路边饭店里，离我们要去的仙女洞还有九个小时的路程。乔小卉半年前才从监狱里出来。十年的牢狱生活并没有毁掉她的容颜，淡定的神情让人以为她刚完成了一次漫长的修行。说到那个男人，她突然打了个寒战，双手紧抱在胸前，眼睛里带着惊恐。乔小卉的眼泪流了下来。其实那人自杀是在七年前的春天，当时乔小卉已经被关在监狱里。她得知那人的死讯是在出狱之后，她想去找他，她父亲不得已说出了那人死时的惨状。乔小卉一听，像突然被抽去全身筋骨一样瘫倒了。

　　乔小卉的眼泪总也止不住，我心里有点犯堵。出北京时我还奢望着跟她发生点什么，如今眼看就要到达仙女洞，然后我们就要天各一方，很可能此生再也不见，她却为了另一个男人冲着我哭，我感觉被她当成了倾倒垃圾情绪的容器。我不想再听，起身就走又不太好，我匆忙吸了一口香烟，转头望着窗外我们乘坐的那辆房车，尽量使自己的口气里带有一丝安慰：

　　"幸好有了这次行动，你可以把套在那人脖子上的绳扣解下来。"

　　乔小卉像是从梦中突然醒了过来："你真相信'诺亚'能做到？"

　　我说："当然相信，不信的话就不会来了。"

　　"诺亚"是一台时光机，看上去像一口蓝色玻璃棺材。我在北京的会议中心第一次看到它的影像资料时便断定这是一场骗局。讲解员小金介绍说，"诺亚"的发明人是美国的詹姆斯博士，研制的灵感源自他与死去的祖母在梦中的一次相聚。祖母在壁炉的缝隙里掏出一枚戒指，他醒来时发现那枚戒指竟然在自己手上。詹姆斯由此确定梦境和过去都是以另一种形式真实地存在着，人们之所以觉得虚妄是因为被时间概念限制了。"诺亚"研制出来之后，詹姆斯是第一个乘坐的人。他回到了一岁生日的场景，坐在祖母腿上，眼望着蛋糕上刚刚点燃的蜡烛，闻到了她身上的香水味。祖母轻轻咬了一下他的耳垂，笑着说，你就是在梦里跟我要戒指的那个男子汉吗？小金介绍说，"诺亚"不是一台在时间隧道里任意穿梭的游戏机，詹姆斯觉得只有真正地改变了过去才能使今天更加美好。他希望将更多的人送回到其有生之年的某一特殊时刻，改正当时犯下的重大错误，从而改变现在的人生。听到这里我不由暗笑，这哪是高科技产品，简直就是后悔药。都说世上没有卖后悔药的，詹姆斯却不远千里送来一副。想吃后悔药的人还真不少，会议室的空气有些污浊，不时响起交头接耳的喊喳声。

我明知道是一场骗局却依然加入进来，是因为我想离开时在会议室门口看到了乔小卉。

"诺亚之旅"对参加人员的审核非常严苛，在一百三十六个报名并观看了影像资料的人中，只选中了我、乔小卉、孙秋水和李文治。

孙秋水也觉得进入了骗局。他是河北一个市级文化类内刊的副主编，还有两年就退休了。他的面相比实际年龄苍老得多，整张脸像个干裂的肉包子。骗局的基本特点是收钱，"诺亚之旅"却是免费，这勾起了老孙强烈的好奇。

他右手夹着香烟，皱紧了眉头："能骗我们什么呢？"

这话是他在森林公园北区的一张石桌旁边说的。吃过晚饭，老孙把我们从宾馆叫出来，准备找出"诺亚"骗局的蛛丝马迹。我们四个人通过审核之后，被安排住下来检查身体，还要学习乘坐"诺亚"所应注意的各种事项。小金反复叮嘱我们不要互相走动，吃了饭最好是闷在屋里别出门，多回味自己人生中最后悔的那一刻。她说得固然有道理，但对"诺亚"的不信任还是使我们悄悄聚在了一起。公园里非常寂静，枝叶间穿行的夜风越发加深了寂静。我坐在乔小卉身边，痴痴地看着她光洁的脸庞，想着怎样甩开老孙和李文治，约她在公园里走一走。虽然才认识一个星期，但我已经离不开她了。"离不开"是内容极其丰富的三个字，一旦说出口，她可能当成玩笑，也可能当成简单的示好，还可能把我当成见色起意的流氓。我心里只想着如何把握跟她说话的语气和神情，没听清老孙说什么。

老孙的疑问也是李文治正在想的问题，他的思考却更深了一步："不收费的东西往往是最贵的。"

李文治是河南一个民营印刷厂的老板，今年四十四岁。十二岁辍学到郑州打工。少年的坎坷造就了他多疑的个性，在他看来，天上掉下来的每个馅饼里都包着秤砣。他像我一样，在看"诺亚"的影像资料时便打算离开，之所以没走是因为从来没听说过如此明目张胆的骗局，他想看看骗局会如何进行下去。他觉得无论什么样的骗局都骗不了他。有这个想法在心里垫底，反倒激活了他探究的欲望。他的手探到石桌上，从老孙的烟盒里抽出一根烟，又从自己裤兜里掏出打火机点燃。他无暇顾及老孙脸上闪过的一丝不悦，将目光转向了乔小卉："你觉得呢？"

乔小卉说："也许是拿我们当试验品吧，就像试验室里的小老鼠。"这话把我们三个男人吓了一跳，不约而同地看着她。乔小卉有点尴尬，急忙摆着手说："我是开玩笑的。"

老孙仰头望着夜空："不能把小卉的话当玩笑。"

"诺亚"是第一次来中国，据说在北美洲和欧洲已经转了一大圈，有近千个肤色各异的人因乘坐它而受益。小金手上有份名单，都是些本来默默无闻，乘坐"诺亚"之后突然声名鹊起的人。老孙想把名单要过来看一看，小金没给他。

夜风愈来愈凉，屁股下的石凳渗出了寒意，不知不觉中我们已经在公园里坐了两个多小时，依然没找到证实"诺亚"骗局的痕迹。这种结果让我很欣慰，我生怕这次行动突然黄了，失去跟乔小卉相处的机会。

老孙问："小刘，你怎么一直不说话？"

我急忙从乔小卉身上收回目光，说："我觉得应该相信'诺亚'，不试一试怎么知道灵不灵？反正咱们也没什么损失。"

老孙和李文治同时点了点头。乔小卉很认真地看了我一眼，意识到我的话是专门对她说的，急忙将目光闪开了。

我们出了公园东门朝宾馆走，孙秋水突然在路灯下停住了脚步，面色严肃了许多："咱们四个现在是拴在一根绳上的蚂蚱，关键是不被他们分开，防止被逐个击破，无论遇到什么麻烦都要群策群力。"

这话很像战前动员，"诺亚之旅"仿佛是一次前途未卜的探险。我看了一眼乔小卉，心里涌满了保护她的欲望。

"诺亚"被安置在仙女洞里。仙女洞在长江北岸的一座山上。房车出了北京之后，如果走高速应该早就到了，不知出于什么原因偏偏选择了走国道。经过鲁西这个叫八里屯的小镇时，房车竟然出了毛病。

我透过窗玻璃看到司机站在车门前打电话，老孙像个哲人似的双手抱臂凝望着路边无际的麦田，李文治冲我招了一下手，我以为可以重新上路。出了门才知道是走不了了，司机正在叫救援车。

乔小卉随着我从饭店里走出来，抬手轻轻裹了一下紫色披肩，脸上已经没有了哭过的痕迹。

她问："你的耳朵里还有键盘声吗？"

二

　　我的耳朵里经常回响起敲打键盘的声音，这种噪声就像一把钩子伸进耳朵正在钩出脑袋里的神经。各大医院的耳科大夫都对我的症状毫无办法，我到处打听偏方，吃过许多稀奇古怪的药物。偏方并不治病，只是在身上催生出另一种病痛来转移患者的注意力，就像用一颗钉子顶出另一颗钉子。我因服食偏方掉了许多头发，身上长过一层又一层疖子，有一回我的脸肿得像挨了几十个耳光。领略了数种差点将人致残的偏方之后，我终于无奈地决定与键盘声和平共处。我逐渐感觉到了键盘回响的规律，白天轻得若有若无，半夜十二点之后特别响亮。

　　我曾打算将乘坐"诺亚"当成另一种偏方。我以为只要找到声音第一次响起的时间，便会找到病根。在北京的会议中心观看"诺亚"影像资料是下午两点半，我听到詹姆斯通过时光机重新坐在祖母的大腿上，觉得有点意思，正想听他第二次回到过去消除当年制造的一起命案，键盘声突然响了起来，噼噼啪啪，好像敲键盘的人跟键盘有着不共戴天的仇恨。我闭上眼睛，想用意志将那声音逼退。刚一凝神，我就打了个寒战。我脑海里依稀浮现出一双女人的手。手指细长白嫩，右手的小拇指指甲长得超过了无名指。十根手指灵活地闪动，像在弹钢琴。我正想顺着她的手指看到她的手腕，再顺着手臂找到她的脸。这时，旁边有人轻轻碰了一下我的胳膊："填表了。"孙秋水将表格传给我一张，然后盯着自己手上的表格，说这辈子还没见过如此复杂的表。我没顾上理他，从椅子上匆忙站起身，紧贴着一张张椅背来到过道上。我想离开，同时又知道无论走到哪里也逃不开耳边的声音。深深的绝望感使我的脚步有些踉跄，走到门口时差点跌倒。有双手轻轻扶住了我，乔小卉说："小心一点。"我站直身子正要表示感谢，一看到她的脸，我立刻呆住了。她淡定的表情里隐约透出一丝灵动，给人一种想亲近又只能敬而远之的感觉。我紧盯着她，心里忽然涌动着一股跃跃欲试的冲动，就像面对着可口的食品特别渴望吃下去。乔小卉被我看得脸稍微一红，连忙拿起手中的表格："你填了吗？"我当时便决定留下来，并不是我相信了"诺亚"穿梭时间的能力，而是面对着乔小卉，键盘声突然消失了。

　　当天晚上我敲响了她的房门。她住在1509，从窗口可以看到五环路上的车水马龙。她已经穿戴整齐，正准备连夜离去。我又敲了敲门。她的头从门边探出来，问我有什么事。从她诧异的表情中我看出她已经把我忘了。我急忙说："表格，想跟你商量一下怎么填。"她轻轻一笑："是你呀。"我虽然借口表格来搭讪，说的却是实话。表格上最重要的一项是想回到过去的哪一刻，我填的是键盘开始敲响的时候，可我已经记不清键盘声是从什么时候开始的。进了门我看到了她那只整理好的红色行李箱，有点懵："好不容易入选，何必要走呢？"我的挽留完全是为了自己，键盘声折磨得我生不如死，一见到她竟然消失了，她简直就是我的灵丹妙药。我在靠窗的沙发上坐下之后发现她还站着，她不时瞟一眼自己的行李箱，脸上带着一丝不耐烦，好像急着要走却又不知怎么打发我。我早已做好长聊的准备，最起码要待到十二点以后。我要检验一下，当着她的面键盘声是否真的会消失。

我问："有水吗？"

她只好在我对面的沙发上坐了下来，并且因为刚才的不耐烦稍显尴尬。接下来我提到了敲打键盘的女人。我今天下午是第一次在想象中看到她的手，但不知道她长什么样。我跟乔小卉说的时候把她描述成了熟悉的陌生人。她留着长发，戴着眼镜，年龄在三十岁左右，下巴上有一颗若隐若现的灰痣。每当她敲回车键时会紧抿一下嘴巴，那颗痣便清晰地显现出来。我还说到了她灵动的手指，根据她右手无名指上婚戒的印痕，可以判定她刚离过婚。我这样说是为了引起乔小卉的兴趣，以便延长说话时间。此刻才八点零五分。我的话在乔小卉听来可能太像胡言乱语，她不时惊讶地看我一眼，然后端起咖啡轻呷一口。她的惊讶并不是因为有个女人在我脑海中敲键盘，而是搞不懂我为什么贸然上门讲给她听。看到她的眼睛又在瞟行李箱，我一时语塞，不知再怎么编下去了。

我说："我又不认识她，你说她为什么老是跟我过不去呢？"

乔小卉微笑着摇了摇头，没有说话。

我问："你觉得我在瞎编吗？"

乔小卉急忙说："没有。"

有时候说话就是这样，你明明在瞎编，听的人也知道你在瞎编，当你大胆地问对方是否认为你在瞎编时，对方出于礼貌和修养会突然生出一种很奇怪的心理，不但不便于承认你在瞎编，还会变着法地说明对你的话坚信无疑。乔小卉一时被这种心理控制了。

她若有所思地说："那女的不停地敲键盘，她面前应该有电脑屏幕，你可以看看屏幕上写了什么。"

这话无异于送给我一个展开话题的切入口，我心里一阵欣喜，手指顶在太阳穴上出神地想了想，不但没想象出电脑屏幕，连那个女人的手也想不起来。看到乔小卉将手掩在嘴上轻轻打了个哈欠，我急忙装出一副恍然的样子："她的电脑屏幕上写着'诺亚之旅'。"乔小卉显然不相信我的说法，嘴角轻轻一抽，像是冷笑。我一时陷入谎言被戳破的尴尬中，感觉就像被当众剥去了衣服。于是，我问她最想回到过去的哪一刻。参加"诺亚之旅"的人都是满肚子心事，我对她的过去并不感兴趣，这样问只是为了让她的注意力从我身上转向别处。没想到她的身子微微一震，像是面对逼供一样眼睛里透出一丝恐慌。

　　我离开她的房间时已是深夜一点，能够坐这么久是因为我扮演了一个合格的倾听者。她说到了那个自杀的男人。她的老家在苏北一个县城，住在供销社家属楼的一楼，楼前空地圈了小院，上了一道狭窄的铁门，铁门上刷了棕色防锈漆。小卉的父亲靠着下海经商很早便发达起来，却依然在小城里过着低调的生活。他想等乔小卉完成了学业，确定在哪个城市安家，他再搬到女儿所在的城市里。只要小卉喜欢，她可以去世界上任何一个城市，他能保证让她体面地过一辈子。乔小卉的入狱击碎了他的梦想。他的身体和精神骤然垮了下去。七年前春天的一个凌晨，他在睡梦中隐约听到了轻轻的敲门声。那声音没有明确的节奏，像是树枝被风吹得扫到了铁门上。他披上衣服走到院子里，拂面的凉风让他打了个冷战。拉开大门，迎面看到大门横梁上吊着一个人。尸体轻轻晃动着，好似悬在架子上的一根大丝瓜。

　　自杀的人是乔小卉的男朋友。她蹲监狱时每周都要给他寄一封很长的信，而她写的比已经寄给他的还要多得多。她在信中回味着跟他第一次牵手，第一次接吻，第一次感受他火辣的身体。光是各种"第一次"她便写了三年，每一个"第一次"的种种细节都像用刻刀刻在她的脑子里，每回想一次都会生出崭新的感觉。乔小卉不愿让思绪一味沉浸在过去，随即用七年时间畅想着他们的未来：热闹的婚礼，怀孕时的反应，孩子出生时所引来的赞扬，孩子长大后因教育问题出现的纠纷……她靠着对过去的回味和对未来的想象熬过了监狱生活。她没有收到过回信，却相信她的信他全部收到了，甚至想到她出狱时他正站在监狱门口等着她。

　　我很想问她怎么会爱上一个满脸疤痕的人，问她为什么蹲了十年监狱。我忍住了。我躺在床上回想着她说到那个男人时的神情，忽然觉得那人可能不存在，乔小卉说到他时太淡定，好像在说一个与己无关的人。难道她像我杜撰敲键盘的女人一样故意杜撰出一个丑陋的男人？这念头让我从床上坐了起来。我好多年没有专注地想过女人了，由于常年陷在键盘声的折磨里，身为男人的欲望早已被扼杀得一干二净，我妻子八年前离家出走我都没顾得上痛苦，更没心思对其他女人感兴趣。乔小卉不但使我的耳朵清静下来，还让我全身都通透了，这让我对她有了进一步的需要。

　　我从她的房间走出来时看了一眼她的行李箱。她把我送到了门口，说："谢谢你。"我站在走廊上懵懂地看着她，搞不懂她谢我什么。她说如果不是明天就走了，是不会把那个男人说给我听的。我右手轻轻抚在门框上，想为下次见面敲定一个时间。若想再见到她，必须打消她退出"诺亚之旅"的念头。于是，我提到了"诺亚"发明人詹姆斯回到三十年前挽回的那起命案。

　　詹姆斯新婚不久便发现妻子跟她的前任迈克依然藕断丝连，崭新的绿帽子让他几乎发了疯,他想拿剪刀剪掉迈克的生殖器。这办法固然痛快,可难度太高,别说自己不一定打得过迈克,即使干成了也将面临漫长的刑期。詹姆斯选择了制造车祸。他瞅准机会,在盘山公路上将迈克撞进了山涧。打那之后迈克消失了,詹姆斯却陷入了长久的不安,忏悔和祷告都无法让他平静下来。直到研制出"诺亚",詹姆斯才得以再次坐进当年那辆越野车里,他看到迈克还像原来一样站在盘山公路上,正举着双手想拦下一辆车。詹姆斯一扭方向盘,从他身边绕了过去。詹姆斯虽然利用时光机放过了迈克,却又不敢相信"诺亚"真的能将迈克的性命挽回。第二天晚上,詹姆斯从妻子口中得知了迈克的消息。她的口气里透着惊喜:原以为迈克被车撞死了,谁想到他这么多年一直生活在大阪。詹姆斯为了验证迈克的真实存在,当天晚上坐飞机从西雅图去了日本。迈克跟他一起喝咖啡时,竟然提到了当年的那条盘山公路,迈克的车坏在了路边。他问詹姆斯,那天明明看到他在求助,为什么不停下来。

乔小卉对我的讲述不置可否:"你信吗?"

我问:"为什么不信呢?"

乔小卉苦笑:"我觉得不靠谱。"

我说:"凡是最先进的东西刚出现时都给人不靠谱的感觉,我们小时候能想到人工智能吗?宋朝人根本不相信会有电视和手机。'死马当活马医'经常被人挂在嘴上,就是因为在最不可能的情况下依然有着一丝可能。"

三

房车被拖走修理了,我们不得不在八里屯住下。十字街头的旅馆倒是挺干净,午间的寂静却让人感到无聊。我站在窗口看着路边正在发芽的柳树,想着用什么理由去乔小卉屋里坐一坐。自从认识她,我耳边的键盘声没再响起过。病痛的基本特点就是临身时无法准确说出它带来的痛苦,离身而去之后又无法想象出曾经的痛苦。我忽然觉得键盘声消失跟乔小卉并没有直接关系,原来被噪声困扰只是一种幻觉。乔小卉在我心里的地位发生了变化,她由我急需的一服药变成了我想时刻与之待在一起的人。这让我在她面前变得有些拘谨,我的眼睛却愈来愈大胆,总是不由自主地从她的脸庞看向她的脖颈。目光被粉色毛衣的领口挡住时,我的眼神会变得非常急切,恨不能像剪刀一样把她的毛衣豁开。

乔小卉敲响了我的房门,问我能不能陪她去孟营村。

孟营村是孟同的老家。孟同就是那个上吊的男人。

从八里屯到孟营村只有三公里。乔小卉说:"车坏在这里,可能就是为了让我去他的老家看一看。"她想到了第一次跟着孟同回老家的情景,脸上闪过一丝少女般的羞涩。那次孟同的母亲给了她一千元的红包。此时，我们坐在一辆电动三轮出租车上。我本来不想跟她来，她提到孟同就哭，让我心里生满了醋意。我反复劝她坚信"诺亚"的魔力，说来说去我自己竟然信了，一想到她通过时光机把孟同从上吊绳上解救下来，我便感到绝望。我最终决定跟她去孟同的老家是想做到知己知彼，把孟同从她心里彻底踢出去。乡村公路上布满了被卡车碾出的大坑，三轮车司机像玩杂技一样不停地急拐弯，我和乔小卉好似笸箩里摇动的元宵。身体的每次碰撞都让我有一点兴奋，每次分开她都会略显慌乱地理一下头发。我觉得三公里路程太短了，盼着三轮车能够在糟糕的路上一直开下去。

孟同的母亲是盲人。她正坐在大门口的马扎上，腿上放着一只白色塑料盆，盆里盛满了黄豆。她穿着颜色模糊的夹袄，满头白发剪得很短，乍一看像个干瘦的老头。她的左手从盆里捡起一颗黄豆放在右手里，右手的食指和拇指轻轻一捻，放下，又接过左手递来的一颗。黄豆在初春的阳光下闪动着淡淡的油光，她那干枯的手指就像是干裂的筷子。有人对她说，等她把盆里的黄豆数完，孟同就回家了。

她的眼睛不好，耳朵却很灵，我提着两箱牛奶还没走到她身边，她的脸便直直地对着我，双手匆忙拢了一下头发，又正了正夹袄的领口，问："你是孟同的同学吧？"此时街上正有几辆农用三轮车冒着黑烟驶过，她不光在嘈杂的声音里听到了我的脚步声，还知道我是来找她的。我急忙朝前走了两步，说自己是孟同的同学。这是乔小卉刚给我安排的一个身份。她固然想见一见孟同的母亲，到了村口却又不敢从出租车上下来。我觉得这样也好，给了我一个了解孟同的机会。我在老太太面前蹲下身，她笑着伸出手来摸我。我怕被摸到脸，急忙把手递到她的手上。她的手上像是蒙了一张砂纸。她笑着说："那你跟我家小卉也是同学了。"我还没答话，她的笑容忽然一僵，问我多大了。我说三十七。老太太脸上显出了匪夷所思的神情："我家孟同和小卉才二十二，怎么会有你这么大岁数的同学？"我这才知道时间已经在她的感觉里停滞了。我正要给自己找一个晚入学的理由，她又问："你是从济南来还是从美国来？"我说从美国来。我觉得把来处说得愈远愈好，以便应付她头上一句脚上一句的说话方式。

她笑了："这就难怪了，美国人念书晚，有的女人生完孩子还在念书呢。"

回八里屯的路上，我的心情非常沉重，孟同的母亲仿佛一个坚硬的雕像横在我的脑海中。我跟她聊了半个多小时，从她的话语里我一再看到儿时的孟同。他背着书包回到家的第一句话总是"娘，我饿了"。家里的墙壁上贴满了他的奖状。村里的人对我说，老太太的眼睛是孟同死后哭瞎的。失明之后她反倒开心起来，用混乱的思维安排孟同和乔小卉去美国留学，然后每天数着黄豆等待他们回来。我还从村里人口中得知了孟同的死因，心里涌动着一股悲愤。该死的人固然很多，孟同却不该死。

我上了三轮车之后没再说话。乔小卉想问点什么，我扭过头去不看她。孟营是个贫穷的小村庄，红色砖瓦房和土黄色泥坯房混杂在一起，看上去像一块被拍瘪的劣质蛋糕。三轮车驶出村口时，乔小卉回头看了一眼，她那次跟孟同一起离开时，孟同的母亲站在村口一直望着他们。为了给未来的儿媳留个好印象，她特意染了头发。这次乔小卉当然不可能看到她，即使她再站在村口，乔小卉也认不出来。

乔小卉紧抿了一下嘴唇，问："怎么样？"

我说："你该自己去看看。"

我怕被她缠着问这问那，回到旅馆直接去了孙秋水的房间。李文治正在跟他商量乘坐"诺亚"回到过去的哪一刻。桌上的烟灰缸里塞满烟蒂，他俩商量了许久，愈是往内心深处挖掘发现后悔的事愈多，竟然不知从哪件事下手了。根据詹姆斯的设计，乘坐者一生中只能回到过去一次。任何一个人都与许多人存在牵扯，不限次数势必给当今世界造成极大的混乱。孙秋水本来想回到当年的高考考场上，把数学试卷重新做一遍。他小时候听算卦的说他将来可以封王拜相，如今都快退休了才混到科级。他觉得人生很失败，究其原因就在于当年没能上个好大学。老孙盘腿坐在床上，手指头抠着脚趾缝，眼睛偶然看到了手机推送的一条反腐消息，忽然又觉得没当上大官是自己的幸运。

他诚恳地说："我是个贪财的人，如果真当了官，很可能还没到正处就进了监狱。"

李文治有点纳闷："要是真当了官，何必贪污呢？"

他觉得只有没钱的人才以为钱重要，有了钱会发现钱的作用并没有想得那么大，并且更多了些想不到的麻烦。他刚离开老家去城市打工时，大家以为他去讨饭了，回到村里面对的都是同情的目光。等他有了点钱，老家人的目光里多了一些嫉妒。再后来，他感觉到了老家人的仇恨。终于有一天，他家祖坟的墓碑上被抹满了大粪。他去上坟时粪便还散发着新鲜的臭气，显然是故意抹给他看的。这件事的最终处理方式是由村委会出面向派出所报案寻找抹粪便的人，李文治捐钱在老家的村口建了一座桥。李文治捐款建桥倒是无怨无悔，可是跟家族墓碑上的粪便联系在一起让他觉得很窝囊。所以，李文治特别渴望回到十二岁那年决定退学的那一天。他要把书继续读下去。他知道自己天生不是做学问的人，只想努力考上税务学校，毕业后到税务所上班。李文治想到这里脸上带着一丝笑意，好像已经坐在基层税务所的办公室里。

他说："每个企业都做假账，随时可以罚他们。"

老孙有点吃惊，原以为做企业的都不容易，互相之间会惺惺相惜，李文治居然想着找同行的麻烦。他不由怀疑李文治的人品，继而又觉得李文治说这些是对他的信任。他正拿不准怎样接话，恰巧我进了门。我是来跟他们道别的，我决定退出"诺亚之旅"。孟营村之行让我很失落，我发现乔小卉竟然是个恶毒的女人。老孙递给我一根香烟，问我想乘坐"诺亚"回到哪一刻。

我反问道："你不是说这是一场骗局吗？"

老孙笑了："知道是骗局。可我为什么要来？我一路上都在想，终于想通了。我愈是觉得不可信，说明我信得愈真。"

李文治被绕得有点懵："你到底信不信？"

老孙吸了一口香烟，微闭着眼睛仰靠在床头，淡淡的烟雾从两个长满鼻毛的鼻孔里轻飘飘地"流"出来。李文治转头问我最后悔的事是什么。我说没有后悔的事，这次参加"诺亚之旅"本来想找到耳边键盘声第一次敲响的时间，现在没必要了。李文治觉得我不想说实话，冷笑一下，闷头抽起了烟。

我确实想不起最后悔的事是什么。我记得妻子出走是八年前的一个下午，她说回四川老家，当时正下着一场秋雨，窗外的树叶在雨水中瑟瑟颤抖。我被键盘声折磨得都快疯了，没有听到她推着行李箱出门的声音。后来我发现她留下了所有的房间钥匙，才知道她不会回来了。最后悔的事一般都包含着对别人的伤害，可我只是被伤害过，不记得伤害过别人。我忽然想，在妻子出走之前我都做了些什么？我像是发现了一条了解自己的线索，正要深想，键盘声突然响了起来。我急忙用双手捂住耳朵，眼神变得像是被蝇拍追打的苍蝇。这次的声音比以前任何一次都更响亮，敲打键盘的手指仿佛足有二十多根。

李文治担心地问："你病了吗？怎么出了这么多汗？"

我求助似的说："键盘又响了。"

老孙从床上坐了起来，在屋子里看了一圈，又侧耳听了听："哪有键盘？要不要送你去医院。"

我刚要说话，键盘声突然消失了，我感觉就像刚从浴室出来一样满身舒爽。我摸了一把额头上的汗水，听到了轻轻的敲门声。我知道是乔小卉来了。李文治打开房门，请她到屋里坐。乔小卉站在门口直直地看着我。

她说："请你出来一下。"

四

如果不是我脑海中浮现出那个敲打键盘的女人，我不会跟着乔小卉去徒骇河边。她说话的口气像下一道命令，我何必听命于她？她在我心里已经是随时可以置人于死地的女人。我宁肯忍受键盘声的折磨，反正已经忍受了许多年。

听到她叫我时，我反倒坐在了床上，从桌上摸起一根烟。这时，我的神思一阵恍惚，依稀看到敲键盘的女人在电脑桌前挺了一下腰，紧抿了一下嘴唇，下巴上那颗小巧的灰痣清晰地显现出来。她点上一根细长的香烟，吸了一口，双手重新凑到键盘上。我心里立时抽搐了一下。她这次打字的动作特别轻柔，就像在抚摸婴儿的脸蛋儿。随即，我在她的电脑屏幕上看到了一行字：他决定跟她谈一谈死去的孟同。

我和乔小卉朝徒骇河边走去时好像在梦游。我尾随在她身后，像一条驯服的狗。傍晚的阳光映红了河水，岸边的柳树枝条正在发芽。乔小卉走不了几步便回头看一眼，怕我没有跟上来。我一直在想着敲键盘的女人，她本来是我接近乔小卉时瞎编出来的一个人，如今却清楚地映现在我的脑海。她的形象愈来愈真切，我发现了她的一个习惯动作：每当她审视电脑屏幕时，左手会揪一下厚厚的耳垂。我还知道了她的名字叫罗小曼，这是因为她又点燃一根烟时身后有人叫她。那人问："写完了吗？"她说："还早着呢。"我看到乔小卉在一棵柳树下停住脚步，从兜里掏出纸巾铺在地上。她坐下之后扭头看着我，又掏出一张纸巾铺在身旁。我忽然有点毛骨悚然，并不是因为乔小卉确定我会坐过去，而是我在罗小曼的电脑屏幕上又看到了一行字。

我后来想到与乔小卉的此次对话时感觉非常诡异。我根本不用思考，只把电脑屏幕上的字念出来就行。我在乔小卉和罗小曼之间成了传声筒。我发现罗小曼有点刁钻，所提的问题连我都有点猝不及防。

罗小曼问："你为什么往孟同脸上泼硫酸？"

我念出这句话先把自己吓了一跳。这句话自从孟营村回来便憋在我的心里，可我宁肯退出"诺亚之旅"也没敢问乔小卉。我的口气很冲，仿佛有另一个人正在代替我说话。如果让我来问，语气会轻得多。我说完之后不安地看着乔小卉，以为她会很受打击。没想到她十年之前便为这个问题准备好了答案，并且在狱中写信时一再明确地告诉了孟同。

乔小卉说："我那样做是为了爱他一辈子。"

我又念道："你后悔吗？"

乔小卉说："他如果没死，肯定会原谅我的。"

罗小曼说："他上吊就是要告诉你，死都不会原谅。"

乔小卉愣怔着望向我："你这样以为？"

罗小曼突然停止了打字，我有些慌乱，面对乔小卉略显可怜的神情，我不得不用自己的方式处理罗小曼留下的烂摊子。我觉得乔小卉大胆地承认泼硫酸已经很不容易了。

我说："我当然不那么以为。你肯定有难言的苦衷。"

乔小卉脸上掠过一丝欣慰："孟同也像你这么想就好了。"

这时，河里有一条小船划过。船头站着一个红衣女孩，微风拂动着她的长发，她出神地凝望着岸边的八里屯小镇。我恍惚中感觉正身处一幅古老的画面里。红衣女孩很像二十年前的乔小卉。我朝河心一指，正想提醒她看一看，罗小曼忽然又跳了出来。

她急速地在电脑上写道："你不觉得自己太霸道吗？"

乔小卉惊异地看着我："你觉得我霸道吗？"

罗小曼说："孟同无非是想跟你分手，何必搞得两败俱伤？"

乔小卉说："我那么爱他，他怎么能不爱我呢？"

罗小曼说："你爱他，他就必须爱你吗？"

乔小卉说："他爱的是我，跟我说分手只是一时鬼迷心窍。"

罗小曼说："你一开始便把对他的感情当成了恩赐，你觉得他没有资格再对爱情做出选择。"

乔小卉沉默了。

我们离开徒骇河边回旅馆时天已擦黑，罗小曼终于从我的脑子里退了出去。乔小卉的思绪沉浸在孟同身上，并不知道刚才跟她说话的是两个人，她像是自我辩白一样说到了那个改变命运的夜晚。

那天晚上临近十一点了她还在中山公园北门外徘徊。她和孟同在青岛一所大学毕业之后来到济南当老师，正计划着把家安在这里，孟同却被一个叫江美影的女孩缠上了。乔小卉觉得江美影给孟同下了蛊，要不然孟同绝不会刚跟她认识三个月便对她爱得要死要活。孟同提出分手之前，身体已经对乔小卉进行了拒绝。乔小卉刚开始以为他得了病，想带他去看男科大夫，后来是孟同手机里的一条信息让她知道事情没有那么简单。女人打架第一个动作便是冲上去抓对方的脸，乔小卉想把孟同重新拉进自己的怀抱，首先想到的是让江美影毁容。她盯了江美影两天，没找到下手的机会。此时孟同正跟江美影在公园里，乔小卉觉得这是个天赐良机。乔小卉站在一棵法桐树下看着公园北门，门口愈来愈冷清了。公园十一点半关门，乔小卉掏出手机看了看时间，先是愣了一下，随即眼睛里涌上了泪水。她忽然发现自己是如此懦弱，制定详细的袭击方案其实只是一种可怜的自我安慰。她早就知道孟同和江美影根本不可能从公园北门出来，他们会出南门去坐 101 路电车。也就是说，她在精心计划惩治江美影的同时，潜意识中已经饶过了江美影。乔小卉暗恨着自己，当看到公园的电动门缓缓闭合时，她竟然长舒了一口气。她知道今晚的行动失败了，正想着如何说服自己再将计划执行下去，突然，两个身影从即将关闭的大门里冲了出来。

　　乔小卉看到孟同和江美影站在公园门口拦出租车,夜风吹乱了江美影的头发,江美影看上去像个披头散发的女鬼。乔小卉又摸了一下包里的硫酸瓶,已经没有了冲上去的力气,她的手抚在法桐树的树瘤上,闭上眼睛想等待他们离去。当她睁开眼睛时,却看到孟同背着江美影正顺着经三路朝东走,他的左手伸到背后托住她的屁股,右手替她拎着一只断了跟的白皮鞋。江美影仿佛正骑在一匹骏马上,双手像紧抓缰绳似的揪着孟同的耳朵。乔小卉的怒火再次被点燃了,她从包里掏出了硫酸冲了上去,但没想到竟然泼在了孟同的脸上。

　　乔小卉扭头看了我一眼:"你说得很对。"

　　我愣了一下:"我说什么了?"

　　乔小卉说:"细想一下,我刚开始确实把对他的感情当成了恩赐。"

　　她第一次收到他的情书时很惊异,随即感觉像是被苍蝇叮了一口。孟同考上大学在老家人眼里犹如鲤鱼跳龙门,进了大学却成了不起眼的小虾米。乔小卉并不是看不起他,而是像走在街上不会留意路边乞丐一样根本没正眼看过他。孟同用一种常人难以理解的毅力追了她两年。两年里乔小卉虽然没有答应,却逐渐把他的追求当成了习惯。孟同因为追求她而努力让自己变得优秀,进了学生会担任了部长,还收到了另一个女孩子的情书。乔小卉看到孟同展示的情书时,心里的滋味很是复杂。孟同却当着她的面把情书撕碎扔进了垃圾箱。乔小卉记得孟同第一次跟她接吻时的庄重神情,那一吻有些匆忙,孟同就像刚完成一项重要的任务似的长舒了一口气,说:"终于可以了。"

　　我想说关于"恩赐"的观点并不是我说的,却又一时拿不准要不要把罗小曼的事告诉她。

　　我问:"你不觉得我今天说话有些反常吗?"

　　乔小卉稍微想了想:"确实有点。"

　　她这是第一次对着他人把孟同的事情全部说出来,像是终于卸掉了大包袱,神情清爽了许多。

　　我说:"我看到那个敲键盘的女人了。"

　　乔小卉以为我在开玩笑:"说说看,她长什么样?"

　　我说:"今天跟你说的话,都是我照着电脑屏幕念出来的。"

　　乔小卉笑道:"你别吓唬我好不好?"

　　小镇的十字街头变得热闹起来,各类小贩的叫卖声在扩音喇叭里此起彼伏。乔小卉在一个水果摊前买水果,我远远地看到孙秋水和李文治正站在旅馆门口东张西望,可能是在等着我们一起吃饭。乔小卉一边将挑出的橘子放进塑料袋里,一边跟小贩讲价。一个饭馆的服务生骑着三轮车刮了一辆轿车,他傻站在那里,静等着气鼓鼓的车主从车门里钻出来。两个初中生从人群中走过,男孩轻轻揪了一下女孩的辫子，女孩正要生气，男孩从她的肩头摘下了书包挎到自己的肩上。乔小卉经过一番讨价还价，最终还是以比实际价格更多的钱买下了一袋橘子。眼前的种种景象让我忽然有了一种虚幻感，近些日子我的意识里塞满了"诺亚"时光机和罗小曼的键盘声，几乎搞不清哪里才是自己寄身的真实世界。

乔小卉掏出一个橘子递给我，说："我相信那个敲键盘的女人确实存在了。"

我问："你以为我原来在说谎？"

乔小卉说："既然相信'诺亚'，就没有理由怀疑她。"

我有点担心地问："你想回到七年前把他从上吊绳上解救下来？"

乔小卉说："我要回到十年前的中山公园北门口，让他背着江美影安静地离开。"

五

从八里屯去往仙女洞的路上，我的脑子里同时装着两个女人。我将罗小曼和乔小卉进行了比较，乔小卉更是我心仪的人。罗小曼比乔小卉年轻，我却没见她从电脑桌前起过身，怀疑她是个瘫子。她的烟瘾挺大，用不了一会儿烟灰缸里便塞满烟蒂，一只苍老的手总是及时伸过来将烟灰缸拿走，清洗之后再放回她的面前。庆幸的是她敲打键盘的动作愈来愈轻柔，轻得几近于无。我本来可以不再想她，专心跟乔小卉说话。没想到罗小曼竟然成了阻断我回忆的一道墙。

乔小卉问到我的工作，我说在北京一家文化公司工作。她问我何时从老家去北京的，我一时说不上来。我最早的记忆停留在妻子出走的那个下午，再往前想只能看到罗小曼坐在电脑前。乔小卉脸上显出一丝不悦。去北京的具体时间并不是什么私密问题，我不回答显得缺乏起码的坦诚。我只好把话题停留在妻子出走的那一刻。

我说："那天下着雨，她走的时候我居然没听见。"我说完之后心里陡然一惊，这相当于向乔小卉亮明了我是单身。乔小卉问："你想她吗？"我说："没顾得上想。我只忙着找偏方治耳鸣了。"乔小卉问："你不爱她？"我说："应该不爱吧，不然我怎么会不想她？"乔小卉问："你不爱她怎么会跟她生活在一起？"我笑道："所以她才走呀。"乔小卉说："你这次可以乘坐'诺亚'回到那个下午，把她留下。"我苦笑："如果能留下，她当初就不会走了。"

我们的话很像兜圈子，绕来绕去都说不到核心点上。她想搞清楚男人不爱女人为什么还要跟女人在一起，我则是不愿让她看出我的记忆受阻。如果不是孙秋水及时插话，我几乎不知道怎样跟乔小卉说下去了。绕圈子说话比撒谎还累，说谎无非是说出第一句之后想着后面怎么圆，属于创造性工作。绕圈子则相当于咀嚼甘蔗渣。

　　孙秋水说："男人不爱女人也可以生活在一起。"他说完叹了口气，好像在特意提醒别人他有切身体会。他刚才躺在房车后排的沙发床上看电视，被我们的话题挑起了说话的欲望。乔小卉说："那只能是女人特别爱那个男人，才会甘愿忍受他的不爱。"孙秋水说："不一定。"乔小卉糊涂了："谁也不爱谁为什么还要在一起？"孙秋水说："两个蚂蚱拴在一根绳子上，你说它们会相爱吗？"乔小卉说："人又不是蚂蚱。"孙秋水说："人还不如蚂蚱。蚂蚱过得再不舒服顶多也就活两三个月，人却要熬一辈子。"乔小卉纳闷："不好就分开，为什么要熬？"孙秋水问："你还没结婚吧？"乔小卉的脸稍微一红，点了点头，随即又急忙摇了摇头。孙秋水本来还要说点什么，乔小卉的表情让他把话咽了回去。他转头看了我一眼："小刘的妻子倒是个有勇气的人。"我笑了一下，冲他竖了一下大拇指，连我都不知道是在赞同他的说法正确还是敬佩我出走的妻子。乔小卉冲我笑道："你太逗了，老婆跑了，你不恨她，也不伤感，简直够得上麻木不仁。"老孙说："我倒是盼着我老婆出走，可她硬是赖在家里，估计她也无处可去吧。"

　　老孙昨天晚上曾在我房间里说到他的老婆像一块滚烫的年糕，粘在手上甩不掉又没法吃。他找我本来是商量一下乘坐"诺亚"回到过去的哪一刻，说了没几句竟然将话题落在他老婆身上。当时我正想去隔壁房间找乔小卉。我知道了她和孟同情感的来龙去脉之后，她在我心里又成了清爽的女人。我觉得她泼硫酸只能算一时冲动，孟同顶着满脸疤痕过了三年不想活了纯属自己想不开。有许多比他更惨的人还坚韧地活着，如果他看到了乔小卉写的信，应该会原谅她。对我来说，孟同的死倒是一件好事。我原来担心乔小卉借助时光机把他救回来，徒骇河边的对话让我明白了她的心迹。她入狱那年二十三岁，在监狱的十年里她的情感几乎处于封闭状态。她既然决定回到十年前放过孟同，说明她准备重新敞开二十三岁的心迎接新的爱人。我很希望自己成为那个新人。又想到二十三岁的女孩眼光很挑剔，我很怕自己配不上她。我在房间里不停地来回走动着，不时揉搓着有些稀疏的头发，又去卫生间看一看自己粗糙的脸。我想在身上找到一点可以打动她的特长。特长迟迟没有找到，老孙却来了。

　　孙秋水虽然是个在城市里生活了四十年的文化人，却依然保持着进门就脱鞋上炕的习惯。他老家在河北中部一个偏远的村庄，家里种着一大片棉花。村里有早婚的风俗，他高中还没毕业便订了婚。孙秋水长得老相，刚上初中便常常被陌生人以为是他父亲的亲弟弟。跟他订婚的那个邻村女孩叫小凤，长得挺漂亮，她跟孙秋水订婚并不是无视他的相貌，而是知道他念书还可以，有可能考上大学。孙秋水上了大学之后几乎每隔两天便会收到小凤的来信。小凤只有初中学历，写的信却很长。信里没有孙秋水渴望看到的绵绵情话，通报的全是孙秋水父母的身体状况和地里庄稼的长势。孙秋水最不感兴趣的就是这个。当时他的父母才四十来岁，父亲壮得像头牛，母亲是出了名的母老虎，介绍他俩的身体状况纯属多此一举。孙秋水随即从信中看出小凤如今已经顾不上尚未过门的羞涩，经常到他家帮着干农活，信里的意思是说她将是个既孝顺公婆又勤俭持家的好媳妇。孙秋水念的是工科，班里的男生占到了百分之九十二，几个长相一般的女生在众星捧月的局面里过早地学会了忸怩作态。孙秋水觉得小凤比她们强得多。春节去小凤家拜年，小凤的父母特意躲出去让他俩说说话。孙秋水按捺不住烈火一般的欲望，把小凤抱到了炕上。小凤的神情显得挺慌乱，对他的举动倒是心中早就有了数。孙秋水匆忙脱了衣服之后有点不知所措，小凤拽过被子捂在了他的身上。事毕之后，小凤将脸埋在枕头上哭了。孙秋水有点懵。小凤说："都说你上了大学就会变心。"孙秋水一听感觉遭受了不白之冤。当时他以为大学毕业会分配到县机械厂当技术员。他替小凤轻轻揩着泪水，用坚定而绵软的口气一再声明自己的忠贞。小凤终于笑了。她说："你要是变了心，我就拿镰刀把你那个割掉。"孙秋水双手下意识地往裆间一捂。小凤又笑了。

老孙叼着香烟盘腿坐在我的床上，说到小凤的笑容，神情猛然一亮，脸上的每道皱褶都散发着光泽。随即脸色一暗，他又陷入了伤感："结果我还是变了心。"

老孙变心绝不是蓄谋，是被逼无奈。他现在的老婆是他的大学同学，也就是当时班里那几个忸怩作态的女生之一。孙秋水看着她不怎么顺眼，她更不可能看上他。老孙有幸跟她打上交道是因为她失了恋。她失恋怎么偏偏找他倾诉呢？老孙为此纳闷了许多年，直到去参加"诺亚之旅"的前一天晚上他才想明白，她遵循的是那句"找个老实人嫁了"。孙秋水上了大学依然对小凤不离不弃，这已经成了同学间的佳话，被公认为彻头彻尾的老实人。当她找他商量毕业分配去哪儿好时，孙秋水并不知道这是个圈套，反倒有点受宠若惊。她的姨父是学校的系主任，孙秋水很想趁着替她参谋去向时，顺便请她求一下姨父，把他分配回老家。孙秋水跟她说话是在市中心的公园里，说了没几句她便哭了起来，随即骂那个抛弃她的人。那人是他们的同学，孙秋水跟他平日里稍有不睦。孙秋水觉得很有必要随着她骂几句，便说："早就看他不对劲，果然不是个好东西。"共同的敌人骤然拉近了两人的距离，她用泛着泪花的眼睛看着他，口气里带着一丝嗔怪："你早就看出他的狐狸尾巴，为什么不告诉我？"孙秋水被撩得心里一麻，说："那时候我哪敢跟你说话呀。"她问："你现在怎么敢了？"孙秋水嗫嚅了一下，说："你能不能替我求你姨父帮个忙？"她心里很失望，嘴上倒是挺痛快:"你怎么不早说?"当天晚上她带他去了姨父家,姨父家没人,她掏出了房门钥匙。孙秋水后来每次回想到在她姨父家住的那个夜晚都感觉像做梦。怎么就迷迷糊糊地跟她上了床?因为那半瓶价格不菲的进口葡萄酒,还是那张诱人的席梦思床?想来想去,孙秋水恨不能抽自己的嘴巴子,恨自己当时冒出了有便宜不占白不占的鬼心思。孙秋水不以为她会看上他,她那么主动只能是在感情最脆弱的时候被红酒支使得有点犯迷糊。接下来孙秋水照常跟小凤通信,计划着在老家县城即将开始的新生活。二十一天后的一个下午,孙秋水接到了一个霹雳般的消息,她怀孕了。她在告诉孙秋水之前,已经悄悄写信把怀孕的事通知了小凤。小凤一气之下喝了敌敌畏。

老孙说到这里非常气愤:"你说她干的这叫人事吗?"

我以为又听到了一个因爱情而死亡的故事:"小凤死了?"

老孙说:"她倒是被救了过来,可她哪还有脸待在老家?"

小凤去天津投亲了,随后嫁给一个在天津做建材生意的福建人。老孙再次见到她时,她已是一个金属公司的副总。二十二年前一个春天的下午,他跑到一家新成立的金属公司去给杂志拉赞助,没想到这是小凤的公司在市里设的分部。面对着满身贵妇气息的小凤,老孙想到她说的"拿镰刀把你那个割掉",忽然想哭。

老孙不喜欢老婆是有道理的。她当初怀孕是假的。老孙觉得情有可原,毕竟是为了嫁给他。没想到她的名字也是假的,她当年是顶替另一个女孩上的大学。老孙随即又发现她是个撒谎成性的人,经常撒一些没有必要的谎。比方说她明明从东风市场买的菜,偏说是从西关菜市场买的。有段时间家里接二连三收到寄给她的信,她作势把信藏起来,却又故意让老孙看到。老孙懒得看。过了一段时间,她自己沉不住气了,说那个当年抛弃她的同学最近老是找她。老孙暗自冷笑,那同学早就在深圳被车撞死了,她竟然不知道。老孙劝她可以跟那人联系一下,也许能碰撞出意想不到的好事。她惊异地看着他:"你真这么想?"老孙觉得这些年一直生活在上当受骗的屈辱之中。他曾经怀疑她生出的孩子也是假的,偷偷领着一对双胞胎儿子做过三次亲子鉴定。儿子确实是他的,却也成了拴住他的绳索,绳索的另一头紧紧地抓在他老婆的手心里。老孙近日思来想去,终于认定这辈子最大的失败不是高考时做错的那张数学试卷,而是娶错了人。所以,他乘坐"诺亚"的心情尤为迫切。他想回到他老婆找他商量毕业分配的那个下午,他不会跟着她去公园,更不会随她去姨父家,他要安静地回到宿舍里,给小凤写一封长信。

老孙拍了拍因为抠脚遗留在床单上的粉末,穿好袜子,从床上跳下来舒展了一下腰身。对前半生的回忆似乎耗去了他太多的力气,他从我的房间往外走

时神情显得有些疲惫。

他说："什么封王拜相、日进斗金，全是假的，最重要的是跟自己爱的人过一辈子。"

老孙走到了门口又回过身来说："你想乘坐'诺亚'回到什么时候？"

他这话只是随口一问，我却觉得被问到了一个棘手的问题。自从我的脑海中出现罗小曼的身影，敲键盘的声音几近消失，我已经没有了乘坐时光机的必要。我没有退出"诺亚之旅"是想跟着乔小卉，可我不愿把追求乔小卉的想法告诉老孙。

我说："还没想好呢。"

老孙说："你得抓紧想一想，时间不多了。"

老孙离去时已经半夜十二点二十分，我打开窗户释放着他和我抽烟制造的烟雾，想着进一步接近乔小卉的办法。我对她念念不忘，她还一无所知。她心里原来装满了孟同和硫酸，我根本挤不进去。如今她心里有了空间，我依然不知道怎么进去。追求一个女人怎么这么难？如果我是个笨蛋，当初怎么还会娶到妻子？我想在上次的恋爱中吸取一点经验，结果又想到了妻子出走的那个下午。我在响亮的键盘声中依稀听到她在收拾行李，听到她说回四川老家，却总也看不到她的身影。我正要回忆一下跟她交往的情景，脑海中浮现出了罗小曼的电脑屏幕，她写道：他决定先向她介绍自己。我觉得罗小曼说得有道理，电视上的相亲节目都是从介绍男方开始的。我住在北京朝阳区的一个小区里，上班的文化公司离家只有两站地，我一般都是穿过河边的公园走过去。办公室里的人叫我刘总。公司像一台运转良好的机器，根本不用我操心，每周一、三、五下午我会去办公室里坐一坐，没人向我请示什么，我也没安排过别人做什么，我自顾自在电脑上寻找治疗耳鸣的偏方。有一回我在办公室睡着了，像做梦一样听到外屋有两个人说话。女的说："你发现没有，老刘有点傻了。"男的说："他是被老婆出走刺激的。"女的说："看上去老刘挺不错，他老婆为什么要走？"男的笑道："你现在有机会嫁给他了。"我轻轻咳嗽了一声，外屋的人噤了声。我走出去时发现外面一个人都没有。

房车里回响着老孙和李文治的呼噜声，乔小卉半躺在沙发椅上闭眼假寐，不知她想到了什么，脸上浮着淡淡的笑意。我心里有点焦虑，眼看离仙女洞愈来愈近，我却迟迟不知怎样博得她的好感。她感觉我在看她，睁开了眼睛，冲我笑了一下。我也笑了一下。她问："那女的又在打字？"我说："没有，她这会儿可能在睡觉。"乔小卉说："你以后可以把作息规律调整得跟她一样，她睡你也睡，她打字的时候你就看她写了什么。"她的话忽然提醒了我。我说："昨天晚上她写的是让我向你介绍自己。"乔小卉笑了："你倒是挺会借坡下驴。"说着很认真地看了我一眼："可是你并没有听她的话。"我说："她横在我的脑子里，那个下午之前的事，我真的想不起来。"我有点担心地看着她，很怕她以为我在隐瞒不可告人的事情。乔小卉说："看来她是你生命里非常重要的一个人。"我说："她的重要只体现在用键盘给我制造了太多痛苦。"乔小卉说："能够给你制造痛苦的女人，说明更重要。"我感觉到她的口气有点不对，急忙问道："你不会以为我对她日思夜想吧？"乔小卉说："你不想她，怎么老是说起她？"我说："这次明明是你先提到了她。"乔小卉说："如果你不想，我提到她你也不会说。"乔小卉扭过脸去不再看我。我一时找不到话说，感觉就像掉进了自己挖出的一个坑里。

我终于知道乘坐"诺亚"回到哪一刻了。我要冲破罗小曼的影像，回到妻子出走之前。只有打通记忆，我才是一个完整的自己。我拉开窗帘看着窗外，绿树和村庄交替闪过。我闭上眼睛刚要想象自己坐进玻璃棺材似的时光机里，却依稀看到罗小曼坐在电脑前握了一下拳头，她的上齿紧咬着下唇，好像在生气。她的电脑屏幕上显示着一行用括号括起来的小字：下一节必须让他大胆一点。我无暇理会这句话的深意。乔小卉怪我老是想着她，我就不该再想她。如今的罗小曼在我感觉里成了电影里的人物，想看就看一眼，不想看就把她屏蔽。我继续想着时光机。坐在里面，是像做梦一样只有意识回到过去，还是像宇航员一样去到另一个空间？这时，我有了一种飘忽感，仿佛正站在一个高高的铁塔上，伸手几乎可以摸到天上的星星，一阵风吹过来，我摇摇晃晃像是一个纸人，风声中有个莫名的女人轻柔地说道："跳下去！"

傍晚的平原像是一个烧红的大饼铛。房车从一个村庄旁边经过，几个孩子站在路边冲着房车指指点点。我们坐的这辆车造型有点怪异，乍一看很像旱地上行走着一艘轮船。孩子们好奇的目光将我的思绪拉回现实中，我不由苦笑了一下。如果"诺亚"真有穿梭时光的能力，老孙回到过去就不会跟他的女同学去公园，她也就成不了他老婆，那他现在的双胞胎儿子从哪儿来？乔小卉回到十年前不再冲着孟同泼硫酸，她就不会蹲监狱。没有十年的监狱生活，她就不会跟我同坐在一辆车里。过去的任何一丝变化都会给现在带来无数种可能，过去如果真的能改变，今天的我们还是我们吗？心念及此，我的精神一振，感觉终于抓住了"诺亚"的漏洞。突然，我的脑袋里铮然一响，像是有根弦崩断了，随即听到了激烈的键盘声。我急忙想象罗小曼，想让她停下来。她没有出现，我的头有点发闷，好似被摁进一只水桶里。键盘声更响了。

我像落水的人一样伸着双手张皇地乱抓，竟然摸到了乔小卉的乳房。她吓了一跳，坐直身子吃惊地望着我。我用力撕扯着自己的耳朵。她有些慌乱："还是她？"我说："这次我没想她。"乔小卉急忙回身叫老孙和李文治，准备送我

去医院。我说："原来响的时候只要看到你就不响了。"乔小卉说："那你就看着我。"于是我大胆地看着她。她的眼睑垂了下去，又急忙抬了起来。老孙和李文治看到我们对视的一幕又重新躺了回去，他们觉得我这次犯病不严重，头上连汗都没出。乔小卉问："还响吗？"耳朵里的声音已经消失了，但我说还响。她的脸忽然一红："你又骗我。"我说："没骗你。"她说："我真想拿刀子把她从你脑袋里剜出来。"

六

我和乔小卉再次单独说话是在一个县城医院的急诊室门前。我坐在光滑的台阶上，身旁停着四辆随时待发的救护车，不远处的白求恩雕像在灯光映照下显得特别透亮。乔小卉站在我旁边，不时扭头看一眼急诊室，一个喝了农药的年轻女人正在发出撕心裂肺的叫声。我又说到了罗小曼。她现在成了横在我跟乔小卉之间的最大障碍，我急切地想把她清除掉。此地距离仙女洞只剩了七十公里。

我说："我又不认识她，你说她为什么老是跟我过不去呢？"

乔小卉诧异地看着我："你知道你这是第几次说这话吗？"

我有点懵："我说过吗？"

乔小卉没言语，突然像怕冷似的瑟缩了一下身子。

我说："咱们先去住下吧。"

她问："要不要跟老孙说一声？"

我问："你想跟他说吗？"

在医院门外的一家宾馆，我要来她的身份证，登记了一个房间。她站在我身后没有反对，心安理得的神情就像随着丈夫旅游的妻子。

我非常感激李文治肚子里那节突然溃烂的盲肠，使得房车不得不急忙拐进医院里。如果一直开下去，我今生很可能与乔小卉擦肩而过。我们一旦到了仙女洞，坐进了时光机，重新走出来时都已经变成另一个人。我固然想回到妻子出走之前的随便一个时间点来打通记忆，如果在那个时间点上偶然发现她的一点好处，那在她出走的那天下午我就不得不挽留她。她不离去，我就没有机会遇到乔小卉。我坐在房车里反复想着用什么理由让乔小卉放弃此次"诺亚之旅"，脑子里像装着一盆煮沸的水。乔小卉的头靠在窗玻璃上，用手拉开窗帘一角，静静地看着窗外。一辆大卡车紧贴着房车驶过，吓得她身子一缩，闭着眼睛靠在椅背上，右手轻拍着胸口。这时，李文治从后排探过身来："你们是从哪儿得到'诺亚'的信息的？"这本来不算什么问题，我们随即却感觉到了诡异。我们四个人都接到了同一个手机号码打来的电话，从而得知了"诺亚"。李文治按照那个号码拨回去，居然是空号。车里陷入了死一般的寂静，他们心里可能涌动着一丝不祥之感，我却有点欣慰，觉得李文治的疑虑来得正是时候。我恨不能让"诺亚之旅"马上停下来。李文治闷头在手机上操作着，想查一查那个号码是不是刚注销。我对老孙说："你不觉得愈来愈不对劲吗？"老孙一笑："一个空号码算不了什么。"我说："我觉得我们被人卖了。"老孙脸上的皱纹突然一紧："卖了？卖给谁？"乔小卉冲着我板起脸："你别胡说。"她的口气像训斥一个恶作剧的孩子。突然，李文治惨叫一声从椅子上跌落下来，身子缩成一团，脸色像个死人，额头上渗出黄豆大的汗珠。我和老孙从车里把他抬下来时不知道他得了急性阑尾炎，他那痛苦的样子很像是要暴毙。

沉浸于自我情感的人很容易对别人的病痛不管不顾。我和乔小卉进了宾馆房间，立马把躺在手术室里的李文治和守在手术室外的老孙给忘了。乔小卉在打量房间里的布局，我一把紧紧地抱住了她，动作迅猛得就像是完成一次擒拿。我进门之前还没打算这么做，插好房卡之后脑子里忽然闪过一句话："大胆一点。"乔小卉的身子在我怀里刚开始像是一根木头，随即便像气球一样柔软了。我的下巴紧挨着她的脖颈，吸嗅着她身上温暖的香味，心里忽然涌上一阵莫名的委屈，不知不觉眼泪流了下来。我抱着她，全身仿佛陷入了沉睡。不知过了多久，她轻轻拍了拍我的后背："好了，你不是有话对我说吗？"我确实有许多话要对她说，此时却觉得什么都不用说了。那些话无论变换多少种说法也无非为了拥有此刻。我把她抱得更紧了一些，她的身子在我怀里挣了挣："被你勒得汗都出来了。"

我后来回想到这个夜晚总感觉有点不可思议，我在前台登记一个房间时她没反对，我当成了她对深化关系的默许，却没想到进展这么快，仿佛她早就在等待这一刻。她去洗澡了，我坐在沙发上听着卫生间里传出轻微的水声，心里忽然一紧，觉得从卫生间里即将走出来的是罗小曼。此时想到她实在不是时候。我急忙闭上眼睛，想凝神把她的形象逼出去，脑海中却回响起了轻轻的敲门声，随即我像看电影一样看到罗小曼从电脑桌前站起了身。

她住在一套略显逼仄的精装修公寓里，拉着暗紫色的窗帘，看不出是白天还是黑夜，靠床的沙发上摆满了书，门旁边酒柜里搁满了红酒。罗小曼抬手理了一下有些散乱的长发。打开房门，一个年轻女人抱着一瓶白酒走了进来，这人跟罗小曼长得很像，猛一看像是双胞胎。从她们简单的寒暄中可以听出她俩是大学同学，那女的是一家报社文体部的记者。她说："你的小说写完了吧？来给你祝贺一下。"罗小曼说："还没收尾呢。"记者问："那男的直到最后还在失忆？"罗小曼的眉头轻轻一皱："本来想让他傻乎乎一直被情欲支配着，现在他竟然学会了思考，总想着找到失忆前的自己。"记者笑道："他的死活都由你掌握，难道还不能让他继续傻下去？"罗小曼说："人一旦开始思考自己的过去和将来，哪怕他是虚构的人，也会变得难以掌控。"记者不置可否地笑着，从酒柜里拿下两个高脚酒杯，将白酒倒了进去。她端起一杯递给罗小曼："写完这个小说，你可以把他放下了。"罗小曼端着酒杯看着细碎的泡沫："我感觉被他缠得更紧了，他已经开始虚构我。"那女的愣了一下："你别说得这么玄乎好不好？他不是早就死了吗？"罗小曼说："他现在又活了，就像此刻，我清楚地感觉他正在偷听我们说话。"

卫生间的门轻轻打开了，乔小卉先伸出一只手摁了一下电灯开关。屋子里陷入一片黑暗。床头灯亮起时，她已经将自己的身体埋进雪白的被子里，一堆黑发衬托着一张光洁红润的脸。这是我期盼了许久的情景，我以为自己会像豹子一样直接扑到床上，从沙发上站起身时却有点无所适从了。我感觉罗小曼正在注视着我的一举一动。被一双想象中的眼睛监视是一种很不好的感觉，我冲着乔小卉尴尬地笑了一下，匆忙去了卫生间。等我洗完澡出来，乔小卉已经睡着了。我小心翼翼地在她身边躺下，又想了一下罗小曼，刚才她与另一个女人对饮的场面就像久远的梦。确定不会被罗小曼干扰了，我的手朝乔小卉的身体轻轻探过去，正好触到她伸过来的手。两只手握在一起，她的手忽然猛一用力，她的指甲几乎扎透了我的掌心。乔小卉幽怨地说："你跟我在一起时总是想着她。"她把话挑明了，我反倒轻松了许多："刚才我听到她跟另一个女人说话了。"乔小卉问："是不是说到了我？"我说："没有，她说的是正在写的一本书。"我生怕她问起书里的内容，我并不知道书里写了什么。幸好她没问。她有点走神，紧抓着我的手慢慢松开了："也不知道李文治的手术做完了没有。"她这时提到另一个男的让我有了一点醋意，我急忙紧紧地抱住了她。

乔小卉身上的一切都让我有种似曾相识之感。等到我坐在沙发上抽烟时，这种感觉更加强烈。她下床去洗手间时我留意了一下她的后腰，果然如我所想，她后腰上有一块蝴蝶状的胎记。

我说："我好像早就认识你了。"

她回身一笑："你的意思是好还是不好呢？"

七

我和乔小卉从宾馆重新回到医院已是半夜一点。李文治躺在病房里昏睡，孙秋水正坐在病房门外的椅子上发呆。老孙没有找我们是因为被刚才诡异的经历惊住了。李文治从手术室推出来之后，老孙觉得有必要通知他的亲友，阑尾炎手术再小毕竟也是手术，总不能交给我们几个萍水相逢的人。老孙打开了李文治的手机，发现通信录里只有十一个没有名字的人，老孙一时搞不清这些只有姓氏的人跟李文治是什么关系。他用自己的手机拨了一个号码,竟然是李文治的手机响了起来。老孙试遍了所有的号码,打通的都是李文治的手机。李文治留给老孙的那个号码在通信录里是一个姓马的。我在老孙身边刚一坐下,他紧皱着眉头问道:"他为什么要这样做?"我也猜不出李文治的目的。乔小卉却想到了另一个问题:"他既然有十一个身份,那他到底是谁?"这话太容易让人浮想联翩,随即又让人心里发紧。几个偶然聚在一起的人,谁都有隐瞒身份的可能。李文治不一定是李文治,孙秋水就一定是孙秋水?想到乔小卉也不一定是乔小卉,我身上忽然起满了鸡皮疙瘩。我们三个分别对视了一眼,目光里充满了怀疑,由于不愿让对方看到自己的怀疑,又不安地避开了眼神。身份是假的,那原来说过的话可能是真的吗?老孙毕竟年长几岁,面对如此令人心悸的残局,首先掏出身份证和工作证递给了我。我接过来没有看,转手给了乔小卉。她也掏出自己的身份证给了老孙。互验证件的一幕让我觉得有点滑稽。老孙的目光转向我,我才意识到有必要让他验证一下。我掏出身份证时先把自己吓了一跳。我一直觉得自己是山东人,身份证上却写了沈阳和平区的一个住址。乔小卉没有看我的身份证,我感到欣慰的同时又陷入了另一种迷惑:我跟沈阳有什么关系?

老孙说:"现在拴在一根绳上的只剩咱们三只蚂蚱了。"

李文治不知道老孙暗自将他踢出了我们的群体,醒来之后第一句话竟然是:"终于想清楚坐上'诺亚'回到什么时候了。"他不想再回到十二岁那年努力学习考税务学校,而是要回到十六岁那年农历腊月二十七的下午,当时他打了母亲一个耳光。母亲当天晚上就病了,死在次年的三月初三。李文治懊悔地哭道:"我如果不打她那一下,她就不会死。"李文治现在的家里专门辟出一个房间供奉着母亲的牌位,桌上常年摆放着鸡鸭鱼肉,还数次请大师招魂,可母亲一次也没回来。李文治抬手揩着泪水:"她一天好日子都没过上。"一个中年男人的眼泪本来可以引起许多同情,孙秋水却懒得看他。老孙的情绪依然沉浸在被假身份欺骗的沮丧中。李文治开始夸赞母亲的善良,老孙平静地说:"你给家里打个电话吧。"李文治一听,突然忘了哭,匆忙伸手朝枕头下摸去。他将手机紧握在手里,担心地问:"孙老师,你们要丢下我吗?"

丢下李文治是"诺亚之旅"主办方做出的决定。李文治的盲肠虽然切除了,肚子里依然隐隐作痛,他怀疑大夫粗心大意,把剪刀或手套落在了里面,一再要求重新切开看一看。老孙不愿看他疼得脑袋上流汗,便去院子里站在花坛前抽烟。老孙对于要不要举报李文治的身份问题很是犹豫,他平生最恨打小报告的人,他吃过许多亏,年轻时每次要被提拔都有人向上级反映他跟个别女作者纠缠不清。恰巧小金来电话催问行程。小金在北京的会议中心是讲解员,后来是我们的联络员。她没有跟我们同行是因为需要提前赶到仙女洞。老孙顺便把李文治的急性阑尾炎和假身份一并说了。说了之后才觉得很有必要，不然的话他还得继续照顾李文治。我和乔小卉像度蜜月的新婚夫妇一样要么待在宾馆里，要么逛街，根本没心思去病房里看一眼。李文治迟迟不肯主动坦白身份，我们感觉他是很危险的人。老孙也想离李文治远一点，可他既不便跟着我和乔小卉，又不忍心眼看着李文治躺在病床上没人管。他每次扶着李文治去厕所时心里都涌起严刑拷打的冲动。老孙跟小金通过电话之后，又站在花坛前等了一个多小时，小金来电话通知了总部的决定，要求我们丢下李文治抓紧时间赶往仙女洞，"诺亚之旅"的第二批乘坐者已经从北京出发了。李文治的身份让总部很是震惊，正常的守法公民根本没必要假造那么多身份。

我笑道："犯罪分子更有必要坐进时光机里，以便他有机会终止犯罪。"

老孙说："并不是每个犯过罪的人都会后悔。最可怕的就是犯过罪没被逮住的人，他们总是误以为自己是天生的漏网之鱼。"

说这话时我们已经重新坐在了房车里。我和乔小卉的目光总是不自觉地缠绕在一起，表情里涌动着紧紧拥抱的欲望。我们的情愫弥漫让老孙很压抑，他躺在椅子上想装睡，脑细胞在压抑中反倒变得异常活跃。不知他想到了什么，要么轻轻咳嗽一声，要么长叹一口气。乔小卉冲我使了个眼色，要我坐到后排李文治原来的位子上。我不愿动，乔小卉闭上眼睛不再理我。老孙看到我坐到了他身边，眼睛里闪过一丝感激。

他说："也不知小金通知了他的家人没有。"

为了不让李文治有所察觉，小金要求我们坐进房车直接出发。老孙觉得李文治无论以前干过什么，眼前毕竟是个需要照顾的病人。监狱里还有医院，把他随手一丢很不像话。这一路上老孙跟他聊天最多，觉得李文治虽然心胸有点狭隘，却也算不上坏人。老孙上车之前特意去了病房一趟，想对李文治暗示一下身份造假已经被发现，有什么问题最好早点坦白，以免酿出无可挽回的错误。他进了病房看到李文治正坐在床上闷头落泪。老孙以为他又在懊悔打母亲的那一耳光，李文治却是想到了今年正月初八的下午跑到了晴雯家。他说："我真不该去。"老孙有点懵："晴雯是谁？"李文治急忙抹了抹眼泪，说："我终于知道坐上'诺亚'回到什么时候了。"这个话题被说了无数遍，之所以屡说不厌，是因为在倾听别人的同时可以满足自己窥探的欲望。此时老孙却有点伤感，李文治被"诺亚之旅"清除了自己却不知道。老孙连晴雯的事也不想听，只想赶紧离开，如果李文治发现他是来告别的，硬要带着尚未痊愈的伤口爬进房车里，真不知道怎么办才好。李文治突然抓住了老孙的手，说："孙老师，我说了你不会笑话我吧？"

　　李文治跟晴雯的故事可以讲上三天三夜，老孙没来得及听完，趁着李文治陶醉地描述晴雯的相貌时，借口上厕所从病房溜了出来。李文治这些天一直穿着灰色高领毛衣，热的时候便揪着领口往里扇一扇风，却不肯换下来。原来他是为了掩饰脖子里那道被老婆砍出的刀疤。李文治本来没觉得离婚非常困难，两口子都分房睡了，再过下去实在没什么意思。他对老婆说的时候很平静，不像在商量，更像下达一份通知。他老婆的神情也很平静，既不说同意也不说反对，只是略显冷漠地看着他。当天夜里，他老婆抄起菜刀摸进了他的卧室。她早年跟李文治一起打工，李文治发达后她就成了全职太太。她想专注厨艺把李文治照顾得更好，他却不着家了，有时候十天半月都见不着人影。她渐渐习惯了这种在外人看来很幸福实际上并不幸福的生活，对李文治持一种放任态度，他只要不把另一个女人领进家门，她就对他的一切睁一只眼闭一只眼。现在李文治连这种日子也不想让她过了，她心里生出一股狠劲，举起菜刀时力道十足。他挨了一刀，离婚便变得简单起来。他没有追究老婆的罪名，他老婆当然也无法再赖着他。李文治拿到离婚证时脖子上还缠着纱布。他找到了晴雯，自豪地说自己是为爱情流过血的人。晴雯哭了。她哭不是心疼他挨了刀，而是她的婚离不成。晴雯是另一个印刷厂的业务员，嫌老板给的提成低，经常把接到的业务转给李文治。他们的爱情从互相保密业务信息衍生出来，很快发展得如火如荼。如今李文治已经拥有公开爱情的资格，晴雯一时不忍心把离不了婚的原因告诉他。她比李文治提前两天向丈夫提了离婚，丈夫说只要离了，就把九岁的儿子送回农村老家，让她一辈子也见不着。一想到再也见不到儿子，她的心像被三只猫同时撕咬一样难受。李文治后来知道了她的难处，也没再催她。今年正月初八是晴雯丈夫第一天上班的日子，晴雯感冒了，李文治下午去找她，却被突然回来的丈夫堵在了屋里。晴雯在床上赤身面对李文治时很有激情，有一股天不怕地不怕的劲头，面对不期而至的丈夫，却像一只被逼到角落里等待屠刀的羔羊。晴雯的丈夫问她是不是遭到了强暴，她缩在床角只是哭。她的丈夫是个狠角色，当时给了李文治两条出路，一个是自宫，另一个是以强奸犯的身份进监狱。李文治本来在晴雯丈夫刚进门时可以迎面冲出去跑掉，当时没跑是担心晴雯惨遭毒打。听到晴雯丈夫给的两条出路，他才意识到不跑不行了。

　　老孙冲着我感慨道："爱情赶对了点儿才叫爱情，时机不对就成了奸情。"

　　我心里的滋味有些复杂，李文治如果因为晴雯被逼得伪造身份东躲西藏，确实有点冤。

　　老孙问："你猜他坐着时光机想回到哪一刻？"

　　我说："他应该想回到今年正月初八，不再去找晴雯。"

　　老孙说："我觉得他最想回到晴雯还没结婚的时候。"

　　与老孙和李文治相比，我和乔小卉幸运得多。我出走的妻子早在八年前便为今天的乔小卉留好了位子，乔小卉虽然对孟同的自杀有过愧疚，但自从跟我在一起便把他忘了。住在医院门口的宾馆里，如果不是饿得太难受，我们连房门都不出。她身体的每一寸皮肤，脸上的每个细微表情，都让我觉得跟她生活了许多年。她对此也有同感，并且因为我第一次找她时没有留我在她屋里过夜而遗憾。她说："我们白白浪费了那么多时间。"傍晚我们出去吃饭时在路边看到一个老头给人算卦，乔小卉凑过去算了一卦。不知她听到了什么，心情变得尤其好，拉着我跑到了城中心湖边的一座土山上。她指着湖对岸的一座庙宇说："你说那里边的和尚是真的吗？"我并不关心和尚的真伪，一直在想着自己身份证上的住址。我纳闷地问："怎么会在沈阳呢？"时间若是倒退几天，我肯定会将这个疑问隐藏起来，如今我和乔小卉的身心已经像卯榫一样严密融合，我觉得有必要让她帮我搞清楚我是谁，身份证是我找回记忆的新入口。

　　乔小卉一笑："你是谁对我来说一点也不重要。我只知道你是我爱的人，就足够了。"

　　我苦笑道："跟一个不了解的人在一起，你不觉得恐怖？"

　　乔小卉说："跟我在一起你觉得恐怖吗？也许我不叫乔小卉，也许我根本不认识一个叫孟同的人，也许我对你说过的一切都是假的。无数的'也许'早就被时间掩埋了，跟此刻的我们有什么关系？"

　　我诧异地看着她，从来没想到一个人可以彻底斩断过去让自己的生活从此刻真正开始，更没想到这话会从她的嘴里说出来。她见我发愣，抬手在我脑门上轻轻一弹。我们沿着湖边回宾馆时路过一处大门紧闭的古宅，茂盛的树枝从高墙上探出来，里面隐约传来一片鸟声，大门前的石阶上长满了青苔。乔小卉拉住我，推着我靠在布满铜钉的深棕色大门上，退后几步，举起手机给我拍了一张照片。

　　她说："从现在开始，你就把这儿当成你的家。你这是第一次走出家门，然后你把自己交给了我。"

　　她的说法让我感觉骤然轻松起来。回身看了一眼大门，我竟然有了一种亲切感。是呀，跟过去较什么劲？凡是想不起来的就应该是注定忘记的，如果在记忆里找出什么不好的东西反倒把眼前的美好破坏了。我们拐进古宅旁边一条狭窄的小巷，两侧的高墙像是壁立的悬崖，光线幽暗的巷子静得像是另一个世界。

　　我说："咱们不去仙女洞了吧？"

　　乔小卉问："为什么不去？"

　　我说："既然决定跟过去一刀两断，还有什么必要再回去？"

乔小卉说:"这就是我正想跟你说的,我们应该回去一次,让咱俩的好在生命里变得更多。"

我有些不安,以为她又想回到过去收回那一小瓶泼出去的硫酸。

她却说:"我要回到高中开学的那一天。"

我有些懵。

她说:"咱俩一起回去。"

她的意思是我们从她升入高中的第一天便开始偷偷地恋爱。那样一来,她就不会遇到孟同,我也不会遇到其他女人。从情窦初开就是我们俩,直到现在。

我笑了:"你入学的时候我已经毕业了。"

她愣了愣,抬手挠了一下头发,好像我们相差的四岁让她感到很意外:"这可怎么办呢?"

接到孙秋水催促我们重新上路的电话时,我和乔小卉正在宾馆里说到结婚的事。我坐在床边的沙发上,她裹着浴巾坐在床沿伸出双脚搭着我的腿。她的脚过于娇小,跟她的身高很不相符。我在她的脚心挠了一下:"为什么不行?"她的态度是不结婚,一起生活七年之后如果互相不讨厌再说。我担心没有婚姻她随时都会走掉。她笑着说:"一张纸真的能约束两个人?该走的,留不住;该来的,也赶不走。"我说:"不结婚怎么生孩子?"她有点吃惊:"你居然还想生孩子?"她笑得倒在床上,好像我说了一个笑话。我想到她在狱中给孟同写信时无数次想象过他们的孩子,心里涌上一股醋意。乔小卉从床上坐起来,面色认真了许多:"你跟原来的妻子为什么没有生孩子?"我不知道为什么,如今我连她的相貌都想不起来。她在我的记忆里只是一个符号。乔小卉用脚轻轻捅了一下我的肚子:"问你呢。"

她的话将我的思绪又推回到妻子出走的那个下午。我看到雨滴在窗玻璃上像蚯蚓一样缓慢地往下爬,隐约听到她说回四川老家。我急忙一回头,以为可以看到她的背影,没想到看到的是一块硕大的屏幕。罗小曼在屏幕上放大得像个巨人。她将手里的酒杯轻轻放下,慢慢走到电脑桌前。她那略显焦虑的目光像聚光灯一样照在我的脸上。

八

仙女洞不只是一个山洞,也是一个景区的名字。半山腰有一处商务中心,目前是旅游淡季,大多数店铺关着门,我们坐过的那辆房车是停车场里唯一的点缀。安置"诺亚"的仙女洞在近山顶处。刚吃过午饭,我和乔小卉便随着小金向仙女洞进发。昨天刚下过一场雨,古老的石阶有些湿滑。我们三个人穿着统一的橘色衣裤,每人手中握着一根拐杖,看上去像是景区的清洁工。小金说,通往仙女洞本来有一条盘山公路，小轿车可以直接开到洞门口，三天前的子夜一点，空中突然落下一块直径足有两米的陨石，把公路砸断了，现在许多科研人员正围在陨石坑旁边。

乔小卉不关心空中飞来的石头，只想探问孙秋水的案情。她本来不是好打听闲事的人，可老孙被警察带走得太突然。我们昨天坐着房车到达商务中心已是傍晚，房顶的琉璃瓦闪动着明亮的橘光，空阔的停车场里停着一辆警车。我下了车还没来得及搞清到了什么地方，先看到迎面站着四个警察。乔小卉下车时吓了一跳，朝我身旁一躲，搂紧了我的胳膊。警察冷峻着面孔并不看我们，依然紧盯着车门。孙秋水走到车门口刚要下，突然像受惊的兔子似的又跳了回去。两个警察冲进车里。我像做梦一样看着孙秋水戴着手铐在我面前走过，他羞愧地低着头。警车离开时，他的脸紧贴在警车的铁栏上，抬起戴着手铐的手冲我摇了摇。关于老孙被捕的原因，我和乔小卉分析了大半夜，愈分析愈觉得警察抓错了人。

乔小卉用拐杖挑开拦在身前的一根树枝，紧跟在小金身后，气喘吁吁地问："他到底犯了什么事？"小金是个挺健壮的东北女孩，大学刚毕业，给我的印象是心直口快。面对乔小卉的问题她却有些不耐烦："不是说过了嘛，我也不知道。"说着加快了脚步，不一会儿便把我们甩开了。眼前只有一条路，她一点也不担心我们走岔。乔小卉非常失落地停下来等我。我觉得她犯不着纳闷，从老孙见到警察时的慌乱神情可以看出，他早就想到会有这一天，只是没想到来得这么快。跟孙秋水的交往已经属于我们的过去。我学会了乔小卉那套随时斩断过去的理论，每过一天都像从日历上撕掉一张纸，无可挽回，也没必要挽回。我看到乔小卉的脸色不好，劝她坐下来歇会儿。她赌着气说："不去了。"我点上一根烟，透过树枝看着远处的群山："不去也好。本来四个人一起来，现在只剩了咱俩，我觉得咱们正在被一双无形的手操纵着。"乔小卉说："老孙被抓和李文治假造身份也是被人操纵？"我笑了笑，没有说话，我怕说出来吓着她。

我今天凌晨在梦里又看到了罗小曼。她还在和那个女记者对饮。两人的酒量都不错，一瓶白酒已经喝光了，罗小曼又打开了一瓶红酒。记者调亮了沙发后的壁灯，看着手里的一沓打印稿："为什么让孙秋水和李文治从'诺亚之旅'中退出？"罗小曼说："他俩对时光机产生了怀疑。"记者说："孙秋水并没怀疑，他明明一直很热衷。"罗小曼说："他在内心深处怀疑。"记者问："心里怀疑也不行？"罗小曼说："对时光机的怀疑就是对我的怀疑。"记者问："他被抓的理由是什么？"罗小曼说："他用调换常见药物的方式给他老婆投毒。他老婆有慢性病。"记者苦笑了一下："乔小卉和小刘也要从'诺亚之旅'中消失？"罗小曼说："这就看他们的造化了，如果按照我的设计坐进时光机，我会给他们一个好前景,若是也像孙秋水和李文治一样……"罗小曼略显苦恼地拍了拍脑门,"但愿他们老实一点,别怀疑。"记者笑道:"好不容易让他在你的小说里又活了一次,你忍心再让他死去?"罗小曼举起酒杯来干掉半杯红酒,情绪忽然有点激动:"你觉得他当初的死真的是因为我吗?"记者说:"不为你,你说他为什么从铁塔上跳下来?"罗小曼说:"我没有让他爬到铁塔上,我只是说一年不联系,让他安心复习,第二年考到北京来。"记者苦笑:"你那样说是真打算在北京等他?还是分手的另一种说法?"罗小曼摇了摇头:"我也不知道。"记者将手中的打印稿放在沙发扶手上,推了一下罗小曼:"先不说了,快去写完吧。"说着她将抱枕朝沙发角落里推了推,躺了下去,"白酒和红酒一掺,劲头太猛了。"罗小曼两只手握在一起轻轻搓了搓:"放心吧,我要让他一直活着,来北京找我。"

我正想看一看罗小曼坐到电脑前再写些什么,一阵敲门声把我扰醒。我浑身是汗,呆望着室内被粉色窗帘染红的阳光,一时不知身在何地。我从来没有如此清晰地梦到别人说话。我一直以为罗小曼是我幻想出来的一个人,她的话代表着我潜意识中的一些看法,此时却觉得她在另一个空间里真实存在着。她的话很明显地牵扯到了我,难道我就是她说的那个从铁塔上跳下来的人?想到这里我不由打了一个寒战。我依稀记得曾经梦到自己站在一个高高的铁塔上,伸手几乎可以摸到天上的星星,一阵风吹过来,我像一个飘摇的纸人。房门又响了两下。我刚一开门,乔小卉将新发的橘色衣裤塞进我的怀里。为了不被人发现我们已是情侣,我们刻意睡在了两个房间。她说:"快点吧,小金让我们吃了饭马上出发。"

我和乔小卉坐在石径边的一块粗糙的石头上,说着乘坐"诺亚"的事。小金见我们没有跟上去,又顺着石阶走了回来。乔小卉装作没看见她,继续对我说:"我觉得没必要坐了。"她这话是故意说给小金听的。小金作为带队的人,如果连一个人也没有带进"诺亚"里,应该不好向上级交差。乔小卉刚才把她老家的住址以短信的方式发到我的手机上,逼着我背诵了好几遍。她让我坐着时光机回到读高二的时候,给正在读初三的她写信。我以为让我写情书,她说不能写情书,如果是情书她当时看了肯定会讨厌我。我问:"那写什么?"她说:"你可以写对一本小说的看法。"我说自己不喜欢看小说,太假。她有点着急:"你不看怎么能行?你必须看。"她小时候想当作家,自己也不知道为什么阴差阳错学了化学。

小金从包里掏出两个橘子递过来:"咱们快点吧,'诺亚'已经开机了。"乔小卉吃着小金送的橘子,依然装作没听见她的话。我没想到她还有这样的小性子,站起身拉了她一下,她挣脱开我的手:"再坐一会儿。"小金笑了笑:"小卉姐,孙秋水被带走跟他的老婆有关,我只知道这么多。"我忽然发现小金之所以不愿提到老孙被抓,是不愿让人知道她向警方通报了消息。谁都可以看出来,警察只能从她嘴里得到我们到达仙女洞的准确时间。至于孙秋水跟老婆之间到底发生了什么事,警察也不可能告诉她。乔小卉站起来舒展了一下腰身,冲着小金一伸手:"还有橘子吗?"小金又给了她一个,乔小卉没有吃,像接到一个玩具一样拿在手里抛着玩。她问:"你跟我们一起坐'诺亚'?"小金说:"我没有资格,你没发现?资格审查挺严的。"乔小卉笑道:"那怎么连罪犯都没审查出来?"

仙女洞的洞口非常狭窄,仅可容一个人侧身挤进去。洞口向北,显得有些阴森,一扇厚重的铁门已经吊了起来,洞的深处隐约可见一点灯光,剧烈的轰响声从洞里传出来,好像有几架直升机正准备起飞。洞口外是个方圆二十多米的平台,我们刚站在平台上便感觉到了脚下的震颤。乔小卉望着洞口惊得瞪大了眼睛,随即恐惧地搂住了我的胳膊。小金已经站在洞口,回身招手让我们跟上去。我轻轻拉了一下乔小卉的手,她将我搂得更紧了:"我不去。"她的口气像个执拗的孩子。我说:"已经到这儿了,不体验一下实在太可惜。"乔小卉脸上没了血色,就像即将面临一次生死未卜的手术。我说:"那我先去吧。"乔小卉说:"你也不许去。"

我们在平台上坐了半个多小时,乔小卉一直翻看着小金新送给她的有关"诺亚"的资料,其中包括那份乘坐"诺亚"之后声名鹊起者的名单,孙秋水曾经跟小金要过这份名单,小金没给他。此时拿出来,可能是诱导我们尽快坐进时光机里。小金从洞里走出来,看到乔小卉还没有起身的意思,冲我笑一下,又回到了洞里。乔小卉没有理会她的来去,目光一直紧盯着资料。我看到她脸上的神情逐渐平和下来,恢复了淡然。她将资料在地上仔细地码齐,拿起一块小石头压住。

她说:"这是假的。"

我问:"你怎么看出来的?"

她说:"回头告诉你,现在咱们赶紧走吧。"

说着,她自顾自起身向山下走去。我走到平台边沿要下台阶时,她已经走出了十多米,急促的脚步就像在逃离一场险境。我正要追上去,一阵山风猛烈吹来,我的身子晃了晃,感觉自己像个风中飘摇的纸人。大朵乌云好似一只魔掌遮住了太阳,天地间陷入一片灰暗。我愣在石阶上,恍惚中又站上了梦中那个高高的铁塔,有个莫名的女人在我耳边轻柔地说道:"跳下去。"我一听,脑子突然变得异常清醒,就像终于从一条阴暗湿冷的沟渠里爬了出来。我想起我是谁了。那年罗小曼考到了北京,我憋足了劲准备复课来年再考,却意外地接到了她的信。她说一年不联系,让我专心复习。在她看似合理的话语中我却嗅到了被抛弃的味道。我又给她写了一封信,她没有回,一股深深的绝望感让我想到了死。我爬上铁塔只是想让自己的死法跟别人不一样。我本来就要跳了,那个莫名的女人又在我耳边轻柔地催促。我忽然想到了我姥姥上吊的经历。她年轻时有一次跟我姥爷生气,决定死给他看。她将绳子扔到房梁上,顺手从灶台边拿过烂条筐踩了上去,给绳子挽出一道死扣。她的头就要伸进绳扣时突然打了个冷战,不由低头看了一眼,烂条筐本来已经腐朽得随手一碰便会粉碎,此时在她脚下却坚硬得像一只木凳。她觉得自己踩到的并不是烂条筐,而是有个看不见的东西正在顶着她的脚。我像我姥姥一样,面对被催促的死亡,心里陡然生出一股恨意。你们让我死,我偏要活着。于是,我从铁塔上慢慢爬了下来。我的脑子里全是罗小曼,根本无法再读书。我到了北京,在罗小曼读的那所大学附近住了下来。我每天都去学校里转一圈。校园里的树叶黄了,落了,又绿了,我一次也没看到她。

我不知道罗小曼出于一种什么心理,在她的小说里一再写到我的死亡。她说我从一百五十米的高塔上跳下,身子挂在一棵大砍树的枝杈上。我的眼睛凝望着远方的一条路。这条路无限延伸,一直接入遥远的地平线。罗小曼在小说里说,我在盼着她回来。她当初就是顺着这条路去了北京。

此时我仿佛看到罗小曼又沉浸在意淫式的写作里。她坐在电脑前正在给她的小说收尾。那个女记者从沙发上坐了起来,打了个哈欠,又给自己倒了一杯红酒。她起身轻轻蹑到罗小曼身后,看着电脑屏幕吃惊地问:"你要让他再次死掉?"罗小曼说:"他总也不肯坐进'诺亚'里。"记者说:"那你何必让他遇到乔小卉?他们的好日子才刚开始。"罗小曼说:"不服从我的塑造,只能让他死了。"

她的狠话像一根针猛地刺到我的心上。我打了个激灵,意识终于从她的公寓里跳了出来。我看到乔小卉正站在远处的石阶上。她见我像傻子似的发呆,匆匆走了回来。乌云过后的太阳显得更加炽烈,乔小卉在斑驳的树影里朝我一步步靠近,山风吹得她的头发飘了起来。罗小曼一再提到我和乔小卉,让我一时搞不清此时的我们是否真实存在。乔小卉离我只剩五级台阶了,我忽然觉得她一旦到了我身边,立刻就会被罗小曼安排进入凄惨的死亡。

我喊了一声:"站住,别动。"

乔小卉弯腰捡起上山时丢在路边的拐杖,问:"你脸色这么难看,键盘又响了?"

我问:"咱们真的活着吗?"

乔小卉眉头一皱:"是不是那女的又在你脑子里胡说什么了?"

我说："她说我就要死了。"

乔小卉冷笑："在她让你死之前，我要先在你的脑子里杀死她。"

看到她攥紧了手中的拐杖，我浑身僵硬的关节变得灵活了一些。

乔小卉说："别疯疯癫癫了，你好好想一想，这次跟我回去见了我爸说什么。"

我的后背忽然发冷，已经顾不上跟她说话了。我清楚地看到罗小曼在电脑上敲下最后一个句号，小说跳回到了第一页：地平线。

原载《芙蓉》2021 年第 4 期，《小说选刊》2021 年第 9 期转载

鲁　言

无题胜有题

老周再次出名不是他的作品得了什么大奖也不是因为什么特别的事,这年头出名容易,但真要出名也不是那么容易。说到底你就是在大街上裸奔,也得有人看才行。老周多少年工作没有出事,也没有成标兵,这一次失误让他的生活险象环生,他的名气如大气的污染指数爆表了。

无论是微信还是其他的自媒体或是报纸电视台都有他的影子,那些很像他声音的话是不是他说的?这些人中有没有人来过他这里问过这些问题?老周糊涂了。老周走在大街上,几乎没有人不识他老周的。人们转过来包围住问他事情的起因,问他在这期间有没有赚过钱。那个女人是不是和他有其他的事情。老周解释了几次,最后老周对于一点动静都心怀敌意。老周好几次问路人"你认得我吗?你认得我吗?"

老周总觉得有人在他背后指指点点。我错了吗?我哪里做错了?我不过给人家一个说法,我做错了吗?

老周走进物监局,办公的人都停下来。那个女人指着老周说,我质疑他给我的药是假药,我请求鉴证,我错了吗?我的老父亲因为他的药也走了,几天几夜我睡不着,我为老父亲讨个说法我错了吗?作为医生他不知道向病人推荐什么?

老周也大怒,难道是我错了吗?我给你说了这药国内是买不到的,得找代购。你找不到我给你找患者,我错了吗?我得到你的好处了吗?这些药我经手了吗?

你没有经手可是你介绍的经手了,他还多收了我几十块钱。

你说你坏不坏良心?那不是你要给的吗?说到底一千多的药,就是挣你一二百块也不多,人家怎么会在意你这二三十块钱,这些还不够打电话的呢。老周怒发冲冠,你这样做让别人也买不到药了,你就是一个真正的杀人犯。

你就是一个杀人犯。

面对眼前的女人，老周激动地要掐住她的脖子。

我是不知道你这药是在国内没有可以买的地方，我以为只是缺乏，不知道还是没有国家审批的。

没有国家审批的就是假货吗？走私的货你能说是假货吗？

你这是违法乱纪。你知道吗？

我知道，可是你求我的，我给你讲的这药是在国内没有的。人家代购不识得你是不会买卖给你的。事实不是很清楚吗？你找人没有买到。这还是人家患者给你的，你用了有效果才让人家再买的。人家买了给你，我连手也没有过，你多给了人家几十块钱，怎么就成了挣钱了？

老周我一定要找你讨个说法！

你要啥子说法？当初你没有讨，现在过了几个月，你要说法，你不就是要钱吗？你说呀。要不是你和领导有关系，我还不会给你看呢。现在出了这事你要讨说法。你问一下领导，你的家人来是啥子情况？有些事你还没有说，你不知道？

老周回到家，小舅子也在家。

他脱下外套，还没有挂在架子上，门铃声就来了。

你是老周吗？

是。

你被拘留了。

我怎么会被拘留呢？

小舅子笑了，你说呢？就你那事，不被拘留还真是世道不公。

老周气得说不出话来。

老周上了警车。我的心情无比舒畅。刚刚被姐姐赶出来。这有啥子，我一样可以有酒喝。这下有报应了。

你在哪呢？

我在你哥家呢。你哥让公安带走了。我说着几乎要笑出来。

你有啥子事？

刚才你说什么话？我哥一个老实人公安找他？告诉你，大姨快回来了。他说给你找了一个好工作。别总让人家操心。你就做点像样的事好不？好了，你快回来，到火车站去，大姨快到了。

我刚要回话，那边挂了电话。我不做正事？你们全家谁瞧得起我。就连欠账借钱都理直气壮。你说你们这是怎么回事。我最起码还知道羞耻。

进了小区天已经暗下来。我看看楼上的灯亮了。我在楼下坐下。抽了一支烟,起来坐下又抽一支烟,起来又坐下抽一支。有一对年轻人走过,好像是情侣,在说保险的事。我一下子想起了车的事。我向上看,又看到了妻子那一副八百年前我就欠她钱的样子。

我打了个电话。

我把她叫进了车里,关上了车门。我坐在了她旁边,还没有等她反应过来我一下子搂住了她。打开了空调。

我身上的汗还没有退去,儿子走了过来。

儿子,你先上去写作业,我一会儿去接你姨。

爸爸,你的电话响了。

我知道了,你上去吧。

电话一直在响,过了一会儿就不响了,不到半分又响了。

我打开门,轻轻走进去,儿子正在写作业。他的成绩还不错,每年总有一个奖励。儿子也体谅大人的不易,从来没有向我们说起过别人的孩子如何,也从来没有向我要过什么。我悄悄退出来。我在楼顶看到了这个小城的一部分灯火,当年我们在这要房子的时候几乎可以看到全城的灯光,也可以去唱歌。也不知道从什么时候起,我们都想不起唱歌是咋回事了。而争吵也是这几年看着别人过得越来越好而越来越多。也说不上有什么理由。张口就开吵。现在,可以不必吵了。没有人知道我是谁,风吹过来。

下面响起尖叫,我痛苦极了,要晕过去,可是没有。直到儿子来了,我也没有晕过去,好像就是为了等等儿子吧。

爸爸,我刚上去才写了一道题,你怎么了?

儿子,我,我,我,我,我……

也不知道是身上哪里痛,我几乎要昏过去。

儿子,我,我,我,我,你会恨我吗?我,我,我,我……

我强烈地感觉到死神在我的身边看着,始终就在不远处。这是在惩罚我吗?

儿,儿,儿,我,我,我,我……

我有些上不来气,待了一阵,有一阵鸣笛响起,我一下子有些清醒了。

儿子,我杀了你的妈妈。

儿子,看看车子。

电话在车内响起来。

儿子,打开车门。

人从里边倒下来。

姨,姨,我爸把我妈杀了。你快来。

你说啥?这可不是乱说的。

姨，你快来吧。

我看看外边树上的乌鸦，我说，乌鸦叫了。

警察看看外面。

说说吧。

我说啥子？我是把人杀了。我想把她杀了，然后得到一大笔保险赔偿金。

那你怎么选择了自杀？

我想到儿他姨，那个电话一直在打，我不敢回。我原以为过一段时间，做个手脚就可以了。可是那个电话不停地响。反正她不会居高临下地看我，不把我当回事了。我选择了以死来解脱。其实，他家对我还是不错。我就是受不了他们那种气势。从相亲的那一天，我就决定要杀了她。

那相亲，她大爷怎么说的？这孩子还可以，就是家庭差了点。是，我就家庭差了点，这我也没有藏着，你大爷的再说这话，实在是瞧不起人。我爹没有出过场面，所以他把茶几当了凳子。你看你说的那话，这多伤老人的心。他们全家找了我好像是我得到了天大的好处，我们家祖上烧高香了。全家齐给我忙，让我做这做那。还说啥听就是，一点儿钱，赔了就算了。有了孩子还不让回家。我的家就不是家？家就是再不好也是生的地方。

每一次回家我买点东西好像是去做慈善，拿着高高在上。这是去我家，我家。

三天后，老周见到了外甥。我爸死了。保险也没有理赔。我爸作死了。我来养你们。老周看看他好几天没有说话。每天除了去公安局报到就是在家。面对那些自媒体，电台，报纸，他一点力气也没有了。他们说他就点头，然后，说我很怂。我也不知道是这样子。如果再有这样的事，我都不知道如何办了。我救人有违法律，我不救我良心要受一辈子的重压。你说我怎么办？你说那些人是为了法去死还是为了生去找走私药？我不知道他们是不是会等到那一天。我能做的就是指一条路。我不知道我这样也错了吗？如果有人问路你指错了路，或是你不知道这个前面施工不通，难道你就是人格低下？这个人按你指的路走出事了，你就要负法律责任吗？

小银面对着自己小弟一副死不悔改的样子，指了下他，就放下了手。小弟还是一副不屑一顾，想吐却痛苦的样子。小弟狠狠地说，不要以为你多好，就是给我分红，你就是好吗？你忘记了前几天的样子了吗？你说，你说，你说，你说！

小弟几乎要疯狂了。小银夺门而出。

小银狠狠地吐掉嘴里的尘土，看着地上倒着的两个人。她看看儿子，这个一向与她为敌，至少她是这么认为的，手里的水果刀滴着血，脸上没有一点血色。小银一下子从儿子手中夺过刀子。

儿子在录像面前承认了事实，小银被放出来。小银流出了泪。小银看着一地的借据、一沓法院的传票，她设计好的环环相扣的局，最终在这一场逼债中倒掉。她不能出省，儿子入狱，要债者一死一伤，没有赢家。小银就想如果当初她不去开这个厂子，好好在农贸市场做一个小贩，那么她虽不会风光却可以陪儿子，儿子也就不会一天天不回家，而她精心编排的这一出套现的戏，让大家入局，却没有一个能站在坑外，就是她的小弟现在也是这样让他瞧不起。她看着儿子被说成武松，说成天地间少有的孝义之人，可对于他这一切似乎都不重要。小银回头看看小弟的病房，灯光透露出来，警察的问话还在继续，关于儿子的话题开始向鱼肚白的方向发展。小银听到不远处有人在谈论中东战争还有缅甸的不平静。这些人真的是疯了。她一下子又想到看到的一则美国太空船飞离太阳系前给地球发回的最后一张有关地球的照片。如果那些战争狂人也看，他们会不会让世界安静下来？小银看看自己手中的一沓文书还有一份申请贷款的文书，她笑了。他们还是会杀人的，他们的欲望已经让心灵没有安息的地方。他们如果看了也许会更加疯狂。

我最不能忘记的还有一次，她姐做生意没钱了。她哪是没有钱啊，来到我这里了，说我做生意没钱了，你可要给点。那时我小银姨还在，还有几个人。我当时刚收到了一点儿钱。我就说，姐，我还有一点儿钱，也不多，就这一万元。她姐看别人没有话说，就说，小弟你这钱不是小姨刚给你的吗？就你们那个日子，还是你们做点事情，这点儿钱也抵不上事。后来别人拿出钱没有我不知道，而我当时一下子就感觉自己像被人扒光了衣服。我不知道是怎么待下去的，好像是她姐走的时候拍了我一下。我是没有钱，可是我把能拿出来的全拿出来了，没想到就是这样一个样子。我要不拿会是一个什么样子？事实就是我多拿，结局也不一定好到哪里去。这些没有人明白。我想他们一家也许都是这个样子，小银姨开了个厂子，本来是好好的，后来又开了好几个厂子，再后来，就有法院的传票不断发过来。有些消息我不信，我也不想，直到出了小银姨被人逼到杀人，我才知道那是真的。后来，小银姨也来过我这里。没有一点难处，我也不好意思说什么。后来，小银姨把我借给她的钱还给了我，还有一笔可观的利息。

小银姨把儿子接到了家。儿子的头发白了不少，虽然儿子还没有对象。小银姨问明儿子的口味，就走出了屋子。风起来了，她站在马路上，站了好一会儿，迈出了脚。起风了，她擦了下眼，一辆车疾驶过来，世界宁静下来。血缓缓地流了一地。小银姨脸上没有痛，如同解放了一样。如果这样的话还真解脱了。整天面对那些数不清的法院传票，现在可以解脱了。小银姨还没有想过来，巨大的痛还没有让她失去意识，那辆车又倒了回来。那个司机下车看看她，从她口袋中取出那一叠传票。小银姨觉得不那么痛了，她不知道那是一张传票盖在了

脸上。她听到了哭泣声。不去想了，她可以静下来了。

你不知道的是小银姨不会再来看你了。

做笔录的停下笔说了一句。她本来是要替他儿顶罪的，可是，没有那么简单，在回家的路上，出了车祸。

是吗？

我一下子不知道想什么了，一下子就木在了床上。然后我说，她就这么走了，她就这么走了？她就这么走了？

你还是说你吧，你说为了什么？为了钱？还是你有外遇？你把你的妻子杀死，在她死前你给她上了保险。可是人算不如天算，你说你得到了什么？凶手是你，你说别人看不上你，你这样别人又看得上你吗？你的儿子没有了妈妈，你也没有妻，你的老父亲老了，老了还要送你。

可是这又怎样，她呢？害了多少人？一个流氓让她成了英雄，我呢？不过杀了一个人，我手软了，我成凶手了呢。

你说我怎么办？我怎么办？

我一直在不停地说，直至我说不出来，心里还在说，直到第二天，人们来看我，我似乎还是在说，就是没有了呼吸也还是在说。

小子，你说我们错了吗？我轻轻地抚摸儿子的眼睛，可是儿子就是睁着眼。儿子，真是穷怕了，所以我想出人头地，我怕你把持不住，老和那一帮人瞎折腾，所以，我常常说你。我看到你是听了的。我也知道人要是穷了根就没有出头路了。所以，我们就找了一个家境好在城里的农村有本事的人。儿子你怎么这么吓人呢？

亲家，现在我还叫声亲家，怎么说也是有孩子，我们也不知道你家这个祸害会这么没有人性，真是大祸害啊。你说，我们什么时候小看过他？他做什么事，我们都帮衬，这倒好，帮衬了这个下场！

亲家，你说是我们做的坏事多？还是你们前世没有修德？

两家人又坐在了一起，他们看了下四周。这个店也是当初他们给孩子相亲的地方。大家自是各有各的事，也就简单地要了几个菜。

两个老人一起端起了酒杯，同时说，这酒怎么这么寡淡？

又吃了一口饭，没有味道。不是没有味道，是太没有味道了。两人吃的一口淡一口咸的，谁也不说孩子的事了。

爷爷，姥爷，我爸不在了，我妈也不在了，我会养活你们的。

两个老人看看孩子，没吱声。

我会的，我不会的，我不会的，我会做到的。

两个老人看看孩子，没吱声。

孩子走出去看了他们一眼,就走开了。

两个老人也觉得没有意思了,走出了小店。他们看到了小店的名字,看到了老周从对面在看着他们。两个老人招了下手,老周就走过来。两个老人难受地倒在了地上。

老周不知道有关他的事情,在他走进公安局的那一刻,事情就一下子到了高潮,各大媒体再次把重要的版面给了老周,渐渐地,就像池塘里的水一点点儿地没有了动静。

至于那个女人,在看守所也是没有一日的安宁,自此后,没有人知道她的去处,公安机关多次发布公告,也没有见到她,只有法院里还是不断有她递上的诉状,写着她的名字。她却是从来没有到庭。

在医院就老周主动提起这个事,但没有人知道,人们只是看手机,不时点点头。老周的故事让世界有了一个改变,一个让那么多的人都不知道的改变。他们不知道,老周也自此不再说话,就是有人说起来,他还会问,这个事是我做的吗?

老周面对这个世界上在那年让他失去的亲人,想到所有的人都离他而去,世界依然熙熙攘攘。老周看着这些故人,一切的细节他想不起来了,而一切又似乎从来没有忘记。

老周向外一望,他看到了,他看到了墓碑上写着他的名字。

老周问,我是怎么死的?

一声大笑,一声大笑从四面传过来。没有人在意。就是让他震撼,他也无法辨别那是谁的大笑,老周不由得也大笑起来。

我的一个个亲人离我而去,他们把他们以各种方式得到的财富留给了我。他们的故事在很多年以后,就是我也说不清,他们让我独活这许多年看别人的故事,就是我们的这些许经历,谁也不会记得,我后来也不会完整地叙述我们的故事了。他的世界我曾去过,我的世界他们不曾知道,让我们交集的岁月,也在淡化成一个我前世今生不曾忘记的游戏。我把一个土块从水的这面扔向另一边,看那些土块或一下就没入水底或是打起一片片水花,然而还是沉入水底。

没有人允许我把我的冷呈现在阳光下。我阳光下的温暖,永远无法让我的内心温暖。而我依然故我地独活,然后,看我淡化成虚无缥缈。

你不要说别人是你的不幸,别人的不幸是因为你或是别人的不幸也成就了你的幸,所以你才可以独活。他们把财富留给了你,你说你是幸福还是不幸?你说你想的不是财富,你以往的不幸不正是为了财富而奔波?现在有了这巨大的财富你又向往其他,这是你的真实还是你的虚伪?

你说过为了财富可以放弃一切,可是给你一笔千万财富你就可以放弃你的

健康或是生命？你说别人也会这样？你是不是见有人问流浪的犹太人，你们是不是可以放弃自己的国家，然后就可以得到一笔财富、一份安宁？人家断然拒绝，就是我的国家如何的不幸，我的血脉在这里，无论它如何的不好，它是我的。你在抱怨自己的国家时，你在看到处处的不幸，你是否看到了我们这个国家的幸福？

如果让你放弃自己的祖国，你是不是愿意？

我不会，我不会，也许多年以后，国家不复存在，我也不复存在。现在我爱我的祖国。

原载《聊城文艺》2021年夏季号

孙　平

我的另一半——0号病人手记

一

　　我不知道该怎样写尽这段生活。如同以往,忙完工作上的事,好像知道姜淑娟在家里等着一样,我会在电脑前坐上很久,感觉电脑里的她一直在和我说话,直到眼皮打架,再也看不清一个字。

　　和姜淑娟的缘分始于若干年前的那个雨天。那天,上课的铃声刚刚打响,十三岁的她走进教室,走过我的跟前,有一滴水珠从她的拿着的伞上滑落,滴落在我的课桌上。那一刻,我没有扭头看她,却能够感觉到她的存在,像是心也被带走。老师什么时候进来,什么时候讲的课,什么时候提问,我都不知道,直到老师走近课桌,用教鞭在我的课桌上敲打,我才回过神,歉意地站起身,竟不知说什么好。

　　"对不起!"

　　站那半天,我最终说出了这么一句话。

　　已经有一个同学刚回答完了问题,我没有听到,结果引起了哄堂大笑。

　　"第二个站起来的同学都回答老师的提问了,你为什么还要说对不起?"

　　放学的路上,姜淑娟撵上我问道。

　　她像一个神灵一样走在我的旁边,一路上就说了这么一句话,直到在巷子的拐弯处分开,再没开口。

　　那段日子,我就这么恍恍惚惚地过着,一如现在。

　　在我家的东侧,处于县城郊外的地方,曾经有一条被称作官路沟的小河。官路废弃,在这条变成了芦苇沟的"官路"上枪毙过犯人,究竟是先枪毙了犯人才成为官路沟,还是成了官路沟才枪毙了犯人,没有人能说得清。

　　我每天上学要路过那段河床,那处已经盖满了高楼的家属院。有时正好好走着，会突然地站住不动，以为有什么东西挡在了前面，会突然地发出一声惊叫。在我又一次的惊叫之后，淑娟从身后冒了出来。

"怎么了？"

她这般地问我道。

看看模样，不像是鬼，鬼才不会变成淑娟，换句话说，淑娟才不会被鬼缠上。

我跟她讲了死过人的事，问她害不害怕。

"你刚才该不会把我也当成鬼了吧？"

她笑了笑，脸上露出很深的两个酒窝。

尽管装作像是什么事都没有发生，心里还是很乱，刚刚还在和鬼神在一块儿搅和，转眼女神降临在了身边，我为成了胆小鬼而羞愧，为女神的降临心存感激，无比欣喜。我下定决心，这辈子一定要和这样的女神走在一起，让她吃饱穿暖，让她过上好日子……这么想着，我便坦然了很多。

从那，我才在学业上开始用劲，拿出蜗牛一样的吃苦精神，缓慢地向前爬行。学业上有了一些起色之后，心里安稳起来，在她跟前说话、做事才有了底气，和这个既稳重又大方的女孩儿交往的次数也多起来。

"心里没鬼，便不会害怕有鬼！"

又一次和她谈起鬼时，她笑笑说。

她都不怕鬼，我还怕啥鬼，再走过那个家属院，眼前就没有鬼再挡住过我的去路了。

从那，我变得更加自信，更加热爱学习。可是，高三的下学期，她有近四十天没有去上学。一天、两天……在离高考倒计时第二十六天时，她来了。一走进教室，我就看到她还是原来的她，与从前有什么不同，仍然地爱笑，仍然地梳着短发。好不容易熬到放学的时间，我们终于又走到了一块儿。

"你得的病是不是很重？"

肩并肩走了一会儿，我问她道。

"本来可以不重，是误诊了，花了家里不少的钱呢！"

她在那处我从前常停下的家属院门口停了下来。

"怎么了？"

"等拿到高中的毕业证，我就不能继续上学了。"

说完，她便头也不回地走去。

我像以前一样目送着她远去，直到拐弯，消失在南北街的尽头。

不能继续考大学，是因为她的父亲生了病。自染上重病，她的父亲就没有想到会好起来。她的父亲不是不想去看病，是想把钱省下来给女儿看病。把女儿的心肌炎看好了，还不作罢，还想让女儿接班工作。

　　学习很好的她当真辍了学,毕业典礼上没有出现她的身影。她工作的地方是在一个乡镇大院,拿着体校的录取通知书,我去了那。乡镇大院在一个集市的一旁,有十几间房子,院子里的树将大院挡住半个。站在房屋门口,她脸上的肌肉动弹了一下又动弹了一下,随后露出了两个酒窝。似乎,她不相信我会来,很紧地握住了我的一只手。

　　她第二次握住我的手,是在三年后的一个夜晚。她问了我毕业后的打算,我答应她会回来,她很感激地握住了我的手。那晚,我们一个晚上没睡,一直到第二天的早上,她的一对酒窝仍然闪现在那儿,以胜利者的姿态朝我卖弄情调。是的,我承认,当她发出的结婚的话在我耳边响起,我无力反驳,却又知道她把整个的人、整颗的心交给了我,我轻轻哼了一声。

　　那个晚上过后不久,我选择了回来,连我的老师的面都没见,放着县城的中学没去,一心一意地去了离她最近的镇上的中学。在镇中学,我分到了一间半的房子,简单地收拾之后,将她娶了过来,我们结婚了。结婚第二年,我们就生下了儿子坚果。坚果长得很壮实,胖嘟嘟的小脸,一对小酒窝,像极了他的母亲。儿子不哭也不闹,整天吃饱了睡,睡够了吃,咿咿呀呀地发声,使人不断想到很多很美好的事情,时间便在这些能生出希望的白天和晚上一天天地过去,一天地慢了下来。坚果先是学会了走路,眼见身子一天天地拉长,从幼儿园被看护的小孩变成亭亭玉立的小学生,眼看就要小学毕业,有一天晚上,她突然问了我一个问题。

　　"如果我说能行,你还能再回到省城教书吗?"

　　我当时正在睡梦中,我睁开眼,看到她满脸的倦容,就像一直没睡。

　　"怎么了?"

　　我问她道。

　　"为了孩子上学的问题,准备做出牺牲吧!"

　　她笑笑地回我道。

　　听见我含糊地答应了,很快,她也就睡着了。

　　第二天,她好像忘记了我说过的话,该干什么干什么。我却觉得事情没有这么简单,凡下了决心的事,她从来都不会轻易地收手,我相信这一次也不例外。自她的父亲病故,她担了很大的责任,帮着她的母亲拉扯着妹妹、弟弟。如果不是如此,她应当不会让我回来,留在省城发展,我的前景应当不会太差。随着她弟弟的结婚,她的母亲有了依靠,她终于想起自己的日子还可以过得更好。我多少有些委屈,忽然觉得走了很多的弯路,走着走着,就又走回去了。看见我沉默下来,她便拉我走出家门。那天,我们两个在乡间的小路上走了很久,肚子里都装了很多的话,但谁都没有说出一句,她一直在等我开口。有时,羊肠小道上只能容下一个人，走在前边的一定是我，我不用看也能看见她的一双渴望的眼神，我不用想也能想到，她说出这话一定是想了很久。她干着会计的工作，省城的总部正缺少这方面的人手。风吹起了她的头发，她是那么的美，那么的自信。苦难可以使人百炼成钢，会把男人变成一座山，把女人变成一条河。相比之下，我就像一个孩子一样跟在她的身后，用身体里吐出的丝线把自己缠绕在了那儿。她发了光，又把光返回到了墙上。她把光返在墙上，沿着她画下的弧线，我在光里行走。那天夜晚，我睡得很晚，我哭了。我知道一定是有一个东西附在了我的身体里，我赶不走它。我想起了从前我家旁边的那条水沟，那条水沟宽不过百米，自从由官路变成水沟，通了大运河，水便旺便深了起来，小时候我还在这河里逮过鱼，河水很清澈。自下游用上闸，这段河便逐渐地又变回水沟，而后又变回了平地，在平地上盖了楼，建了广场，加之搬迁，从前住在那儿的人都分散了，以前的那些事，很少有人再提起。

她大概发现了我的异样，转过身很紧地抱住了我。

"我愿意一辈子为你打工！"

我想也没想，就这般答应下来。如果我不认，她又能怎样？是跳了河的妇人的冤魂附在了我的身上，把我变得这般随和？谁知道呢？

我又一次放弃，放弃了正在好好干着的副校长的职务，跑到省城重新做了一名老师。这段日子，是我和她在一起过的最好的日子，我以为这种好日子还会继续地过下去，然而，她感冒后的咳嗽却越来越重，身体越来越弱，经常发低烧，终于住了院，得出结论：肺癌晚期！在她停留在人世还有半年的时间里，我仍然努力地扮演着一个好丈夫的角色，努力地照顾好她，一起分享着曾经有过的生活，和正在面临着的苦难。

"是真的吗？现在治不好的病，有一天会治好，就像治疗一次感冒？"

那天吃过晚饭后，她问我道。

在这天的白天，从一个宣传员的口里，她听说了人体低温保存的宣传。

"怎么，这就想画句号了吗？"

我努力地忍住眼泪。

"不，没有。"

她很快地把脸扭到了一边。

我知道她有多么爱我，知道她有多么努力。

我假装回家去拿些东西，逃离似的离开医院，像一个醉汉一样在街上走了很久，哭够了才又走回病房，看到她躺在病床上装睡，我也一头扎到床上。那个晚上，我的脑子像过电影一样，将自那个雨天之后她的一点一滴都翻了个遍。

当年，在她正好好上着高中的时候，一场心肌炎使她住了几十天的院。正是这场特殊的感冒，使她的父亲下定决心，让她接了班。

她的母亲是在城里长大的女人，跟她的父亲一起在城里的中学上过学，温文尔雅，生出的孩子也个个老实漂亮，文质彬彬，吃苦耐劳。凭着吃苦耐劳的个性，银行招聘时，姜淑娟赶去应了聘，自己也没有想到会考上，最终选择辞去镇上的工作，去了银行，开始了一段新里程。她一直在努力把自己塑造得更好，好比长在一起的两棵树，她的那一半总是要比我的这一半长得旺盛，总是占上风，我怎么撵都撵不上，或者说根本就没有真撵过，我喜欢她这样。我为她的灿烂付出了我的全部，所有的努力都是为了我们的日子能过得更好。我不知道这样做的结果怎样，这种状态会不会把我自己变得很微小，微小到可以没有。当我正这么想着的时候，为了考一所好一点的大学，她把正上着初中的她弟弟的孩子接来，吃住在我们家里，这让我非常反感。要知道，坚果还正上着高中，这不是无视我的存在吗？为了让自己心里舒服一些，我也把正上着初中的哥哥的孩子接了来。她二话不说，对三个孩子一视同仁，使我觉得自己并没有吃亏，仍然一如既往地炒菜做饭。她呢，总是会把家收拾得整整齐齐、干干净净。等到将三个孩子都打发上了大学，她还想再让其妹妹的孩子过来上学，我没有同意，为此，她还闹了一段时间的情绪。之后不久，总是闲不下来的她便开始持续地咳嗽，出现了发烧的症状，再不像以前那样爱动弹，上个桥也会喘得很厉害。每次劝她去医院，得到的答复总是否定。她买回了一大堆的感冒药，一直按着自己的想法吃药，直到一天晚上憋得喘不上气，叫来救护车，才上了医院，第二天便给出了肺癌晚期的诊断结果。她和她的父亲得的是一样的病，离开人世时，她的父亲还不满五十岁。

"你哭了吗？"

我问她道。

得知病情后，没有经过我的同意，她竟然要捐出所有的器官！

她是不是从来就没有顾惜过我的感受呢？她相信即使生命到此终止，她的一部分器官也能保留在人世。看到她躺在那里哭泣，我真想问问她，你是你自己的吗？

她的病一天天重起来，头疼，疼得睡不着觉，是癌细胞扩散引起的。她不想剃头，拒绝做手术。

我哄她说："没事，用不了多长时间，头发就会长出来的。"

她答应了我，在开颅手术手续上签了字。我知道她舍不得我，何况，坚果还没有结婚，她的儿子一天不结婚，她的任务就还没有完成。她舍不得离开。

只过了短短的三个月，她的病又重了起来，不但咳嗽，还经常喘不上气，像一个就要登上山峰的运动员，眼里满含热切的期盼，身体却没有了力气，终于垮

塌了下去。她望着我，满含微笑，好像在表示着一种歉意。

我的脑子里一片空白。自她得病以来，我好像一直在扮演一个父亲的角色，生怕哪儿有所闪失。我的嘴张了开来，不知道该说什么，便随口问她道：

"你还画不画句号？"

"不画不画。"

她的喉咙里响了一阵，终于发出了声音。

"还爱不爱我？"

我自己好像也哭了，好像知道再没有力气拉她上来。

"爱！"

她恨恨地说道，好像在对一个魔鬼作出承诺。

"还爱多久？"

好像，我在走着夜路，不得不闹出一点动静。

"一辈子。"

她的脸上没有了一点笑模样，好像从来就没有认识过我。

"好，我也不跟你打仗了，你睡吧，等睡醒了，咱再接着打，如果打不赢，就别想着画句号！"

我笑着对她说。我知道她能听懂我的话。

在她从手术室被推出来的那一刻，我多么希望她能好起来，像小时候又回到学校读书一样好起来。我不断地喊着她的名字。她醒过来，剧烈地呕吐之后，又和我说起了话。

她努力地做着对我的承诺，身体刚恢复了一点就化疗，无论呕吐得有多厉害，也还是不断地吞下食物，吞下药物。

手术三个月后，她再不能说话，再不能喝水，却仍然把放到她嘴里的药片嚼了往下咽，努力地做着她能做的。我坐在她的身边，静静地看着她的生命体征一点点消失，一点点地将笑容收回去，直到脸上再没有酒窝显现出来。一个穿白大褂的人走到我的跟前，把我扶出病房。他们要把淑娟带走，带去再做一次手术。这是我和她成家以来，唯一一次自作主张做的事。

他们往淑娟的身体内注射了药物，通过循环系统注入冰盐水。我和淑娟就这样被分隔在了两个世界。

她走后，我走回到从前我们住的家，在这栋空下来的房子里接连地住了数月。我常常梦到她又回到了我的身边。过着一个人的日子，我开始不习惯，慢慢也就平静了下来。有一天，我又等到了坚果的电话。坚果大学毕业，在上海这座大城市找到了一份不错的工作。虽然没有了母亲，坚果仍然在一天天地成长起来。我得努力为坚果再做些什么。和坚果商量后，我去了他工作的城市，在一所武术学校找到了一份工作，我和坚果隔三岔五能坐在一起吃顿饭，说说话。有时我想，或许不等我去找她，她就又活了过来，我得努力为她做些什么。在她走后的第三个年头，我终于又回到省城我们自己的家。

我们已经有三年不在一起，这是最长的一段时间的分离。

我终于在电脑上打下"我想你"几个字。

我再不敢坐下去，走了几里地，来到放着淑娟遗体的屋子跟前。她在屋里，我在屋外，絮絮叨叨地，又陪她说了好大会子话。我想她能听到我的到来，在她醒过来之前，她再不能吓我，再不能从身后冒出，再不能朝我一边谈论，一边朝河的下边看。有一个人正站在路的前面等我，是小妹。我跟在小妹的身后走去，来到百十里地外小妹的家。

"我就要自由了！"

吃过晚饭，小妹拿出几张纸，我能看见"离婚协议"几个字正在纸上蹦跶。小妹的脸上没有一点沮丧，笑着看我。

我朝小妹说出对她姐的想念，小妹坐着就睡着了。我喊她，没有响应，她真的睡得这么死吗？我找到了妹夫，是在不远处他的另一处大房子里。

"她等你已经很久了，你不住下？"

妹夫懒得站起身迎我，好像我早就是一坨狗屎。

妹夫不断地撩起眼睛看我，对我说的每一句话都将信将疑。是时候了，到了该离开这个是非之地的时候了。我站起身走开，却不知会走向哪里，能走向哪里。在我的爱人活着的日子，我很幸福，牺牲了在事业上发展的空间，帮着她干了她想干的事，去了她想去的地方，一起看着她的弟弟妹妹长大成人，一起谈论着我们的儿子，一起谈论文学。那次带着她去新疆，在爬上一座山后，她一边坐在地上喘息，一边问我道：

"如果有一天我死了，你会想我吗？"

说完，她哭了起来。

"刚才不是还好好的吗？"

我将她揽在怀里，像哄一个小孩一样地哄着她。

我陪她坐着，一起看着山下的丛林。她仍然偶尔地咳嗽一声，好像着了凉。风吹起了她的纱巾，她坐在那里的样子真美，美若天仙。不知不觉地，我们一起谈论起印度的古代神话，谈论起迦梨陀娑的《沙恭达罗》，谈论狩猎来到的那座净修林，在那里，国王豆扇陀和修道人的养女沙恭达罗不期而遇……我们谈得很是投机。有一丝风吹了过来，她往我的身上靠了靠，轻轻地叹息了一声。现在意识到，她那时一定查出自己有了病。当她终于躺倒在医院的病床上，我看见豆扇陀正朝病房中走来，别管我用了怎样的力气阻挡，最终还是拉着她的手

走去，去到一个我找不到的地方。

我找不到的地方在哪？是那个早已填平了的苇坑？

正值妙龄的沙恭达罗本是绝代佳人，身上洋溢着青春的活力，显得分外楚楚动人，引得国王神魂颠倒；与此同时，沙恭达罗也对英武的国王一见钟情。由于爱上沙恭达罗，国王再也无心狩猎，借口保护净修林滞留下来。沙恭达罗斜倚在苇坑旁边一块铺满花朵的石头上，向一道修行的女友倾吐自己内心的秘密：她已经爱上国王，但又怕遭到拒绝。她说的话被国王一字不漏地听进了耳朵。

那个雨天淑娟拿着雨伞走过我的课桌时的样子，我记忆犹新，一辈子都不曾忘记。在上了大学，回来看她的那一次，为了打消她的顾虑，我们私下里结了婚，她成了我正式的爱人。我爱她，像豆扇陀爱沙恭达罗一样地爱她。我看到豆扇陀从石头的后面走出来，吐露自己的真情，沙恭达罗的两个女友借故走开了。在那个晚上，我和淑娟两个人挤在一张小床上，那一个晚上的夜是那么短，天很快就亮了。豆扇陀离开时留下了一枚戒指，我没有戒指留下，留下的是一颗心。豆扇陀走后，沙恭达罗精神恍惚，丢了戒指。在将妻子放进铁罐之前，我一直爱着妻子，就是现在，也仍然非她莫属，满世界都是她的影子。刚刚四十七岁的年龄，她怎么就病倒了呢？豆扇陀没有派人迎接沙恭达罗，当沙恭达罗历尽艰难，来到京城面对丈夫时，豆扇陀早已将她忘得一干二净。沙恭达罗想起丈夫给她的信物，却发现自己的戒指已经遗失。沙恭达罗被国王豆扇陀遗弃，却被生母接回天宫。

"我是不是也要被召回去了呢？"

那时，她还能说话。

"如果有一种技术能使你身体里的细胞存活下来，你愿意试一试吗？"

那天，她已经喝不进水，已经不能说话。

在又一个早晨降临时，小妹手里拿了一个蓝皮的本子站在了我的跟前。

小妹再也不掖着藏着了，说她很早就喜欢上了我，就想嫁一个像我这样的男人。我动了脾气，跑回去找那个小子算账。在我去过的那座大房子里，带着红花的新郎官正在走出屋门，我喊住他。

"这是什么时候的事？"

"你这个老色鬼，你给我滚开，滚开！"

他使劲地想推开我。

朝昔日妹夫的脸上，我抡开了巴掌。大概他正在走下一个台阶，在打过一个趔趄后，摔倒了。

我不知道哪里出了差错，哪里挨着了这位祖宗。

新郎很快被拉了起来,有一个后生抓住了我的衣服,还有一个朝我举起了拳头,都被妹妹的这位前任丈夫制止,抓住我衣服的人松开手、推着我走下楼去。已经走出很远,我仍然听得见鞭炮的响声。

我走回到自家的门口,有一个人影晃动了一下,是小妹。

大概,在小妹的眼里,她的姐姐已经是一个死人。

小妹进到屋里,先是扫地、抹桌子,而后又走进了厨房,把一壶水放进炉子上烧起来。

"他又结婚了呢!"

我看了她一眼,很多天以来,终于有了一个能说话的人。

"其实,我们的婚姻早就名存实亡。"

小妹长长地叹了一口气。

坚果出生后,我们一家三口和没有出嫁的小妹、岳母住到了一块儿,一小家子人变成了一大家子人。

每日走进家门,儿子的乖巧、妻子的贤惠,都一并地闪现在眼前,并不觉得日子过得有多么不好。那段日子,岳母的脸上荡起了笑模样,小妹的脸上绽放出了久违的笑容。初中毕业,小妹就考上了技校,技校毕业,在钟表厂找到了一份工作。在钟表厂刚工作两年,就开始谈婚论嫁,和一个机关干部结了婚,生了孩子。岳母年老后,轮流在几个孩子家里住。有一年,岳母轮到在小妹家里过年。

那天我和淑娟一大早赶过去,小妹看到我们就像看到久别的亲人一样,高兴得又说又笑,话不断流。可是,我们走后没有几天,岳母就打电话把淑娟叫了回去。淑娟回来告诉我,妹夫在外边有了女人,执意要和小妹离婚,小妹也不想和他过了,两个人要协议离婚。妻子病重后,有一次用试探的口气朝我说道:

"这些年来,你一直是小妹最崇拜的人,你在她心里的位置让她的男人都吃了醋,两个人就差一张纸了。我走之后,你就把她接了来吧。"

听说这些话时,我难过得像是要昏过去。

"你就这样准备过完你的一辈子?"

那一天,我都没有怎么说话。

当小妹就这么站在了我的面前,我说:"我要出差三年零八个月。"我的意思,就此了结,各过各的桥,各走各的路。她伸出手道:

"钥匙呢?"

她的意思,在我走后,她就守在这儿。

"等我出差回来可好?"

我不想就这么把钥匙交到她的手上。至少,在三年零八个月的时间里,我不会再受到感情的困扰。

我不知道她是怎样走开的，我听到她的脚步声远去了。

过了很多天，当我正踱着脚步走在自家门前的街道上，思量着去留之时，看到一个新开的卖早点的小铺，便机械地走进去，看到正站在那里张罗着生意的小妹。见我走进去，她一点都不感到奇怪，像是从来就没有生分过。

无论刮风，无论下雨，小妹的小铺照开不误，我也有很多个早晨走进这个小铺。

淑娟活着时，很喜欢唱电影《上甘岭》的插曲：

一条大河波浪宽，

风吹稻花香两岸……

这歌声至今百听不厌，我很后悔当时没有把她唱的录下来。

在喝了一点酒后，我又哼起了这首歌，哭得一塌糊涂。哭着哭着，趴在桌子上就睡着了。等我醒过来，桌子上已经摆上了饭菜，我很激动地喊着她的名字，以为又吃上了她做的饭。

"吃吧，饭都凉了！"

是小妹在和我说话。

"人死了，怎么能复生呢？"小妹闷声闷气地说道，"就因为如此，我们才得笑着给人看，对吧？"

"自你的姐姐走后，我的心已经死了！"

说完这一句话，我又拿起了筷子，把馒头放进嘴里使劲地嚼。

我听见小妹哭着跑出了门。

二

我又一次坐上火车，来到坚果工作的那座城市。坚果穿着黑色的 T 恤衫一步步走来，两条腿摇晃得很厉害。我们两个几乎一块儿伸出了胳膊，相拥而泣。坚果很爱他的母亲。

"你怎么样，过得还好吗？"

我这般地问儿子道。

"是，爸爸，这家企业的效益很好，大学里学的正好用得上。"

坚果要了一份我爱吃的烧茄子，比起以往，坚果对我更加体贴。

坚果长得更像他的妈妈一些，性格也是，我朝他提出买房子的事，把这几年积攒的俩钱都拿了出来。

"不了，爸爸，在妈妈身上你花了不少钱，尽管你不告诉我，我也知道是怎么回事。收起来吧爸爸！"

坚果把我递给他的卡又推了回来。

我知道这张卡对他有多么的重要，把卡又推回去。

我不知道坚果是否谈了女朋友。他妈妈临咽气那会儿，我用热毛巾给她擦了擦脸，跟她说："你走了，你睡吧。"她的心脏停止跳动后，医生在一边站着不动，好像这也是他的亲人，下不了手拔氧气管。儿子走过去，将我挡在身后，弯下腰亲了亲他的妈妈，亲手拔掉了氧气管。那时，他刚刚大学毕业。他的妈妈心脏停止跳动后，人体低温保存手术随即开始。55个小时后，在她的身体被装入液氮罐长久保存前，我和坚果隔着保存库的玻璃，看到她神情安详得就像睡着了。她的身体存放的冷冻罐里，是﹣196℃的极低温。尽管人体低温的合同上写明了"不诚若复生"，但至少给我留了一线希望，我真希望她能在三十年后醒过来，我觉得能撑到那会儿。

在陪过我一个晚上后，坚果问我道：

"妈妈活过来了怎么办？"

临走的前一天，坚果的声音沙哑了。

"你呢，别管工资怎么样，从长远着手，先找一个适合自己的工作稳定下来，你妈妈在的时候也是这么想的，希望你将来有一个像样的工作，能养活自己就好。"

我很认真地朝他说道。

"你什么意思？"

说实话，儿子那会儿的眼神很是凄凉。

"我呢，还是你以前的父亲，家还是以前的家。"

我站起身，在儿子的头上抚摸了一下。

事实证明，儿子的能力超出我的想象，他做到了。

他的妈妈过完三周年祭辰后，我花五百元买了一辆自行车，经过一番辛苦的骑行跋涉，停在鱼山脚下。鱼山是一座被开采过的小山，高不过百米，站在山顶上，能看到山下被树木包围着的房屋，家家种着香椿，屋顶上晒着粮食。

我的心仍然很空，似乎真的听到了三国的曹植在鱼山创制的梵呗声在天空中升起，似有许多孤魂在一起歌唱，却自始至终没有看到曹植的模样。

听着这些音调，我来到半山腰曹植的空坟跟前，焚香祭拜一下这位才子。曹植死后安葬在了鱼山。这儿的风景曾经很美，但这位诗人做梦也不会想到，他在这儿睡得并不安稳，他的尸骨在20世纪60年代，被挖出放到了某博物馆里面。如果取出尸骨的一个细胞，把这位东阿王再变回到他活着时的样子，面对这样一个高科技的时代，他会是怎样的一副模样？还会像从前一样出口成章？我由此担心起睡在液氮罐里的妻子，担心在她醒来时看不到一个熟人时，心情非常沮丧的样子，全然没有了上山时候的那份激动。日落西山时，我在山

脚下找到了一户落脚的人家。

"山下怎么种了这么多的树？"

我问房子的主人。房子的主人七十几岁，待人诚恳严肃，很有一副派头。我敢说，如果蒲松龄在世，一定会把他写进书里。

这户人家有七间屋，除去种了半院子的菜，还种了香椿、杨树。上年，这户人家的老伴死了，现在，这七间房里只剩下老头和挂在墙上的一家人的照片。他的一儿一女都被他培养成才走出了村子，一个在二十里地外的城里坐办公室，一个在他工作过的城市教书。老头在城里教了一辈子的书，想在乡下度过晚年，陪老伴一程，没有想到老伴先他一步离开……我们坐在香椿树下，说着自己的老婆。

"两口子中，谁先走谁享福，这话不假。"

他叹了一口气说道。

"你为什么不再找一个呢？"

我环顾了一下四周，身上多少有些胆战，要知道在这样一个空旷的地方住着，一个人该有怎样的胆气。我不能不敬佩老人过人的胆识，敬意油然而生。

"一个人清净，有吃有喝的，比当和尚强多了。"

他这般说着，便转移了话题。

他告诉我鱼山对面有一座狮耳山，他答应第二天领我过去看看。第二天吃过早饭，老者出门办事，我通过浮桥走到河对面，爬上一个高坡，看到零散地坐落着几户人家，然后看见一个男的从对面走上坡来，和开门出来的一个女的说着话，旁若无人地大声嚷嚷，好似男的刚刚赶集回来，正在告诉女的买的东西的价钱。单单那种闲散已经令人羡慕。我朝男的问了路，又朝回走，沿着一条水泥路铺成的小路走去，在山脚下碰到了正在打着烧饼的一对老夫妻。我买了两个烧饼，正在揉面的老妇人不止递过来两个烧饼，还有一个鸭蛋。我将她递过来的鸭蛋退了回去，转过身朝山上走。

"你是给家人祈福的吗？"

她喊住我，突然地问道。

我含糊地答应了一声。

按照她的说法，守庙的人不在山上，但只要有熟人来，自然会有人喊他过来。我便停了下来，吃着烧饼，随便聊了一些家常的事。说着话的工夫，有三四个人陆续走来，走在前面的是一个六十出头的中等个儿的男人。

"走在前边的就是守庙的人。"

老妇人和走在前边的那个人打了招呼，介绍我加入进了这支队伍。

跟在守庙人身后的年轻人一路谈笑风生，像是刚混出了一点名堂，是小荷刚露尖尖角的那种。走过一段弯弯的山路,路过正满地里爬着地瓜秧子的地块,来到山根底下,只觉得树木葱郁苍翠,山风呼啸而来,我心里有些发毛,像是真的有神灵驾到。守庙人在前面引路,不断地从开凿出的石阶上走过去,又从石蓬上走过去,最终来到一块像场院一样大小的空地。我早已喘成一团,朝四下看去,只见空地的北首有一个几十平方的高台,被称作戏台。戏台旁边有一座小楼,小楼依山而建。楼的两边各有一段楼梯,精巧玲珑。守庙人告诉我:每逢阴历二月十九、六月十九山会,登山者就会接踵而至,络绎不绝。我能够想象得出唱戏赶庙会的那番热闹。

从高台处沿着盘山路再往上爬,看见一处三间二层的建筑,依山为墙,北西两侧是用石砌堰垫成的平台,可谓用心良苦。中间为进观通道,进观后由两侧绕上平台。山门的第二层为虎穴书屋,观音堂在书屋的对面,灰瓦覆顶,脊上饰雕砖螭物,和书屋正好相对。殿内有三尊石雕观音坐像,坐在莲花台上,个头很大。看着这些像真人一样的雕像,不知怎么,我的脑子一下子乱起来。

"既然来了,就好好磕一个头吧!"

正在胡乱想着,听见那个好久没有说话的年轻人突然说道。

他带头跪在菩萨身前的蒲团上,我们一行几人也都一一地跪过,各自掏了腰包,大到几十元,小到几毛钱。

下山的时候,几个走在前边的人忽然停下,顺着一个慢坡走到石蓬的下边。我看到水从石缝里流出,流入石崖上凿出的长方形的水池,又从水池流到山下。

"这儿是道人当年锤谷子的地方。"

守庙人指着脚边石壁上的几个磨光滑了的圆形的槽子说道。

"那时已经有了石磨了呀!"

年轻人无不惊奇地说道。

"是啊,我也一直有疑问,或许,有人能回答这个问题?"

守庙人说出两个历史文化爱好者王先生和李先生的事:两人来这儿旅游,无意中发现奉国寺后面的石崖上刻着一些属于四五千年前的象形文字。这些文字有的呈图形,有的是类似文字的符号,有类似于"太阳"的文字。

之后,一路上再没有听到有人说话,大概已经快走下山去了,大家才客气一番,就此分手。

我走回到借宿的房主的家里,把这件事说给他听。

"你的气色比来的时候好多了。"

他打量了我一番说道。

他的两手沾满了泥巴,正在做着一个盆景。我这才看到,他家养着的花草里面,有好多盆景,大到穿洞而过,小到一个树根,个个都摆弄得很好看。

"曹植也去过狮耳山吗？"

我这才知道，他是在农大退休的大教授。

"不清楚。沧海桑田，都上千年前的事了。"

老人是"一心只读圣贤书，两耳不闻窗外事"的那种人。在他住着的房间里，摆满了三大橱子的书，都是带玻璃门的那种。

"给你个任务。"

第二天一大早，老人一本正经地朝我说道。

他的意思是，如果他捏的那些盆景能烧制成陶瓷的话，会卖不少钱。

我答应下去找我的亲戚，亲戚在窑上干活，应当能帮上忙。临走，我拿了他一个树根状的盆景。当然，我没有找到那个亲戚，在外边游荡了大半年后，我带的那个盆景不小心弄丢了。三年后，我自己学成了烧窑的技术，跑回来找他，那门已经上了锁，得知他已在一次车祸中去世！

"他捏制的那些东西呢？"

找到村委的人，我说明来意，说出想买下那座房子的想法。

开始，村委的人不以为我是认真的，开出了很高的价格，联系上房主的家人后，他们只要了我很少的钱，可能，那教授去世前留下了话。在那座房子里，我工作了很久，有一天天亮后，终于捏制出了一个盆景，和老人留在屋子角落、残破了的盆景没有什么两样。而后，我把它拿到了几里地外的窑上，烧制出了第一个盆景。后来便是第二个、第三个，烧制出了更多的盆景。我知道是在努力地忘掉什么，可是，我能忘掉什么呢？当凑合着吃完了一顿饭，我就会想起在省城安家后那段时间的生活，心里就会很痛。那时，我下了班在厨房里忙，等她回来吃饭，等孩子们回来吃饭。吃完饭，收拾完，孩子们各忙各的，我们两个便去泉城公园里玩。她爱听唱，我爱打太极拳，我们两个互不影响，她听她的，我玩我的，直到散场，再一块儿走回家去，过了一段平静的日子。人都说夫妻两个，总是会有一个欺负另一个。在她跟着我的这些年，她总是见缝插针，把家收拾得干净利索。在省城安家后，她把她弟弟的孩子弄来上学，我把我的侄子弄来上学，这辈子她一直在围着工作转，围着家转，围着亲情转，或许是太累了，她先去歇着了。每每想到这些，我就会心疼得落泪。就这么过了半年，当订货商找上门，我突然想到已经半年没有进家门，得回去看看了。我让订货商留给我充足的时间，订了长期的合同，订完合同的第二天，我便去了火车站。突然要回家了，心里还挺激动。

陪她坐火车去新疆塔城那次，来到我父母插过队的沙湾，她又是爬山，又是照相，好像她来了，这里就变得沸腾了起来。她就是这么一个人，看到铁能把铁融化，看到钢能把钢烧个窟窿。假如我不是和她结婚、没有和她恋爱，我现在一定不在深山里奔波。我的奔波之苦都是因爱而生，我爱她，她却睡着，一点不管我怎样。我这么想着便睡着了。

三

如果事情就这么发展下去，我想我能等到她醒来的一天，可是很多事总是事与愿违。

我的妻子放入低温的液氮冷冻仓后几年，国外放液氮冷冻仓中的第一人便到了解冻的时间。

1967 年 1 月 12 日，美国物理学教授詹姆斯·贝德福德因肺癌去世。去世后，詹姆斯·贝德福德成为第一例用人体冷冻技术贮存遗体，期望将来复活的人，他为此提前支付了 50 年的冷冻费用。离世后，医生们立刻在他身体里注入了大量的冷冻保护剂，以用来保护他体内的血液不变质。注入了冷冻保护剂的詹姆斯·贝德福德的身体被放入低温液氮冷冻仓中，开始了长达几十年的冷冻历程。在这几十年里，有越来越多的志愿者愿意尝试冷冻身体，但是由于技术有限，很多人在中间出现了不少意外，最后以失败告终。而詹姆斯·贝德福德的过程顺利，始终没有被宣布失败。也正因如此，罗伯特坚持认为这个计划绝对是可行的，并认为一定能有一个成功的案例。2017 年，罗伯特宣布要把 50 年前冷冻的詹姆斯·贝德福德进行解冻（复活），但詹姆斯·贝德福德解冻之后的结果并没有传出来。没有人知道，解冻究竟是成功了还是失败了。但可以肯定地说，如果詹姆斯·贝德福德成功地被唤醒，那么冷冻公司一定会进行大肆的宣传，而不会这样不将结果公布出来，之所以不公布结果，其原因可能就是唤醒失败了。不过，倘若詹姆斯·贝德福德成功地被唤醒，现在的科技仍旧无法完全治愈他的晚期肺癌，他面临的将依旧是死亡……

那天，我发走一批烧制的瓶瓶罐罐，心里感觉很空，从床底下翻出一瓶"曹植醉"酒，自饮自酌地喝了两杯，便昏昏沉沉地睡着了。当我醒过来，发现睡在一个非常陌生的地方，嘴上还插上了氧气管。我看见有一个包裹得非常严实的人站在我的跟前，那个人只露着两个眼睛，他的装束像一个宇航员。我拼命想坐起来，站在我跟前的人伸出两根手指头摁我，想将我摁倒。为了不被他摁倒，我拼尽最后的气力，将抓起的一样东西朝脑后抛去，就听见"啊"的一声叫唤,压着我脊背的一座山便移开了。我喊叫着滚下了床去,吸着氧气的管子从我的鼻子里被移了开来。我像是就要被憋死,断续地喊着:"我——要——十个医——生!"我看见又有两个穿着宇航员衣服的人走来,他们两个把我抬到床上,把氧气管插回到我的鼻孔里。我又拼命地扯下了氧气管,我不清楚他们是不是要杀我,是不是在拿我做实验。

"是我要死了?"

我问他们道。

之后,我的眼前再也看不到任何的东西……

原载《聊城文艺》2021年冬季号

王 涛

重 阳

一

入秋以后，天就一天天凉下来。草木的叶片开始枯黄，田野里的庄稼很快被收割干净，灰暗的泥土裸露出来，夏日里勃发的生机像是一个梦，随着凉风的慢慢逼近，冬天的影子已经时隐时现了。南归的大雁也嘎嘎叫着，在头顶上一队队地飞过去。

老李头从天空里收回目光，又转向面前一片起伏萧索的坟地，望着其中几个才隆起不久、还没长出杂草的坟堆，重重地叹一口气。那是老李头一家的坟墓，才迁进李家坟地一个多月。说起来，老李头一家虽然同样姓李，却不是纯正的乌龙镇人。当年，老祖宗为了依附这里庞大的李姓家族，从很远的地方迁移而来，虽说已有五六代了，但依旧没被容许进入李家祖茔。这是老李头家的一个愿望，没想到却在轰轰烈烈的开发建设中轻易实现了。随着大片土地被开发商占领，老李头家的坟地居然也被征去，找不到更好的办法，经村长和人们一番说合，大家同意老李头一家将坟墓迁进李家坟地。老李头有些悲喜交加的感觉，本来已经做好拒绝迁坟的打算，也由于这愿望的实现一下子变得大度起来，这回的征地竟从未有过地顺利。老李头转过头，望着那片在日头下闪闪发光的建筑以及在顶上冒烟的烟囱，一时不知道该表示什么好。

随着日头的升高，从工业园里走出了许多上夜班的人，老李头的儿子继成也在里面。人们陆续从他身边过去了，走在后面的老皮却慢下来，做出和他搭讪的意思。老李头本不喜见这个不太安分的家伙，但人家主动和自己招呼，即使仅仅出于礼貌，也是不能不理会他的，况且老皮也已经不像过去那样游手好闲了。

伯伯，老皮笑嘻嘻地说，您老在这里歇着呢？

不歇着我还能去干什么？老李头淡淡地说，连一块地都没有了，我就是想去掘土，都找不到地方了。

这是难得的好事呀，老皮豁达地说，没了地，像您这些上了年岁的人正好歇一歇呢，年轻人就到老板那里去打工，票子可比种地来得及时。说着，老皮从衣兜里掏出一沓崭新的票子，看见没，又发工资了，一个月就是七八百块呢。

老李头朝他手里看了一眼，想做出一个不屑的表示，但又没做出来。

怎么样？老皮也斜着眼说，这可是过去没有过的事吧？对了，兴许继成比我挣得还多呢，伯伯快回家让他打酒喝吧。老皮装起票子，刚要往回走，又想起什么似的说，我看见您老人家在这里站过好几天了，不知伯伯在看什么呢？

听他这样说，老李头不禁又朝坟地里看了一眼，摇摇头，没说什么，顾自向一边走去。

这个老疙瘩。老皮也叨念了一句，嘴里吹着口哨，像女人那样一扭一扭地回村里去了。

人们都离去了。老李头又进到坟地里，绕着自己家那几个坟丘走来走去。老皮说得没错，老李头已经在这里游荡好几天了。当然，他并不是来这里闲逛，更不是欣赏什么风景，而是带了一个非要完成的任务，来为病入膏肓的老伴选一个合适的去处。是的，入秋以后，随着天气的阴冷，老伴已经得了几年的肾病突然加重了，满身都肿得像个茄子，一指头按下去，似乎就要淌出水来。继成把母亲弄到镇上的医院，医生毫不客气地说，已经发展成了尿毒症，不大可能再治好了，如果家里有闲钱，就不管不顾地往医院里扔吧，如果没闲钱呢，就赶紧回家去给老太太做点好吃的吧。尽管是这样，继成还是把母亲留在医院里，恭恭敬敬地让医生治了一阵子，几年来挣的那几个钱都打了水漂，母亲的病也没有多少起色。那个医生叹息着说，看来我是白替你操那个闲心了。老婆子听了这话，说什么也不再待在医院里，哭着喊着让儿子把她弄回了家来，伸直身子躺在床上，专门等死神来接她到另一个世界去了。看着老伴奄奄一息的样子，老李头也绝望得不行，张大着两手直往头上拍，除了给老伴准备块合适的下葬地方外，他又能为她做些什么呢？

老李头抖落掉两颗浑浊的老泪，拖着两只沉重的脚板，在自家的坟地边走过去又走回来。一地衰草在他脚下索落落地响叫，像是在和他低声诉说着什么。好在自家的坟墓迁进了祖茔，老伴作为家里的第一个死者，和李家的祖先葬在一起，也算是她在阳世修来的福分，起码她不像上几辈人那样孤独寂寞了。想到这里，老李头酸楚的心绪才稍稍好受了些。

走了许多个来回，老李头终于停住脚，默默朝四处打量着。看来就是这个地儿了。老李头踩踩脚下，随即，又往旁边跨出一步，在心里告诉自己说，紧挨着老伴的这个地儿，就是留给自个儿的了。老李头觉得心里的一块石头落了地，长出一口气，刚要坐下来歇一歇，却听见远处传来喊声。

是他的儿子继成。继成从村里走出，迈着急快的脚步进到坟地里来。

老李头心里一紧，莫非是老伴就要不行了？这念头一起，他就觉到了后悔，如果这墓穴提早几天开挖就好了，万一老伴现在咽了气，他岂不要弄个手忙脚乱？老李头决定，不管怎么着，今儿都要找人来办这件事。

但老李头还没有张开口，继成却急火火地说，爹，这墓穴怕是不能在这里挖了……

什么？老李头呆呆地看着他，似乎一时没听清他的话。

刚从镇上传来信说，继成抹抹因缺少睡眠而红肿的眼睛，舌头也有些打弯，工业园要扩大规模，这块坟地恐怕也要被占了。

老李头张开嘴巴，好久都没说出话来。

二

老李头磕绊着腿脚，气喘吁吁地回到村里。他没有进自己家去，而是径直走进了村长家的院门。他要去问一问村长，到底有没有这回事。如果事情真是这样，那死了人可往哪里埋呢？总不至于把骨灰盒子放在房顶上晒日头吧？

继成没有随他进门去，而是在门楼下蹲下身子，侧着耳朵听里面的动静。

老李头走进去时，村长正在院内的井台边杀一只鸡，他的老婆坐在灶屋前择菜。看到老李头阴着脸进来，村长匆忙往鸡脖子上抹了一刀，便把鸡丢到了地下。老李头停住步子，看着那只鸡在自己脚边毙命，一时有些不知所措。村长吹去粘在手上的鸡毛，坐到门台石上，往嘴里塞了一根烟。晌午家里来客，村长笑笑地说，没工夫到集上割肉了。

听说李家坟也要被占了，老李头开门见山地问，有这事吗？

咦？村长奇怪地看他一眼，平时你的耳朵像是长满了茧子，怎么突然变得比我都灵通了？

这么说没有这事？老李头提起的心刚要放下，忽然又盯住了他，我看也不会是空穴来风吧？

村长掉开了头去，专心致志地吸那根烟。过了一会儿，在老李头目光的催逼下，村长才慢吞吞地说，镇上的开发力度真是越来越大，这不，又从国外引来了洋开发商，说是要建好几个更大的项目，当然又要占地……

他们真要打那片坟地的主意？

这事不是还没定下来吗？村长又掉头看了他一眼，你是听谁说的？

那可是我们李家的祖坟呀，老李头打断他的话说，祖祖辈辈好几百口子都

在那里葬着呢，说迁就能迁了？老李头朝他跟前走了一步，你倒是说说，到底该往哪里迁呢？迁了另一个地方，保不住过后又会碍了那些开发商的事，到时候怎么办？难道再迁一回不成？

听了他的质问，村长有些不耐烦，把吸了半拉的烟卷扔在地下，径直朝一只木盆走去。他的老婆已把那只鸡按在盆子里，又倒进去一壶开水。村长蹲下身，撩起袖子，一下一下地拔起鸡毛来。

是不是你已经答应镇上了？老李头走过去，依旧有些不依不饶。

村长有些恼火。如果你觉得在那里不合适，村长冷冷地说，你再把坟迁出来好了？

你、你这是什么话？老李头有些语塞。

村长白了他一眼，低下头，两手拔得更有力了。很快，那只芦花公鸡就被脱光了身子。

老李头吧嗒了一下嘴，忽然有些尴尬起来，看来在村长的意识里，他老李头一家的坟虽然迁进了李家坟地，还是没被他们真正接纳为一家人呢。这样一想，他的脸便止不住热了一下。

村长似乎也意识到自己的话有些过分，又叹了一口气，耐心地朝他解释说，您放心，我也不会轻易……毕竟这是一件难办的大事，我怎么会……

可如果他们真要这么干，老李头好像是替他说，你又怎么能挡得住呢？前几年征地的时候，大家虽然……不是最终也……

尽力而为吧。村长说着，挥起一把刀子，在裸露的鸡肚子上比画了一下，便狠狠地戳进去。鸡身子被剖开了，血水溅出了老远。

老李头不禁往后躲了一下。那，他又走上来，那我们到哪里去挖墓？

挖墓？村长抬头看了他一下，挖什么墓？

我老婆快要死了，老李头拍拍两手说，总得给她掘个坑吧。

村长把鸡丢在盆子里，扎撒着两手看他。真要不行了？村长站起来，在院子里踱着步。这可是个问题呢。他叨念着说。

反正，老李头跺跺脚说，我要把我老婆埋到地下去。

就是不迁坟，也保不住以后……村长仰起头，直直地看着天空说，如今这形势，真是日新月异呀。他摇摇头，又苦笑了一下。

我不管那么多，老李头坚决地说，只要我老婆一咽气，我就把她埋到那里去，入土为安，这是祖上传下来的规矩，我不能为了外国老板，让我老婆的尸骨当鱼干晒哩。说罢，老李头扭身就往外走去。

上边已经有新精神了，村长忽然在他身后喊着说，说是要统一建安息堂呢。

老李头愤愤地往门外走，没有听见村长的话。倒是蹲在门楼下的继成，把村长的话断续地听到了耳朵里。安息堂？老李头经过他身边时，继成还在嘴里叨念，什么叫安息堂？

老李头走得急，在门外的碎石上绊了一下，差点摔倒。继成只是回味村长的话了，也没有来得及扶他。倒是从街上经过的一个人，抢上来挽了他一下。

老伯，你怎么走得这样急？原来是穿着一身绿衣的四平。

三

有关安息堂的话题又在村里传扬起来。对这个新名词以及它所代表的那个东西，村民们都还不太明白，就连时常出入镇政府的四平也说不清楚，便都热心地打听兼议论开了。最后，还是见过些世面的老皮告诉大家，安息堂就是安葬死者的场所，说白了，也就是放置骨灰盒子的房子。老皮告诉大家，早在几百年前，人家外国人就把死人送到安息堂里去了。

人们只愣怔了短暂的一霎，就一个个变得释然了。现在的新事物层出不穷，连外国老板都要到乌龙镇来了，这安息堂还有什么好奇怪的？但人们随即又想，这是不是说镇上真要占李家坟地了？这可是非同小可的大事。大家又变得不安起来。

这是两回事，老皮解释说，就是不占那片坟地，安息堂不照样可以盖吗？现如今，什么旧风俗都在改变，这死人的事怕是也要……

你娘个 ×，老皮的话还没说完，就被兜头骂了一句，你娘死了不下葬，放到那个鬼屋子里去试试？

老皮眨了一下眼，才看清骂自己的人是老李头。老李头翘高着灰白的胡须，瞪大着两眼怒视着他。您……老皮光滑的脸面变成了猪肝色，刚要发作，但看看站在老李头身后的那些人，低声叨咕一句，真是榆木脑壳。他掉头悻悻地走去。

活活一个二鬼子，老李头愤愤地往地下吐口唾沫，外国人要打进来，我看他头一个去当汉奸。

轰走了老皮，人们的话题又转回到安息堂上，似乎这才明白过来，看来以后死了人真不能到坟地里下葬了，那个就要盖起来的安息堂莫非就成了大家最后的去处？

你们谁去那个鬼地方都成，老李头赌气地说，反正我家里死了人，就是把骨灰撒到院子里，也不会送到那里去。

望着他义愤填膺的样子，人们禁不住有些肃然，但又无法明确表示什么，便只是呆呆地看他，怕他再说出什么过头的话。继成走上来，使劲把他拉回家去了。

你倒是给我说说，老李头把火气撒向了儿子，他们为什么不让死人到坟地

里下葬，非要送进一个屋子里去？死人要是能住屋子，那活人该往哪里去合适？

这个，继成思量着说，上边也是为了节约土地，您还没看见么，现如今土地可是越来越少了……

土地少是死人占去的吗？老李头打断了他的话，还不是让那些工业园给倒腾的？不是外国老板都打那片坟地的主意了？

倒也是这么回事……继成顺着他的话说，随即又摇摇头，可不管怎么说，反正是土地不够用的了，上边才想出了这种办法……

老天呀，老李头跺了一下脚，望着灰蒙蒙的天空，深恶痛绝地叫喊，这是什么世道呀，竟然连死人都不放过……

四

老伴昏迷了一天多，傍晚时分突然睁开了眼睛。老伴醒来后，头一句话就说，我、我不去安息堂……

老李头吃了一惊，老伴在病床上躺着，怎么就知道了安息堂的事？

老伴吃力地举起一只手，抖抖地拉了他一下，答应我，把我埋到李家坟地里……说什么我也不去那个安息堂……

好好，老李头朝她点点头说，我们不去安息堂……我们一起去李家坟地……这样说着，老李头忽然鼻头一酸，泪水从眼角里流出来。在老李头的记忆里，自己已经快有五十年没流过眼泪了，现在竟然克制不住，像个没出息的年轻人那样，一下子变得脆弱起来。

我没说让你去，老伴解释说，我是说我一个人去李家坟地……

老李头不想再待在老伴身边，起身便走了出去。放心吧，老李头在心里说，我一定要把你埋到李家坟地里……老李头既像是对老伴说，又像是对自己说。

吃饭时，老李头对家人挨个询问了一遍，是谁把安息堂的事告诉了老伴？继成率先摇头，儿媳也赶紧申明，最后是孙子承认了这件事。我就知道是你，老李头用筷子戳着他的脑门说，成事不足，败事有余……

爷爷，孙子却打断了他的话，这是新风俗，又不是什么坏事，说不定奶奶会成为第一个……

听了孙子这话，老李头还没发作，继成就把巴掌甩到了他的脸上。有你这样说话的吗？继成恼怒地呵斥道。

孙子也意识到说了过头话，捂着脸低下头去，不敢再吭声了。

老李头放下碗筷，再也没有心思去吃饭了。孙子的话不仅是不中听，而且勾起了他埋在心底许多年的一桩事。二十七年前，村里也像现在这样移风易俗，对死人从原先的土葬改为了火葬,老李头的老娘不幸成为实践这种改革的第一个人。那时候,人们都对这种用火烧的殡葬方式怀有深切的恐惧心理,老李头一家更是这样。但没有想到,实行火葬的通知刚一下达,病在床上的老娘就闭上了眼睛。为了不让老娘遭受火烧,老李头没有举行任何葬礼,甚至没做丝毫声张,便趁着黑夜偷偷地将老娘埋到了坟地里。我都把人埋了,老李头为自己的行为打气说,你们还能把她扒出来烧不成?令他没有想到的是,把老娘埋到坟里的第三天,村长就领着派出所和民政所的人找上门来了,不由分说把老娘的尸体扒出来,堆上柴草,再倒上汽油,一只黑手把划燃的火柴丢进去。顷刻间,坟地里便腾起了熊熊的火焰。老李头瞪大眼,看着老娘的身子在火焰中扭曲挣扎,一点点化成了灰末,他的心像被划开了八百条口子,剧烈的疼痛让他倒在地下,昏死了多半天才勉强苏醒过来。第一个?念叨着这几个可怕的字,老李头的身子又止不住颤抖起来。

继成看出了他此刻的心境,赶紧安慰他说,您也别过分担心,事情还没个准信儿呢,他们不过是传言罢了……

老李头用力坐稳身子,摆摆手说,没那么简单。他朝门外的远处指着说,这些年,老辈子没有过的新鲜事还少吗?我算是看明白了,不怕你看不到,就怕你想不到。等着吧,说不定哪一天,这安息堂的事就真的来了……他又摇摇头,颓唐地闭上眼睛。

听他这么说,继成也吃不下饭了。可是母亲……他朝里屋看了一眼,又突然停住了嘴。

尽管儿子没往下说,老李头却似乎知道他下面话里的意思,心里猛地动了一下。

五

一连好几天,老李头都蹲在街头,默默地朝着远处眺望,似乎专心等待那件事情的到来。街上很安静,很寥落,先前有过的一些景象,诸如拖着车子的牛马和扛着锄头的人群,随着田地的一寸寸减少,都已不复存在,呈现在眼前的是平坦的沥青路,间或驶过的摩托车和一两个闲逛的妇女。老李头眨巴着两只昏花的老眼,有些活在梦境里的感觉。

几乎与此同时,继成也加紧了对消息的打探,又是往村长家跑,又是到村口去迎四平,有时甚至还纠缠起了老皮。

正如老李头的预料,没过多少日子,有关安息堂的事情就有了明确的结果。村长先是带着几个镇上来的人圈定了村北边的一块空场,随即便有车辆运来了砖石、水泥、钢筋一类的建筑材料。一个经常给镇上干活的建筑队很快开进去,

把脚手架支起来，随着搅拌机的轰响声，原先安静的空场一下子便成了热闹的工地。

不用继成来告诉他，老李头也明白，他们要盖的便是那个传说中的安息堂。没人前去阻拦，工地上倒是围了不少看热闹的人。在老李头眼巴巴的注视下，才过了几日工夫，一幢式样怪异的房屋便拔地而起了。

在咱们全镇，村长郑重其事地对大家说，这可是第一个安息堂呢。

以后死了人，有人问他说，都要送到这里来了？

那当然，不然盖这个安息堂有什么用？

从什么时候开始？继成提出说，总得规定个日子吧？

这个，村长抬起头，朝远处的天空看了一眼，有些神秘地说，这个村里要研究研究。

趁着还没开始，一个老头嘟囔着说，抓紧死了吧，好埋到李家坟地里去……

人们都有些起哄。不要乱讲，村长警告大家说，决不容许破坏殡葬改革的事情发生。

老李头看见，人群散去后，他的儿子继成还留在那里，盯着那幢正在崛起的安息堂呆呆地看。直到老皮过去拍了他一下，他才惊醒过来，有些惶惶地往回走。来到老李头面前时，他嘴里还在悄声叨念，快了，快了……

对于儿子的惶惑，老李头先失望地叹口气，但随即又理解地点点头，看来谁在面对新事物时，都有一个适应的过程，儿子是这样，自己又何尝不是如此呢？他到底说没说？老李头指着远处的村长问儿子，到底有多快？

没，继成摇摇头，他说研究研究……

他别是成心……老李头吐出半句话，忽然停住嘴不说了。他眯起眼，又看了那幢房屋一眼，便站起身，拍拍屁股上的土，慢慢往回走去。

爹，继成跟上来说，怎么办哩？

我哪里知道怎么办？老李头头也不回地说。走了几步，他又嘀咕了一句，就看你娘的造化了……

继成听了他的话，又有些发怔。

六

安息堂盖好后，不仅老李头和继成，就连儿媳和孙子孙女，都更多地来到里屋，呆呆地朝躺在床上的老伴打量。

老伴虽说大多时间都陷在昏迷中，却依旧平稳地呼吸着，肥硕臃肿的身子间或扭动一下，乍看上去，就像一只刚刚成蛹的巨大虫子。几乎每隔半天时间，她便醒过来一次，言语清晰地说，我不去安息堂，我要去李家坟地，我不当第一个……

一家人面面相觑,安息堂已经盖起来,说不定哪天就会使用,到那时,就是不想去恐怕也不成了。但看老伴的样子,居然还没有真正离去的意思……

天傍黑时,架在村委会屋顶上的大喇叭终于传出了村长的声音:为了搞好殡葬改革,经村委会研究决定,凡是重阳节以后死去的村民,不许再到坟地下葬,其骨灰一律安置在安息堂内……村长扯起洪亮的嗓子,一连喊叫了好几遍。

看看,老李头重重地跺了一下脚,来不及了……

爹,继成喊住了他,重阳节……继成极力朝空中指着。

老李头侧起耳朵,又仔细听了一下,才稍稍喘出一口气。没错,村长的确说的是重阳节以后……他屈起手指头,然后一根根地压下去,如果他没计算错的话,离重阳节还有满七天呢。

是七天,继成接过话去说,整整一个星期哩。

老李头点点头,慢慢走回到老伴床前,一个星期说长不算长,说短也不算短呢,如果老伴运气足够好,一切都还来得及。他伏到老伴身边,禁不住叨念说,老太婆,你如果走快点,就不用去安息堂了……

爹,站在他身边的继成霍地扭过头,嘴唇嚅嗫着说,您、您说什么……

什么?老李头有些不解,我说了什么?

您……继成掉开了脸,摇摇头,没有说出来。

我说了什么?老李头在心里问自己。似乎是想了一会儿,他才猛然意识到,自己刚才说漏了嘴,居然……他抬手,狠狠在自己嘴边打了一下,你这个老混蛋,怎么就对老伴说了那种恶毒的话?

继成拉住了他的手。爹,您别……继成劝着他,居然还翘起嘴角,朝他古怪地笑了一下。

老李头低垂下头,不敢看儿子的眼睛。

为了继续安慰他,继成抽出一根烟,塞到他手里,又举起打火机,抖抖地来给他点。

尽管有抽烟的欲望,老李头还是掉开了头。

夜里,老李头翻来覆去睡不着,不断在脑子里想自己说过的那句话。也许你早就有这样的恶念了,他揭发自己说,所以才会不意间泄露心底的隐秘。随即,他眼前又浮出儿子脸上那种古怪的笑,继成在安慰他的同时,是不是自己也想到了那个问题?还有儿媳以及孙子孙女,她们频繁地来到老伴床前,仅仅是为了侍候她吗?……老李头似乎一下子明白了,也许在一家人心中,都蛰伏了如自己一样的想法,只是不轻易示人不往外流露罢了……

老李头再也躺不住了,翻身爬起来,趿拉着鞋子,急步走到老伴床前。借着

窗外一缕朦胧的月光,他极力瞪大眼睛,用从未有过的热切目光注视着老伴,就像新郎打量刚刚娶进家来的新娘。老婆子,我们真的不是嫌弃你,他悄声念叨着说,当你的愿望就剩最后一个实现的机会时,我们不希望你抓不住它……

老伴沉浸在昏迷中,但嘴唇不时地吧嗒一下,似乎在和他做着应答。老李头不用仔细听,便明白她依旧是在表达那个不知被她重复了多少遍的意思:我不去安息堂,我要去李家坟地,我不当第一个……

老李头再也控制不住,两手颤抖着捧住她的脸、她的嘴巴,同时把自己的头伏上去,像孩子一般呜呜地哭起来。

屋外响起瑟瑟的风声,仿佛在和他难得一见的哭泣做着一种回应……

七

时间过得飞快,七天一日日过去,重阳节一下子就来到了。

在这七天里,老伴没有发生多大变化,依旧在昏迷和清醒之间挣扎着,每日只稍稍地进一点米汤,但臃肿的身子不仅没减弱,反而愈来愈肥硕,就像她偷偷享用了什么美味佳肴似的。

老李头率领一家人站在床前,起先还期待着事情的突然变化,但随着那个日期的一天天临近,他们终于气馁了,绝望了,老伴不咽下最后一口气,他们即使再冲动,再为她着想,也不能强自把她拉下床,埋到李家坟地里去吧?

重阳节到来的这一天,一家人绷紧的神经彻底放松下来,除了老李头和继成外,都讪讪地从老伴床前走了开去。老李头似乎猛然意识到,老伴的生命承受力其实是超出了所有人包括她自己的想象,说她意志坚强也好,说她命运多舛也好,反正她暂时是不会离开这个世界的,既然这样,他还替她着什么急呢?老李头睁大眼,用陌生的眼光重新打量起老伴来。也许你娘命该如此呢?他随口对儿子说。

您的意思是……继成吃不准他话里的意思。

老天不让她入土,老李头更加明确地说,不让她现在就走哩。

继成又看了母亲一眼。也许我们都小瞧了娘。

听了他这句话,老李头心里一动,有些浑浊的眼睛也亮了一下。他不能不叹服,比较起自己来,儿子的话说得更到实处。

就从这天起,老李头不再纠结老伴的死亡,相反,他开始考虑起她可能出现的健康来,既然老伴不轻易死去,那是不是说她有好起来的希望呢?他有些后悔,当初如果不听那个混账医生的话,一家人拿出最大的力量为她治病,兴许她现在已经是一个健康的人了。老李头觉得对不起老伴,下决心要让她告别死神的诱惑,在这个世上好好地活下去。

　　这天在街上，老李头看见村里的郎中三先生在和一帮人说话，便也凑上去，顺便向三先生打探有关肾病的一些事情。三先生还没说什么，老皮忽然貌似关心地走上来，伯伯，您是说伯母的病吗？

　　老李头没有理会他，仍然把脸转向三先生，期待着他说下去。

　　伯母得的可是尿毒症呀，三先生眨巴着眼皮说，依我看，除了换肾外，已经没有什么好办法了。

　　换肾？老李头一惊。

　　老皮以为他不懂得这个，又抢着朝他解释说，伯伯，肾就是腰子。说着，他还翘起手指，指了指老李头的后腰。

　　老李头也不自觉地把手放在后腰上。与此同时，他感到自己的眼前猛然一亮，仿佛阴雨天看见了日头。

<h2 style="text-align:center">八</h2>

　　一连几天，老李头都在琢磨三先生的那番话，他觉得三先生是给他指出了一条挽救老伴的阳关大道，剩下的只是如何去走这条宽广的道路了。

　　老李头决定把自己的一只肾捐给老伴。与自己比起来，儿子继成虽说年轻力壮，却是家里的顶梁柱，现在和以后一个时期的大小事情都要依靠他呢；孙子还没有长大成人，将来的日子还长着呢，无论如何也不能打他的主意。唯有老李头自己算是一个多余的人，而且在这个世界上活过了那么多年，该见过的差不多都已经见过了，就是现在去死也没有多少遗憾了，能用一只肾换取老伴的生命和健康，实在是值得他去做的一件事。

　　打定了主意，老李头不敢怠慢，趁着天气还好，让儿子用拖拉机把老伴和自己送到遥远的县城去。他们有意绕过了镇上的医院，不仅因为还记着那个医生的胡言，更重要的是出于对此次治疗的重视，镇上的医院毕竟条件有限，移植肾脏这样较为复杂的手术是非到县医院去做不可的。老李头做好了一切准备，连为老伴置换哪只肾都在心里做了谋划。老太婆，他坐在老伴身边，把嘴凑近她耳边说，等从县城回来时，你就能像从前那样活蹦乱跳了……说着，他还呵呵地笑了几声。

　　去县城差不多要走一百多里的山路，虽说为了配合工业园的建设，路面铺上了水泥和沥青，但毕竟要走相当长的一段时间。快要临近中午时，他们终于看见了县城的影子。但就在这段路程上，拖拉机连同前面的一大队车辆突然走不动了。从前头传过来的消息说，由于附近的山上施工，崩塌下来的石头堆满了路面，交通中断了，清障的人员正在抓紧疏通道路，但到底什么时候能让车辆过去，谁也说不清楚。

怎么办？继成回过头来看他，我们不能窝在这里呀。

慌什么？老李头蛮有把握地说，又不是我们一辆车，早晚会过去的。说完了他又在心里嘀咕，既然已经来到了这里，说什么也不能再往回走。

正午时分，他们勉强吃了些携带的干粮，继成还下到一边的沟里，用一只瓶子接了些泉水，准备回来喂给母亲。坏了，他忽然往后面指着说，我们就是想回去都不能了。

老李头回过头去，也不免有些慌张，在他们后面，已经聚满了比前面还要长的一大队车辆，将他们的拖拉机死死地包围在中间，别说出去，就是转动一下车轱辘都不可能了。

直到天黑，前面的路障还没有排除，车辆越聚越多，没有别的办法，看来只能在这里过夜了。老李头抬起头，看看天边涌动的阴云，心里浮起一丝不祥的预感。

半夜时分，老李头从瞌睡中醒来，先看见躺在他身边的老伴在不住地颤抖，他随即往远处看，不禁大吃一惊，天地间那些如蝴蝶一般飘落的东西是什么？天哪，那是雪花，是纷纷扬扬铺天盖地而来的雪花。此时还没有真正走入冬天，头一场大雪竟然提前降临到了他们头上。老李头醒悟过来，旋即便趴下身子，轻轻地却也是紧紧地伏在老伴身上，企图用自己的身体来为病中的老伴遮挡一下扑面的风寒。这一刻，老李头极度后悔起来。我不该，他在嘴里叨念着说，不该让车留在这里……

天快亮时，老李头终于感觉到，躺在他身下的老伴已经慢慢变凉了。继成捂住脸，呜呜地哭起来。

老李头抱住老伴的脸颊。是我害了你，他一遍遍地对她说，是我害了你呀……

九

老李头是抱着老伴的骨灰盒回到乌龙镇的。他还记着离开村子时对老伴说过的那句话，可老天作祟，不仅没让他的话兑现，反而把老伴的命给丢在了外面，与其这样，他还不如不起挽救老伴的念头更好……他仰起头来，用迷茫的目光望着刚刚变晴的天空。这个世界上的事，越发让他困惑不解了。

老李头把老伴的骨灰放在桌子上。往下的问题是，如何安置这盒骨灰？儿媳出主意说，干脆把骨灰埋到李家坟地里去，反正重阳节才过去没几天，这样做也不算太过违抗村委会的决定。继成摇摇头说，还是去求一求村长，即使他不为我们开这个口子，也算是给他打过了招呼，我们再……

不行，老李头打断了他们的话，村委会既然做出了那个决定，我们就断不可违抗了，更不能去向村长求情，再说了，上边不是也在打李家坟地的主意吗？

那，继成摊开两手，那可怎么办呢？

儿媳也说，莫非我娘真成第一个进安息堂的人了？

可她老人家活着时千叮咛万嘱咐……继成痛苦地蹲在了地下。

老李头没有说什么，看看老伴的骨灰盒，慢慢朝屋外走去。他径直出了家门，走过街道，来到了村外。他有意没到李家坟地去，也没朝安息堂看一眼，而是沿着一条羊肠般的小路，来到了田地间。老李头记得很清楚，先前他家共有三块地，两块大地一块小地。工业园开发建设时，占去了那两块大地，现在只剩下那一小块刀把地了。那真的是一块小如刀把的地，不仅短小，而且狭窄，算起来也超不过二分地。如果那两块大地不被征去，他完全可以把老伴的骨灰盒埋到那里去，虽说这些地并不完全属于自家私有，用庄稼地做坟地也不真正合适，但在没有办法的情况下，他又为什么不能这样做呢？但不幸的是，那两块大地上面如今都矗立起了威武的房舍，房舍上面是高大的烟囱，那两块地到底在那些房舍和烟囱下面的什么地方，他怕是已经无从辨认了。老李头低下头，看着脚下这块可怜兮兮的小地，还真有些为难起来。这块地实在太小了，根本不可能用它来当坟墓，稍不留意，就会把坟坑掘到别人家地里去，那样就会惹出大麻烦了。看来把骨灰葬在这里也是不切实际的。

老李头简直快要绝望了，就地坐下来，两手抱着膝盖，抬高着头，再一次朝那些威武的屋舍和高大的烟囱看。恍惚间，他觉得那些屋舍和烟囱都变成了活物，一个个朝他逼迫而来，威压而来。老李头爬起来，有些仓皇地向回跑去。

伯伯，老皮在远处朝他招呼说，您跑什么哩？

老李头凶恶地骂了一句。老李头也不知道怎么把火气撒到了老皮身上。

这个老顽固，老皮摇着头叹息，简直快成一匹老怪物了。

回到家来，老李头在院落里停住脚，使劲咽下一口气，终于做出了一个决定。他从放置农具的厢房里找出一把镢头，一张铁锨，在院落的东南角选中了一个地方，拨开积雪，一会儿挥起镢头，一会儿舞动铁锨，交替着朝地下刨，朝地下铲。

爹，儿媳不解地朝他喊，您这是干什么哩？

继成也跑过来，扎撒着两手看他。很快，继成就明白过来，爹，您打算把我娘埋到这里？

老李头没有回答，依旧挥动镢头，一下下地朝地下用力。

继成发了一下呆，也冲上来，端起铁锨，和父亲一起干起来。

不一会儿，地下便裸出了一个不小的坑穴。

十

老李头在家院里给老婆做坟墓的消息迅速传开来。没人前去阻拦，人家不仅没有碍着别人的事，连村委会的规定都没有违反，谁又能管得着呢。

但这一天，村长还是来到了老李头家。

对于村长的到来，老李头没有感到任何意外，也没有放下手里的工具，依旧如先前那般地干着，他只是抬起头，朝村长微微笑了一下。在他脚前，一个深深的墓坑就要完成了。

村长蹲在墓坑边，从口袋里掏出一根烟，塞到嘴里，又举起打火机，刚要点燃，似乎又意识到什么，把烟从嘴里拔出来，夹到耳朵上，只是把打火机在手里把玩。

墓坑完成后，在老李头的指点下，继成又搬来了砖头。老李头下到墓坑里，把砖头一块块地码到边沿上。他码得很仔细，每块砖头的缝隙都大小均匀，如果不是亲眼看见，还以为他用绳尺标过了呢。

咂咂，村长不禁赞叹出口，没想到老叔还有这功夫？

承蒙你夸奖，老李头淡淡地说，这死人的事，我哪里敢怠慢呀。

听他这么说，村长一时不知该表示什么了。村长站起身，背起两手，绕着墓坑转了两圈，点点头，又摇摇头，便朝大门口走去。

您不再坐会儿了。继成送他说。

走到门楼下，村长又站住了，慢慢回过身来。老叔，他终于鼓起勇气说，我还是要提醒您老一句……

什么？老李头好像也等待着他说这句话，抬手拨了拨耳朵。

村长只好又走回来。上级已经有了初步的精神，将来还要在我们这里搞建设新型农村的试点，村长伸出一只手，在四周划拉了一圈，说不定哪一天，这些老屋子、老院落、老胡同、老街道，都要统统拆了，重新建设更新的，更好的……

听了他的话，老李头果然有些发怔。继成打断了他的话说，不论怎么拆，怎么建，这个地方还不依旧是我们家的？

不不，村长使劲摇头，你以为还会在这里建？到时候村里会统一规划地方，这里到底会属于谁家，你我都不会知道了。

继成愣住了。过了一会儿，老李头率先回过神来，你不会是有意这么说吧？

我的老叔，村长哀哀地说，如果真是子虚乌有的事儿，您打我一个大嘴巴。说着，村长伸过脸去，好像真的准备去接他的巴掌。

老李头膝盖一软，坐到了墓坑里。我日他姥姥的，他低声嘟囔着，这到底是怎么回事儿？

村长离去后,继成把茫然的目光转向父亲,那我们该怎么办呢?

我不知道,老李头闭上眼,绝望地摇摇头说,这个世道的事儿,我又哪里知道呢……

十一

秋冬之交的第一场大雪过后,天气又晴朗了一些日子,地上的积雪很快便没有了踪影。

这天吃过早饭,老李头把自己收拾干净,抱起老伴的骨灰盒,用深情兼愧疚的目光最后看了一眼,然后交到儿子手里。继成小心地接过去,率领着一家大小,在院落里绕过一个圈子,缓缓地朝大门外走去。所有的努力都已经付出,所有的办法也已经用过,老李头一家终于明白,除了把老伴的骨灰放置到安息堂里去外,不可能再有任何一条路好走了。老李头磕磕绊绊地来到大门口,两手撑住门框,以免自己虚弱的身子跌倒。老太婆,他悄声嘟囔着说,我让你受了一辈子委屈,最终也没有对得住你……

不一会儿,老李头看见街道上出现了许多人,都随在自己一家人后面,而且更多的人正从各自的家门里走出来,渐渐在街道上汇集成了一条长长的人龙。老李头瞪大两眼,痴痴地望着他们。他有些不相信,这些人难道是来为老伴送葬的吗?

送葬队伍浩浩荡荡地朝村外走去。老李头尾随到街口,才慢慢停下脚来。他真想和老伴一起进到那个安息堂里去,再也不回到这个世界上来,从此后,他就和老伴待在一起,陪伴着她度过那些人鬼交互的时光。你为什么不等等我?老李头又在心里叨念,说不定我很快就会赶上你了……

好像应和他的话似的,送葬的队伍似乎还没走到安息堂前,就突然停了下来,并且很快骚乱开了,有的在叫喊,有的在奔跑,像是发生了什么意想不到的大事。老李头瞪大眼,透过纷乱的人群,看见矗立在远处的安息堂像小孩子手中的玩具积木一样,摇晃了几下,便一节节坍塌下去。地下的尘土弥漫开来,如涌动的云雾淹没了安息堂的废墟,也淹没了站在安息堂前的人群……

原载《奔流》2021 年第 1 期

魏成飞

特殊党费

　　"从宁仓到迷魂阵村有八里，八里地流的血啊，把雪染得一片一片的红。"
李奶奶每逢建党节便向来休养院慰问的干部唠叨这话，唠叨时眼中必噙满泪
花。来慰问的干部有县政府的，有县统战部的，也有民政局的。

　　李奶奶是大布乡宁仓村人，原名一个敏字，后改为人民的"民"，反复唠叨
的人是她堂弟，时任中共阳谷县委西北区抗日游击队政委的李杲。

　　1938年，国民党为保障武汉会战胜利，以水代兵，扒开黄河花园口一段大
堤，形成穿越豫皖苏三省的黄泛区。此后每到汛期，黄水都会泛滥回流倒灌，淹
没农田，决堤只为国民政府争取了喘口气的时间，未能挽救武汉失陷。人祸遇
上兵灾，河南百姓的日子真是雪上加霜，连带周边地界也大受影响。但仗未打
完，日本鬼子可不管中国人死活，指使伪军要钱要粮，可着劲地搜刮地方，百姓
苦不堪言，只能举家逃散。阳谷各区在鲁西特委领导下，一面开展救亡图存运
动，抗击日寇；一面修堤防灾，安置流民，组建"青救会""妇救会"等抗日团体，
成立阳谷县抗日写作会，出版《洪流》文艺月刊，宣传抗日统一战线。

　　阳谷位于冀鲁豫交界，地域冲要，一波波抗日高潮引来日军极大恐慌，急从
周边调来大批日伪军对根据地和游击区进行梳篦拉网式扫荡。敌情严峻，阳谷
县委只得疏散，抗战文艺特刊《洪流》由李杲牵线，搬到敌人兵力相对薄弱的迷
魂阵村，以每月三升小米租用李民家的西屋用来印刷刊物。

　　李民那时刚过门一年多，丈夫是范筑先将军的警卫员，聊城失陷时，撇下父
母妻儿随范将军壮烈殉国。当时粮食紧缺，即便阳谷、聊城，租一所院子也不过
两升小米，县委多出粮食是为照顾抗日家属。李民心性高，明事理，不想白占好
处，说房子不住人，一个月只用那么几天，一升都是多的，收三升乡亲们会指着
脊梁骨骂俺财迷，俺男人是抗日英雄，可不能给他丢人。任凭主管印刷的孙干
事好说歹说就是不肯多要。孙干事说得口干舌燥，最后急了：大嫂，给三升小米

是县委安排的,你不同意,俺没法向上级交代!

李民见他急,也急:怎么交代是你的事,反正不能给俺男人抹黑!李杲见僵持不下,说二姐,你孩子小,婆婆长年卧病在床,吃喝拉撒加买药,哪一样不需要花钱?甭管多少,收了,就算为老人孩子。李民听了这话当场流下泪来。丈夫牺牲后,眼瞅着瞎眼的婆婆连糠菜都吃不饱,褓褓中的儿子含着干扁的乳房饿得嗷嗷叫,她心里难受,如刀挫,似针扎,恨不能把自个儿身上的肉割了喂祖孙俩。

是啊,就算不为自个儿,也得想想婆婆和孩子的吃喝。孙干事跟着劝说,把李民从回忆中拉到眼前。她一咬牙,收起倔强,说房租依你们,但话先挑明,房租一升小米,另外两升算俺借用。孙干事答应了,因此对李民打心里起敬,向县委请示后,与李杲商量,准备发展她入党。李民听说这事,把头摇成拨浪鼓,连说不行,不行,俺咋是干党员的料!

孙干事发展李民入党是看中她觉悟高,认为她不同意是顾虑老人孩子,不好强求。其实李民不同意是不看好宣传抗日的方式,一次忍不住问满脸油墨的孙干事,捣鼓这个能赶走日本鬼子?

能啊,怎么不能?一份刊物可抵一发炮弹哩。孙干事拿起一份散发出油墨香味的《洪流》笑着递给李民。你这话说得没边没沿,俺不信。李民撇嘴不接。孙干事知道她不识字,嘿嘿一笑,把一份份《洪流》分装进两只柳条编的大筐,上面放了些针头线脑和几匹花布,用根扁担挑了,撂下一句"走了",迈腿出了屋门。李民望着孙干事的背影,货郎打扮,颤悠悠的扁担,越琢磨越觉得靠印刊物打鬼子不靠谱。

印刷设备是1939年春天搬到迷魂阵村的,经暑历寒,不觉到了年关,《洪流》印得越来越多,柳筐里渐渐放不下针头线脑了,孙干事由每月出门一趟改为两趟,用更大的竹筐替换柳筐,仍有几十份刊物装不下,剩下的便分给迷魂阵村的抗日团体。每当孙干事往筐里放刊物时,李民都抱着孩子在一旁瞧着。这些日子,她上夜校识了不少字,《洪流》上的文章差不多能读懂大概,在进步思想指引下,明白了许多抗日救国的道理,参加了迷魂阵村的妇救会,但于入党有些犹豫。她不再怀疑抗日方式,犹豫是孙干事原来认为的顾虑。老人孩子靠她一人照料,委实不敢以身犯险。

腊月二十八那天,彤云密布,北风怒号,傍晚,在空中积压了一整天的云团变成雪花,似鹅毛、柳絮般飘下。贫家遇到这样的天气往往一吃过饭便缩在炕上取暖。

第二天刚蒙蒙亮的时候,孙干事在后窗叫李民,让她快开门。

孙干事,鬼子进村了?李民睡眼惺忪地瞧了瞧窗外,见天色灰暗,以为日本

鬼子杀来，一个激灵坐起。

不，不是，大嫂，县委安排我来印材料，你开门吧，别惊醒孩子。孙干事意识到自己声音太过焦躁，轻声说道。

前天不是刚印了吗，咋还要印？李民满腹狐疑地穿衣下床，口中应付一句：哦，你到门口等着，就来。

雪仍没有停歇的意思，大片大片的雪花从昏暗的天空纷纷扬扬飘落。李民缩了缩脖子，踏着没过脚踝的积雪，碎步跑到门口，拔下横闩，双手一分，打开了大门。站在她面前的孙干事已成了雪人，眉毛、头发全白了，两脚来回在地上倒腾，手捧到嘴边不住哈气。李民愣了愣，想说天这么冷，你咋不戴顶帽子呢？话刚到嘴边，孙干事先开了口，大嫂，打扰你早起，对不住了。李民眼眉一垂：瞧你说的，你不顾天寒地冻地一早赶来是为了打鬼子，说啥对不住。等着，俺给你熬白菜汤暖暖身子。

别，别忙活了大嫂，你回屋歇着，俺去印材料。孙干事说最后一字时已踏进西屋。李民瞥了眼他的背影，掩好大门。

过了约莫小半晌的功夫，李民端了满满一小瓷盆热气腾腾的白菜面汤，小心翼翼地走进西屋。孙干事正专心致志地刻蜡版，李民将瓷盆向油印机旁边的长条桌上一放说：孙干事，把汤喝了再刻吧。孙干事以为李民说的是客气话，不意她真的去做，抬眼望着热气升腾、漂浮黄白菜叶的面汤，心里一怔，说大嫂，你……用白面做的汤。

趁热喝，都喝了它。李民笑眯眯地说。孙干事连连摇手：不，不，这可不行，白面是过年用的，我喝了，你们咋过年。瞧你说的，咋不能过年了？李民侧身端起小瓷盆，双臂长伸，送到孙干事面前。孙干事身子一挺，见面汤中密密麻麻地点缀着金黄色的油星，心头一暖：大嫂，你咋还放油了呢？还不快接过去。李民下巴轻扬，语声不容置辩。

你吃过没有？大娘，孩子呢，他们吃过了吗？孙干事稍稍一愣，起身后双手缓缓接过碗。

俺们都吃过了，这是剩下的，都给你端来了。李民顺手拿起旁边的滚筒端量。她撒了谎，家里仅有一斤白面，做这碗面汤用了小半斤，剩下的要留着大年三十晚上给婆婆和儿子做手擀面。孙干事听后略有些心安。他顶风冒雪赶了十几里路，又冷又饿，鼻孔闻着豆油与菜叶的清香，不自禁生出馋涎，碗凑到嘴边轻轻喝了一口。李民见他肯吃，放下滚筒说，回头我来收碗，便喜滋滋地出了门。

雪停时将近晌午，孙干事印完了刊物，李民抱着孩子像往常一样瞧着他将刊物放进竹筐，见今儿的刊物只寥寥几页，牛皮纸封皮上的字与往日不同：三行字,两长一短,长的认得是"关于中共中央在山东和华中发展武装建立根据地的指示",短的字体略小,在右下角,是"洪流特刊",心中原有的疑惑又添了几分,忍不住说,孙干事,今儿咋印的不一样呢?哦,今儿内容是转发中央指示和县委精神。孙干事头也不抬。李民嗯了一声,不再言语。

　　工夫不大,印好的刊物一大半分躺进两只竹筐。孙干事把妇人做针线活用的物件一样样放在刊物上,随后将剩下的刊物放进原来那两只柳筐,盖好油纸。做完这些,他转身走到东南角存放物件的枣木橱前,拉开橱门,矮身翻检起来。李民换了条胳膊抱孩子,目不转睛地望着孙干事。一会儿,他走到李民身前,手掌一摊,说大嫂,明儿就是年三十了,这对镯子给孩子做新年礼物。

　　这……不,这怎么能行!李民在他手掌摊开时,眼光注视过去,见是对银镯,乍然一惊,听说送给孩子,身子如避蛇蝎般向后缩,忙不迭声说:孙干事,俺可不能受这么重的东西,你快收回去!她知道这对手镯是孙干事给未过门的妻子买的,原想作为聘礼,孰料准备结婚的前一天,妻子去往阿城送情报的途中遇到一支日军巡逻队,壮烈牺牲了。

　　拿出来的东西还有放回的理?孙干事早了解李民的性情,知道推来让去,劝到天黑她也不会收,把手镯往油印机旁边一放,二话不说,挑起那对柳筐出了门。

　　李民一怔之下忙抱起孩子去追。孙干事挑的前筐已出大门,右手向后挥动:进屋,快抱孩子进屋,外头冷。他大步跨出门口,转弯不见了身影。李民是情急之下追出,未拿手镯,待想到要拿,听了孙干事的话寻思:屋里还有刊物呢,等他回来再给吧。雪后的寒风刮到脸上像刀割似的,李民望着孙干事留下的脚印出了会儿神,一瞥眼见孩子小脸冻得红彤彤的,怕他受了风寒,不敢在风里多待,关好门,到西屋收了手镯,回堂屋去了。

　　冬日天短,一晃到了晚上,李民正给婆婆洗脚,忽听大门口传来"啪啪"两声响。李民抬眼望向婆婆,说孙干事来了,侧头向院子里喊:孙干事,门没上闩!门口无人应声。李民又喊了一遍,仍是无人答话。婆婆说,大晚上的都在家睡觉呢,没人来。李民说,没人来门咋会响呢?我出去瞧瞧。起身在腰间围裙上擦了把手。蓦地里,一个身材高大的人影闪了进来。这人进来后跟跄几步,歪倒在地上。婆婆指着来人惊问:妮,这……谁啊,这是……?

　　李民借着煤油灯发出的灰光已看清来人是堂弟李杲,抢步上前去扶,见他腰间腿上各中一枪,血水浸透了棉衣,不由得心惊肉跳,颤声问:三弟,你咋着了?李杲勉强坐直身子,神情疲惫而焦虑地望着李民,喘息说,二姐,你……你快把西屋的材料收了。李民吃了一惊:收了,为啥?

　　那……那是咱们今后的工作方向,是阳谷全体党员的魂,快去收拾……我

挑到宁仓……他每个字仿佛从嗓子里挤出来一样，短促有力，语声带着一种刚毅，说完昏了过去。李民半年来从妇救会中听说过许多党员干部的事迹，深知敌人狠辣，斗争残酷，见堂弟催促中透出焦虑，意识到事态严峻，想问孙干事是不是牺牲了，这话在口中打了个转又咽回肚里。

那晚，李民与几个民兵把李杲和油印设备，以及印好的《洪流特刊》，送到位于迷魂阵西北八里的宁仓村。路上他们见一串脚印向前延伸，中间不时出现爬痕，两旁血迹斑斑，隔不多远便是一摊。看起脚和落脚方位是李杲留下的无疑。大家恐汉奸发现了向鬼子告密，让李民回村拿扫帚清理血迹。李民初见堂弟时的恐慌早去，取而代之的是无所畏惧的勇气，手脚麻利地帮堂弟裹伤，安置婆婆、孩子，去找村里的民兵队长。过后许多人问李民当时哪来的勇气，她说，鬼子把人逼得不能活，还有什么可怕。是啊，眼见亲人和同志一个个被敌人残害，再柔弱的人也会反击。

天明前，大伙赶到了宁仓。晌午时分，李杲醒了过来，问起《洪流特刊》和油印机，听说已安全从迷魂阵村运出，浅浅一笑，溘然去世。彼时，李民与从郭屯请的医生还在半道上。

几天后，县委派人来取《洪流特刊》，转移油印设备。宁仓村人问起李杲受伤经过。来人说，因为过年，鬼子巡查比往日严紧起来，孙干事出村不久后被几名伪军盯上。他一面与敌人周旋，一面向宁仓撤退，希望在这一带活动的游击队闻讯救援。岂知李杲赶到时，又有几名伪军赶来。一场激战，伪军被打死三人，剩下的抱头逃窜，孙干事牺牲，李杲受伤。李杲自知不能将刊物运到安全地带，恐敌人去而复返，将刊物就地埋藏后按孙干事嘱咐，当即赶往迷魂阵村报讯。

1941年农历正月十五那天，李民加入了中国共产党。填写入党申请书时，她郑重地把敏字改成了民，另将孙干事留下的那对手镯交了特殊党费。她改名前这样想，一个让无数人舍生拥护的党，一定有希望赶走日本鬼子，带老百姓过上好日子。

原载《聊城文艺》2021年秋季号

武俊岭

请新客

　　一进腊月门,长柱就知道了老丈人春节后要用三八席请新客。因此,长柱生活在了恐惧之中。他战战兢兢地用手指头数着日子:还有多少天,还有多少天呢? 正月初二像是一只老虎,张开血盆大口等着他,越来越近。

　　长柱是九月初把白新枝娶到家里的。新枝与她的姐姐新花,是四外八乡有名的俊闺女。

　　新枝在娘家时,已是当了三年代课教师。到了婆家,继续当代课教师。长柱,是大队卫生室的赤脚医生,干了四年多了。

　　时在 1980 年。长柱、新枝虽然参加了两次高考,但都是差几分没有考上。两个人都二十四五岁了,经过媒人介绍,结婚。

　　村里人都说,长柱与新枝,真是天生的一对。

　　新枝,你爹弄什么三八席呢,花那么多钱?

　　爹的意思,我不知道。

　　要是姐夫一家,春节不去东北探亲就好了。有姐夫陪着,我的胆子能大点。

　　新枝用手打一下长柱的胳膊,说,你怕什么? 我娘家人又吃不了你。

　　长柱说,当新客,你娘家人给我闹,就够我受的了。三八席上,要喝好多酒。我的酒量,又不大! 长柱眉头皱起。

　　新枝右手抚一抚长柱的肩膀,说,不是还有酒缸吗?

　　长柱听了,苦笑,摇头。

　　不管长柱的惧怕多么厉害,正月初二还是来到了。

　　长柱的父亲经过反复考虑,提前半个月选定陪同长柱赴宴的人选:刘雨生,四十二岁,初中毕业,小队长,为带客的。刘百战,三十一岁,能吃善饮,为酒缸。王大兵,二十八岁,身高体壮,负责背搭子,也就是驮礼物。早年是背,自行车兴起之后,改为驮。

一行五人，四人骑自行车，或飞鸽，或永久，或金鹿。长柱骑着一辆崭新的永久牌自行车，驮着新枝，脸上却是没有笑意。王大兵，驮着满满两食盒礼物。食盒里面装的，无非鸡、鱼、肉各类肉食，寿张产的各类点心。

五华里，十几分钟到了。

长柱一行刚到村口，便从一家院子里涌出来七八个半大小子。有的歪戴帽子，有的叼着香烟，截住了长柱。领头的，名叫连子。

连子说，新客好，新客得发新钞票！

众人附和，唱歌似的说，新客得发新钞票！

雨生、百战、大兵，知道这是闹新客的风俗，就丢下长柱，继续前进。

长柱早有准备，从衣袋里掏出一叠钱来，说，大家看好了，都有，都有，一人两块。

新枝从长柱手里接过自行车。这样，长柱得以从容地把钱分下去。

半大小子们接钱在手，十分高兴。以前，村上的新女婿每人只给一块钱。没有想到，新枝的女婿这样大方。连子于是说，兄弟们散开，让新客走路。

长柱、新枝走到大门口时，唐运来领着四个人从院子里出来。新枝见了，连忙招呼，运来弟弟，过年好！

运来看看新枝，说，好好，我与姐夫闹一闹，就更好了。说完，运来伸手把长柱的帽子打落在地。

新枝连忙捡起，拍打拍打上面的浮土。

长柱立即感觉到，冷风凉水似的把他的脑袋浸泡起来。愤怒，从他的心底急速地往上升。长柱的拳头，不知不觉地攥了起来。

长柱没有想到，有一个人在后面推他一把。他没有防备，往前小跑几步，才稳住身子。

长柱回身，寻找推他的人，只见四个人已是站在一起，难以分辨。

几个人哈哈大笑。

就在长柱快要忍受不下去的时候，小舅子新展从院子里跳了出来。新展对唐运来说，闹闹就行了，别没完没了。

唐运来说，新展，你让你姐夫给我们一人敬根烟，我们就不闹了。

新展看着长柱，问，姐夫你带烟了吗？

带了。

长柱走近几人，一人敬了一根烟。

还得把烟点着！唐运来大声说。

新展不干了，左手拉着长柱，右臂把唐运来往旁边一拨拉，走进院子。

唐运来低声说，小兔崽子，知道护姐夫了。

新展领着长柱，先去东屋。长柱看到，东屋里，岳父、岳母都在。于是，长柱对着二老，跪下，磕了两个头。

长柱刚刚站起，门口已是站了四个人，把屋里光线堵得暗暗的。处在黑影里的长柱，看到为首的一位六十多岁，白须飘飘，仪表不俗，便猜测这是白家庄的白爷了。长柱听新枝说过，白爷是小学语文教师，退休后一边侍候父亲，一边读书。他有一个哥哥，在台湾大学里教书，学问很大。岳父把这样的人物搬出来陪客，足见对自己的重视。

长柱正想对白爷等人打招呼，白爷说话了，长柱贤婿，快去堂屋就座。

一张八仙桌子，摆在堂屋的正中央。雨生、百战、大兵，已是坐在桌边。长柱知道规矩，便坐在了桌子北侧右边位上，这是主客位。长柱的左边是雨生。八仙桌的西侧，坐着百战、大兵。东侧首位，挨着雨生的，是白爷。白爷的左边，是大队书记白新月。与雨生相对的座位上，是民兵连长唐兴杰。与长柱相对而坐的，是小队长唐兴田。

兴田倒水，茶是猴王牌茉莉花茶。

白爷说，去年八月十五阴天，今年正月十五可能要下雪了。

雨生接话，白爷说得对，不是有一句，八月十五云遮月，正月十五雪打灯。

新月说，咱庄稼人，不就盼个好年景嘛。

雨生说，白书记，咱大队一人几亩地？

两亩多一点。

两亩多，不少。

兴杰说，听说以后不叫大队了，叫村。民兵也没有了。我这个连长，快当到头了。

新月听了，立即说，不论叫不叫大队，民兵不能少！咱这一带，民兵是有名气的。景阳冈的钢铁五姐妹，那是见过毛主席，见过贺龙元帅的。

大兵听了，说，对，不能少，不能少，我还是排长哩。

百战说，你这排长，还不如我这班长厉害哩！

雨生对百战正色，说，也不看什么地方，乱说话！

百战伸伸舌头，说，我是说我比大兵喝酒厉害。

兴田说，这兄弟说话有点意思，停会我好好地与你喝喝。

百战说，我敢说比大兵厉害，对你不敢说。呵呵。

兴田也呵呵一笑。

长柱虽然一言不发，但仔细地听着别人说话。长柱看看这个，看看那个，眼睛非常活泛。这样，即使不说话，也不显得木呆。

长柱听得滋啦一声，随即，一股香味袭来。长柱知道，这是焗长开始在厨房里施展技艺了。著名的三八席,就要一道一道地制作、上桌了。

众人,自然也听到了炸、炒的声音。于是,大家直一直身子。

第一道,上了八个糕点:到口酥、枣花饼、蜜三刀、麻球、绿豆糕、蝴蝶酥、白蜜食、雪花饼。

由于喝了一阵子茶水,大家有点饿了。于是,在白爷的招呼下,大家操起筷子,开始吃起来。

大家吃些糕点,垫一垫。白爷说。

长柱只吃靠近自己的两样:到口酥、蜜三刀。两样,都甜得十分纯正,必须一边吃,一边喝茶,才能畅快地咽下去。只要他的茶杯里水一少,兴田立即就给倒上。长柱看一眼兴田,点头致谢。长柱这一会儿,感觉当新女婿还不错。

百战,每一样都吃,并且还不止吃一块。他香香地咀嚼着,撑得腮帮子鼓鼓的,还不忘夸赞,地道、地道,好多年没吃过这么全的糕点了。

大兵与百战相比,稍差一点,但也吃了不少。

糕点撤下。第二道,八个凉菜上来,四荤四素:牛舌头、猪肚、羊肝、牛肉,豆腐皮、白菜心、黑木耳、白银耳。

兴田把八个凉菜摆好之后,酒上来了:景阳冈陈酿,酱香白酒,号称阳谷茅台。

一人跟前一个酒壶、一个酒盅。酒壶盛酒三两,酒盅盛酒五钱。

白爷说,现在酒宴正式开始。我活了六十五岁,三八席,这是第二回吃。多亏了长柱贤婿、众位贵宾到来,不然,老夫没有这个福分。酒,是咱阳谷县最好的。长柱的岳父,算是花了血本了。不好意思,我不应该说这一句。总之一句话,既然主家盛情,大家就吃好喝好。吃喝过程中,大家畅所欲言,畅所欲言。

雨生说,我今年四十二岁,只听说过三八席。长柱,你岳父这样对你,你要感恩!

长柱听了,点点头。

白爷说,那就开始吧。我先带三个酒。

说完,白爷端酒在手,冲着长柱、雨生等人举一举,一仰脖喝了下去。

众人跟随,也是仰脖而喝,嘴里发出滋的一声。

酒盅空了,各人自己倒满。然后,开始吃菜。

待大家吃了几口菜后,白爷带第二个酒。

白爷带完第三个酒后,大家认真地吃起菜来。

对四样荤菜,长柱一样吃了一点。他觉得数牛舌头最好吃,既醇香,又有嚼头。嚼碎的牛舌头咽下去,把酒的辣香压住,长柱的感觉十分之好。

接下来,新月、兴杰、兴田各带三个酒。除了白爷之外,都喝九盅酒。

雨生的脸发黄了，开始口若悬河，说，我读过四大名著，我的爷爷，经常在场院里对乡亲们说《三侠传》。我仿我爷爷，记性好。下雨天，我给乡亲们读《水浒传》、读《三国演义》。不光读，我还去阳谷考察过，现在没有、没有潘金莲的后人了。

白爷听了，手捋长须，微微而笑，说，雨生，你喝这点酒，就乱说起来了。

雨生瞪眼，问，我怎么乱说了？

白爷的嘴动了动，没有说出什么。

新月说，姓潘的没有生子，最后让武松杀死了，怎么会有后人？你怎么净说笑话。白爷，看《纲鉴易知录》，看了七八遍了。

白爷说，潘金莲是小说中的人物，本就是子虚乌有。

雨生低头一会儿，站起来，说，白爷，我在你面前谝能、出丑了，自罚一盅。说完，仰脖喝下一盅。

白爷笑笑，说，没什么，我一开始就让大家尽可想说就说的。

此时，从屋外走来两个人，把八个凉菜撤下。随即，八个热气腾腾的蒸碗上来了。由于是现炸现蒸，蒸碗的品相、味道，养眼、诱人。大家虽然肚子里有了酒、有了菜，但面对蒸碗，食欲依然旺盛。于是，众人纷纷举起筷子，各自伸向就近的蒸碗。

长柱把一块肋骨放进嘴里，咬下薄薄的一层淀粉，稍微咀嚼、咽下。继之以香香的排骨，咬下瘦肉，骨头吐出，细嚼之后下咽，醇香满嘴。长柱的心里，对岳父充满感激。

雨生说，这羊骨头蒸得好，全是肋骨。

长柱心说，如果雨生不说，我还以为是猪骨头呢。

再吃，长柱吃到一块粉蒸肉。一片肉上，有肉皮、有肥肉、有瘦肉，一嘴吃下去，又烂又软，十分解馋。长柱心里蹦出两个字，真好！

长柱，我敬你一盅酒！白爷说话了。

长柱慌慌着站起，双手举盅，把酒喝下。

新月、兴杰、兴田，分别给雨生、百战、大兵敬酒。

四五两酒下肚的长柱，脑子开始混乱起来。他觉得院子在旋转，他觉得屋子在旋转。特别是院墙上方的晴空里，白云像是一片片棉花，急速飞翔。

一声"两响"于院子里炸响，升入空中，又是一响。这声响，让长柱的眼睛回到酒桌之上。

百战腋下像是有火在烧，其实是酒虫上来了。百战屁股轻抬，脱离板凳几次。终于，百战站起来，对白爷说，老爷子，我敬你，我喝两盅，你随意。

新月站了起来，说，百战，让白爷与雨生谈经论道吧。咱俩喝。

二人各喝两盅，坐下。

新月说，酒盅太小，不过瘾。这样，百战兄弟，咱俩喝一壶吧。

百战积极响应，让大兵把两人面前的酒壶倒满。然后，两人端起酒壶，像喝凉水似的把酒灌进肚去。

兴田与大兵寂寞半天了，二人一递眼色，端起酒壶，一气喝下。

这时，屋外又走进两个人，把八个蒸碗拿走。

稍后，端上来四大件。

家养之猪肉，本地公鸡肉，黄河鲤鱼肉；用三个大盘子盛着，溜尖溜尖。另外，还有一碗八宝饭，枣红米白。这四大件，兴田摆放在桌子中央，已是十分可观。雨生等人没有想到的是，还有十六个"铃铛"，八甜八咸的精致小菜，一圈一圈地围着四大件。这样，偌大一个八仙桌子，就摆得满满的了。

百战吃了两块猪肉，快嚼两口，香香地吞下。百战频频点头，说好吃好吃。随即，他吃鸡肉，操了一筷子鸡翅膀，放到嘴里慢慢吃。鸡翅上的肉薄，入味。百战吃得十分陶醉。鱼肉到了百战的嘴里，轻轻嚼上两下，就进了肚里。百战说，不愧是黄河鲤鱼，嫩、香，不像咱大坑里的鱼，有滋泥味。对八宝饭，百战也操了一筷子，吃完，说，甜得好，甜得好！

大兵、兴田，见百战吃得带劲，也甩开膀子吃起来。白爷、雨生、新月、兴杰，像品菜师一样，从容地一样吃了一口。

长柱有点呆如木头了。对四大件，他只吃了一口八宝饭，没有感觉出具体味道。他的肚子里，酒不少了，菜也不少了。

这时，新展悄悄走到长柱面前，说，我姐姐叫你。长柱于是站起来，有点趔趄地离开堂屋，走到东屋门口。新枝指一指椅子，说，你坐下歇会儿吧。别管他们怎么喝，你别喝多了！

长柱坐下，眼望新枝，不说什么。

新枝用中指猛戳长柱的额头，触出一个浅红色的小月牙儿。

新展端来一碗不冷不热的开水，说，姐夫，你喝下去，然后再去茅房解解手，酒劲就消了。

长柱咕咚咕咚一饮而尽。长柱站起来，慢慢地走进茅房，哗哗地撒了一泡尿。

长柱重新坐到椅子上，冲着新枝傻笑，说，新展这办法好，我好像没有喝酒一样。

新枝用眼睕他一眼，还是少喝点，别出洋相。

我知道。

长柱重新坐回座位，心儿，还是怦怦快跳。长柱看一眼白爷，立即多了敬畏。

白爷虽然六十多岁，但脸上皱纹极少，一双眼睛晶亮，透着聪明。长柱站起，说，白爷，小婿敬你，我喝两盅，你沾沾嘴唇就行。

白爷放下杯子，慈目看向长柱，说，我不认识你父亲，但与你叔叔很熟。你们刘家能人不少，你爷爷就是有名的中医。他死后多少年，一提刘远心医生，大家都伸大拇指。

长柱说，我就是因为爷爷是中医，才在大队里干上这个的。

白爷说，古人说得好，不为良相，既为名医。医生，治病救人，是很高尚的职业。

长柱说，我会一心钻研的。我与新枝商量好了，两年之内不要孩子。过了正月，我就去济南进修。

白爷说，好，长柱，有志向！

长柱说，我得像我爷爷那样，成为一方名医。

雨生此时不甘寂寞了，说，白爷，你读《纲鉴易知录》，感受最大的是什么？

白爷听了，一下一下地捋起长须，略微沉思一会儿，说，人，安分最难，知道自己最难！

雨生听了，一时不明就里。雨生挠挠脑袋，说，自己几斤几两，莫非还不知道？

白爷说，有些人，就是不知道！

雨生说，你能举举例子吗？

白爷说，我还是概括地说说吧。历史上，好多人都想在王字上面加一个白字。就为了这，不知死了多少人。

雨生说，你是说，好多人想过皇帝瘾。

对。

雨生说，皇帝是那么好当的？多少皇帝死于非命，让儿子、让兄弟、让大臣杀死。

白爷说，你说得对。就是因为好多人不知道自己，不自量力，历史上才有那么多悲剧。

雨生说，你的《纲鉴易知录》，借给我看看好不？

白爷说，我送给你就是了。你别嫌孬，那书快让我翻烂了。

那谢谢白爷了，我敬你一盅！我喝光，你随意。

白爷说，不只历史上，现在也有好多人不安分、不自知，胡乱行事。这样，就没有不出事的。

雨生问，白爷，除了历史，您愿意看四大名著吗？

白爷说，都看过，但最爱看《金瓶梅》。

雨生说，那不是淫书吗？

白爷说，什么淫书，那是劝人向善的书！这一点，张竹坡的评注写得明明白白。

请白爷细说端详。

白爷说，小说的最后，作者有一首诗：

楼月善良终有寿，瓶梅淫佚早归泉。可怪金莲遭恶报，遗臭千年作话传。

这就很明白了，楼是指孟玉楼，月是指吴月娘，这两个人物，因为善良才能长寿。瓶指李瓶儿，梅指春梅，这两个人贪图淫乐，年龄不大就命赴黄泉。特别是春梅，嫁给周守备后仍不老实，把陈经济弄进周府，背着守备荒淫。陈经济被张胜杀死后，又勾搭老家人周忠的儿子周义。最后，春梅患骨蒸热而死。

雨生听了，唏嘘不止。新月听了，频频点头。

百战、大兵、兴杰、兴田听了，像没有听到一样。他们或者吸烟，或者喝水，虽然都装出倾听的模样。

接下来，除了长柱、雨生、白爷外，其余五个喝得热火朝天，地动山摇。新月与大兵，兴田与百战，捉对厮杀，猜起拳来。兴杰蛮有兴趣地观看，不时站起来倒酒倒水。

长柱、雨生、白爷相继走出堂屋。

长柱走近新展，说，新展，近来学习紧张吗？

新展说，还行，假期里我去冠县学拳去了，查拳。

学得怎么样？

怎么样，你喝得差不多时，我给你比画比画。

长柱又来到东屋，与岳父、岳母说话。岳母看看长柱，说，长柱，你的脸喝红了，停会儿，不能再喝了。

长柱点头。

岳父说，长柱，成亲几个月了，新枝是什么样的人，你应该知道了？

长柱说，大爷，我知道，新枝对我百分之百。新枝不光是一个好媳妇，还是一个好老师。她的一个女学生叫刘芳，得了急性肺炎，住院半个月才好。新枝连着用了五个晚上，为刘芳补课。第三天夜里，十二点多了，师生两个还没有回家。我不放心，刘芳的娘也不放心。我们两个，前后脚去学校找她们。刘芳的娘在我前面五六步，在屋门口惊叫了一声。我吓了一跳，几步跨到门口，看到师生二人趴在桌子上睡着了。刘芳的娘感动得没法，第二天给买了五斤鸡蛋，送到家里。新枝说什么也不要。鸡蛋在家里放了十几分钟，新枝给刘芳她娘送了回去。看看，新枝这人就是这样好心。

新展听了，说，我姐好，你知道就行。

新展说完，嬉皮笑脸地用拳头朝长柱胸前打来。长柱一吓，往后仰身，这样，新展的拳头只擦着他的衣服。长柱的上身一往前来，新展的拳头又迎上去，还是只擦着衣服。

新枝有点恼了，一把拉住弟弟，说，行了，别闹了。

岳母喜眉笑眼，说，你才嫁出去几天，就知道向着女婿说话了。

新枝的脸一红，说，娘，你别惯着俺弟弟，他九岁时，把俺大姐夫骂得那样，不好！

怎么不好？

弟弟吃杏吃多了，肚子不舒服，就骂人家。人家那是花钱买的。

他不会买别的？他难道不知道果子行里抬死人，果子行就是杏行吗？

新枝说，娘，你这样说话就是不讲理了。

新展说，姐姐，别提以前的事了。现在，我与姐夫闹着玩呢。嘻嘻。

长柱回到座位上。白爷、雨生也从外面进来。

这时，堂屋北墙上悬挂的康巴丝石英钟的时针，已是指向十五点。

一个人向门口走来。长柱定睛一看，来人有点驼背。并且，走路时鞋底轻拖地面。五十多岁的光景。

白爷对长柱说，马焗长来了。

马焗长走进门内，对着长柱、雨生客气地大声喊道：时在三点，主客皆安。烦请暂离席面，以便热菜压桌。

长柱想起，这个时候要给焗长二十块钱的开刀礼，意在慰劳、感谢厨房里忙活的众人。

长柱正要站起来时，白爷说话了，马焗长，你没带个徒弟？

马焗长听了，苦笑一声，说，白爷，没人愿意学这个。这活儿，油渍麻花的。

白爷说，这手艺传到你手上，五辈了。你最多干个十年八年的。再往后，怕是要失传了。

马焗长摇头，叹息，说，啥事都是有生有灭，没有办法。

白爷不再说话。白爷看一眼长柱。长柱站起来走向前去，掏出两张拾元票，双手递给马焗长。马焗长接过，说了一声谢谢，转身离去。

长柱随同众人离开堂屋，来到院子里。立即，进去三四个人，不一会儿便把八仙桌子收拾干净。最后一个人，手持扫帚，把地面打扫干净。

两个人，一人端着一个大的托盘，把八个热菜端了上来。四荤四素。

在白爷的引导下，众人在一个脸盆里洗手。之后，长柱发现堂屋门口横放一条板凳，板凳上，放着三碗酒。兴杰快步走到板凳北面，眼睛看着百战、大兵。

长柱知道，这是要过桥了。反正有百战当酒缸，长柱稍为轻松地站着，看

热闹。

百战勇敢上前。

兴杰与百战小声商量几句，便开始压起指来。一阵出手比画，结果是，百战喝了两碗，兴杰喝了一碗。

兴杰往三个空碗里倒满酒，离开板凳。兴田走过去。

这次，轮到大兵出场了。两个人猜拳：巧七、哥俩好……第一个回合，大兵输了。但是，他没把酒喝下，而是把酒浇在板凳腿上。大兵边浇边说，让我浇浇桥墩吧。

接下来，二人继续划拳，结果是，大兵喝一碗，兴田喝一碗。

板凳搬开，众人进屋。

百战说，大兵，没想到你还有这心眼，浇桥墩。

大兵说，不像你，光知道憨喝酒！

百战听后，眼睛瞪得大似牛眼，质问，大兵，我什么地方憨了？

大兵笑笑，握握百战的手，眨眨眼。

百战这才气消。

众人各就其位。

白爷说，新菜上来，大家吃两口。

雨生问，白爷，这一共上了多少菜啊？

白爷说，五十二道，大小五十二道。

雨生听了，先点头，后摇头。

百战、大兵、兴杰、兴田四人，兴趣盎然地举筷大吃，其他四人，端杯喝水。

雨生刚才跟着白爷回家，把《纲鉴易知录》拿到手中。此刻，雨生用手摩挲着书籍，不住地点头。他忽然抬起头来，说，白爷，咱不喝了行不？我看喝得差不多了。

兴杰说，早哩，怎么着也得喝到五点。

百战立即表示赞同，说，我听连长的，咱喝到五点。

于是，一场大喝又在兴杰、兴田、百战、大兵之间展开。

四人把酒盅换成了小碗，兴田负责倒酒，咕嘟咕嘟倒满。随后，四个人一碰碗沿，喝水似的把酒喝下。一气，倒了四次。

新展此时走进屋里，站在长柱身边，面向白爷，说，白爷，俺二姐夫头一年来咱家做客，咱得盛情款待，对不？

白爷说，呵呵，臭小子今天有话说，那就说吧。

新展说，我上头的两个姐姐，我打小就知道护着。二姐十六岁时，一个小子欺负她。我看见后，摸起一块半头砖，把他的头砸破了。

白爷说，这事我记得。你惹事后，我与你爹提着鸡蛋给人家赔不是。那家人没敢要鸡蛋。

新展说，主要是他无理。

新展看着长柱，说，这样，姐夫，我敬你一碗酒，咱平喝。

兴田倒上，一人一碗。

长柱端起碗与新展的碗碰一碰，喝下去，龇牙咧嘴。

新展让兴田再倒，一人一碗。

长柱慌忙看一眼百战。

百战说，新展，你姐夫酒量小，我替他喝。

新展说，也好，你这酒缸，也不能白当。

二人举碗相碰，一饮而尽。

新展把碗往桌子上轻轻一顿，说，白爷，我听你讲过项庄舞剑。现在，我新展打拳，为各位助助酒兴，好不？

白爷带头，众人鼓起掌来。

新展走至门口，一纵身，跳出去两米多远。随即，新展在卧牛之地闪展腾挪，打起拳来。

白爷把目光收回，说，各位，不能光看新展打拳，得喝酒。酒盅里的，一口喝光。碗里的，喝一大门。

长柱看看院子里，没有媳妇的影子。他想告诉新枝，快走快走，快回家吧！

但是，长柱知道，这样的宴席，必须客人再三催饭，吃了之后才能离开。于是，他朝雨生眨眼，眨了好几次。

雨生看见了，雨生明白长柱的意思。但是，雨生并不立即同意。雨生对白爷说，新展真有本事，如果早生二百年，冷兵器时代，一定是员虎将。

白爷说，那是自然。

新月说，新展的功夫，现在也是有用的，艺多不压身。

雨生点头。

雨生又与白爷、新月说了一阵子闲话，才说，白爷，白书记，唐连长，唐队长，我看可以吃饭了。现在，四点半了。

兴田率先反对，说，说好的五点，不行，还得喝半个小时。

百战说，就是，我与大兵不醉不归。

雨生横百战一眼，说，骑不成车子，我看你怎么走？

百战眼睛一瞪，说，我爬也能爬回去。哈哈哈。

兴田说，还是百战兄弟海量，咱俩再碰一碗。说完，两人又喝一碗。

兴杰与大兵，也是一人一碗。

在雨生的反复催促下，馒头端了上来，热腾腾的，雪一样白。长柱、雨生、白爷、新月，象征性地吃了两口，就算是吃饭了。

最后，百战站不起来了。大兵努力地站起来，朝门口走了两步，扑通一声摔倒在地。

兴杰、兴田虽然脚步不稳，但还能行走。二人看到百战、大兵的醉态，仰头大笑，笑得眼泪都出来了。兴杰说，白爷，怎么样，我们把客人陪得不错吧？

白爷说，不错，不错！

新展在大门外，已是套好了马车。

四个壮汉一起动手，把死沉死沉的百战、大兵先后抬到车上。

雨生手里，提着用一个小包袱包着的《纲鉴易知录》，歪歪倒倒地往外走。走出大门，雨生对白爷、对新月、对长柱的岳父岳母、对兴杰兴田等人拱拱手，说，谢谢了！车子，都骑不了啦，我们慢慢走吧。

新展驾着马车在前，雨生次之，新枝、长柱最后，往村外走去。长柱走路已是不太稳当。新枝伸出右臂，用力地往上托住长柱，慢慢前行。

走出村子，雨生说，我提着书走，怪累的，我还是上车吧。

长柱在新枝搀扶下，走出一里多地。长柱看看后面，无人。于是，长柱伸手把新枝的手拉住。

长柱拉住新枝常年捏粉笔的手，感觉既热乎又滑溜。长柱欣喜着，用食指去挠新枝的手心。新枝一下甩开，佯怒，说，你这熊人，会得不少哩。

长柱的脸，红热起来。长柱心里说，以后，以后再也不敢了。

原载《朔方》2021 年第 3 期

尹延哲

无处倾诉

　　这段时间老甄怀疑自己得了不好的病。头疼眩晕，头顶发紧像戴了一顶铁盔，心跳得也厉害，可他又担心万一查出什么病而迟迟不敢去医院。虽然生活的惯性让老甄还是每天按部就班，可他的心已兵荒马乱。

　　其实也不是老甄矫情，先是母亲的去世给他很大的打击，接着是他的亲哥嫂向他索要已经买卖二十年的房子并对簿公堂。而他炒的一只股票又赔了不少的钱。工作上老甄也不尽如人意，他属于那种力不少出却舅舅不疼姥姥不爱的主儿。老甄感觉自己就是一个一直孤寂行走在心灵原野上的人。而现在的他有一种四面楚歌的危机感。

　　那个夜晚，老甄架不住又一阵的眩晕，把自己裹得严严实实来到急诊楼。今晚老甄运气不错，是位专家值班。进诊室前老甄还像刚落地的鸟儿收起翅膀那样，整理了一下自己的衣服。

　　焦虑抑郁综合征。专家诊断大约有半小时后说道。他的口吻透着学术上的自信。

　　您能确定不，大夫？万一是别的什么病呢？我是不是得了癌症？老甄说这话时又是一阵眩晕，心跳加快，头变得好像更加沉重起来。

　　专家呷了口茶水说，你装扮神秘唯恐熟人看到，且大晚上的来看并不很紧急的病，再加上你的疑神疑鬼。这些，都符合焦虑抑郁综合征的心理特征。

　　幸运的是你的情况并不严重，你们单位有做员工思想工作的人吗？你多跟他们聊聊，让他们开导开导。专家拿出处方笺准备开药。

　　我的病不严重，大夫？你是为了安慰我才说不严重的吧？老甄半信半疑。

　　真的很轻，吃点儿药就好了。专家说。

　　做思想工作的人……我就在那个岗位啊……老甄笑了。专家却看到老甄笑得很勉强甚至有些难为情。

　　哦。这次轮到专家惊愕了。专家张大了嘴，上下嘴唇好像分别悬在宇宙的

不同空间而无法合拢。

老甄还是每天坐单位的通勤车上班，伴随着车的颠簸他的思绪一团团飞到云端，又被看似轻如羽衣实则重如大象的云团打回现实。老甄他真想请病假休息一下，但是他自己马上就把这个想法给否定了。这几天科里正准备上报后备干部，在这个节骨眼儿上谁请假谁情商为负数。还有，得了焦虑抑郁综合征这事儿跟谁也不能说，别人如果知道做思想工作的老甄得了这病，得说他装蒜说他矫情。

这时的老甄仿佛脱离了地球，而在浩瀚的银河系不停地扭动挣扎，不能与人语的尴尬与苦痛逐渐弥漫开来。如同宣纸上落下一滴浓墨，朝四周不断扩散，直至淹没他的身体与魂灵。

日子就这样永不停歇地转动着。清明节那天老甄去给母亲上坟，他在陵园好像看到了那位中医专家，走近一看还真是他。两人打着招呼。

专家手里捧着一束鲜花，是颜色很素淡的白玫瑰和百合。看上去专家人很瘦削，穿着黑呢子大衣，神情落寞。老甄给母亲上完坟，发现专家还没走，站在陵园门口像是在等人。老甄跟专家招了招手准备回家。

甄师傅，您能听……听我……说几句话吗？专家真诚的眼神已然穿透他瓶底似的厚眼镜片。老甄无法拒绝真诚。

大夫，您请讲。老甄说道。

我和您差不多，也是找不着说话的人……专家的嗓音低沉而忧伤。

我今天是来祭奠我的独生女儿的。她博士毕业刚在医院参加工作，因一场意外永远地离开了我和她妈妈。她才二十八岁……才二十八岁啊，从那时起我才知道什么叫"度日如年"。专家说到这里，小心翼翼地看了一眼老甄。

大夫，您继续讲。老甄双手手心朝上并托举到自己胸前，像是在接受一件珍贵的礼物而内心充满了尊敬与虔诚。

女儿虽然走了两年了，可直到现在，我一日三餐还都会在女儿生前的座位上盛上饭菜摆好碗筷。我也不知多少次三更半夜走到女儿的墓地，被陵园管理员当成坏人。唉……我就是想在女儿墓碑前跟她好好说说话。专家不时摘下眼镜，扭头用胳膊肘擦拭一下眼泪。

专家的话语一直盘旋在老甄回家路的上空。一位父亲晚年失独的酸楚暗哑，宛如山涧的小溪"叮叮咚咚"流淌在老甄的心间，穿过他的心房，洇满了他的心脉。

不知还有多少孤寂的心灵徘徊在十字路口啊。老甄慨叹道。

这一夜，老甄失眠了。

东方的天空缓缓地吐出鱼肚白。老甄拉开窗帘，一丝光亮照进来。

光，一寸寸前进，覆盖了屋内的暗色。

原载《精短小说》2021 年第 9、10 期

袁方华

荧 光

一

我梦到我跌落进一朵莲花里。

就像一只昆虫跌落进去一样。黑暗里,我左右冲突,寻找出去的路。

羽白色的莲花瓣渐渐虚化,又凝成一张张脸孔：前妻的脸,儿子的脸,父母的脸,陈陌和可可的脸,须发皆立的脸,相互纠缠着、旋转着、呼啸着,裹挟了我,正绝望之际,只听"叮"一声,莲花上方隐现一点荧光,淡绿、抑或褐色的荧光,旋起旋灭,余光霭霭,归于寂无……

后来,我给老同学徐慎说：

我们离婚五年了,可前妻一个电话还是让我丢盔弃甲、溃不成军。

前妻嘶哑的声音,就像细砂纸在玻璃上摩擦：

宁小丁,儿子带着蝈蝈离家出走,已经失联了一个礼拜……

蝈蝈是儿子上初中时,我买来送给他的一只金毛狗。

蝈蝈每时每刻都会用充满忧伤的眼睛注视着每一个出现在它面前的人。

五年前,我铁了心要和前妻离婚,我把一间三居室和那辆白色别克车留给了前妻。剩余的房贷由我继续扛着,每个月给儿子三千元的生活费,直到儿子大学毕业。

前妻无形之中扔给了我一枚"嘶嘶"冒着白烟的炸弹。

一切戛然而止。

我就像被按了暂停键,而时间却没有,依然咔咔有声地前行。

窗外,一辆白色的救护车呼啸而过,并没有鸣笛。我看了一眼,是第四医院的救护车。第四医院是精神病专科医院,看来有精神病人逃离了医院。其实,精神病院防护森严,各种精密锁具层层把关,很少有病人能够跑出去。这些都

是我老同学徐慎告诉我的,他任职于第四医院,心理疾病咨询师。

二

我和徐慎见面的地方是在西郊一座废弃的水塔。本来,我蛰伏的那三年从来没有使用过手机,就连投稿都是用手写版。以前的同事、朋友、同学都失去了联系。直到我在书店邂逅了陈陌。三年时间,说长不长,说短不短,但已经足够被遗忘、被淹没了。不过,只有徐慎还记着我,偶尔还联系。

那座废弃的水塔就像从里到外已经开始衰败、糜烂的巨大蘑菇。水塔向阳的地方站满了成片的向日葵,安静的向日葵们扶老携幼、摩肩接踵,低垂着沉重的头颅,追逐昏黄、如药丸般的太阳。水塔后面是陵园,此刻的墓地安静如港湾,那些新旧交替的坟头就像船一样停泊在此。天色已经暗下来,空气里有一种刺鼻的水腥味,用过的卫生纸和避孕套隐身在枯萎的干草里。我拿了几本发表有我中短篇小说的省刊给徐慎。徐慎递给我一根“蓝将”,自己叼在嘴角一根。

徐慎哗啦哗啦地翻看着小说:

宁小丁,士别三年,当刮目相看哈。

我笑笑,没言语。

徐慎弹掉烟灰:

你就是为这离婚的?代价是不是太大了?

我长叹一声:

非也,我只是不想像以前那样过下去了。

徐慎笑:

你这可是断头之勇。我们每个人都这样活着,你究竟为了什么在这个关口离婚?

我将烟蒂弹进废水池,凄凉一笑:

一切都过去了,还能说啥?

能说出口的苦难根本就算不上苦难。

十几年了,我们没有性爱,没有拥抱,没有亲吻。最初,我厚了脸皮涎着脸去求她,施舍给我一次半次性爱,可时间久了,我也倦了,不肯再去轻贱自己。再后来,我无法勃起,失去了男性的功能。这种事,我跟谁也说不出口。

所以,我只能咽了。

话又说回来,前妻并没有做过对不起我的事,没有出轨,没有网恋。她是一名保险代办员,穿行在这个日渐浮躁的城市里,看人白眼,仰人鼻息,仅凭三寸不烂之舌游走、游说于各色人群。她并非生来就是浮躁、不懂风情的女人,她要掌管一家人的吃喝拉撒,拆了东墙补西墙,不断填补生活里的漏洞;无能、懦弱的我,叛逆的儿子,冷漠如路人的父母,哪样拎出来也会让她心生绝望。

我又有什么资格可以指责她?

徐慎打量着水塔,问我:

宁小丁,你怎么选这么个破地方?

青蓝色的烟雾里,我虚眯了眼睛:

我感觉这座水塔就像一个从里到外已经开始糜烂的蘑菇,糜烂过后,就是另一种新生。那年我和陈陌去冠县梨园看梨花,带回很多萤火虫,放生在这水塔里,可可喜欢萤火虫,我过几天就要带着可可和陈陌来这里看萤火虫。

徐慎感觉不可思议:

不会吧? 萤火虫都快绝迹了,再说了,只有南方靠水边才会有萤火虫,咱们北方并没有啊。

我凝视着陵园里一座新修的坟,坟头压着黄色的烧纸,地上凌乱着还没有褪去颜色的纸钱,白色的引魂幡插在坟头,在风里呼啦啦地翻飞,坟前立了碑,但石碑是空白的,很突兀的空白:

你就睁大眼睛看着吧……

直到黑暗淹没了水塔,萤火虫还是一只也没有出现。

可可是陈陌的女儿,我搬去陈陌那里住以后,可可质问陈陌:

妈妈,为什么别的小朋友都跟爸爸姓,我却跟妈妈姓? 妈妈,我也要跟爸爸姓宁!

她笑着征求我的意见:

宁哥儿,可可要跟你姓宁呢!

我举起可可往高处扔,接住,再扔,可可就在我一扔一接里快乐尖叫:

那就跟我姓宁呗!

她就笑,她的瞳孔漆黑如墨,就像神秘而吸力强劲的黑色漩涡。我一直一直认为,她们的出现,一定是上天对我的补偿,可可是我的天使,陈陌也是。

可可还没出生,陈陌的前夫就因白血病离世,在我未出现之前,可可从来没有见过她爸爸。每当可可追问陈陌,爸爸去了哪里时,无计可施的陈陌就编了一个理由:

可可,爸爸出门去给你寻找萤火虫了,可可长大了爸爸就会回来,带着可可和妈妈一起去看萤火虫。

可可从小就喜欢萤火虫,喜欢那种濒临灭绝的、暗夜里会发出微弱的、淡淡黄色光晕的黑色小昆虫,但只限在电视里的动画片里。可可从记事起,就无时无刻盼望爸爸会在某一天突然出现,带着自己和妈妈去远方看萤火虫。

可可上学放学必让我接送,必让我送到她教室,她总会昂着骄傲的小脑袋

和她的同学说：

看到没？我爸爸回来啦，我爸爸还要带我和妈妈去远方看萤火虫呢！

我懂可可的小心思，我逼着自己快速、无痕地融入角色里，因为今年春天我带着她去梨园看梨花时，答应过她，要视可可为己出。

我的手机铃声响起，是陈陌：

宁哥儿，你干吗去了？厨房里的抽油烟机都忘了关？对了，家里的红酒没了，你顺道买一箱回来。

长发披散，身穿白色睡裙的她还没睡，姿态优雅地坐在床头，握着高脚杯，玻璃杯里的红葡萄酒散发着红宝石一样的光泽，她端起另一杯红酒，递给我，轻轻和我碰杯。玻璃杯发出"叮"的一声轻响。我晃动酒杯，轻抿，回味，她微笑：可可睡了？我点点头，熟悉的暗香袭来。她手指微凉，轻抚我脸颊上已生成水泡的烫伤。她凝视着我，黑色的瞳孔风生水起：

宁哥儿，究竟发生了什么事让你如此失态？忘关抽油烟机，还被热油烫到？

我没有隐瞒陈陌：

我接到她的电话，她告诉我，宁远背着画板领着金毛蝈蝈已经失联了一周。

她墨黑色的瞳孔骤然收缩，眼眸里暗生警惕：

宁哥儿，我不希望可可再次受到伤害。

我们当初只领了证，并没有办宴席，极端低调。我们婚后不久，宁远伙同他的死党王天宇半路埋伏了她和可可。当年十五岁的宁远没怎么着她，却出其不意地用画画的朱砂泼了可可一脸一身！年幼的可可尖叫一声，大哭不止，连夜高烧不退，她铁了心要报警，我怎么都拦不住。她按熄台灯，声音随着黑暗而来：

睡吧，你明天回去看看，你也别太过担心，宁远毕竟十八岁了，他肯定有我们所不了解的远方。

我感觉自己就像纸片，在黑暗里没有重量。她挤进我的怀抱，她湿润的唇就像吐水泡的小鱼，带着残留的酒香，在黑暗里清凉凉地吻我的下巴。

红酒、香水一直是她的暗示，对于性爱的暗示。去看梨花时的第一次是这样，到现在一直是这样。我和她在一起后，她用红酒和香水唤醒我冬眠了的性能力，并成功开发出了令我自己都难以置信的性潜力。在她唇齿间淡淡的酒香里，在她打开的身体无处不溢出的香味里，我就像一台经过大修后马力强劲的打夯机，逢山开路，遇水搭桥，"咣当咣当"一路将我们送上性爱的巅峰……

可我今天无论怎样调整都不在状态，我的打夯机处于半熄火状，疲态尽显。她轻叹一声：

宁哥儿，睡吧！

我明白她意犹未尽，可我的心拢不回来。

她依偎在我怀抱里，微凉的手指划过我的肌肤，带来一种我所深感陌生、如触电般的战栗：

宁哥儿，我在转盘路和人合伙盘下了绿色庄园酒店。我打算让你去接手我原来在振华地下超市的那间茶室。

本来我有些蠢蠢欲动的内心忽然一室：

陈陌，你知道的，我这么多年一直有社交恐惧症，害怕去人多的地方。

她当然知道，我离婚后就像一个囚徒，离群索居，躲在黑暗里蛰伏了三年。这三年除了书店外，我从没有去过公众场合，害怕和人打交道，因为我有社交恐惧症，一种对于未知的恐惧。

我没离婚前在一家设备制造企业做一名工艺员，按时上班，按时下班，每天背着包去挤公交车，人一多我就会眩晕，心跳加速，恨不得插翅而逃。好在我还有另一个只属于我的文字世界。我在公司干了近十年，依然是一个大头兵，前妻恨铁不成钢，对我不冷不热，我都怀疑自己是不是患了精神分裂症，初识她时我就告诉过她，她理解我的心：

宁哥儿，你就在家收拾家务，做好咱们的后勤保障工作，闲了就写你的小说，我可是你的头号粉丝哦！

我在那家设备制造企业学会了一种特殊技能，利用一根弯成钩状的钢丝，捅进锁眼，试探着左右晃动，"咔嚓"一声，锁簧弹开。这是我在车间实习时，我师傅教给我的。我享受我的意识随着那根弯成钩状的钢丝进入未知的黑暗，左右晃动，试探着触动精准而紧密咬合在一起的锁簧，然后就是那声让我心情愉悦的"咔嚓"一声，甚至超过了余音绕梁的音乐，这也许是除了文字外，我唯一的癖好吧！

我突然明白了她的苦心，她是怕我闲下来胡思乱想。我的心松动了，一束光照耀进来，儿子离家出走所给我带来的负面情绪慢慢消融：

好，我答应你。

她用她的指尖轻点我的指尖，和我若即若离地碰触，咬着我的耳垂低语：

宁哥儿……

她漆黑如点墨的瞳孔又开始旋起风暴，呼啦啦裹住我，沉进去，沉进去，在她唇齿间残留的酒香里，在她四溢的香味里，我的打夯机突然打开引擎，在她的惊叫声里，马力强劲，"咣当，咣当"一路攀缘而上……

三

三年前一个再普通不过的夜，我跟妻说：

咱们离婚吧！

正玩手机的她背对着我,头也不抬:

无聊!

我从床头柜里拿出白天打印好并签完字的离婚协议书放在她面前。她收起手机,蹙了眉,并不看离婚协议书:

你外面有女人了?

我郑重摇头,凝视着她。这个陪我走过了十多年的女人,岁月已经在她脸上留下了痕迹,她的法令纹入肉三分地深刻,顶着灰败委顿的大眼袋凝视着我。

我的声音极轻、极薄:

我只是不想这样过下去了。

她冷笑一声,懒得理我,低头继续玩手机。

可这一切真的出乎他们意料之外。他们不懂一向懦弱、习惯了妥协的我,为何到了这个要命的关口却铁了心离婚。并不年迈的父母见无法挽回,扔给我一句狠话:

你死到外面也别回来!祖坟里没有你的地儿!

世恶道险,活下去那么难,谁还管死后埋哪儿啊!

父母都是退休教师,退休金高得令人咋舌,游山逛水,或者在家养生,出门跳个广场舞。父母是闲了没事拉二胡——吱咕吱(自顾自),哪管我的死活啊,他们也就是说说狠话而已,就算我死了他们都不会死。当初宁远小的时候,无论刮风下雨,他们一天也不肯来照看孩子,电话都懒得打一个。

宁远送我一句话:

宁小丁,你就是一个傻逼!

傻逼就傻逼吧,在他眼里,我早就是一个失败透顶的傻逼形象存在了。

我辞了职,取出所有住房公积金,再次分给了前妻一半。我在城郊租了一间阁楼,带天窗的那种,下雨时会漏雨,但能看到漫天繁星,或者清冷的月光。

我从书店买来几百本中外名著,日夜苦读,或者俯在写字台上写小说。我要用余生做一件我喜欢的事情。

每月月底,我都会蹲在洗手间,用电动理发器,在黑暗里,一下一下,摸索着剪掉自己的长发。它们就像突然觉醒的寂寞一样疯长。

我极端自律,像一个自己给自己上弦的玩具,不说话,"咔咔"沿着自己给自己设定的圈一直走、一直走。

从此,我白天看书,晚上躲在黑暗里,也不算是黑暗,因为还有星光或者月光从天窗投进来,就像幻灯片,就像可可一直深深渴盼的荧光一样。

我在星月光影里摸索着锁孔,把弯成钩状的钢丝慢慢捅进锁眼,心思跟着钢丝钩一起进入冰冷、黑暗、秩序森严的钢铁世界,试探着、摸索着,左右晃动,触动紧紧咬合着的锁簧，咔嚓一声，我的肉体和灵魂就像瞬间攀爬到了快感的制高点，然后就是疲惫过后的放松……

振华地下超市永远人如潮涌，喧嚣无比。三年前我没离婚时是这样，三年之后还是这样。陈陌拉着我的手，我不由得吞咽了一口唾沫，以前那种想要插翅而逃的感觉再次出现。被她握着的手心一团汗津津的濡湿，她感觉到了我的异常，停下脚步，等了我一拍，和我并行。她身穿白色紧身V领鱼尾裙，高束了丸子头，斜插着我当年在梨花谷给她做的木钗。

目光无意中瞥见前妻接着电话快步而来，我和前妻的目光隔空相撞，有一种我无以言明的东西穿破虚空呼啸而至，击中我，我不由得退后一步。接电话的她避无可避地撞在我背上，前妻的脚步并无一丝一毫停顿，快步离开。她理理被撞乱的头发，抿唇一笑：

宁哥儿，失态了哦。

我盘腿坐在宁远的房间里。

我凝视着那面墙，那面宁远从小到大涂鸦了十几年的墙壁。墙壁就是他的画布，写满长长短短的句子，画满各种诡异的植物，手掌上绽放出妖艳的花，花朵上哭泣着的脸，各种变形了、肢体残缺的人物速写，各种山妖精怪，在整座墙上纠缠、凌乱、旋转，就像十二级风暴，扑面裹挟了我，呼啸而去……

小时候的宁远怕黑，晚上不敢一个人入睡，需要我搂着才行，即使入睡了也要用八爪鱼一样的小胳膊紧紧搂着我，我一旦翻身他就会睁开惊恐的眼睛哭泣。长大了的宁远晚上睡觉虽然不再需要我陪伴，但他房间里的灯都像不眠的眼睛一样直到天亮……

各个时期的宁远就像被时光剪辑过的特写画面，背景虚化至空无，一帧帧出现在我面前，欢笑着的宁远，叛逆的宁远，沉思的宁远，画画的宁远，和蝈蝈嬉闹的宁远，穿梭着，充斥了整个房间，于无声中喧哗，于静默中欢笑或者忧伤。一声突兀的手机铃声响起，我眼前所有幻象成为虚无，直至还原成空无。

我拨打了宁远的死党王天宇的电话，手机铃声响了三遍王天宇才接。我问他宁远的消息。王天宇告诉我，他只知道宁远要去追寻他内心的远方，至于要去哪里追寻，宁远没告诉过他，但宁远追寻远方的最后一站肯定是西藏。王天宇安慰我，宁远内心严谨细致，他只想去西藏写生，并非离家出走，不要为此担心。我心里松动了一些，问他，那他怎么不带手机，反而带着金毛蝈蝈？王天宇可能是在操场，他那边有人大声喧哗，他说宁远恨手机，至于宁远为什么恨手机他就不知道了。王天宇沉默了一会儿，我还以为他挂断了手机，他突然唤了我一声：

叔叔……

我"嗯"了一声，王天宇又沉默了足有一分钟，我捏着手机，抽出最后一根"蓝将"。

叔叔，三年前用朱砂泼了那个小女孩的，是我，不是宁远。

当时，如果陈陌执意上诉，他们终将会承担应有的民事责任，面临被拘留、终生留下案底的局面，两个孩子就毁了。宁远站了出来，一力承担：王天宇只是壮胆儿随行。派出所召集了陈陌、前妻、王天宇的爸妈协商处理这件事。

陈陌一副为母则刚的强势：

祸不及家人，那么小的孩子都下得去手，就要承担责任，接受惩罚！赔钱？陈陌冷笑一声，你们看我像缺钱的人吗？

事情陷入僵局。但我不能让宁远毁了，虽然宁远早就不认我了，可血浓于水的父子情还在。

最后一刻，陈陌放弃上诉，只是要求宁远真诚地向可可道歉，宁远接受了这个决定。

瘦瘦高高的宁远无视我，他鼻梁上还架着那副黑边眼镜，依然戴着他喜欢的黑色长檐的棒球帽，长长的帽檐遮住了他半边脸，我看不清他的表情。可可瞪大惊恐的眼睛看着宁远。宁远变戏法一样，掌心亮出一颗棒棒糖；可可接过棒棒糖，笑：

谢谢哥哥。

宁远伸出瘦长的手指摸摸可可的小脸：

可可，对不起。

宁远是一个一念成佛，或者一念成魔的孩子，善与恶皆在他一念之间。宁远虽然叛逆，性格孤僻，但他是一个心地善良的孩子。宁远从小就喜欢小动物，喜欢小猫小狗，路上遇到流浪猫或者流浪狗，都会跑回家拿来吃食喂它们；出门遇到老人或者伤残人士乞讨，总会把身上的钱物送给他们；宁远和前妻去菜市场买东西时，从不让前妻跟老弱的摊主讲价，一开始前妻并不知道宁远的心思，买东西讲价是前妻的强项，似乎也是她的乐趣。宁远和前妻大闹了几次后，前妻就不再当着宁远的面跟人讲价了。

我起身打开窗子，风呼啦一声闯进来。

四

身穿白色羽绒服，戴着一顶红色绒线帽的可可就像一个小天使，路边有人卖棉花糖，白色的、蓬蓬松松的就像天上的云朵。可可停住脚步，仰着脸，大眼睛黑白分明：

爸爸，我要吃棉花糖。

　　我牵着可可,可可调皮地在马路牙子上摇摇摆摆地走,不时咬一口棉花糖,蔷薇色的夕光水一样洇过来。

　　宁远上小学时,我也是这样牵着他的手接他放学,他也和可可一样,在马路牙子上摇摇摆摆,边走边唱:

　　沿金桥,沿金桥,掉到河里没人捞……

　　如今宁远下落不明,我却牵着别人女儿的手,不由得悲从心起。可可仰着小脸问我:

　　爸爸,我宁远哥哥去哪儿了?

　　我的心一窒,此时夕阳溅落,红艳、圆润、光洁,如一枚成熟的果实悬在圆盘中,天边紫色的暮霭衍生。

　　我蹲下,抱紧可可:

　　哥哥去远方画画了。

　　可可懂事地点点头:

　　宁远哥哥不喜欢我吗?

　　我捏捏她婴儿肥的小脸:

　　哥哥当然喜欢可可啊,哥哥回来还会带棒棒糖给可可吃,还会教可可画画呢。

　　可可就筋起鼻子开心地笑:

　　爸爸,明天我生日了,可我真的很想看到萤火虫,好多好多屁股上会发光的萤火虫。

　　我一定会满足可可的心愿。我掏出烟盒,发现没烟了,路边正好有一家小超市:

　　可可,我去买包烟。

　　可可乖巧地坐在女贞子树下的连邦椅上,踢踏着小皮鞋,吃着棉花糖:

　　我等爸爸回来。

　　我吸着香烟,躲在站牌后面看着可可的背影,心里突然冒出一个很邪恶的念头:可可如果找不到我会怎样?陈陌如果找不到可可会怎样?一直认为自己是成功人士的陈陌会不会也有一种失败感?会不会也像我丢失了宁远一样魂不守舍,焦头烂额?

　　烟蒂烧到了手指,我的心一疼,此时的可可丢了棉花糖,带着哭腔呼唤我:

　　爸爸,爸爸……

　　就像宁远小时猛然从梦中惊醒,哭着喊我一样:

　　爸爸,爸爸……

　　这个敏感的小人抱着我哭得上气不接下气:

　　爸爸,你不要可可了吗?

我不敢和可可对视，此刻，我比可可矮，比世界上任何一个人都矮……

我不知道是什么突然让我的心变得如此黑暗、如此卑鄙。是的，我的人生是失败的人生，也是痛苦的人生，可我为何要把我的痛苦、我的不幸、我的黑暗强加给陈陌和可可？她们都是上天给我的天使啊！我为此痛苦，为此自责，也许，我像臭虫、蟑螂一样，只配待在黑暗里，不配享有这些幸福，这些光明。

我约了徐慎在蓝鲸酒吧见面，因为徐慎说了，打死也不去那废水塔了，蚊子都跟轰炸机似的不说，还挨着陵园，瘆得慌。其实，我就想问问徐慎，为什么我的心会突然变得阴暗，变得扭曲？

徐慎很委婉地跟我说，最好跟他去单位详细查一下。这需要做一堆调查卷。他怀疑我独处的三年留下了精神方面的隐疾。

我的手机铃声响起，是陈陌：

宁哥儿，在哪儿呢？

如水的音乐里，我和徐慎碰杯：

和老同学徐慎在蓝鲸酒吧玩呢，你来吗？

陈陌拒绝：

不了，还有一摊事儿呢。你们好好玩吧，记得早点回家，可可自己在家写作业呢。

我收起手机，徐慎的目光意味深长：

没想到你经历了那么多磨难，居然还会相信爱情。

我苦笑笑。我才是一朝被蛇咬十年怕井绳的主儿，不然，我也不会隐在暗处一待就是三年。如果陈陌不出现在我的世界里，我还会一直那样待下去，直到死。

我们蹲在马路牙子上吸烟，徐慎吐出一个烟圈：

我对这个陈陌挺好奇，究竟是什么样的女人能把曾经沧海难为水的你迷成这样？

夜风起了，女贞子椭圆的树叶影影绰绰，摇碎一地昏黄的灯光，我一根根地揪下巴上的胡茬：

我是在书店邂逅的陈陌，看到她的第一眼我心里就像滚过一道惊雷，不是因为她的美，而是她就像从我小说里走出来的一样。无论神情妆容还是举止，没有一处不神似。赶时间的她当时正为可可找那本《一千零一夜》。她接着电话，一本一本地扒拉，我几乎在书店里泡了十年，对那些书熟悉得就像我下巴上的胡茬，哪根在哪儿，我闭着眼也能摸到。

有男人歇斯底里的吼骂声传来，一个十一二岁的男孩哭叫着跑过来。那男人几步追上男孩，一脚将男孩踹翻在地。男人怒睁双眼，须发刺猬一样根根倒

立,狠踹在地上翻滚哭嚎的男孩:

　　我让你跑!我让你跑!

　　在地上翻滚的男孩哭喊:

　　就知道揍人!你就知道揍人!

　　披头散发的女人跑过来,拉住暴怒的男人:

　　你想把孩子打死啊,这日子真没法过了!

　　男人挣脱女人,巨大的力使女人也摔倒在地,男人又踹向刚爬起来的男孩。我一把拉过男孩挡在身后,凝视着那个男人,一言不发。暴怒的男人指着我骂:

　　我揍自家孩子管你屁事!滚!

　　我挨了那男人一拳头。有人报了警,男人一家被带走了。

　　陈陌看着我的狼狈相也笑我多管闲事。我苦笑笑,他们并不知道,我也那样打过宁远。我不想再有第二个宁远和第二个宁小丁被生活复制、粘贴出来。

　　第二天,那个打孩子的男人横死街头。消息是徐慎告诉我的,死了就死了,与我何干?我自顾不暇,哪有闲心管这?徐慎絮叨不休,那个男人死得很蹊跷。

　　死得是很蹊跷,他是深夜被一辆红色桑塔纳撞死的。可车主并不知情,可能是凶手偷了车,深夜撞死了他,抹去所有痕迹,把车停在街头,从容离去。由于那个地段并没有摄像头,所以没有找到任何蛛丝马迹。但这不是该我操心的事,我左耳进右耳出,过一遍就算完。

　　我再次路过蓝鲸酒吧,肇事车辆还停在那里,我特意看了一眼车门锁,车门锁并没有被外力破坏,依然完好如初,凶手极可能和我一样精通钢丝钩开锁之道,像这样的车锁我大概十几秒钟就能打开。钩开打火锁可能要费点时间,如果用特制的双面钢丝钩也就几分钟之内吧。我下意识地去摸挂在钥匙链上的钢丝钩,却摸了个空:

　　我的钢丝钩什么时候不见了?

　　在家寻找了半天未果。

　　我做了可可和陈陌爱吃的菜,陈陌买来生日蛋糕,庆祝可可的生日。

　　光着脚丫、脸蛋红扑扑的可可爬到我的膝头,抱着我的脖子咯咯笑着:

　　爸爸,我好想看到很多很多的萤火虫。

　　我打了一个响指:

　　可可,闭上眼睛,看看爸爸给你的惊喜。

　　我把闭着眼睛的可可和陈陌从光明领到黑暗,那些吸收了光源的荧光材料在黑暗里散发出黄褐色的荧光,我在香江大市场买来一堆荧光五角星、小水母等饰物。我用这些小饰物在整面墙壁上拼成海的女儿的图片,又将那些五角星剪成萤火虫的样子,用极细的丝线高低错落地固定,有风从窗外吹来,就像一只

只萤火虫在黑暗里飞,可可开心地笑,在荧光闪烁的黑暗里追逐着那些飘飘荡荡的萤火虫…

而我和陈陌的卧室被我布置成梨园的样子,山谷,树木,花瓣,草丛,溪流,莲花,蝴蝶,蜜蜂,帐篷,云朵,当初抛锚了的车,这一切是那么唯美,荡气回肠的美,让人心疼,就像一个泡沫,似乎,一阵风袭来,一眨眼间就会破灭成一片虚无……

我再次从梦中惊醒。

荧光图案和悬着的萤火虫失去了光源照射,已经荧光黯然。我再次梦到我坠入那朵莲花里,贴着一瓣瓣莲花内壁的脉络游走,寻找出去的路。我就像一只小虫子,左右冲突,焦急地徘徊。瞬间,莲花瓣又变成一张张脸,前妻的脸,宁远的脸,王天宇的脸,须发皆立的脸,相互纠缠着、旋转着、呼啸着,裹挟了我,绝望之际,只听"叮"一声,莲花上方隐现一点荧光,淡绿、抑或褐色的荧光,旋起旋灭,余光霭霭,归于寂无……

时间是凌晨两点钟。我再也没有了睡意,放在床头柜上的手机突然屏幕亮了起来,我指尖一划,迅速拒接,是徐慎打来的电话。徐慎半夜给我打电话干吗? 我一肚子疑问。

徐慎约我在废弃的水塔,说有要事见我。

五

下弦月还在,钴蓝色的月光落在废弃的水塔、低垂着头颅的向日葵们,以及陵园内那些爬满野草的坟头。新坟前的墓碑依然没有字迹,还是一片空白,极为突兀的空白,单薄而忧伤的白,似乎,指尖稍一碰触就会碎裂一地。我久久地凝视着那座新坟,有一种熟悉至极的感觉袭上我的心头,仿佛,那坟里葬着的是我,或者我的一部分。

雪亮的车灯刺破黎明前的夜。我凝神细看,竟是前几天我看到的那辆白色救护车! 奇了怪了,这辆抓捕逃跑神经病人的救护车怎么跑到了这里?

救护车停在废弃的水塔前,但没有关闭前大灯,那两朵雪亮的灯光就像横扫一切的利剑。走在前面的是徐慎和一名身穿白大褂的医生,跟着的狗竟然是金毛蝈蝈! 我惊叫一声:

蝈蝈!

蝈蝈胸腔里蠕动几声低吼,想要靠近我却又惧怕的样子,在我身边蹲下,坐卧不宁,"哈哈"地吞吐着粉红色的舌头。我心里一阵难过,搂着蝈蝈毛茸茸的大脑袋:

蝈蝈,宁远呢? 宁远去了哪里?

蛔蛔匍匐在我脚下，充满忧伤的大眼睛不敢看我，呜咽有声。

徐慎递给我一根香烟。我叼在嘴角，并不点燃。徐慎缓缓吐出烟雾：

小丁，一切都结束了，咱们回去吧！

我依然叼着香烟，一头雾水：

徐慎，什么意思？什么一切都结束了？我跟你回哪儿去？

徐慎的眼睛隐在蓝色的烟雾之后，莫测高深：

你从哪儿来就回哪儿去。

我不是傻子，联想到目前这一切，我瞠目结舌：

徐慎，你的意思是？

我掏出手机给陈陌打电话，只要陈陌出现，一切都会不攻自破。话筒里却传来"您拨打的号码不存在，请核实后再拨"……

拨了几次都是这样的结果，我看了一眼徐慎，他没有言语，把手机递给我，我又把那组烂熟于心的号码拨了一次又一次……

手机跌落，我心碎欲裂，痛苦使我手足无措，痛苦更像一枚钻头，在我体内旋转着，反方向钻，又正方向钻……

徐慎挟着香烟的手指指向那座新坟：

宁小丁，你老婆就躺在那里。

胸腔里传来破裂的声音，我再也站立不稳，趔趄着，捂着胸口蹲下。

从救护车上又下来两个戴着口罩拿着麻醉枪的大夫，瞄准我。徐慎冲他们摆摆手，但他们并没有收起麻醉枪，依然瞄准我。徐慎还是没有言语，丢给我一个密封袋：

密封袋里竟是我苦寻未果的钢丝钩，还有我曾经用过的钥匙扣、钢笔之类的小物件。

一直没言语的白大褂说：

这个钢丝钩是在案发现场发现的。这些贴身小物件我不说你也知道。

我什么都不想多说，凄然一笑：

让我到她坟前待一会儿。

起风了，风从废弃的水塔而起。下弦月早已隐去，夜空漆黑一片，东方贴近地平线的地方已经有了一线如剑似的亮光。我在前妻坟前躺下，火热的脸颊紧紧贴着无字的墓碑，风势见长，有了横扫一切的力量，耳畔隐隐传来撕裂声，废弃的水塔在大风中摇摇欲坠。

我就像异军突起的猎豹，"咣当"一声撞碎黑暗，向着摇摇欲坠的水塔飞奔而去，就让我和我的谵妄，还有这废弃的水塔，在这黎明到来之前一起毁灭吧！

我感觉背后一麻，踉跄着摔倒，"轰隆隆"一声，废弃的水塔訇然倒塌，只听

徐慎惊呼一声：荧光！

　　我的视线逐渐模糊，耳鸣似千万蝉鸣，失去意识的瞬间，只见三两点黄褐色的荧光闪现，有更多屁股闪亮的萤火虫从弥漫的尘土中飞出，盘旋着，盘旋着，经久不散……

原载《辽河》2021年第6期

曾　棠

贵　人

俗话说：人若没有贵人相助，是条龙你也只能在浅滩扑腾。

直到两年后，林子禾升迁调走，再两年后锒铛入狱，杜超凡都没有弄明白：这林县长算不算自己的贵人呢？

杜超凡善画，精于花草，并且追求作品的含蓄，在小城也算得上一个家喻户晓的文化人了。

杜超凡是国家恢复高考后第二年考上大学，走出八百里黄河故道的。四年后他毕业于国内一所知名的高等艺术院校。那些年，大学生是香饽饽，国家包分配，走出大学校门就成了国家干部。尽管超凡不善于官场奉迎，但他还是沾了那个时代的光。好多人投机取巧弄到的一张假文凭，都成了升迁的资本，何况超凡这样名副其实的名牌大学生呢？到了不惑之年，也有幸加入了局领导班子的队列。

没当上领导之前，倒也没什么，一旦职务在身，竟然有了一种居高临下的自豪感。可是，好景不长，仕途出了变故。

也许是超凡的书生意气太重，在他的意识里，根本就没有曲径通幽这个词，处理问题就像竹筒倒豆子，直来直往，有啥说啥，不知道照顾一下别人的感受，这种性格根本就不适应官场上的尔虞我诈。于是，整天昂首挺胸进进出出的杜超凡，就成了某些人眼中的"另类"。

这姓杜的也真是太清高了吧。

像他这样目中无人，我行我素，怎么能做到团结群众呢？

得治治他的这种傲！

就这样，不了解官场潜规则的杜超凡，在进入局领导班子不到两年时间，就被犯了错误，从副局一撸到底，成了什么也不是的调研员。

这一年，杜超凡四十三岁，心高气傲的年龄啊！

被解职的杜超凡气愤不过，这里找，那里访，甚至还跑到县长的办公室申诉自己不公正的待遇。可他找归找，访归访，县里市里的领导见了不下数十次，终究也没有讨回来一个结果。

妈的，爷还不和你们玩了呢！

杜超凡在经过一番痛定思痛之后，竟然心大亮宽起来，他冲着钩心斗角的官场鄙视地一笑，回家了！

自从四十三岁离岗，到现在也快十年了，杜超凡再没有踏进过单位的大门半步。

杜超凡虽然不再上班了，但工资是一分钱也不会少拿的，因为他的身份还是一个国家干部，身份编制还在单位挂着呢。

这样的人，不少。

再不用因为那些表面上阿谀奉承、背地里却是使绊子的官场提心吊胆了。杜超凡终日赋闲在家，有了充足的时间，就把自己大学里学的专业重新拾掇起来，潜心揣摩作画。还别说，几年下来，还真是见了成效呢，超凡的画技直线上升。

在杜超凡不大的书房里，四面墙壁挂满了自己的习作，有原创，也有临摹。没有灵感了，他就面壁沉思，用心勾勒花草虫鱼，或者是梅兰竹菊。有时候烦闷得很了，就一个人出门走走。近的地方是顺河公园，他一边浏览河边戏水的垂柳，一边培养灵感构思作品，思索着如何才能让自己的作品更加地深入人心。

每每这时，超凡就完全沉浸在了一种超然脱俗的境界之中。在他的眼前，花儿开了，草儿绿了；虫儿在蠕动，鱼儿在嬉戏……只有这一刻，杜超凡的思想才真正进入了一个超凡的境界。

有时候呢，他也会走得远一些，那就是上京下卫了。在北京天津，大学的同学多着呢。他既散了心又叙了旧，还通过同学的引荐，拜访了一些文坛画界的名流泰斗。这些文化艺术界的前辈们，每个人都有很多很多的弟子在政界任职，好多事情经过他们的通融，办起来顺利得很。在得知超凡受到不公正待遇后，老前辈们勃然大怒，拍案而起，纷纷对超凡的遭遇深表同情，击鼓喊冤。

前辈们发过一通感慨之后，便纷纷开导超凡，劝他耐得住、忍得下，才能成就大事。有的前辈还赠送超凡一些作品，以示慰藉。

在杜超凡的书房里，就醒目地悬挂着一幅行文豁达、意蕴超然的草书：

淡泊高雅，宁静致远。

几个大字看上去空灵飘逸，实则苍劲有力，彰显着一种内在的阳刚之美。落魄的杜超凡常常当着一些朋友的面，自豪地说：这是前年去北京，汪老师送的呢。

汪老师?

对,汪老师。

知道知道。大家纷纷对杜超凡表示出另一番敬佩来。汪老师乃中国文化界的泰斗,不仅书画自成一派,而且小说散文也造诣匪浅,独树一帜。

来找超凡切磋技艺的朋友们,听了超凡的话,再看那字,果真就看出了一种深藏其中的不凡来!每当这时,杜超凡心里窝憋很久的那一脉怀才不遇的情愫,似乎才得到了一丝慰藉,继而在他那越来越深沉的眼神里,便闪烁出一道让人捉摸不透的城府来。

朋友们对超凡羡慕不已,纷纷央求:杜老师,抽时间一起再去趟京城呗,也找汪老师求一纸墨宝,或者美文。

超凡听了,顿时黯然神伤,摇摇头,然后一声长叹。

咋了?朋友们大惑不解。

汪老师已于春天作古了!

朋友们听了,一片唏嘘。

超凡的这些所谓"朋友",多是一些凭着爱好进入小城艺术圈子,既没有社会地位也没有坚实后台的凡人。但是,也有几个人在一些不重要的单位担任着不主要的领导职务。还有几个年轻的后生是慕名而来的。超凡与这些人虽然谈不上是至交,但也有三五个人颇能聊得到一块儿,见了面也不客气,该吃时坐下就吃,有么吃么;该说时从不避讳,毫无遮拦。在杜超凡看来,这才真是印证了文人"君子之交淡如水"的高雅呢。

杜超凡远离了官场,卧薪尝胆也好,忍气吞声也罢,每日潜心理论,研习创作,每年都有一批作品刊于省内外报刊。去年,几个要好的大学同学操持,让超凡参加了省里举办的"庆中秋、迎国庆"画展,反响不错,一下子提升了杜超凡在省级文艺圈里的名气,画作竟然卖出了回头钱,并且从目前来看,价格还有上涨趋势。

杜超凡从心理上得到了安慰。幸亏自己远离了官场,心灵清静下来,才能每日里潜心作画。假如自己这些年仍然置身官场,压力那么大,说不定早就抑郁缠身了呢,还哪里再提学业!

可是,林子禾的出现,就好像是平静的水面上被投进了一颗石子,在杜超凡的心里泛起了一圈又一圈的涟漪。尽管那涟漪波浪不大,却也在一下一下地撞击着杜超凡的心。

那是初秋的一个上午,杜超凡一个人正在家里潜心打造一幅《深山觅踪》图,忽然,"嘭,嘭嘭,嘭,嘭嘭",有人敲门。

超凡极不情愿地放下画笔,走出画室,一边颇不耐烦地问着:哪位啊?一边

迫不得已打开了院门。

是一个文质彬彬的人，瘦高个儿，戴眼镜，年龄在四十岁左右。

您找谁啊？杜超凡上下打量着来者，问了一句，有些心不在焉。

请问，您是杜超凡杜老师吧？

看到来人十分诚恳、彬彬有礼的样子，杜超凡只好将其让进了家里。

落座后，来人摘下眼镜，自我介绍说：我叫林子禾，喜欢收藏，在省城参观过杜老师的画展，尤其喜爱杜老师的花草。这次借来小城之际，特来拜访杜老师。

见这个叫林子禾的人如此尊崇自己，杜超凡心生感动，竟有了相见恨晚之意，便沏上一壶铁观音，两个人聊起来。谁知，由于家人不在，无人提醒，两个人竟一直聊到了过午，超凡的肚子里"咕噜咕噜"乱叫，这才"哎呀"一声，意识到自己忽视了时间，竟有些不好意思起来。

林子禾见状起身要走，杜超凡哪里肯让，亲自下厨做了两个菜，又翻找出藏了很久的一瓶"齐云春"，两个人推杯换盏，你来我往，又海阔天空地接着聊起来。

几杯酒下肚，杜超凡才知道，这林子禾是刚刚调来小城任职的副县长，分管文教卫生。超凡的心里"咯噔"一下，思忖起来：县里新上任的领导，来我这寒舍是何目的啊？

有了疑问，超凡再说话就不像刚才那样肆无忌惮了。林子禾好像意识到了超凡的变化，也不点破，依旧畅谈自如。

酒足饭饱，杜超凡小心翼翼地说道：酒孬宴差，还望林县长多多包涵啊。

林子禾笑笑，说：杜老师真是太客气了。等我安顿下来腾出时间，一定回请杜老师。

哎呀，回请，我可担当不起啊！杜超凡有点受宠若惊。如有机会能得到林县长抬爱，也算是超凡走了红运呢。

林子禾笑笑：杜老师您真是太谦虚了。

临走，林子禾问杜超凡：可否求杜老师一幅作品，回去观赏。

见县长开口了，杜超凡哪能拒绝，认真地挑选一番，把自己认为比较满意的那幅《平原落日》双手捧送给林子禾。

林子禾接过画作，再次谢过后，转身走了。

杜超凡一直送到门外，看着林子禾上了路边停放的一辆黑色的小车。

回到书房，超凡的心却翻江倒海起来。

五天以后的一个周日上午，杜超凡果真收到了林子禾差人送来的一份请束，说是有几个朋友想认识一下杜老师。

杜超凡有些不知所措，拿摸不准去还是不去。来人见超凡犹豫，便笑着说：

杜老师,我可是在林县长面前打了包票的。

杜超凡这才赶忙换了一身穿得出门的装束,跟随来人上了一辆黑色的奥迪车,朝着繁华的闹市区驶去。

县长请客,并没有选在小城有名的杏林大酒店,而是去了城郊一处特色餐馆。共五个人,除了林子禾外,一个商界的人,长得肥头大耳,像一尊弥勒佛,超凡不认识,另两个是杜超凡原来的下属,现今的局领导,他们和杜超凡好几年都不相往来了。

几个人见杜超凡进来,纷纷起身让座。两个局领导望望林县长,再看看杜超凡,好不惊讶。杜超凡也是一阵惶恐。

一番寒暄后,杜超凡被让到主宾位上。

坐在副主陪位置的那个商界朋友,在征求了主陪的林县长同意后,便朝外喊道:服务员,上菜!

宴席那个丰盛啊,疼得杜超凡心里直打战!

菜上齐后,林县长轻咳一声,微笑说道:

今天邀几位来呢,说是闲聊也行,说是答谢杜老师也不为过。子禾希望在座的各位,今天都要放开量,尽兴吃好喝好,尤其是杜老师!

一时间,大伙儿轮番把盏,边说边聊,好不热闹。可杜超凡的心里始终在嘀咕:这林县长葫芦里到底卖的什么药呢?请自己吃饭有何目的?难道真的就是为了自己的那一幅画不成?不至于吧!

因不明就里,杜超凡燥乱的情绪就通过面部表情一点一点地流露出来。

紧挨着杜超凡下首的一个局领导看见了杜超凡的变化,心中百思不得其解:这老杜和新来的县长到底什么关系呢?口里十分关切地问道:杜局……杜……杜老师,您,怎么啦?

没事,没事,杜超凡连声应着,心里越发惶惶不安,这林县长如此兴师动众,难道真是出于对人才的关心不成?呵呵,你杜超凡不过是一介落魄的小吏而已,算得上哪门子人才啊?杜超凡随即就推翻了自己可笑的想法。

酒席之间,林子禾似是有心似是无意,多次问及杜超凡的经历。见县长如此关心杜超凡,两个局领导竟半是道歉半是自责地安慰起杜超凡来。

杜超凡哪里有过如此被人敬重的场景啊!尤其是自己原来那两个下属的表现,越发使杜超凡不知所措起来:人家领导既然这样看重自己,自己也应该表示表示诚意,回敬一个酒才是啊。

想到这些,杜超凡摇摇晃晃地站起来,他想敬林县长一杯酒,可屁股刚一离开座椅,就被身边那个原来的下属给摁了回来。

杜……局……杜……杜老师,你没事吧?

被重新按在了座位上的杜超凡，这时候已经有点飘飘然了。被人按着，半点也动弹不得，他只好身不由己地寻思道：这回敬领导的形式，是无论如何也要表示的。

寻思着寻思着，杜超凡突然就觉得自己这几年过得太憋屈了：快十年了，当初的下属都成了领导，可自己却是硬硬地给排挤了出来。这几年，虽说自己在省市艺术圈子里小有了一点名气，可毕竟自己是生活在这个远离繁华大都市的小县城啊！俗话说：树活一张皮，人争一口气！要是自己在职，搞专业的儿子能去做北漂吗？唉！

想到这些，杜超凡心里的委屈争先恐后朝外涌，他再也控制不住自己的情绪，号啕大哭起来。

众人见状，面面相觑，不知所措。

那天是怎么回到家的，杜超凡一点都不记得了。

大概是又过了一周吧，那是一个风和日丽的好天气。杜超凡一早醒来，就觉得浑身轻松，心情舒畅，好久都没有过这样的心情了。他起床后在院子里跑了两圈，吃过早饭，老婆上班走后，灵感就一点一点地形象起来，赶忙调好笔墨，展开画板，他要把自己这段时间的心情毫无保留地表现出来。可他刚刚拿起画笔，桌上的电话突然响了起来：

丁零零，丁零零……这电话可是有些时间没响过了啊！

杜超凡怔了片刻，最后还是抓起了话筒。

喂，哪里啊？请问你找谁？

电话是局办公室打过来的，说是县里昨天下了一个红头文件，任命杜超凡为副局长，分管文艺创作，让杜超凡即刻来局里报道。

啥？这一次，杜超凡是真的不知所措起来。

落魄都快十年了，自己也曾数十次找过领导，陈述自己的冤屈，可是，每次都被领导反复安慰，劝来劝去，让他回家等，次次都是泥牛入海，等得杜超凡心里都茫然了，再也没有了等下去的"奢望"，可这突然……

就这样，杜超凡在遭受排挤离岗近十年之后，在林子禾县长的关注下，官复原职了。

或许是仕途的转机让杜超凡有些应接不暇，或许是其他原因，杜超凡复出后，竟然好长时间再没有新作问世，偶尔画出一幅连自己都不满意，也就没有拿出去发表，更别说获奖了。尽管如此，杜超凡也经常与林县长电话沟通，交流思想，汇报工作，探讨技艺。每出一件新作品，杜超凡都要邀请林县长前来点评，然后两个人推杯换盏，交流看法。每次酒足饭饱之后，林子禾都会索要杜超凡的一幅画作藏为己有。

　　两个人就此成了莫逆之交。

　　两年之后，林子禾交流工作结束，升迁调走。杜超凡在送走林县长回来的路上，心情十分落寞，回到家里，躺在床上，理顺了半天也没有理清自己与林县长的关系。

　　又是两年过去，杜超凡工作平平，专业渐渐地淡忘了。一天，忽然传来林子禾在省城被查的消息。

　　杜超凡大吃一惊。

　　然后就是林子禾锒铛入狱。听说，专案组在林子禾的家里查出的现金并不多，让人意想不到的是，竟然翻出了满满的两大箱子画作。

　　杜超凡愣了。

　　他琢磨了好长时间，怎么也弄不明白：这林县长到底算一个清官，还是一个贪官呢？

　　他怎么就成了自己的贵人呢？

原载《聊城文艺》2021 年冬季号

张敬军

护坡——马颊河记事之七

　　大河湾村里出了"造反派"，要批斗"当权派"白丁玉。

　　批斗会台子搭好了。四个柱子支起凉棚，凉棚两侧棚席上贴满了标语，凉棚正中桌子上扣放着一顶纸糊的高帽子，高帽子上头写着白丁玉的名字，名字上打了红叉。

　　批斗会还没开，瘸子来了，歪歪趔趔地。瘸子手里拿着一把明晃晃的杀猪刀，两眼血红，浑身酒气。瘸子上来二话不说，先把桌上的帽子摔到地上，一脚一脚地踩，接着动手撕标语，标语被他撕扯了一地。他又把杀猪刀衔到嘴里，双手搂住棚柱子，来了个倒拔垂杨柳，柱子埋进土里有一尺多深，硬生生让他拔出来，又用膀子猛一扛，呼啦，棚子歪了。瘸子拍拍手上的土，又把杀猪刀拿到手上，在空中比画着，扯嗓子喊道："谁敢批斗白丁玉，我让他白刀子进去，红刀子出来……"

　　还别说，这场批斗会硬是让这个杀猪出身的"劳改犯"给搅黄了。村里都知道瘸子是个恁人，偷了生产队里的驴，蹲了几年监，出狱后长本事啦，这回总算是放了一个响屁。

　　运动一过，白丁玉还是当他的村支书，大背头又留了起来，还是梳得油光锃亮，瘸子仍是鞍前马后地伺候着。

　　生产队里农活闲下来，瘸子还和从前一样到马颊河里逮鱼，到坡上套兔子，蒸好了，煮好了，炖好了，请白丁玉到他家里来喝酒。瘸子媳妇刘香枝对白丁玉不冷不淡。白丁玉装作没看见，从怀里掏出一瓶酒，往地桌上一蹾，他和瘸子两人一喝半夜。

　　瘸子把白丁玉家里地里细细碎碎的活儿全都包揽下来，挑水、扫院子、淘茅厕、出猪圈，有人一大早还瞅见过瘸子给白丁玉家倒尿盆！

　　每天一早瘸子给白丁玉家挑水成了街里的一景。瘸子走路不利落，挑满两筲水,走起来更是摇摇摆摆,撒出来的水溅在街道上,斑斑点点,活脱脱画出一条弯弯曲曲的龙。老娘们捂着嘴笑,孩子们不管不顾,跟着瘸子在后头喊:

瘸子担钩担,

一步三呼扇。

担了两满筲,

到家成一碗⋯⋯

一天,丁玉把瘸子喊进屋里。

"往后别再挑水啦,人家笑话!"

"我愿意,笑话啥?"

"你天天在街里头画龙,笑话啥?笑话你瘸,笑话我瞎!"

"⋯⋯"

白丁玉发给瘸子一杆红缨枪,让他去护青。护青就是看护青苗,管好各家各户散养的猪羊,别啃生产队的庄稼苗。瘸子把红缨枪拿在手上,双手一搓枪杆,枪头闪闪放光,鲜红的红缨子扑扇开,像展翅欲飞的鸟。

瘸子把红缨枪拿回家,香枝一脸的不高兴。

"他这是磕碜人哩!全村好胳膊好腿的人那么多,偏偏让你干这活儿,明摆着让你去得罪人。你是能追上猪啊,还是能撵上羊!"

瘸子不管这些,兴冲冲地上岗啦。

忙活了一天,晚上瘸子回家睡觉,还把红缨枪放在床头。香枝还是没完没了地嘟噜他。瘸子说:"有了这红缨枪,我腰杆子硬!"香枝说:"硬!我看你有多硬,吹灯,睡觉!"煤油灯就在香枝床头旁,瘸子听清了,急忙从床尾爬起来,从香枝身上爬过去,噗,一口气吹灭了灯⋯⋯

二大娘骂街,站在屋顶上。二大娘是个寡妇,可不是善茬,惹不起。

"你个驴揍的!"

"你伤我家的猪!"

"它是拱你家的白菜心啦,还是嚼你的萝卜头啦!"

"你就当狗腿子吧!"

"你管猪,管羊,你咋不管好那只偷吃嘴的狗啊,你家的篱笆都让它钻烂啦⋯⋯"

香枝从被窝里一脚把打呼噜的瘸子踹醒。

"谁得罪二大娘啦?"

"是不是你伤了她家的猪?"

"你就这样让她胡骂烂嚼!"

"今夜风大,她骂的都让大风刮走啦!"瘸子迷迷瞪瞪地说。

"瘌子啊瘌子，你个怂包软蛋，我咋就跟你守了这么多年！"

香枝说完，扯过被子蒙上头。瘌子觉着了，香枝的整个身子在抖。

大河湾村西头那棵老榆树下建了一座磨面坊，可不是"一风吹"，磨面坊的磨面机能把面粉和麦麸分开。村里人没见过，新鲜，刚建好时都跑来看稀罕。村里会计胡七在那里主持着，找了个帮手是村里的小哑巴。别看小哑巴不会说话，猴精，手脚麻利，眼里有活儿。磨坊也不是天天开，有人去换面，有面你驮走，没面你第二天来，夜里加班也给你磨出来。小哑巴有了这个活儿，就是脏点儿，累点儿，大家还都羡慕得很。这不，有人给小哑巴说媳妇了。都说支书白丁玉办了件行善积德的事。小哑巴的爹娘感激不尽，小哑巴更不用说，闲时就往白丁玉家跑，大活儿小活儿抢着干，挑水扫院子就更用不着瘌子了。瘌子很失落。

瘌子又到坡上去套兔子，到马颊河里去撒网逮鱼，蒸好了，煮好了，炖好了，请白丁玉来喝酒。刘香枝也不再怠慢，提茶倒水地忙活着。

春忙过后，白丁玉又给瘌子安排了一个活计，去看管生产队里的菜园子。

菜园子就在村后，从菜园子的井台上远远地能看见瘌子家的后窗户。从早到晚瘌子在菜园子里忙碌着。翻地，耙地，封畦，起垄，点种，架秧，施肥，浇水。反过来倒过去就他一个人，还好，反正瘌子不喜和人说话，倒独享了这份悠闲自在。

菜园子要浇水，浇水分浇"明水"和"夜水"。"明水"就是白天浇水，白天太阳毒，地温高，水温低，容易伤根伤苗。"夜水"就是夜里浇水。晚上地温低，与井水温差小。晚上灌满一垄水，等到天明，太阳出来了，水也耗完了。地里温润暖湿，正适合瓜菜生根，保花，膨果。

瘌子喜欢晚上浇园子。他把驴从牲口棚里牵来，套在水车上，给驴遮上捂眼儿，朝驴腚上轻拍一掌，驴就一圈一圈不紧不慢地拉起水车来。水车哗啦哗啦响，井里的水从铁簸箕里突突往上冒，窜出一个大水花，像一只倒扣着的碗，汩汩地淌进垄沟里去了。

月亮天，香枝也会端着洗衣盆到菜园子来，在井台上凑着井水，就着月光洗衣裳。月光如水，倾洒在香枝身上、发髻上、洗衣盆上、手上。洗衣盆里被香枝揉碎的月光细波粼粼，那双湿漉漉的手那么圆润、纤长。

香枝在轻声细唱：

月娘娘，明晃晃。

开开门，洗衣裳。

洗得白哟浆得白，

黑黑白白贴墙上——

……

"好听。"瘸子说。

"好听又不是给你听的！"香枝说。

"给谁听的？"瘸子问。

"给驴听哩！"香枝答。

……

瘸子的烟袋锅一明一灭。再往远处看，园子里已是白茫茫一片……

秋天，菜园子净了园，瘸子又倒茬种上了萝卜、芥菜、大白菜，这时坡上的庄稼也陆续成熟了。

白丁玉让瘸子去护坡，瘸子不愿去。香枝劝他："叫你去你就去吧，在哪里不是睡觉啊！坡上嘹亮，睡在庵屋里，南风北刮，倒还凉爽舒服哩！"

夜里虫声唧唧，黑魆魆的玉米地一眼望不到边，风一吹飒飒作响。不远处几棵孤零零的高粱在星光下摇头晃脑地与瘸子对峙着。庵屋里蚊子多，瘸子睡不着，拿起手电筒，扛起红缨枪，强打着精神去转转。一只什么鸟从头顶倏忽飞过，给瘸子吓了一跳……

这天夜里，瘸子迷迷糊糊睡着了，迷迷糊糊听见香枝喊他"吹灯"，瘸子醒了，坐起来呆呆地看天，庵屋外满天的星星。

瘸子嘟囔着骂了一句："去他奶奶的，回家！"

瘸子做贼样偷偷摸摸回到村里，走进院里，叫门。香枝窸窸窣窣地穿衣服，点上灯，开门，一脸的惊恐。

"你咋回啦？"

"倒北风了，我回来拿件棉衣。"

"叫你去看庄稼，你深更半夜往家跑，让人看见，不是偷也是偷，别忘了咱可是有前科的人！"

"我拿件棉衣就走。"

瘸子走进里屋，打开手电筒，找棉衣。临出门走，他嘱咐香枝："别忘了把大门闩上！"

白丁玉家要杀猪。白丁玉家养了一头大白猪，小耳朵，长嘴叉，浑身没有一根杂毛。村里没人见过这么干净俊朗的猪。这头猪白丁玉养了两年多。头一年有人劝他杀，正长哩，他舍不得，又养了一年。现在临近年关，不杀不行了，这头猪已长得膘肥体圆，喂不进食了。村里没人见过这么大个头的猪，有人说这猪有五百斤重，有人说八百斤，还有人说得更邪乎，说它千斤不止！

听说白丁玉家要杀猪，瘸子头几天就准备了。他把家里那套杀猪的家什拾弄出来，该擦的擦干净，该磨的磨明晃，单等白丁玉请他去杀猪。可等来等去，没人请他去杀猪，倒听说白丁玉请来了公社食品站的熊站长。那熊站长瘸子认

识，满脸的横肉上长满了一层糟疙瘩，看着就恶心，可白丁玉偏偏请他来杀猪。

杀猪那天，村里人都去看热闹。瘸子不去，在家生闷气。瘸子嘀咕着：你家的猪是大，可别当人不知道，村西磨坊里的落地面，整麻袋整麻袋的麦麸子，小哑巴夜里可没少往你家捣鼓，你家猪吃的比人家人吃的都好……

天黑透了，瘸子感觉家里有点儿闷，出门走走，走着走着就走到了白丁玉家门前。白丁玉家院子里吊着一盏汽灯，在门外就能听见汽灯"嗤嗤"地响。汽灯照得整个院子、屋子、院里院外的树，通明。瘸子朝院里瞥了一眼，看见门扇大小的两扇猪肉吊挂在架子上，小哑巴正忙里忙外地拾掇着，满地狼藉。瘸子没停留，闪身过去。听见白丁玉家堂屋里有人喝酒，乱哄哄的，浪言浪语从后窗里传来。

"村里有杀猪匠，你还偏叫我来，这又吃又喝的，还让你破费。"粗声大嗓的，是那"糟疙瘩"。

"你说的是瘸子？我这头猪从小到大养了两年多，好吃好喝地伺候着，养得白白胖胖的，像个胖娘儿们，让他来，在白生生的脖子上给捅个血窟窿，他也得配啊！"白丁玉说完自己笑了，其他人也笑了。

"今天在院子里看见瘸子媳妇啦，这小娘们儿倒是越来越水灵啦，真可惜一朵鲜花……""糟疙瘩"没把话说完。

"一朵鲜花插在牛粪上啦。"接话的是会计胡七。

"熊站长有所不知，这些年要不是丁玉哥给滋润着，就那滩干牛粪，她刘香枝多水灵的鲜花也蔫败啦。"说话的还是他胡七。

大家又是一阵浪笑。

"胡七你喝醉了！别听他胡说八道，没有的事！没有的事！喝酒，喝酒……"

第二天是颊河镇大集，这是年前的最后一个集，是年集。白丁玉家的两扇子猪肉没用去赶集，一大早村里人就排着队给抢着买光啦。

瘸子没去，他也不让香枝去。

瘸子去赶集买肉。集上买的卖的，籴的粜的，放烟花的，点鞭炮的，热闹。瘸子无心凑热闹，直奔肉市，可还是晚了。有肥有瘦的肋条肉早卖光了，就是瘦多肥少的前肩膀和后臀尖也卖完了，剩下的就是些血糊糊的脖子肉啦，瘸子相不中。摸了摸兜里那几个钱，找了个僻静旮旯儿里喝酒去了。

香枝在烧火做饭，见瘸子回来，两手空空，醉醺醺的，也没理他，把风箱呱嗒呱嗒拉得山响。瘸子醉眼迷离，进屋看见自家案子上放着一块猪肉，一块好猪肉，是上好的二刀腰窝，看那肥肥白白的肉膘子有一拃多厚。瘸子眨了眨眼，走近又看：

"哪来的肉？"

"哑巴送来的。"

"谁叫哑巴送来的？"

"你问哑巴去！"

瘸子咽了口唾沫，一跺脚。

"咱不吃他这肉，给他送回去。"

"要送你去，我不去！"

瘸子拿起那块肉摔在地上。

"咱不吃这肉就不能活啦！"

香枝捡起那块肉，吹了吹沾上的土，又放回案子上。

"吃了这肉还能噎死你！"

瘸子走进里间屋，拿出那把明晃晃的杀猪刀。香枝一脸惊愕，起身向灶台后头躲。

"瘸子，你狗日的要干啥！"

"这，这肉上有块骨头。我，我替你剔下来。"

……

原载《聊城文艺》2021 年春季号

诗　歌

阿 名

初冬,她把植物园藏进奶酪(组诗选五)

给予假发的修辞

晚饭后,她躲进镜子
摘下不属于自己的上半部
那被高高举起的富有美学的黄昏

然后练习发声,轻松地剪掉修长
和体内布满铁屑的暮春
空泛的木质,像一个人给过去赋予了整个森林

她只是熟悉于认识放牧
修道院的牧场
埋过葡萄酒,同样也醉过夜光杯

北 湖

"野鸡,野鸭,灰斑鸠
鹭鸶,喜鹊,白头翁"

"你不在,水底总会传出莫名的响声
芦苇不能确定何时从水面探出身子"

"银河分出若干细枝,先于我掉进湖的中心
星夜安于寥廓,出逃者回归孤独"

"不可视,和沿路高居的榉树对峙
一切在缩小,像殉道夫,献出心脏"

小澄家

她把植物园藏进奶酪。
白色的积雪,紫色的裙裾,咖啡色的咀嚼。
这个阴霾聚集的初冬,一切都有最好的预料。
体态各异的容器光滑地露出弧线,
细小的筛网笼住微甜的味道,非分之想难以掩饰。
两个省份还没有分出足够的夹层,
早课的钟鼓声斜斜的,缠绕适宜的黏稠。
水流趋于平淡,晨霭间的天桥通行不便。
面包糠和葡萄酒,小城市和魔术师,
在紧邻广场的空泛地带,
演绎另一场熟知的失控。
时间带来的迅速膨胀啊,她咬破止疼片的外衣。
来自体内的毒素经过烘焙,
使所有的美妙复活。
十二月,云端筹划更为模糊的镜像,
不具名姓的生死同样有了无限的可能。
猫科类知道自己的期限,先于她,
先于植物,先于甜品,生出焦灼的斑点。

植物园

白色的花瓣是不是像某些人的
面相?分不清是涂了釉彩
还是打不开的盒子突然放出来几只
没有声息的野猫。羽毛一摇一摆
像是花粉互相暧昧,发出复合的气味
她们坐下来,在向阳处合上书本
"秋季,河水收敛,植物园在河坡泛滥"
所有想到的事物还有机会
母亲的曼陀罗,三姐的牵牛花
二奶奶的灰灰菜,外婆的地瓜秧

连带从未谋面的亲人们久居远方的躯壳
连带被炙烤得不成其形的夜游者
回来,回到它们的出生地
她们扎下根须,接通每一个象形
无形的文字,接通每一处在暗夜飘荡的
汀渚。接通平坦,接通光

流浪猫

院子里瓦砾散落,柿子树已经
将周遭的一切休养成一个封闭的国度
她将内脏仅存的温度掏出来,也掏空了整个墙角

母亲走后,她是家里唯一的活物
时不时从屋脊长长的阴影跑回来,弄出一点动静
像是吓唬自己,也吓退四处游荡的夜游神

风高月黑夜,她迅速地钻进窗棂
熟练地趴到坑沿上干咳。母亲在的时候
会咯血,会将一地的月光咳出红晕

原载《聊城文艺》2021 年夏季号

翠 薇

诗二首

大雪封门

1

雪地上脚印杂乱，直行的，弯曲的
伸向远方或者在原地打转

这都是足迹或者灵魂的途径？

明天和今天一样
长满秘密，我们拥有天然的密码

2

大雪掩埋沟壑　罅隙　裂缝
人间看起来如此完美
连博尔赫斯分岔的小径
也暂时不见

从今天开始，世界回到鸿蒙之初
让我也从今天，从零开始

忘掉边界重新生活
抹掉所有曲折和离奇

3

我需要每年都有一场两场的雪
让我白头和轻捷
我需要每年都有一场两场雪的纯净
装饰梦游之境
我需要每年都有一场两场雪的清冷
让体内昏睡的局部迅速清醒

我愿在这明晃晃的背景里
与有趣的灵魂相撞，气味相投
共同打开手中的诗篇

4

一粒最小的雪也有锋利的光
可以切割或者映亮

人间丰俭由己，你如果愿意
宁静和欢愉可以随身携带

我们喜欢的迎春　迷迭香　薰衣草
旋转成各种形式
一闭眼，都是绽放
这并非虚幻，一切都在路上
我们只需要像雪一样
保持单纯和清洁

5

博物馆门前
两只白鹤身姿优雅　叫声悠长
纯净的翎羽
被固定在了一片青铜之内
是一场大雪将它解放

博物馆内的陶　绢　瓷　纸　木

在历史深处端坐了数千年
看见今天大雪封门
竟然跃跃欲试,想要轻盈转身

6

大雪会摆平所有过往
一切尖锐　粗钝
一切让人心疼的,心跳加速的
此时都可以忽略不计

站在天堂的庭院
有一个制造这场纷纷扬扬的神灵
我们也可以
将内心的大雪泼洒
让世界十天十夜　大雪飘飘
对旷野　山岗　河流,不要任何占领
只要,雪花插满头

7

大雪如镜,我心如镜
互为镜像,彼此照映
实体与幻象,可以随意转换和互有

世间诸相,皆为虚幻

感谢大雪封门
带来唤醒和消解

一场大雪把我填满又让我虚空

8

一粒雪的内部
有细密的妖娆和隐秘
路过雪,这是一条必经的

唯美主义、浪漫主义之路

原野里无论干枯或者衰败
都蕴含着，看不见的包容和隐忍

房间内灯光浅黄
世界允许我们，微醺

原载《山东文学》2021 年第 3 期

我是被厚爱的

一大早，停在树下的车顶上落满槐花
我的喜悦无法言表
像个得到奖赏的孩子
望着突如其来的礼物嘴角上翘
槐花的嫩黄看起来像清浅的微笑
——上帝把车顶当成了花篮

我不舍得拂掉，一朵一朵捏进香囊
头顶的槐花还在继续飘着
有的斜着插在我发际
有的在我裙摆缀上花边
这小小的鹅黄都是祝福
我深深地知道，我是被厚爱着的
感恩上帝暗中送来的礼物

原载《诗刊》2021 年第 5 期（下）

丁占勇

拔节之声（组诗）

春天的深处

她们花枝乱颤，如吹拂不定
使整个世界，愣了一下又一下
发现。枝杈不足以承载着鲜花穿越世界
所有的花朵便倾倒出内心深处的声音

纷纷扬扬
飘零的芳香为每一丝风疗伤

她们是否经历了一场无声的风暴
在桃树上空，又掏了个洞
蚂蚁搬运着苍色的文字
似乎是举棋不定
好像还从这一地的花瓣中捡出星星

青蛙

小河里一片磨砂之声不绝于耳
挤兑的苇草东摇西晃
在这一阵和那一阵之间
偶遇宁静
像一片荷叶有话要说
带着昨晚收藏的星光

还有走散羊羔站在水中
而此时此刻的天空晴朗
我们之间仅隔着一声惊叫
它义无反顾地一跳
"咚"一声
将这个世界上最美好的瞬间
消失殆尽

拔节之声

从土地深处，延伸到庄稼的枝叶
那声沉闷的雷，似乎隐藏了闪电
用一双双翅膀，飞越头顶的时空
内心深处
总是有些根须走动的声音传来
她们骑着白马，有着日出与日落的冲动
凝聚着土地的膏脂，倾吐出咯血的咽喉……

墓志铭

这些麦子已经醮着露水
撰写下卑微的碑文
她们没有选择墓地的理由
藏在坑洼和高坡都是入土为安
这望不到尽头的庄稼地是我的墓志铭
点击这里的链接只写四个字
周而复始如春夏秋冬——很多文字
从种子翻身的声音里显现出来
转眼之间就是一生
有时候也会遇到一道道闪电的根须
摁倒半亩孤僻的文字
一茬累倒了，一茬又接上……

私语

顺着禾叶的滴水而下的星光
与顺着裤管而下的汗水
是同样的方式

有一种习惯叫作幸福
必有一种说法就是辛苦
有一种感觉创新了摇曳
必有一棵庄稼和另一棵耳鬓厮磨
这场谈话时断时续
我好像是听懂了无数次
在月光之下悄悄清点

获第三届"美丽中国·乡村振兴"全国农民诗歌邀请赛三等奖

芸 菲

秋色（组诗）

秋色如画

瑶台玉凤绽放一朵朵烟花
绿水烟波飘渺着香氛如纱
小雏菊热闹又恬静，漫山野菊
切近又悠远，需要用最清澈的眸子
需要沐浴焚香去欣赏

阳光筛过银杏叶子，金黄耀眼
白杨和白蜡树的叶子也黄了
林荫路两旁站满金甲武士
准备打一场注定丢盔卸甲的战役

百万个画家，泼洒百万吨颜料
在田野在山坡挥毫泼墨
黄绿红紫，颜色深深浅浅
构思精巧，透明度饱和度恰到好处
无论哪个角度去看
都是世界名画

秋色如酒

捧起树下落叶，放飞一群黄蝶
蝶儿翩翩，飞入谁的诗句

又顺势挥毫，涂染层层山峦
田野空旷平整，白菜叶嫩
萝卜肥白，麦苗正青
苹果红，柿子黄
浅褐色的霜蜜梨又大又甜

秋色五彩斑斓
在黄栌叶子上燃烧
在晚霞边缘上绚烂
在香透骨髓的日子里绘画
在最古老的酒窖里酿酒
原料是刚收获的大豆玉米地瓜高粱
全部纯天然，最新鲜

秋天举着一个大酒杯
琥珀色的美酒斟了半杯
刚刚好。你只需焚香沐浴
轻启朱唇
一啜微醺，再饮沉醉

秋色如诗

一本阳光筛过的书，打开
一坡油画，一朵黄花
柿子树落光了叶子
枝上的红灯笼轰轰烈烈
杯斜酒醉的诗情漫山流淌

用积水空明般月光里的柔曼
用观音手指上的禅心佛性
用银杏树的灿烂辉煌
构思一首情歌唱给岁月

虫声唧唧是最有表现力的词语
一粒粒闪着月光

赤橙黄绿青蓝紫沿着西风生长
赋成最瑰丽的诗章

冬小麦的尖尖角挑着寒露
大地空旷下来,夕阳落笔成章
故乡在小桥边流水潺潺
篱笆小院一豆昏黄
母亲的炊烟打开儿时记忆
缪斯指尖沾着菊花香

秋色如歌

鸟鸣闪着太阳的光芒
云朵在河水里歌唱
野鸭在白头发的芦苇丛中唧唧
白鹭在暖色沙洲上呢喃
回应大雁的高亢

黄栌的红叶银杏的金黄交替出场
垂柳婀娜多姿的绿绵延流淌
万寿菊和小雏菊在林边灿烂
最后的月季举在头顶上
它们和谐相处,形成彩色节奏
只等着你的脚步把它们敲响

虫声和月光同色
落叶挥动着翅膀
天空被谁涂成金色
又被谁的手擦得分外明亮
季节穿上了最鲜艳的衣服
演奏着一年中最美的乐章

秋风挥洒石榴籽般的音符
铙钹,小镲,提琴,琵琶
钢琴,二胡,风笛,排箫

都在乐池里就位
美声,民族,流行一起上台
所有歌者都放开了喉咙

这些声音色彩不同
杂而不乱,艳而不俗
比奥运会开幕式规模还要宏大
斯皮尔伯格和张艺谋导演不了
帕瓦罗蒂席琳迪翁也无力领唱

你可以大口喘气
呼吸一年中最香甜的空气
你可以穿上颜色最鲜艳的风衣
背上心爱的单反
镜头盖打开,咔咔咔
快门再也停不下
不小心,便将自己摁进曲谱
汇入秋的交响

原载《鲁西诗人》2021年第1期

弓　车

城市写生（组诗）

倒闭的表厂

我曾认为　这座城市的太阳
从表厂东边的厂房升起
落入西边的车间
驭日的羲和或者阿波罗
就是这里的工人了
他们调试着太阳和月亮的快慢
丈量着这座城市的脚步
给自豪上着发条
多么精确

今天我路过它
我看到驾驭时光者已被时光抛弃
我看到废弃的厂房里
布满了时光的尘埃
我看到它的错误就在于
它总想往前走
而且要走得精确无误
我看到分针秒针和时针
现在是三把利刃
在追杀着用泥土果腹的人
和最后的贵族

我看到大门口一位苍老的看守
正把皱纹从脸上卸下来
羲和的鞭子打在我的身上
可我没有向前，没有
我向后走去，就像一枚脱落的分针

一个女孩打开橱窗

不是旧式的，那一块块的木板
渐次卸下。也不是城南旧事中的
姑娘，淡淡的忧伤如槐花飘落
这是大型商场，现代化的橱窗
铝合金折扇泛着银白，如覆了
一地的霜。这个女孩刚从梦里醒来
我宁可相信这一点。她的天真
锁在梦里一半，步出现实一半
在这个秋日的早晨，纤纤的手
将橱窗打开，这个世界也就渐次
露出了真面目，一个个妖魔的眼睛
就此睁开，在她的面前，在我们的
面前，里面陈列着琳琅的商品和
诱惑。我看到纤纤玉手柔若无骨
商场和世界就此会心地对视了一下
达成了某种默契。饥饿真是可怕
女孩回过身来的刹那，在她
如橱窗的双眸里，我看到陈列着
两粒欲望的黑宝石。我想
哪个妖魔将要把它们渐次取出？
会被陈列在哪个橱窗里？

小牛肉拉面馆

一定是被一阵呼啸的西北风吹来的
从乡下，黑水河边
肮脏，破旧，吹到了这座城市
这一间的小黑屋，随时还会被风吹走

在小街的里头不敢大声喘气
烟胆怯地冒着。一对夫妇躲在烟尘中
为那些引车卖浆、贩夫走卒,盛上
一大碗乡村的诚实,再加上少许城市的佐料
屋子太小,这对夫妇的汗水
不能掉在地上,要保证每一滴
都要落进锅里去,掺进碗里去
男主人,也就是老板,抻起面条
一根根地,想紧紧拴在这座城市的身上
我听到客人高叫:多加点牛肉和辣子!
女主人将她疲惫的笑
浇进了一只只碗内
炉膛内的熊熊大火,被乡下的大风吹着
能否为这座城市消消毒?
我看到他们吃得真香甜,那些下苦力的人们
他们纷纷从这里加满最便宜的热量
这间又黑又脏的屋子,城市很难将它消化
在这条街,乃至整个得了热病的城市身上
我想,它也许恰好是最好的一个胃
我还看到,这些从屋里出来的
引车卖浆者、贩夫走卒是一根根的柴火
被填进了这座城市的炉膛内

与儿子在小餐馆

妻去了乡下,明天才能回来
我和儿子今晚不生火不下厨房
在月亮升起之前带着几缕晚霞
来到一家小餐馆
儿子把晚霞丢进了灶膛,要将火烧得更旺
菜是不多的,无非是土豆片、鱼香肉丝
加上几声笑语也就够了
饭做得自然也不会鲜嫩
拌进几句童声也就行了。是的
我们要求不高,泛着沫的崂山啤酒

与窗外的黄昏一同倾进杯里
还有这里的碗碟也不是十分洁净
那也没有什么，或许比大街上的噪声
比万丈红尘要干净得多
我们不用做祷告，听不到晚钟
我和儿子以及所有的人
还需要什么？真的，还需要怎样？
比儿子大不了几岁的小女服务员
她的青春，给盛在一只易碎的盘子里
她亲手端到了餐桌上

原载《诗选刊》2021 年 11、12 期合刊

郭相源

诗五首

如果我可以写一篇优美的文章

如果我可以写一篇优美的文章
那我就写成一个家的模样
我要把这个平凡的家歌唱
把幼小的拼音扎成栅栏
再把大个的文字砌成土墙
把忧郁的小屋画上门窗
再把不大的理想装个太阳
再招来一段徐徐的清风
于田间地头置上荫凉

如果我可以写一篇优美的文章
那我就写成一个家的模样
把闲置的图书铺个小路
思想的碎片点缀原野的风光
再把杂乱的收藏挂上枝头
还有那漫山遍野的芬芳
丰富的情感激荡着河流
生活中有以往擦不掉的忧伤
回想我们曾经斗争过的阶级
稗草膘肥我们的牛羊

如果我可以写一篇优美的文章
那我就写成一个家的模样
狗儿为我们守夜雀儿为我们歌唱
我们有来年种子还有陈年的余粮
在我的身旁还有位好姑娘
她的微笑和沉思状
映在小轩窗

那年冬天

那年冬天
没有过多的积雪
寒流，却频频地袭扰着村庄
光秃的树
廉价的羽绒

那年冬天
拐弯如一个世纪
像不谙世事的孩子　误入
歧途
我却更快地奔跑着
那时，忘却了一切
包括寒冷

那年冬天
转向
是我的代名词
当时，却转不出
一抹死角

也正是那年的冬天
我开始用思考的方式
寻找温暖
在太阳的背后
捕捉春天

安居书山

安居书山
在蓝天碧水间
演绎如兰亭
和煦的惠风扑面而来
温柔如一滴轻盈的露珠
划过叶片

安居书山
云霄时有大鸟
身边不乏青牛
在周围
似锦的思想如繁花
老陶就在山脚下
王维时不时地客居辋川
这里没有阶级
只有如漆的爱人　和
如朵的女儿

安居书山
无须出世和入世
只需要画的这面
书的这面和书的那面
翻书，无须力拔山兮
仅仅手指间的轻柔就够了
气息如兰里
看万山红遍
隐士似山夫如闲人

安居书山
天高云淡

致海子

从春暖花开出发

生命的列车未经过昌平
鲁西的风和玉门无关
和铭记的德令哈无关
既不经过安徽怀宁但绕不过前郭
1171页的海子诗集比枕头还高
冰冷的铁轨从你一头茂密的发际穿过
我常常从你不朽的诗中穿过
在你诗歌堆积的墓穴旁
在皋东街2号
一个游离于诗歌边缘的守墓人
怀着对您对诗歌的一份虔诚
于一际思想的落红里
从此，大地如此娇艳

无家可归

无家可归不等于没家
外面的环境广阔、优雅
热了找个背阴
冷了选个向阳的地方
自然赋予我们更多的选择
有事干时干事
没事干时休闲

无家可归不等于没家
无家可归和落魄不全是一回事
反而这样更自然一些
不会被门关住成色
不会被窗子框住性情
更不用隔着带有化学成分的窗纱呼吸
自由得像空气
无处不在又目中全无

无家可归时有风相伴
迎面而来或随形而至

把阳光、星光、月光收拢起来
把鸟音、虫鸣、自然之声收拢起来
把自己扔在大自然里
没有人以为我是丢失的物件

原载《鲁西诗人》2021 年第 1 期

姜敬东

胡杨,胡杨

一

胡杨树露出黑黑的骨骼,娇艳的叶子已零落殆尽。

我来晚了。

我听见胡杨树在低语:只要相见,就是缘分,我何尝不是站在这荒漠之地虚度流年。

多少次梦里依稀可见你的容颜。突兀的抵达,让我有些恍惚,有些不知所措,更有些轻盈的窃喜,甚至幸福地扑倒在你广阔厚重的怀里。

二

胡杨林静得出奇,我听见阳光轻挪脚步的声音。

没有一丝儿风,没有别的人。

一片叶子翩然而下,如同一只饱经风霜的手掌在空中挥舞,划出一道优美的弧线,与空气摩擦出细微的"唰唰"声。又像时光久远而泛黄的信笺,写满了思慕和离愁,一幕幕风雨兼程的过往,此刻竟然散落一地。

穿过胡杨林的额济纳河,以河的模样躺在那里,河床上满是泛起的白碱,细如柔丝的水,若有若无地闪现,竟然有一只白鹤悠闲徘徊在草丛中,旁若无人。这是一线生命之河。胡杨林落脚在河的两岸,少有雨雪的滋润,多有风沙和严冬酷暑的恣意侵袭。胡杨树忍住焦渴的折磨,保持着一定的距离,各自孤独地挺立着倔强的身躯,又彼此眷顾,结成一片团结的胡杨林,抵御一切足以毁灭生命的险恶势力。沙砾埋没了你的脚踝,不测的雷电击倒了你的左膀右臂,风折断了你梦想飞翔的翅膀。

三

风沙的利刃，一刻不停地雕刻着胡杨树。树身上每一道沟壑都恍若一道望不见底的深渊。

岁月的明枪暗箭，给你留下不可修复的累累伤痕。我企图发现点什么，痛苦，忧伤，悲观，懈怠……没有，这一切都没有。你疼吗，绝望过吗？你曾流下过多少血一样的"胡杨泪"？

你耐寒，耐碱，耐旱，抗风沙，几乎是在一无所有的境遇里豁出性命来，争取生存的希望和权利。你是一棵有梦想的树，你有一颗勇敢的心，没有怨天尤人，没有自暴自弃。远古时代的勇士是你，新时代的英雄是你，"英雄树"是你，"生死相依"的不老爱情还是你。

只要一息尚存，明年的春天你一定会如约发芽，长叶，焕发青春的神采。风雨雷电依然如故，鸟儿们依然歌舞。纵然万劫不复，你的精神和灵魂仍在，这一片沙漠戈壁因你而生动有趣，而豪情万丈，而生机勃勃。

四

我们静静地相对，冥想。

脚下的流沙静止了，纯净温暖的秋阳下，依然没有一丝风儿。

喜鹊划过湛蓝的天空，为我们唱起一支野性而温馨的小调儿。你把一片带着余温的胡杨叶，正悄然无声地撒落在我的长发上，你用枯干的手轻轻为我别上一支树叶发簪。也许，我为这个动作已等待了上千年、上万年，今天才突然间实现了我的心愿。欢喜满足的泪水溢满我的眼眶，抬头仰望你遒劲的身躯，仰望静怡的天空，我们站在同一片蓝天下。

五

在这最边远孤寂的沙漠戈壁滩，胡杨树与风沙搏斗，跟自己较量，修身，修心，修行，活出自己的姿态，活出自己的精彩。"胡杨生而千年不死，死而千年不倒，倒而千年不朽"，你这荒漠上生命和力量的王者！

站着的胡杨树，倒下的胡杨树，被沙子掩埋的胡杨树的骨头。

一阵阵激烈悲壮击打我的心扉，一股股泰然从容的气息又安抚着我的灵魂。

深陷沙地的脚印，瞬间弥合而消失。

胡杨树笃定、安然，坚毅地挺立或完整或残缺的身躯，在阳光下静默如谜。

原载《星星·散文诗》2021 年第 6 期

姜　勇

水城的诗（组诗）

南城门金丝楠木博物馆

紫气东来
结一颗丹心
打开来看
　　　全是雕刻的阳光

而静卧门前的那一截金丝楠木
围满了游客
他们就像观瞻着一位巨人

这让我想起
从这里轰然倒下去的
——范筑先先生

中华路跨徒骇河大桥

徒骇河在这儿
站成了一具庞大的恐龙的骨架
含一粒闪烁的星光

不是标本
骨骼里有血
血里有你生命的震颤

流泻出雄心勃勃的梦幻

和城市一起
狂奔

万寿观九龙钟

天堂太遥远
九条龙
奔波累了

在大钟壁上
找到了宁静的归宿

想拍一下
可又怕你醒来后
远去他乡

母校

那些放学的
身穿蓝白相间校服的孩子们
簇拥着涌出学校门口

迎一层层欢声雷动的潮水
我逆流而上
仿佛一次与时光的重逢

我在辨认
哪一张面孔是我

水城之恋

垂柳下的长椅依稀可见
月光里如泊在水岸的一叶舢板
呵,老地方还在
我们记忆中的领地还在
只是更加斑驳,但依旧坚固

就像我们已衰老，爱情还完好无损
从你的眼睛里我仍看见了那湖水
仍看见了那个湖水一样晶莹的女孩
那个夜晚，东昌湖风大浪急
一浪高过一浪
就像我们荡漾的内心
相拥在这条长椅上，分明在
一叶扁舟上，随波涛动荡起伏
谁的叫声溅起芦苇丛里水鸟的啼鸣
我们甚至还听见了
红荷在水中绽裂的声音
顷刻间，你眼睛里蓄满深深的湖水
就这样，我淹没在你的湖水中
或沉或浮，一生都没游出

原载《鲁西诗人》2021 年第 3 期

孔庆芳

记忆犹新(外三首)

记住一个日期:12月26日
剧场舞台及星光闪烁
《致爱丽丝》的钢琴曲和神奇的双手
理查德·克莱德曼老了

记忆里我是女孩的那些午夜
与钢琴曲是一种生活
时常会在戏里戏外的漂亮结局里徘徊
梦想着每一天遇到奇闻逸事,遇见美好
那时候理查德·克莱德曼不老

青春不见了
我依然热爱自己的初心
热爱百听不厌的声音
在不是故事胜似故事的情节里如约
很想与理查德·克莱德曼握个手
听《命运》,听《卡农》,听《水边的阿狄丽娜》
让自己醉如春风得意
承诺给我至宝

承诺来自留学海外的那个男孩
他让去接收来自大麦网的一个大信封
打开看会发生点什么

比如价格会吓我一跳
我的表现很到位
那个数字惹我心疼又心动
学会丢掉自己的落伍
把新版本的角色给自己

他知道我极想握一下那双手
还有那会轻舞飞扬的手指
他的弹奏是我年轻的理由
此刻我仿佛忘却了年纪

记忆犹新

去年的今天，12 日 26 日
理查德·克莱德曼的专场上
我面对面与钢琴大师握手
学会了自己回到二十岁

无题

谈不上期盼已久
也没有谁为此归心似箭
更没有等候失联已久的诺言
忘记说出的一句话
也突然会在大约在冬季的歌声里出现
身不由己
耳边有各种声音飘来飘去
今夜有雪
会有一个雪景里的生活方式
亦真亦假地打动人心

选一个话题给自己
喜欢怎么样就怎么样
不想前后左右之前之后
把久违了的深紫外套穿上
还有一副爱不释手的墨镜也戴上

情节里不分男女老少

难得一遇的逍遥之中
难得一见的旧人新人
假如谁和谁在难忘的事件里相遇
就给一个以前绝无仅有的角色
自己量身定做

依旧

这一刻想到了什么
是否有重要的约会忘记了
习惯了在冬天之后说一句
嗨喽！好久不见
是呀，曾经的你不知去向
我们都是女孩的时候真好
那个冬天多雪
你留给我最喜欢的红色羽绒服
依旧漂亮
只是我酷爱紫色或是黑色

尝试身穿红色衣服
也许不是让自己心动
也许是一个游戏式的小插曲
也许是那些非常吸引人的女神范
在其中唤醒了我

冬季有约

很想念冬天的那个日期
与大雪纷飞及冒雪中迷失的人无关
也没有童话般的雪中送炭

等冬天的天气预报
等下一场雪

整个冬天都不在状态
冬鸟在落光树叶的树枝上
呐喊如歌

这个冬季有约
该存在的不会离去
让我们同时记住同时想起

冬季有约
期待大地面目一新
期待久别重逢的那个拥抱
各有千秋的人
在冬季的约会里变得更年轻

原载《鲁西诗人》2021 年第 3 期

李吉林

与故乡有关（组诗选四）

我的乡亲

回乡每月一次，行色匆匆
很少与乡亲攀谈，相遇的
与我的面孔十有八九陌生

中午，走出村子
冬日的田野空旷，放眼无边
一片片的坟墓走进眼帘，荒草在风中摇动
远远地打着招呼

墓碑后面，大多是我熟悉的身影
全部转为地下工作者，与我捉着迷藏
开什么玩笑，我可以一一报上姓名
包括他们的秘史，档案就在我的心中

老父亲

急性子的步伐渐渐放缓
斩草除根的双手开始心慈
原来斩钉截铁的处事方式
缺乏了刚性，不再果断

话语中，多了几分慨叹

早晚的咳嗽声,不再与旱烟缠绵
无聊的手指引来缕缕孤单
模糊的眼睛,不太关注
晴空抑或阴天

故乡的麻雀

故乡的麻雀爱扎堆
有了果实善于集体分享
和乡亲们一样
遇事,集体商量
他们远离孤独
即使孤寡老人,也喜欢串门
聚在一起扯东唠西
有消息坦荡地交流,上下嘴唇毫无遮拦
没有新内容,挖掘一些陈年旧事
即使讲了百遍,不厌其烦

菜园往事

生产队的菜园,在我的梦中
规规整整,与看园的老头一样
棱角分明
月光投进园内,亮得透明
杜绝模糊不清
瓜叶上的露珠,若一颗颗小小的眼睛
警惕着偷瓜贼的行踪
青蛙的叫声断断续续,秋风渐凉
按照瓜秧的思绪捉虫
看园的小屋前,堆着一座坟茔
荒草掩埋的蛐蛐,昼夜诉说不平
一支瘸腿,撑起他不屈的人生
两个傻儿子,压断了他的脊梁
坟后,下雨不下雨都是一个深坑

原载《鲁西诗人》2021年第2期

李乐军

凌晨时分，我还在大棚（组诗）

大棚孤零零的守候者

秋风乍起，我的大棚被北风凋零
枯瘦的大棚支架，瘦过弱水三千
支撑不了北风狂吼的蹂躏
让凌乱的塑料布随风飞扬

站起的身躯高过土壤的尺寸
北风肆无忌惮，好像要
撕碎黑夜，这安寝在内心的
一点温暖

我匆忙行走在没有月色的苍穹之下
身影晃荡，倍感心冷
脚步咬住泥土，烟火随着
内心的烈焰飞腾
安稳一个大棚的厚度，和增加
一个内心温暖的巢穴
比不过北风强有力的吞噬
歌声唱罢，我的音乐
我生命的滴露斐然
总是在掐断指尖烟火的一刻
我把生命的奇迹，含蕴成

千年久等的声调
不是一声声高，而是
在音符洒落之余
我悉心相守，这
红尘博弈的奏鸣

坐下来休息，身感疲惫

风声渐渐变弱，夜色的银针
穿透骨髓
静坐在大棚温暖的地方
点燃香烟，点燃我内心的火炬
这刻画人生的美

和泥土的距离如此接近
贴近胸口，我能感悟
整个土地和庄稼翻土的心跳

仅此而已，我的亲娘
和土壤相融一生的女人
沧桑的岁月抹平记忆
却抹不掉整个岁月历史的刮痕

想起爹娘，想起刚才肆虐的秋风
我的内心不由得一颤

黄花落地的思考，我内心
火热的诗魂
不知道，什么时候，我把内心
遣散的滴韵之美
正悄悄地靠近我内心的窗台

站起身，我拍打屁股上的泥土

这时候，我静静地思考
大棚的禾苗被风摇曳，轻轻拂过

我的脚踝
这沉醉内心的按摩

夜色覆盖整个大地
覆盖根须肆虐的生长
遥望远方漫无边际的黑夜
穿透刺骨的秋风,把我叫醒
踏下的雾露凝聚成水珠
滴落在我的脸上

轻柔的,不容亵渎的温柔
灵魂之中开出花瓣
盛开出丰收的喜悦,还有就是
音乐的平台,歌声最美

站起身,拍打屁股上的泥土
这些温暖的诗词总不离我的左右
让节拍随着禾苗的姿态生长
萦绕的思绪,穿越今夜的屏障
我把一颗柔弱的心,细心地
珍藏在,这泥土之中
随着禾苗的生长,会缠绕成
艺术音符的旋律
唱响生命里的渴望
滴水为韵

离开深夜的大棚

离开禾苗与泥土的酝酿
忍不住一步步地回头望
骑着单车随风摇摆
摇摆的车影和我的身躯
燃亮内心的灯光

忍不住回头望,回头望望

让流水和情感覆盖的生长
忍不住回头望,忍不住
泪两行

离开大棚,离开萦绕夜色的秋水
向南张望,看一眼
在坟茔之中的爹娘,还是忍不住地
泪两行

原载《鲁西诗人》2021年第2期

李淑华

心灵的风景（组诗）

车过南京长江大桥

恰好是夕阳西下
一轮红日映照着江河，渡轮及码头
那些灌满长江的波纹与阳光亲吻着
像是要抓住那一轮红日
泛出粼粼的笑容

渡轮行在水下，形态与江水持平
露出头来，像喘口气
给加足的马力再储备更多的动力
它多像人生
把负重隐藏在江里
承载着人们
承载着日月星辰以及这
大自然的命运

上海滩

坐在游轮上
观赏着一派灯火辉煌的摩天大厦
在河汉般灯火辉煌的世界里
黄浦江这条浦东浦西的分界线
它欢呼着人们的欢呼

它闪烁着波光粼粼的骄傲

走在海滩上，被点点辉煌迷醉
驻足，不知自己是游人
当年的英租界
还保留着旧时西方的气派和尊贵
可它已换了主人
鲜艳的五星红旗在它的头顶昂然地飘扬

东方明珠，上海的标志
走在这里的人们
身临着祖国的恢宏和变迁
登上上海环球金融中心的百层大楼
感知着中国上海世界经济大浪的震撼

上海啊！上海
走在你的腹地
感知着历史，感知着当代
感知着每一个人跳动的脉搏
承担着未来的职责和重担
生活在你的怀抱里
是多么的庆幸，骄傲和欣然

心灵的风景

抑郁的心情
被这一道道美丽的风景洗刷
心底的伤和痛
被这历史的风情浸染
在这人生的长河中
一切都会演变
犹如雷雨终会被阳光驱赶
只是一个过程充斥在人生的片段
一切是那么的坦然
一切是那么的美好

充盈在心间

生长在祖国的怀抱
幸福在蔓延
分分秒秒在鞭策着中年的人生
追赶着生命的节奏
有什么理由停步不前
捧着这些生命美丽的浪花
喂养着求索的魂魄,追赶向前
愿让我的文字充满钙质与阳光
盛开在自己走过的路上

四月,牡丹

捧着四月的脚步
乘着春天的翅膀
一步掉进牡丹的花海
花魂淹没了神情
来不及一下呼吸
醉了的神情与花魂共舞
花蕊痴狂地溅我一身香魂

四月,走进洛阳的牡丹园
走进人间的四月天
四月的"洛阳红"把人间的美丽收藏
洁白、紫红、粉红这些"焦骨牡丹"
它们把自己的魅力孕育
只盼来年四月
争相怒放那朵朵的美丽和娇艳
怒放的花瓣膨胀着四月的春天
彰显着国宝花魂的气度
尽情地把大地浸染

我飘在你中间
和你融在了一起

我的心绪和你一起漫舞，摇曳
陶醉了心灵的天地
花魂，忍不住在我耳畔私语
和我说着甜甜的蜜语

原载《绿风》2021年第2期

李 欣

天海,云朵与回声(组诗选五)

夜,微澜

夜的雨
是风弹奏的琴音
熟睡的人
梦里听得懂高山流水
夜的空是寂静的背景
星星躲进心田
不染尘埃

影子

自己的另一面
相逢在镜中
夏夜流淌着夜来香
镜子映着皮肤的曲调
岁月不语
只弹咏叹调
夏日的颜色还在

云之帆

我在天海上
种植万亩白玉兰,千亩棉花,剪裁成云裳
阳光挟持着香
起航或栖息

海,漫无边际
你坐在蓝色里
内心并不虚空

海的回声

你来自何方？
悄然抵达生命的年轮
宛如茂盛生长的海洋
潮起潮落
天空,海的白昼
重现故乡的海市蜃楼

牧羊人

比起白龙马,比起白鸽
我更愿做此刻的牧羊人
在广袤的宇宙唱着牧歌
借助太阳的神鞭
驿寄梅花,鱼传尺素

原载《聊城文艺》2021年冬季号

李旭明

短诗五首

红黄绿灯

十字路口的红黄绿灯都有厚度
五千年

立春日

当人们最高兴的时候
不过是大喊了几声
春天来了
而高山、大海、阳光最高兴的时候是
向人们靠近了一点点
都又温暖了一点点

睁一只眼闭一只眼

迁就的人生会浪费更多的脑细胞
也会浪费一只眼睛的光明
因为闭着的一只眼睛叫思考
睁着的一只眼睛叫瞄

过年

为什么要把幸福聚焦于一点
鞭炮、歌声、舞蹈、茶水和家常
因为散光里有流浪的寂寞、脆弱和被人
打成筛子后也不能折断的品格

老师

我长得比小学老师高了不少
但老师的目光仍把我看成小小的作业本
飞快地批改着
对与错在我的内心颤抖着

原载《鲁西诗人》2021年第2期

李艳霞

诗五首

提起一条变宽的河流

影子还是那么黑　黑得沉重
阳光太白
照不透万物生长和萧条
我一桶一桶打水
提起一条变宽的河流　夜夜冲洗

在河床上　把波浪铺展
以最明亮的躯体坦诚
最黑的夜　看一朵朵白云
从躯体冉冉升起
我们交谈过的每一句
都流淌成鱼

处暑日小笺

一只小粉蝶
飞过我绿色的裙裾
我白色的球鞋
行过绿色的草地
绿色草地上晶莹的露珠
在微微鼓胀的光里
题写处暑日小笺

熟透的果子掉落了一地
红了脸的半边
曾被光热情地抚摸
空气被发酵
轻轻的风　翻不动一丝醉意
整个我　忽然就清淡起来
包括骨头

人在旅途

载着四个落拓诗人
列车呼啸而来　又呼啸而去
路两侧每一棵白杨
都高调入世　他们把双手摇摆
鼓掌　为我这流离的王！

飘忽不定
却又躲不开宿命
铁轨铁轨　云朵呼我
黄土的黄捏出肤色
蓝天的蓝陶写眼波

舒展大地天真的骨头
我伸开手臂
雨在我的手臂上乱晃小脚
戴上眼镜　草木就看清了我

下午茶时间

让我关上窗户　把茶具洗净
现在是下午四点
下午茶时间

没有壁炉
不可以燃起熊熊炉火
可我有最温暖的心

让我用心为你
煮开一壶武夷山茶
加奶　或者加糖　再配些小点心

让我们坐在一起
读一本最无用的书　各自的
每一饮　都有潮汐的味道

说话　或者不说话
或者偶尔说一句
最无关的闲话

最难将息
是这秋深乍寒时候
窗外渔翁　独钓寒江雨

一夜花落

再遥远的远方　也有翅膀飞过
天空是鸟群的家园　虚构和抒情
我不羡慕飞鸟的自由　只羡慕翅膀的勇敢
在言语的王国里　丢掉了许多词汇
木讷循夜的轨迹　打开视听
诸事围堵　逃不开峭壁断崖

月亮悬在花瓣尖上　随清露挥洒
清风有信　江潮有信　我的眼前常现幻觉
金星　银星　白狐仙和蛇　一夜花落
季节在桥头转弯　脚步不停　果实的核心
端坐花的影子　过往情节无须坦白
脉管里流着水一样的天色

原载《鲁西诗人》2021 年第 4 期

林春泉

诗五首

醉酒（外一首）

在胃里起风了
半生的不平翻来覆去
语言卡在喉咙里
只剩下半截文字

平坦的路在高低里起伏
滴泪的酒精度越来越高
流出眼底
经过一片朦胧的沼泽地

鼾声再大也撞不开夜晚的门
最长的一声响到最后
好像变成了一条长长的胡同

破碎的早晨

洗刷完毕
真实的我在镜子里
思想没有突围
转过身就被忘记
影出的墙壁有未滴出的
水珠被空气包围

镜子没有显现

从手中逃脱
碎掉
无数个我逃离身体
静静不动
每一个碎片都有一双惊恐的眼睛
对视,鲜红的血
滴落,这个早晨被击碎
那么多的阳光照在
每一个我的身上
都有反光
有着惊魂不定

原载《山东文学》2021 年第 2 期

孤雁(组诗选三)

翅膀反复拍打天空
飞行一米,秋天就后退一米
悲鸣传到谁的耳朵
谁就留下悲伤
再高再远的悲伤
都低于飞翔的翅膀

抽刀

我不能把刀抽出来
我斩不断来去的风
还有摇摆的风言风语

尘世没有皈依佛门
这把刀我还不能放下
只有一次次斩断自己
刀光剑影中
安然入睡在黑夜的庙堂

这把刀已经拔不出
刀鞘就是我这副皮囊

长满草的屋顶

年少时睡过的屋顶
已还给星空
在鸟嘴里落下的种子
从月光的东面长出来

原载《天津诗人》2021年夏之卷

刘文邦

诗五首

茌中河畔的黄昏

黄昏,风开始掉转方向
将太阳吹向西山
如果不下雨
空气还会更柔一些
小鸟归林的速度不紧不慢
树枝轻轻摇落一天的疲惫光阴
河面平静
仿佛河水有了睡意
一朵朵莲花
肯定驮着一尊尊小菩萨
夕阳洒下的余晖
如一件金黄的袈裟
漫步河边,似有一层薄雾笼罩此刻,一颗石子
就可以轻易打开河水的心结

原载《鸭绿江》2021 年 8 月号

风在河畔撩拨光阴

越过河水时
风有一秒钟的战栗
河面收起涟漪的瞬间

恰巧被站在空中的云洞察出了玄机
此刻，只有垂柳肯在岸边驻足
以水为镜，照今生也照来世
时间会不经意地吐出花朵，吐出叶子
吐出日子的火红，吐出季节变换着的
那一抹青
被鸟鸣擦亮的黄昏
该如何让一池河水安静下来
一次又一次把坚硬着的石头
摁进心底
时间在飞着
时间在乐此不疲地奔跑
用绿色的腿，用黄色的腿
用无形的腿
穿山，穿水
穿过你身体前方的繁华以及
影子背后的荒芜
一直向前

原载《奔流》2021 年 7 月号

卖羊汤的女人

星光举起火炬，点燃夜
微风在大街上慢跑
此刻，街灯已打烊
路边懒洋洋的树枝
随便摇曳着几片残叶
城市广场的中心
几个大妈还在跳舞
她们举起手臂触摸天空
《可可托海的牧羊人》
音乐还是那么悲凉
此刻，在若隐若现的拐弯处
你正在等待最后一拨客人

等卖完最后一碗羊汤
你才能停下手来
打扫残留的时光
你把尊严放在脑后
而把生计别在腰间
仿佛你已习惯于在人前堆满微笑
而背过身去，抹掉泪痕

原载《绿风》2021 年第 4 期

日子总在半开半闭之间

风吹落了黄花
放一个秋进来
月光半醒半睡
没有哪一片叶子能够真正走进
河水的内心
歌声唱晚
单薄与寂寞相吊
一朵朵白云
被风吹散
却浑然不觉
日子总在半开半闭之间
没有谁能够打破僵局
菊花、枫叶、玫瑰，这些美好的事物
游走于人世间
带不走什么
也留不下什么
不要试图用石头叩问尘世
那扇虚掩的房门
始终为你留着

原载《山东文学》2021 年第 2 期

洗月亮

有时想着，在空中
把月亮摘下来
放进河水里
清洗一下
在天上挂了那么久
身上肯定沾满了尘埃
来到河边，我忽然想起
也该清洗一下我这颗凡心
它在我胸腔里待了五十多年了
我不敢保证
它还纯洁如初

原载《长江丛刊》2021年第9期

鲁西北

菊花(外二首)

一面峭壁在菊黄中耸立。成群的蜜蜂
任意穿梭。我担心骨头里的荒芜
会成为墓地,成为坠崖的风雨

人们都在采菊。面对过往我不敢深吸
知道尘埃里有他醒着的酒器,和依然
属于他的一个王朝的身体

他用咳嗽倾吐一座宫殿的石块;在南山外
种植桃花、杏花、柳树和梨花
还有暗植在肋骨上的,那些惊艳的花

结庐在人境,而无车马喧。过午的艾草
收割后,他饮下一个漆黑的夜

隆中对

一座城池是一服药。而大雪一直不停
积压在英雄体内的风暴一拖再拖。天上
雷声隐隐,刘备想转眼是春,人可以等
江山不能等

当然,些许花草不足以提头犯险
不足以动用桃树下的誓言。可是马

已命名为的卢,刀已暂定为青龙,号
也已成为天下通用的大汉皇叔……

黑马的嘶鸣刺穿了长空,而这里
太过安静,真让人上火
那个不是龙的龙又一直装睡不醒

在陵园

路,像脐带一样剪断。我看见一团麻
收于匣中。安放在雨里的名字,此刻
比纸还薄,像一片叶子在远离规则的
红唇上,长出最后的长度

被匆匆收割的,还有一生挚爱的花草
和阅人无数的眼风。河水加快了流速
许多漂浮物和治不了病的药,统统
留在了那把乱云飞渡的桃木梳子上

寒来暑往,秋收冬藏。我们能藏到哪里去呢?
捕风捉影的人世间,也只能在放出
身体中的蝴蝶后,将自己放进一片阴影中

原载《诗歌月刊》2021年第9期

古塔(外一首)

现在,一个倒背双手身穿长袍的帝国
就站在蓝天上一片云朵的后面。江湖
和山林、丁香和白马……宏图大业总是
垒在青砖杂木上;一把输了一遍
又一遍的扑克牌,像最后的圣旨
能跑多远就跑多远

留下的碑文、门窗和香火都是障眼法
六百年的孤独,一朵放大的昙花

与风对酒可一尘不染；哪怕千里盛宴
三百年的喧哗。我知道那些荒丘
都是有头有脸有梦的名字

作品研讨会

我们沿工业北路向北，到一家
废弃车间改造的图书馆去举办
诗歌研讨会。在一堵高墙下的雪地上
来回小跑、跺脚的，是那些穿红戴绿的
女诗人。男人们一律的黑灰蓝
转动着眼睛，像一群深沉的乌鸦

大家被腹中的诗情鼓舞着，等待着
前来疏通关系的赞助商。今天天气很冷
还有吃饭的问题；作协主席说过
美食，是我们文化的重要部分……
想到这里大家就会心地笑，身体里
像立刻多了个小火炉，像看到了
那个穿着黑色皮衣的赞助商

原载《上海诗人》2021 年第 3 期

敏 男

醉己书（组诗选五）

秋令

露水月光下私奔,攀上草叶
放弃勒马,醉于失足
听歌的卵石缓缓长出腮来
随树影款款游动
怀籽的鱼儿伸出隐形的长腿
出浴,上岸,披着云的白纱
天空缓缓降落,大水高远
不足三尺,也不囿方寸
邂逅,是一条不老实的小蛇
一时滑出来,一时躲回去
我一边累卵之上建阁楼
建空中悬巢,想藏下一个你
一边在幻觉中拆字、拆词
拆到坍塌,拆出你糯糯的名字

生如夏花

不必等到秋收,现在就要起义
遍野香阵,点火
跑马圈地,马要肥过贵妃
一朵一个年号
一朵一城池

一座座给你收了
风不是用来颠覆的
是用来雨顺的
我不理朝政,饮酒赋词
懒得指点江山
等不得篡,等不得夺
你垂缦帐就是垂帘
大权是你的
怀孕的事我负责
大果子小果子都喜欢
都是我的太子

云南书

要写一封信,不能用宣纸
宣纸会把云浸染没了
不能托付给白马
白马慢,会绕路到从前
过一个驿站就会胖一些
再胖,就胖成云的白了
天空如此静,一切如倒影
认下一朵滇池
我还是把自己投过去吧
像一片心跳的石子
我看见涟漪已先于我到达

搬家

一个三开门的笨重大衣橱
一纸箱没有发表的诗稿
两本用胶带修了数次的相册
老婆都下令坚决不准丢掉
几打我再也不穿的旧衣服
她贴脸上吻一下闻一下
不再用圆润的粗手熨来抚去
出租三轮的大爷很不解
老兄弟:还要这些干吗呢?

我一脸春风两眼万千柔水
没回答，也说不明白

如果有一驾马车，要慢一些
我就辞掉突突乱响的三轮

酒醉的蝴蝶

花开的过程恰是启坛的好时光
旧枝上藏着新欢
一骨朵一骨朵的陈酿
等不到一位可以举杯小酌的
迷途何必知返，且以残萼为樽
一步三回首，三步又一巡的
是一个连一个的误会
非要羽化而出的，是另一个
自茧的牢，困不住火
困不住薄翼的地震和海啸

原载《青少年文学》2021年第4期

若 水

诗五首

果实

那些最甜的果子已经被虫蛀过
天空的鸟儿也曾啄食
一棵树在风中叹息
它已经不能给最爱的人
留下最甜的果实

空巢

老家的老房子
院子里的衰草在风里摇
一只燕子在蛛网尘封的巢边鸣叫
母亲抱着怀里的猫
望着屋檐下的鸟巢
"长大了，都飞了
只剩一个空巢"

母亲捋着柔若无骨的猫
苍凉一笑

玫瑰

一朵花代表不了爱情
玫瑰就是玫瑰

你注视着我的眼睛
那比一千朵玫瑰更让我动情

命名

一棵树一棵草不知道
人类已经为它命名
豺狼虎豹蚂蚁蝴蝶
不知道人类已经为它命名

那些生命中温暖柔软的融合
我们命名为爱情

疼痛

一圈铁丝
已经长进一棵杨树的身体

谁是凶手
让一棵树日夜疼痛
而我
爱莫能助

原载《山东青年报》2021 年 1 月 13 日

孙殿英

孙庄内外是我家（组诗选五）

我把芦花当作孙庄的村花

孙庄三面环绕的河道里
孙庄村中的池塘里
无论有水，还是没有水
芦苇都会遵循着季节
萌出它的笋芽儿，刺出它的尖叶
而后，慢慢高
慢慢连成蔚然的绿
芦苇的绿，契合了孙庄的宁静
它针一样的叶尖
不影响天空低下来，亲吻孙庄
亲吻孙庄内外的芦苇
环拥着孙庄，芦苇深情地绿
充实着孙庄，芦花朴素地开
芦苇透出的纯净
映衬着平原深处孙庄内敛的核
雨落，孙庄清新
更清新的是袅袅炊烟，鸡鸣犬吠
风高，芦花低伏
伏在更低处的，是芦花掩映的孙庄
孙庄空灵，平原苍茫

孙庄，又一个人去世了

我挡不住时间的快
就像挡不住
孙庄一个又一个人的离去
是啊
孙庄又一个人去世了
我回家的时候
又少了一个满脸笑着问我的人
又少了一个
亲切地说"小英回来了"的人
孙庄又少了一个人
就像又倒下一座老房子
不再站起
就这么被日历翻了过去
我记忆里的孙庄
又离我远了一点儿
好像我扎在孙庄的根
又断了一条
一个个逝去的孙庄人
让我切实感觉到时间的移易
缓慢，而势不可挡

榆钱儿

坐在庭院里的母亲
含含糊糊地说出"榆钱儿"
那是她中风瘫坐的第十个春天
十年，她已经向疾病妥协
她已经向岁月妥协
接受了不可逆转的宿命
身在和煦的春风里
不再挣扎，不再敏感于季节的变化
她说出的"榆钱儿"
也有气无力，无精打采
甚至，话还没说完

她的视线,已经从那棵榆树上转开
今年,榆钱儿又绿了
我又想起母亲
坐在门前
坐在春的暖阳里
打瞌睡,含混不清地说着"榆钱儿"
这是母亲去世后的第十个春天
十年,沧海桑田
好多事儿都已经不存在了
就像而今的院子里,没了榆树
就像一个人,越来越模糊的背影
模糊得再也看不见

空巢

在低矮的墙洞里
我发现一只筑巢的黄蜂
注意到,它一天天变大的蜂巢
黄蜂筑巢的时候,我能
清晰地看到它晃动着的毒刺
好像在警告我,不得靠近
警告我,它有能力捍卫它的城堡
只看到空巢的时候
我知道黄蜂,是出去找建材
或是出去觅食了
我知道,它很快就会回来
直到最后一次不见它
几十天过去了,它依然没有回来
剩下一个,没有完成,也不再变大的空巢
就那么空着
像我老家村里,荒芜的那个院子
它外出打工的主人
离开之后,就再也没有消息

夯声

一截土墙倒下了
一间土房倒下了
一个个这样的草木泥土的村庄
被光鲜的时代压在下面
被压住的，还有土墙底下的夯声
还有夜里光背打夯的人
还有照亮夯声的油灯
还有沉甸甸的夯石，以及
捆绑夯石的麻绳
它们一直组合着那个场景
把夯高高地扬起，又重重地砸下
它们像极了金匠
用夯声拓展着平原的纯粹
而今它们被埋压住了
它们和草木泥土的村庄一起被埋住了
它们的夯花儿被埋住了
而它们的夯声还在扩散着
伴着汗油油的夯歌
疾行在平原上
只是已经没人去追

原载《鲁西诗人》2021年第2期，其中《榆钱儿》一诗入选
《2021中国年度诗歌》（漓江出版社2022年版）

孙龙翔

爱,总是如此温暖和亲近(组诗)

1

其实,你我之间只隔了一层岁月
隔了一层风雨
你一颦一笑的时候
岁月没了,风雨没了
我一嗔一怪的时候
爱在爱里,情在情里
日子就是这样,爱也是这样

2

只想你那时的时光
那时,一切都是对的
包括夜里的月和清晨的风
你我站在彼此里,不愿分离
像风在风里,月在月里
那时候多美,那时候的爱多美
那时年少,彼此记住彼此,不说辜负

3

总是在梦里说爱,说从前
星星还是那颗星星,梦已不是那个梦
从前也不是那个从前
夜黑着,梦没睡

我在陪同，爱不离左右

4

夜晚的时候，把自己放逐出去
不问风怎么吹，吹向何处
只关注星关注月，关注那些遥远的事，包括梦
不问人间烟火，不问你从何来
举一下左手，表示曾经爱过
举一下右手，表示深爱
人间就这么幸福和简单

5

一个人站在阳台的时候，星星站在天上
中间是遥远的空旷，被夜色占据着
像我空荡荡的心被你占据着
夜无边而庞大，像我的爱
夜用躯壳包裹黑暗
我用个躯壳包裹你
阳台和星星只是见证

6

春天的时候
把爱当一颗种子，种在心里
不让别人触碰，也不让风吹雨打
一个人精心呵护，不厌其烦
像土地热爱土地，像阳光热爱阳光
一粒种子的收获，秋日如金
阳光温暖
风也可以歌，雨也可以歌

7

窗外是夜的旷野
如同我，心是你的旷野
黑在夜里飞，像你在我心里飞
一日千里，一日万里

黑永远飞不出夜,像你永远飞不出我
我足够辽阔
但心里只装一个你
像夜只装一个黑

8

总是有那么一点点,像岁月的疤越积越厚
风走了,雨走了,它不走
我睡前用笔一次次描摹
还是那个从前的你
越描越清晰
而笔外的夜色有千钧之重

9

一支烟在左手上燃烧
把右手腾出来写下我爱你
这是我日常的习惯
常态不容易改变
左手的烟袅袅娜娜,像我右手握住的笔
把爱写得丝丝缕缕

10

阳台上花开花落了
你站在左边,我站在右边
你看左边的花开,我看右边的花落
阳台很好,阳光很好
我们不说话
风在外,什么也不想听

原载《聊城日报·副刊》2021 年 9 月 13 日

汤　鹏

白月光（外三首）

我想要掩藏，遍天星光
只为寻找
那一抹光亮
像瀑布一样，倾斜在我的心上

我想要寻找，如水一样的月亮
只为邂逅，梦中的缪斯
躺在青青的石阶上
长满了渴望

我想要整个长夜
用无数的萤火虫串引起星星
带着银河
翱翔在无边的，白月光

我想要一片，哪怕一片，月光
落下来，在我的手中
长成丛林
而我，沉睡成漫山遍岭的橄榄

是谁为夜披上了纱衣

是谁，推开了夜的心门
把风尘和云朵，还有喧嚣，堆了进去

是谁,把露珠和霜雾,带着厚重的喘息,挤了进去
是谁,用九曲回肠的乐曲
吹痛了夜的眼睛
以至于,心跳落在地板上的战栗
激起了风儿急促的呼吸

我是无意去触碰夜的心脏的
我是不想在车水马龙中奔波的
我本来对夜的本质没有深刻的理解
参差交错。我一无所知
我只能让自己伸展成一杆长篙
围上一身夜色
一点一点
去打捞
夜的纱衣

不过人间

不过是,我一次次摁住自己内心的雪
不让她生根结籽
不过是,我一不小心捅破了大地的子宫
泛滥出无数的蒲公英,随风飘零
不过是,因为一场疫情
让黄河长江的警笛长鸣

我是无意去竖起那杆玉米的
就好像,猝不及防中瞥见烟花的朦胧
我是无意去徜徉那片白桦林的
就好像这一言难尽的人间,海市蜃楼

如果说,非要给生活一个理由
请给我一块麦田,让我去收割稻子、谷子
然后在尘土飞扬中
去细细地分辨,横和竖的走向
然后让一场雪落下,长眠

盛开在一个叫作春节的节日里

在一行长长的光阴里
我把影子翻过来，又塞进去
我把对联顺着念，倒着读，然后走过来，再走过去

我害怕白鹭飞行的速度
延误了通往春节的日期
又担心年轮的旋转
在光阴里捞起大把的青苔和银丝

于是，我把鱼钩长长地拉起
吊起归程，和一行行深深浅浅的足迹

我在旷野里寻找露珠的呼吸
用体内的骨头
串成一把刀子
去剔除光阴里的刺芒和瑕疵
然后，在烧开一壶水里的光阴里
用通红的灯笼，和一排排的福字
串成吉祥如意
盛开在这个叫作春节的节日里

原载《鲁西诗人》2021年第4期

王武臣

画海（外一首）

没看到海之前，我一直拿着水彩笔
给儿子勾画大海的蓝
猜测，另一个海岸的故事

我把心里的那片海拖拽出
那张白纸，在晨风中作响
像是妻子炉火上的汤，夸张地沸着
升腾出风暴肆虐的海浪

放一叶小舟，它就会变得平静
然后尝试读懂海里隐藏的心事
还会在静谧的海平线上
勾引出太阳，星星，和几个月亮

后来我带着他，遇到过很多海
他才知道，海水是苦的
海平线是广阔无边的
我告诉他不要怕
要像老人与海一样勇敢
他却小心翼翼地离开了我
踏上了自己的小船

我们在风平浪静和狂风暴雨里摇曳

不敢窥探里面隐藏的心事
怕沉得越深越黑暗，痛苦，冰凉

却唯独愿意
陪儿子坐在那小小的舟上

父子

小时候，不敢放风筝
不忍笑着把他扯痛
追着我，却渐行渐远
寻找着高处不胜寒的哲人
承受猛烈的、持续的巨浪

后来带着他，佯装成老手
迎着春风和花草，托起呐喊
梦想越高，越迷离
抖动越狠，线越长
硬拽着我穷酸的苦闷和胆战

我学着哲人和诗人说：你要像风筝
一根线两个点，一个是起点，一个是彼岸
他领悟地点点头。背上行囊
带着人生的宽度和厚度去探索高度
遇到狂风暴雨，秃鹫孤鹰和大雁
同样的猛烈的持续的癫狂
顶在他孱弱的胸前

无数次我在梦中被狂风惊醒
梦见迷失方向的风筝无依无靠地漂浮
孤独在空中看着起点和彼岸
可是我深知
有一根隐形的线，缠绕着两只手
永远拽不断，轻轻地呼唤

原载《文学少年》2021 年第 8 期

王新华

诗五首

初春（外三首）

几片飘落的梅花
带着火种在风中
掠过僵硬的河水
看见　婴儿细声的啼哭里
流淌数滴委屈

炊烟举起柔软的鞭子
赶着雪花的羊群　回到牧场
涌动中发出几句牢骚
惊醒熟睡的花朵
羞涩一笑　战兢兢

春天

这个季节　是从宣誓开始
绿色的誓词　悬挂在风中
招展旗语　呼唤雷雨
呐喊在白色墙头　石头依靠在河面上
掩面而泣　崩塌
风阵阵吹来　悄无声息
吞没正在讨论出发的早晨

黄昏

天渐暗　一只灯笼就挂在山边

此刻　牛的背上
坐着不愿抖翅的倦鸟　假寐
摇晃的影子　模糊了天地的边缘
我的船儿已停泊在　万盏渔火的岸边

秩序

两扇门在同一条线上　虚掩
按秩序各自开关　你交出粮食和衣衫
叶子还没腐朽　余温已在灰烬中挣扎

没有什么了　白色的骨骼在一面镜子上
检查自己的过错　打开了另一扇门
会让你读一遍　下个季节的序言

原载《青年文学家》2021 年 3 月上

游戏

儿时　就喜欢
推一个铁环跑着玩
在掌控欲里东倒西歪
太阳就在虚空里东升西落

在它休息时我做美梦
都说梦是颠倒的　月亮
也出来模仿
在黑夜开始的地方

推开一道门缝
趁着一线光亮
偷走了我的铁环　在头顶
推着　轰隆隆地响
醒来时
风又大雨又急了

原载《青年文学家》2021 年 7 月上

秀 水

诗五首

给父亲（外二首）

我们说着，走着
你在前面
我在后面，步履蹒跚
你牵着我童年的小手
走在开满野花的田埂上
我问，你答

我们走着，说着
我在前面
你在后面，脚步迟缓
我牵着你皮肉松弛的老手
走在行人穿梭的街市上
你问，我答

我们就这样
不紧不慢地说着，走着
说着说着，天就黑了
走着走着
你就不见了

春天里

灰喜鹊用翅膀拍打三月
杨柳在风中舒展青丝
春水初生，托起搁浅的木船
又荡走时光的浮影

苜蓿芽尖鲜嫩
薄荷、艾草弥散药香
野荠菜点起星星的灯盏
朴素的花亮在春天最低的枝头

我缓缓倾身
这些乡间的草本植物
像最近的亲人
染绿我沉郁的手指，血液
替我清热，解毒
治愈我经年的暗疾

春天里，我交出雷霆、闪电
和桃花的病根
不暴力，也不矫情
像它们那样
喜悦，隐忍
怀揣对尘世的慈悲之心

春日

它一直在吵
我查看了鸟笼
食物充足，饮水是新的
春风徐徐，光线正好
旁边的海棠花也开得正好

另一只怎样惹恼了它
它声音尖锐，羽毛飞张

小眼睛射出愤怒的火苗
被啄的另一只躲在笼子一角
一声不吭

它歇斯底里的样子
像极了对面别墅里
对着手机疯狂发飙的光鲜女人

不同的是，片刻之后
两只鸟和好如初
女人却摔掉手机，掩面痛哭

原载《绿风》2021年第3期

亲人们（外一首）

祖母说
地上少一个人
天上就会多出一颗星

二十五年前，人间少了祖母
十七年前，少了叔叔
十年前，少了大伯
四年前，少了姑姑
就在一年前，我的父亲
也悄无声息地走失

这么多亲人在天上
我努力睁大眼睛
却辨认不出其中一个
最大的一颗不是
最亮的一颗不是
比较大、比较亮的那些也不是

巨大的夜幕之上

亿万颗拥挤的星子
闪着点点的光
长着同一张平凡沧桑的脸

它们都像我的亲人啊
在大地上卑如蝼蚁
在天堂，暗如微星

深夜，在重症监护病房

苍凉的，凄厉的，无助的
你见过一个七十九岁的老人
哭着找娘吗
那是我第一次目睹
一向坚强的父亲
被癌痛折磨得精疲力尽，沉沉睡去
又突然被疼醒
失声的呼叫伴着哭音
"娘啊，我的娘啊……"

吗啡已不起作用
杜冷丁也不能
此刻，仿佛只有娘才是他
唯一的止痛药
而我的祖母已去世多年

深夜的重症监护病房
我流着泪水
一边喊着父亲
一边把他拼命挣扎的头颅
紧紧搂在怀里，安抚着他
充当着他的母亲

原载《诗探索》2021年第2辑

杨林鸿

梨花（外三首）

白居易一定有过
与春天擦肩而过的
相思

滴泪的诗句在
白色的花瓣雨里
煎熬、挣扎

雨花

瞬间盛开
瞬间便衰败

哭泣都没有机会
感觉到疼也就
完成了使命

雪花

在世人面前
永远冷若冰霜

爱与温情只能让自己
泪流成河

玫瑰

花瓣层层叠叠
内心装不下风
也盛不下雨

紧紧包裹着的爱
不肯轻易打开

原载《聊城文艺》2021 年夏季号

臧利敏

烟花绽放（组诗）

烟花绽放

月朗星稀
空旷的小广场
暂时被孩子们的喜悦充满

烟花绽放
绚烂的一瞬
总是如此短暂

天空静下来的瞬间
一张中年的脸
陷入新年的黑暗里

时光暗淡
他在来临的又一个春天里
努力辨认自己

荒园

很久了
它隐在古城的角落里
没有人走进

草木疯长
一湾池水
飘着柳树的叶子
细小的流水滴答作响
荒园
在闹市里做着隐士的梦

去年的石榴干枯在枝头
与今年的不期而遇
荒园的梦
偶尔在日光下苏醒

水滴的声音穿空而来
它有足够的耐心
迎接更加静寂的夜晚

草原

在草原之上
人是小的

小到成为地平线上的一个小圆点
或者忽略不计

蓝天亲吻草地
云彩驱赶牛羊
天和地
融为一体

在草原之上
人是小的
像一粒沙
随时会被大风吹走
不留一丝痕迹
即使怀揣一生的爱恨情仇
在草原之上

也不比一粒成熟的草籽更重

星空

再也不会有这样的星空了
大地之上
黑暗拥抱我
我宛如婴孩　目光纯洁
还来不及降临世间

再也不会有这样的星空了
借助于四周的黑暗
我看清了自己的内心
无所不在的神祇
选择一个草原之夜
来牵引我

星星在高空指引
我在一瞬间
获得新生

草原之夜

把夜还给夜吧
把黑暗还给黑暗

让不知名的一切
各自陷在孤独的黑里

把寂静还给寂静
把思想还给心灵

把星光还给夜空
把孤寂还给
仰望星空的那个人

原载《聊城文艺》2021 年春季号

张昌明

诗五首

一滴水的叩问

你　从何而来
又去往何方
云端　可是你的故乡
天地　可是你的爹娘
你是否见多识广
海市蜃楼　天方夜谭
可是你的玩伴
大海　大河　大江
可是你的乐园
你的一时落是否激起浪花朵朵

来去匆匆
你是否还没接近石头
就化为泡影
让水滴石穿成为笑谈
你是否挂在枝头命悬一线
滴落的瞬间
让生命成就一次灿烂
还是给人间留下一次遗憾

一滴水　一个生命

弱小里藏着人间的重和澄明

葫芦里装着乾坤与天平

在波澜起伏的水面上
一只葫芦被命运的大手纠缠不休

浮上来　摁下去
摁下去　浮上来
如此循环往复

一双不肯罢休的手
一颗不肯沉下的头
像多年解不开的冤家对头
一边挥起千斤铁拳
专击要害及痛点
一边施展四两薄劲
腾挪躲闪
像一场太极和太极的对决和较量
滚滚浪花领教了力量的巨大
也见证了避其锋芒的机智与圆滑
即便只手遮天
在波浪滔天的水面上
一只葫芦被五花大绑朝死里摁
也照样　一次次失望

小
摁不倒
轻
不认命
身体里　装着乾坤与天平

在岁月的铲刀下滚来滚去

一枚豆子
上天播种人间的

带着土地的余热和芳香
从九百六十平方公里的泥土里滚爬出来
经风雨洗刷　洗却尘土
经烈日晾晒　稀出水分
蜕去脆　薄的外衣
将一身光滑　坚硬和金黄昭示人间
揣着上天和大地的期盼
一头扎进人间的热锅
在岁月的铲刀下滚来滚去
争分夺秒　争先恐后　叮叮咚咚响
像锣鼓飞扬　像泉水流淌
像一粒粒汗珠子滚着太阳和月亮
和锋利的铲刀针尖对麦芒
较量　再较量
在噼噼啪啪的掌声里
上演着滚来滚去
滚去滚来的人间大戏

一生
只为这一幕

张嘴一嚼
嘎嘣脆
香

不再盯着高处不放

当一双目光不再盯着高处不放
人间就少了些寒凉
高高在上的光芒
也黯然失色
一生追随　不能望其的项背
也失去了往日的神秘与分量
误入囧途　进退维谷的脚步
也不再瞻前顾后　犹豫彷徨

疲惫的鸟儿归巢
繁华散尽的落叶归根
支离破碎的流水
此刻也以前所未有的轻松　一路欢唱
奔赴大河　大江

目光之上
悬崖不再是悬崖
峭壁不再是峭壁
头上一缕白云
脚下一方热土

生活的空间

只有土埋到脖颈
才感觉空间也有底线
重压之下才知天之高　地之大
才知一棵小草如何发芽

空间　不空
扣过　敲过　才知大小　轻重
才知嗡嗡嗡　咚咚咚截然不同
大可以装江山　装天下
小可以装犄角旮旯　装柴米油盐酱醋茶
既装风平浪静　也装金戈铁马
能装真　也能装假

空间　有限
大道并非无边
再长的生命也不可能没有终点
生活圆满也长含遗憾
那么多站立　拥挤　喘息
面面相觑

原载《鲁西诗人》2021年第4期

张新锐

诗五首

憋了一冬，该冒芽了（外二首）

憋了一冬，该冒芽了
只是春风软弱可欺
推不动一天的云烟
和封冻的坚冰一样结实

将一件件心事，排列整齐
塞进背包，那枚家乡的弯月
沉在包箱，还在呻吟

压抑了许久
一口气吐出阳春白雪
伸一伸懒腰，疼痛的骨骼
落地有声

母亲在，家就在
依偎在母亲的膝下再暖一会儿
深深地吸上一口气
母乳的气息便弥漫而来

过年喽，我要回到血脉相系的故乡
让母亲领着一大群过世的人一起回家

没有围墙的世界里
我想与亲人说说话
守着故乡新鲜的时光
和天空醒来的，又一个黎明

骨朵儿里藏着，一季灿烂的春天

一颗年轻的心，喊醒春天
思想的泪水，湿了大地
一些伤口，藏在鲜活的童话里
在流经那条大河的源头，等待阳光

春风钻进翅膀，暖透巢穴记忆的深处
寻找回家的路，和亲人殷切的眺望
奶奶拽着孙子，在庭院里
早早挂起火红的灯笼
阳光刚好云淡风轻，虽没有浓郁的芬芳
却在骨朵里藏着，一季灿烂的春天

你的答案，揣在袖筒里焐暖

你的答案，揣在袖筒里焐暖
让我猜不透，一次次梦断
把一截尘封的往事，珍藏多年

往事，一节节攀升
抑不住眼角的悲伤留恋
岁月悠然而过，只留下嫣然一笑
怦怦心跳依然擦肩

回眸一瞥，你的微笑
掩不住一场泪水涟涟
你是在哪里把我呼唤
声音比月亮还要遥远

这样也好，做一只迷途的大雁

在万里蓝天，流连忘返

原载《青年文学家》2021 年 5 月上

燃尽最后一滴，柔情似水（外一首）

一头蓬勃的秀发
被岁月细密的梳子
退去俏皮与俊秀
落下一季寒露披肩

一汪泪眼
燃尽最后一滴
柔情似水
一次失手的爱情
让一场大雨
号啕了一夜
伤心泪绝

母亲温暖的爱意
拍打着渐去的忧伤
收获的眼神过后
打开淡淡的一抹苦笑

所有消磨的时光里
起伏的庄稼
正在梦里，一天天黄熟
彼此牵挂，红尘里
那一些最美的遇见

种一个金秋，从一枚发芽的种子开始

种一个金秋
从一枚发芽的种子开始
那些贫瘠的黄土地里

暖着一季春天的梦想

耐心地哺育
需要春风细雨的滋润
从江南赶着一路的云烟
小燕子的叫声
唤来鹅黄的春天

一夜萌发,和草芽一起
一截截爬满
又绿了鲁西平原
种一个金秋
需要不懈的努力

像寂寞的山峰
苦等冰雪的融化
像干枯的河床
守望浪花的簇拥
一次次成长的消息
响彻八千里河山

原载《参花》2021 年第 4 期

赵登垒

暗不下，那炭烬的灼烫（组诗选五）

五月，麦子熟了

公路南向八十里
到阳谷，折身向东十八里
亮闪闪，状似一柄大镰刀
躺进五月麦香里了

昨夜，我挥舞镰刀
梦中割了整整一天麦子
大汗淋漓
酣畅淋漓

麦一黄
乡思就炸芒
老家就舒展开这镰状路
揽我回

此刻，我又驱车
驰在返乡路上了
尽管割麦早就换成了机器
无须再操镰劳作

我不舍这路，这连接我生命来处的脐带

这生发着母亲体香的田野

这父老人性本色的袒露

这灿灿的金

黄昏，我看见死去多年的爹

一位老农，荷犁杖

赶的还是那头老黄牛

下夕烟

走在田间小路上

路边，一大片刚犁翻的垡子地

淡蓝薄雾，笼上黄黑新鲜

几只找虫吃的乌鸦

高飞低旋，吱嘎鸣叫

它们这样赞美劳动

经历地覆天翻

冲那梦绕魂牵的熟识身影

我大喊

竟窒息般发不出声音

——田野上

一团火烧云暗下来

暗不下，那炭烬的灼烫

小路

躺进豌豆地的这条小路

是父亲撂下的一根扁担

太阳在这头，月亮在那头

日月就从父亲肩头

这扁担上走过

挑一担羊粪下地

挑一担红薯回家

土地和娃儿
都吃父亲挑来的食粮

挑一担蝈蝈的欢叫
挑一担祭祖的供果
舒心和凄苦，颤悠悠
在扁担两头起落

挑一担麦子卖给粮站
挑一担行李送我进城上学
一头家，一头国
腰越弯，挑得越起劲

一歇，他成了路边一堆黄土
这扁担的路
不忘搂在身边

一头今天，一头未来
一副人生的担子
我默默肩起

岁月清楚，真汉子
总把自己
挑成它的一节筋骨

知音

庄稼能讲多种外语
玉米拔节的响脆
痛，还是痛快

红薯，将泥土
拱裂出缝隙，那喘息
呼救，还是喝道

谷子用蝈蝈叙说一生
油绿亮翅的蝈蝈
从谷穗体内探出头来

风儿轻浮
溜进又钻出
风的翻译,谁听也一头雾水

真正的知音是爷爷
跟庄稼拉了一辈子呱
临了,庄稼揽他
睡自己身边

那些年,乡下的家

一进家
家就活了

墙根一窝土鸡
举着翅膀围来抢食
一只很少下水的黑麻鸭
也晃动肥臀跻身其中
扁嘴秃噜上我的脚趾

伸脖子进水缸喝一气凉水
缸水捧住我的脸
它用我的另一张脸
跟我亲嘴

小风箱咕嗒咕嗒叫起来
锅盖上冒出新麦面贴饼的香气
腌坛里抓半截红萝卜
吸溜着吃个肚儿圆

坐在门槛,拉响自制的土弦子

唱一段提篮小卖拾煤渣
邻家二菊常露脸墙豁偷听

扛起铁锨下地
关好两扇院门离开
土坯院墙绷着的两片嘴唇
微微噘起

月光下，窗半开
二菊？院墙？
老家那绷着的唇，还常噘来城里
噘进梦里

原载《鲁西诗人》2021年第4期

散文

安　格

梧桐花开

　　凌晨五点,无端地醒来,我竟然再也无法入眠;脑海里满是梧桐树在开花,一树一树的淡紫色,仿佛春天的味道也是淡紫色的。

　　想起奶奶家院子里的那棵梧桐树。还是黄发小儿的我,或许个头不高的缘故,眼里的梧桐花总是在地上的。那时的我倒是喜欢滴滴答答的雨,还有不曾留意来过却已经刮走了的夜风。风雨已过,我就可以和小伙伴们去捡拾散落在地上的梧桐花,揪掉花瓣和花蕊,只留下花托;要弄上好大一堆才满意。之后,奶奶家纳鞋底的针和纺好的棉线,就派上了用场。你猜对了!我们穿针引线一番,把那一堆花托有序地串起来,郑重地戴到脖颈上,双目微闭,双手合十,微微颔首,口中念念有词"阿弥陀佛,我们自东土大唐而来,前往西天求取真经",都仿佛是《西游记》里面的取经人。爷爷合不拢嘴地做一番点评,说谁谁像唐僧,谁谁像八戒,谁谁更像孙猴子。一群小孩子瞬间就嘻嘻哈哈地又装模作样起来……黄发垂髫,并怡然自乐。

　　还想起米市街的梧桐树。多年前的一个五月,小妹来帮我们看护小孩。小妹爱笑,于是家里、院子里满是笑。午饭的时候,小妹说,哥嫂,瞧这满院子的梧桐花可真多,一朵接着一朵,一串挨着一串,不光有香味,颜色还那么好看,整个院子都成了紫色的呢!小妹说得没错,是真的!抬眼望去,笼罩在庭院上空的,仿佛是一团紫云,绚丽而奔放。的确,人们大多只知道"春色来时物喜初",又有谁留意春光归时的美景呢?"更无人饯春行色,犹有桐花管领渠",小妹看见梧桐花,我们也看到梧桐一树一树的花开。我由衷地佩服她,目中有花,心中有春,活力向上的春。

　　微信朋友圈里,很多朋友在"晒"拍到的花儿。单瓣的、复瓣的樱花,花色艳丽;桃花,粉嘟嘟的,像处子害羞的脸庞;杏花,"道白非真白,言红不若红",或含苞或怒放,被春风吹作雪一样的情态;梨花,因黄河之水而充满灵气,千枝万

枝春带雨，别有一番风韵……春天的花事，让朋友们各有各自的欢喜。

犹记去年暮春时，我走街串巷，给所见的梧桐花拍照，有的是孤零零的，有的是三两棵，还有的是道旁一排排。梧桐花开那样盛，仿佛在欢度它们的节日，狂欢到暮色低垂。但是，欢乐是它们的！爷爷的音容笑貌，恍然如昨；像焰火一样的小妹，犹让我扼腕悲恸。那时的我踽踽而行，念及逝去的亲人，任泪水奔涌着，默然穿过一个又一个街角……

今年，我心中的那棵梧桐树，花朵照例开放，尽管终会凋落。其实，所有的生命何尝不如此呢？循环往复、周而复始的轮回中，生命的长河是无止境的。

晨光熹微，朝霞旖旎。我坚定地走向生机盎然的春天，期盼着一年又一年的梧桐花开！

原载《聊城晚报》2021 年 5 月 21 日

丁 杰

散文二篇

惊心动魄的割草事件

那个初秋的下午，绿油油的田野一如既往地美丽着：天蓝得像一片澄澈的湖水，飘着几朵柔软的白云；一望无际的玉米田散发着清甜的香气，亭亭玉立的玉米秸腰间都顶着一簇簇美丽的红缨，煞是好看；田间小水沟中的水清清浅浅，若捧起来喝几口，肯定有点儿甜。

这该是多么美好愉快的一个下午啊！可此刻，八岁的我和九岁的红燕却光着脚，打着哆嗦，藏身在水沟边上的一丛荆条中，心惊胆战，又懊悔不已！

刚才，我们一念之差，祸害了福根田里的十几棵庄稼！虽然我没有直接下手作案，但这事因我而起。听着远处福根怒不可遏的叫骂声，我们藏在荆条中，吓得浑身是汗，更不知如何是好。就这样藏到天黑吗？

脚下的杂草把脚心扎得生疼，穿着背心短裤的我们，胳膊上、腿上都被蚊子咬了不少红包，看着红燕难受地挠着浑身的痒，我忍不住抽泣道："都怪我太渴了……"

红燕是我要好的小伙伴，因长我一岁，我几乎啥事都唯她马首是瞻。下午她去家里找我一同割草，我挎上草篮子就屁颠屁颠地跟她来到田间。

去哪里割草呢？那时候的草可是好东西，小孩子找片水草丰美处可不容易，因为田间地头沟边河沿的草，早被人们割了一遍又一遍，或被牛羊啃得只剩草根了。

我忽然灵光一现，想起了我家的地邻——福根家的玉米地，记得里面长了好些茂盛水嫩的抓豆秧子，这种草可是牛呀驴呀和羊们的最爱。

我家地里的草早被勤劳的父母拔除得干干净净了，而福根家的地里总是会有些野草疯长，庄稼的收成自然也不会太好，他家的日子在村里也是最穷的吧。

当时，作为小孩子的我当然不懂他家日子为何如此潦倒，只觉得他是一个沉默寡言，又有些凶悍的怪老头，五十多了才娶上一个病恹恹的外地媳妇，上有八十多的病弱老母，下有嗷嗷待哺的两个幼子，整天阴沉着一张脸，眉头拧着的疙瘩从没舒展开过，与人冷漠，即使是地邻，他同父母也交流甚少。也许，他根本不认得我这个小屁孩吧。

此刻，他站在地头上，暴怒着，撕心裂肺地斥骂着，又似声泪俱下地控诉着满腔的委屈。虽然隔了两节地之远，这振聋发聩的声音依然让藏在荆条中的我听得心惊肉跳，羞愧不已，内疚不已，后悔不已。

刚才，我领着红燕轻车熟路地钻进福根家的玉米地，不一会儿，就兴奋地发现了一片水灵茂盛的抓豆秧子。因为前几天刚下过雨，田里有些粘鞋，我们索性脱掉凉鞋，光着脚干活，很快就割满了篮子，摁结实，准备歇一会儿再割一抱嫩草塞上，就可满载而归了。

玉米地里很热，汗流浃背的我火烧火燎似的口渴。哪里有水喝呢？一向机智能干的红燕忽然想起秋收时吃的甜玉米秸。她兴奋地起身，看准一棵玉米，倾斜着用力一拽，咔嚓一下，一棵顶着红缨的玉米秸应声倒下了。

我心一紧，有些慌，有些不忍。要知道我牵着牛或驴帮父亲耪地时，若一不小心踩倒棵小苗，就会遭到父亲斥责，更何况祸害这么一大棵结实的玉米！

红燕三下五除二地扒光了玉米秸上的叶子，掰断一节递给我嚼。毕竟还没到成熟季节，秸秆青涩，没有甜度。红燕扔掉这一棵，又咔嚓了一棵嚼着，隐隐有点甜。她想寻找最甜的那一种玉米秸秆，边尝边寻摸相中的下手。有粗的，有细的，有高的，有矮的，竟一连放倒了十多棵。

看着这一地狼藉的秸秆和叶子，我忽然有种闯了大祸的不安和惊恐。我拦住红燕，说这些满够咱吃的了，坐下来慢慢吃吧。

我们坐在地上，哗哗啦啦地剥着叶子，忽听见南边地头上传来福根和他媳妇的说话声："我怎么听到咱地里有动静呢？好像有人！我去看看……"

说时迟，那时快，我一听到他拨拉着玉米叶子走过来的声音，顿时惊恐万状，感到大祸临头了，拉起红燕飞身便往北跑，顾不上穿鞋，顾不上草篮和镰刀，顾不上玉米叶子割疼了脸，拼命跑出了福根家的玉米田，又钻进北边一节玉米田，把福根怒骂的声音甩得越来越远时，才又横着拐出玉米田透口气，藏进水沟边的荆条中。

福根应从作案现场推断出我们是两个小孩，他一口一个小兔崽子骂着，骂我们不吃粮食，骂我们没人肠子，痛心疾首地叫喊他种这片庄稼多不容易，他们一家老少就指望这点庄稼吃饭……

听他反复循环地怒骂兔崽子和叫喊到粮食，我忽然想起去年春天的一个场景：他推着地排车，上面坐着老母，怀抱着幼子，面前放着两条麻袋。最是青黄不接时，他家断了粮，挨家挨户请人帮点儿粮食。走到我家门口时，母亲两手各端着满满的一瓢玉米和麦粒，分别倒在他的麻袋里，又回身拿了一个特意蒸给不满周岁的小弟吃的纯白面馒头，让地排车上的老人喂给孩子。要知道，我们平时吃窝头，偶尔才能吃顿混合面的馒头。

他一声不响地忽然下跪磕了个头，慌得母亲赶紧扶起了他，因为无论年龄和辈分，他都是长者。

想到这里，我小声问红燕："你说咱刚才祸害的那十几棵棒子能搓一大瓢粒吗？咱出去和他说，等收了棒子咱赔给他五瓢，不，赔给他十大瓢好不好？"

太阳慢慢地由白色变成了橘红色，快要落山的样子，蚊子也越发多了起来，我们不停地挠着身上的包，始终没勇气钻出荆条丛，更不敢弃鞋子、镰刀和草篮于不顾；这样光着脚，两手空空地跑回家，不被大人骂死才怪呢。

也许福根骂累了，也许回家了，不知何时田野上已恢复了安静，安静得可怕，我们更不敢钻出荆条丛回去找鞋子、镰刀和草篮，总害怕福根正蹲在那里等我俩自投罗网。

万般惶恐之际，忽听见小水沟对面的玉米叶哗啦一响，我转头一看，吓破胆似的"啊"了一声，只见福根从天而降般出现在小水沟对面，正猫着腰看向荆条中的我们。

"你俩别藏着了，快出来吧，天都快黑了，该回家了！"他瓮声瓮气地说，声音里虽有嗔怒，却也出乎意料的温和。

这份温和让我们乖乖地钻出了荆条，耷拉着脑袋站在那儿等待他的审判。

他忽然不好意思地笑道："原来是你们俩啊，我还以为是外村的小孩呢，刚才一看庄稼疼得慌，骂了几句，吓着你们了吧？"

是什么让他冰释了前嫌？这话风变得太快，幸福来得太突然！时至今日，想起那一幕温暖的情景我依然会动容：夕阳的余晖温柔地沐浴着他褴褛的衣衫，他花白的头发在习习的晚风中有些凌乱，满脸沧桑的皱纹里含着让我们这两个小孩心安的笑意，有安慰，有抱歉。

见我们俩像吓傻了似的呆立不动，他走下沟坡，跨了一大步，迈过浅浅的水洼，一手一个牵起我们朝他田里走。

他边走边哄着惊魂未定的我们："我整天在家里忙，没空来地里拔草，你们来帮我拔草是做好事。现在这棒子还没长粒呢，等能吃了，你们再来，我给你们烧嫩棒子吃。咱村的老少爷们都帮过我，谁来我地里掰个棒子吃，我也不心疼。"

自尊心很强的我大着胆子说："爷爷，我今后再也不祸害你的棒子了，等我家掰了棒子我赔你十大瓢，你千万别把今天的事告诉俺大俺娘，行不爷爷？"

"爷爷今年应该够吃的了，不用你赔哈，放心吧，我不告诉你大你娘，谁都不告诉。"

夕阳下，他用地排车推着他病弱的媳妇和孩子，还有我俩和草篮，把我们捎回了家。

当时的我暗下决心，等收了玉米后一定想办法赔他十大瓢，可从那之后他再没上门要过粮食，他的日子应好些了吧。

若干年后的一个春天，已长大成人的我陪母亲在那块田里挖野菜，彼时福根爷爷早已作古，长眠在那块田里。我望着他暖暖的坟头，想起他夕阳下沧桑的笑脸，忍不住给母亲讲起了这段童年往事。

母亲听了，又惊讶，又感激，唏嘘不已，说起了福根的生平：他本是大户人家，是三代单传、两手不沾阳春水的宝贝少爷，后来划成地主成分，父亲死后，福根在三间破屋里与多病的老娘相依为命。家徒四壁，不会干农活，又因成分不好，受尽了白眼，讨不到媳妇，成了村里的老光棍，五十多岁才讨了个外地媳妇，生了两个儿子，吃了上顿没下顿，成了村里最困难的人家。

他似乎不通人情世故，不合群，很少和别人交往。现实令他自卑得抬不起头来，骨子却又清高着，极少求人。那年春天家里断了炊烟，实在活不下去了，他才挨家挨户地下跪磕头要点粮食续命。虽然当时大家都不大好过，但大家伙你一瓢我一碗地帮他熬过了青黄不接的难关。

"看来人心都是热的，那么凶巴巴的一张冷面孔，心肠竟是那么厚道。"母亲感慨地说，"那时粮食那么金贵，你们一连祸害十几棵，搁到别人身上揍你们一顿也应该。他骂跑了你们，肯定又怕你们吓得不敢回家，又担着心费着劲满地里去找你们，唉，好人啊！"

我和母亲都后怕地想：如果那天傍晚他不满地里找回我们，两个八九岁的小孩在初秋的玉米地里喂一晚上蚊子，会有什么后果。

我用田野上朴素而芬芳的野草花编了一个美丽的花环，满怀感恩地献在他的坟前，细心地整理好那安静温暖的坟头，深鞠一躬，致敬他无限艰辛的生活里不曾失却的善良。

原载《聊城文艺》2021 年冬季号

乡愁有多长，且饮一壶月光

我生在鲁西平原上一个秀美宁静的小村庄。我热爱那里的每一位父老乡亲，怀念着那里的每一片庄稼，每一条河流，每一群牛羊。

人们常说，一个人无论走多远，都走不出对故乡的依恋。每一个月色温柔的夜晚，那个月光下的小村庄，总在我脑海中美丽浮现。

夜深人静时，徐徐回望故乡，最难忘的美丽画面，是天上那轮皎洁的明月，和我那秀美可爱的小村庄，含情脉脉地对望，天上人间，相看两不厌。

小时候，月上柳梢时，吃罢晚饭的左邻右舍，常悠闲地走到大街上，三五成群地聊聊天。月色温柔如水，慢慢地消融着人们一天的疲惫。

小村庄的夜晚是静谧可爱的，虽然繁星满天的夜色也很迷人，但我们还是盼着月亮出现，无论它在天边新月如钩，还是爬上柳梢圆如玉盘，还是清辉慢减变成月半弯，一年四季里，它给小村庄带来的，总是美好与光明，喜悦和方便。

春天里，黄昏后，当西天的晚霞恋恋不舍地散去，一轮明月悄悄地爬上了树梢。温润的月光透过依依的垂柳，透过亭亭的白杨，透过一树树繁花，在地面上描绘出斑驳的图案。吃罢晚饭的孩子们，呼朋唤友地来到大街上，兴高采烈地玩着各种有趣的游戏：捉迷藏，丢手绢，老鹰捉小鸡，投沙包，跳房子，跳皮筋……一串串活泼的笑声，点亮了小村庄的夜晚。大人们喊着孩子的乳名，催着他们回家睡觉。即使喊过三五遍，孩子们依然充耳不闻地玩耍。直到被大人嗔骂着，揪着耳朵拽回家。彼时，月儿高挂空中，温柔的月光透过窗棂，洒在暖暖的花被上，抚慰着孩子酣然入梦。

入夏，麦收时节，争分夺秒抢收抢种的人们，常常会借着月光，在麦场上通宵达旦地忙活。月光下的麦场是丰收的战场，也是孩子们的乐园。男女老幼热火朝天地忙完一阵子，大人们坐在高高的麦堆旁，抽袋烟，说说话，孩子们在麦场上奔跑嬉闹，玩累了，在洁白松软的麦秸上倒头便睡，就如同睡在温柔的月光里，好不惬意！

进了三伏天，酷热难耐，有月亮的夜晚，孩子们会溜出家门，一个个下饺子般跳入村南的小池塘，变着花样戏水。大人们坐在池塘边，摇着蒲扇，闲话家常，明月皎皎，凉风习习。田野上百草丰茂，庄稼在拔节疯长，远方飘来青草和庄稼混合着的清香。夜深了，把孩子喊上岸来，披一身月光，尽兴而归。

秋天的夜空是那么高远澄澈，亮如白昼的月光下，全家人坐在院子里或房顶上扒玉米，是最愉快的农活儿了。大人们东一句西一句地讲着家长里短，说着丰收光景，孩子们说着小伙伴的糗事。一堆堆金黄的玉米，在月光下散发着珠圆玉润的光泽。月色温柔，一家人有说有笑，其乐融融。抬头望月，广寒宫的仙子也正艳羡着人间的天伦之乐。

冬天最美的风景，是大雪初霁，月挂中天。纤尘不染的月光下，小村庄银装素裹，纯净美丽得像童话中的城堡。有一天，大雪飘飘，从早下到晚，我们一家人正围坐在火炉边烤地瓜，忽见一窗月光。一向严厉的父亲童心复萌，领着欢呼雀跃的孩子们，跑到大门外，堆起了一个又一个雪人。母亲踩着厚厚的积雪，咯吱咯吱地走过来，一边夸赞着雪人的漂亮，一边催我们回家去吃刚刚烤好的地瓜。跑进温暖的屋子，捧着香甜的地瓜，这个大雪后的明月夜是如此甜蜜快乐……

长大后，诗书中洒满月光，弥漫着缕缕乡愁。想那古人也如我一样，怀念着明月下宁静美丽的小村庄，那里有青梅竹马的玩伴，有庄稼牛羊，有袅袅炊烟，有双亲倚在门口，把乳名呼唤。

故乡有多远，乡愁就有多长。夜深人静的时候，饮一壶月光吧，哪怕会醉得热泪盈眶……

原载《聊城晚报》2021年7月2日

高岩芳

独一无二的夜跑

写出这个题目我觉得是有逻辑问题的,我们每一个行为举动,哪一个不是独一无二的呢?赫拉克里特说过:人不能两次踏进同一条河流。莱布尼茨也曾说过:世界上没有完全相同的两片树叶。错误地使用独一无二,更多的是在照应写作的心情,我且自由放任一回吧。

习惯一个人跑步,双腿开始交替前进,音乐在耳边环绕。习惯一个人的节奏、自由和沉醉。高中好友 H,已有十几年未见,只在微信上偶尔问候,他也是跑步发烧友。那日正在加班,忽然收到他的微信,视频上赫然显示的是我大东阿广场,简单问候之后约定第二天一起夜跑。

十几年未见,可以说高中毕业之后没大联系,不知道这近 30 年的时间能让人的距离有多么遥远。H,男生,内向,偏文艺青年,现在一线城市从事法律职业。加一句,他和我没有任何的一丝丝的男女之间的暧昧,我们关系,类兄妹,类朋友,胜闺蜜。他在我的心目中是那种"谦谦君子"形象,话不多,不圆滑,像纯净的星空,含着淡淡的诗意。也许你遇见过一类人,印象不错,但是你稍稍表现出认同感,他便露出狎昵的浅薄来,而 H 完全是另一类,让你知道男女之间互相尊重才可以保持最久的友谊,最舒服的相处。

当一个高高瘦瘦的男子跑到我身边时,我有种回到往日的错觉。30 年的时间,并没有把他涂抹得哪怕些微油腻,还是 30 年前身穿绿军装,掏着裤兜站在乡政府门前的样子。他还是像往日一样细心,还准备了苏打水。在广场上跑了几圈,我们开始环湖跑,夜色初临,灯火璀璨,湖畔的栾树花开,散发着丝丝缕缕的香气。沿十七孔桥向北,到阳光楼,路过一片黑黑的路段,他说早知道这样戴着头灯了。是啊,那样就不怕黑了。微风拂过竹林,发出细碎的声响。再往北,是一片水面,他让我靠右跑,他在离水更近的左边跑,并且帮我拿着水瓶,心里忽然很感动、温暖。"江山易改,本性难移",在我记忆中那个内向、细心、敏感的少年形象一再地闪过，再闪过……沿着湖畔一直跑进洛神湖公园的腹地，他忽然很高兴地说，这个地方多好，我知道他指的是这个地方干净、安全、幽静，没有车来车往，也没有漫天的灰尘，因为他让我给他找一个符合这种标准的跑步路线来着。洛神湖公园，是东阿人民的福祉，是一个不发达的小城的最大福利。我们行进在茂密的绿植间，鼻息里是干净清新的空气，有时也会有一搭无一搭地说几句，此夜跑有汗水而无枯燥之苦。我们跑过影视城的东城门，越过一片黢黑的林荫道，遇到了镌着"秋水长天"的牌坊，踏上了夜晚安静的官路沟大桥。

他要送我回家，我们跑在人民街上，路旁是被围起来的建筑工地，文化路上，有我们共同的母校：东阿一中，还有我现在的单位，东阿县人民政府。30年过去了，他对这条街已经陌生了，我们生活在这里，无视它的变化，但是对于久居在他乡的游子，却很容易就分辨出这变化。我们跑在府前街，转到商业街，聊着一些无关紧要的话题，其实，就算有滔滔不绝的说话欲望，也不会说尽这30年的酸甜苦辣，毕竟我们生活在彼此之外，毫无交集。我欣慰于他可以早晨睡到8点起床，我想这一定是跨越了疲于奔命的青年时代，才取得的生活的安慰。其实人都变了，在经历的每一件事情中加深着生活的体验，其实人都没有变，那基于青春岁月奠定的灵魂指向依然如故。

到了小区，我们像兄妹一样地道别，灯火阑珊，有落叶从树梢飞下，而我淡然看着他的背影：我们都回不去了，但是我们还能像30年前一样说话；我们都回不去了，但是我们依然能从内心里找到对方那个年少的影子；我们回不去了，但是我们永远留住了回忆。

原载《聊城晚报》2021 年 12 月 21 日

韩艳辉

散文二篇

种棉花

春天来了，万物都醒过来了，柳树上的枝条变得柔和起来，一天变个颜色，慢慢都成了绿色。开春之后的天气还是有些寒意，温差很大，早上穿棉衣，中午就穿夹袄。不管怎么样，反正是春天了，春天是播种的季节，庄稼人都知道这个道理，都会为播种做好准备。

我爹说今年改变了种植结构，不再种那么多地瓜了，改种值钱的作物。今年上级号召种棉花，发下来一些棉种子，当然不是白送的，是收钱的。

这几天天气变暖，生产队开会说让大伙做好种棉花的准备，介绍了种棉花的程序和技术。于是，我爹脱下身上的破夹袄，把棉花籽放到一个大铝盆里，然后让娘烧开水。娘就把火点着，放进灶膛一些去年的棉花柴，火势很旺，呼呼的，一会儿就把锅里的水烧开了。这时候爹就用大马勺从锅里把水舀出来，浇到棉花籽上，一勺一勺，直到把棉花籽淹没。其实大盆里已经放上了凉水，此时再加上热水，然后用破单子盖住，让棉花籽暖暖地发芽。过上几天，爹就把那层破布掀开，一看，棉花籽上密密麻麻的全是白色的东西，仔细一看是长出来的白芽芽——棉花籽发芽了。

爹带着这些发芽的棉花籽，担着扁担水桶，拿着铁锨等农具前头走，我和娘、弟弟妹妹紧跟在后边，来到金堤河南的二坡堤上。这块地不平，因为金堤河南不远处，还有一个小堤，这个堤也是抵挡黄河水的，它在金堤河与黄河之间的二河套里。从小堤到金堤河的南岸这段地身很长，都是四队的地，后来分田到户，把它分成一块一块的。从北到南，慢慢上坡，才能到达堤上。

种棉花很烦琐。爹和娘先把地分成行，用绳子量好宽度，爹就用脚往前驱着走，一路过去，就成了一条笔直的线。娘拿着铁锨顺着这条线铲坑，把坑产好了，就等着爹从金堤河里把水挑来，我和妹妹拿着马勺往坑里浇水，等坑里的水被吸收后，就放棉花籽。我有时候负责浇水，一马勺我就浇上两到三个坑，爹看到就责备我，一马勺要浇一个坑，否则棉花出不来就麻烦了。我把这茬给忘了，我只想着省点水，因为爹从金堤河挑水，是很不容易的。从金堤河到南头的小堤坡上有二里多地。爹挑着水桶深一脚浅一脚得很吃力，水都从桶里溅出来了，来到地里就剩下多半桶。

爹把水桶放下来的时候，满脸通红，气喘吁吁，眉头上挂着很多米粒大的小汗珠。我赶忙拿着马勺浇水，妹妹在我身后放棉籽。爹嘱咐妹妹不要放多，棉籽是有数的。妹妹不说话，只顾埋头干活。娘挖了很长很长的坑之后，就回过头来，在妹妹的身后赶紧用脚驱土把棉籽埋上，怕时间一长，把刚出来的小芽芽晒死了。

一个上午我们一家人都在紧张地劳作着：挑水，挖坑，浇水，放棉籽，埋坑。爹一趟一趟挑水，不知道挑了多少趟。娘看着爹的背越来越弯，步子越来越慢，桶里的水越来越少。娘没说话，就把扁担从爹的手里要过来，挑上水桶就往金堤河里走去。爹接过娘的铁锨继续接着铲坑。爹比娘产得更快些，一会儿就走出好远。

娘不一会儿就回来了，挑着两桶水，踩在软软的土地上，颤巍巍的，像飞燕一样，款款而落。我看着娘挑水的样子，觉得很好看，动作比爹优美，胳膊一甩一甩的，像跳一支舞蹈一样轻柔。娘挑第一趟时，脸不变色心不跳，很自然。后来挑第二趟第三趟，甚至更多趟的时候，也像爹一样，步履蹒跚，脸红气短。

太阳越来越高，气温越来越暖。春天的太阳毕竟有它的暖意，不比冬日的阳光皎洁清冷。春阳当头，照在身上，不禁汗津津的，不一会儿，我们都将身上的外衣脱掉了。一晌的劳作，我们的腿脚已经不听使唤了。我和妹妹不时蹲下来或者干脆坐在泥土上，妹妹背对着太阳，昂着头，半张着嘴呼吸，红红的小脸上贴着一绺头发。我低着头用手指在土里乱画，其实就是休闲一下。爹举头看看天空的太阳说，不早了，下班吧，吃饭。

娘没接话茬，收拾收拾农具，招呼一下在地头玩的两个弟弟回家。于是爹挑着担子，娘扛着粪箕子，我和妹妹拿着盛棉籽的袋子，两个弟弟跑前跑后地追赶着，一行六人像西天取经的师徒一样轰轰烈烈地走着。

这样的活儿一干就是几天，等把这一块棉花种完，还有其他的地块，一直把这些该种棉花的地都种上才告一段落。

棉花这个植物跟其他植物不一样，不像地瓜、高粱和玉米，种上以后就没大事了，除了除草浇水外，就等着收获了。特别是地瓜更省事，翻翻秧子，除除草，连水都不用浇。棉花是个娇贵的植物，是个大家闺秀，要用人伺候才能开花结果。

　　棉花种上不几天，地面上就有个小包包拱出地面，这时候爹娘就会拿着三齿镢，慢慢把它们掀开，帮助棉花芽芽出土，怕把它憋在地下出不来。这个事情不能让我和妹妹参与，这是个细活儿，小心翼翼，动作轻柔，像我这个毛手毛脚的小孩子是不能进地的，说不定一脚踩死一棵。

　　再过几天，地面上露出两个鹅黄色叶瓣儿，叶瓣儿渐渐长大，变成黄绿色，再变成深绿色，这时候就长成了四个叶瓣儿抑或六个叶瓣儿，渐渐地越来越多，越来越大了。还会长出一些枝丫杈子，这又要做一个动作——打花杈。

　　我和妹妹跟着娘学着打花杈。娘手把手教给我们，什么是花杈，什么应该掰掉，什么是应该留住的棉桃。然后娘就在前边打花杈，我们跟在后边，看着娘手里咔嚓咔嚓地掰下来很多杈子，我们也学着她咔嚓咔嚓地把多余的枝丫掰下来。娘的动作很快，不一会儿就到了地北头，然后回过头来检查我们的活计。娘看着看着突然大发雷霆，拿着我掰下来的杈子朝我扔过来，气愤地骂我一顿。我莫名其妙地看着娘扔给我的花杈，发现真的有很多毛茸茸的心状物，原来这些小东西是棉桃啊，都怪我粗心大意，没有看清楚，也怪我心急，想急着把活儿干完，早早回家。

　　经过这次教训，我知道打花杈是件不容易做的事，一不小心不仔细就会把棉桃给掰掉，毁了棉花一茬的果实。二妹干活很仔细，总是小心翼翼的，分得清花杈和棉桃，所以娘十分信任二妹，每次干活打花杈都让二妹去。其实我还真不想去地里干活，我受不了那份辛苦，那份苦累。

　　最令人挠头的是给棉花喷药，喷药这个事情又脏又危险，天热容易中毒。三伏天是棉花生长最快的季节，也是棉铃虫生长最旺盛的季节，棉铃虫是越热繁殖越快，青青的小虫子有个柔软的身段，白天在叶的反面避阳，夜里钻进棉桃里大吃特吃，一夜间就会吃一半地，所以喷药不仅要正面喷，还要在叶子的反面反复喷。为了防止棉铃虫的侵袭，过几天就要喷一次药。地太多，爹和娘有时候忙不过来，就会调动我和妹妹这两个后备军。我也学着爹娘扛着圆桶喷雾器，一手拿着喷雾器的杆儿，一手按住压杆，边按边喷。三伏天骄阳似火，潮热的空气像块湿布笼罩在头上，让人窒息，身上的圆桶硌得背生疼生疼，喷不到半路，就想把这个圆桶给扔掉。

　　从春天到秋天是棉花的生长期，发芽、长叶、开花、结果，但也是人们劳作的过程，打花杈、喷药、掐尖儿，无数遍地打花杈、喷药，最后才可以拾棉花。拾棉花是件令人兴奋的事情，这是爹娘和二妹多少个日日夜夜的付出才可以得到的结果啊。

　　地里开出白花花的棉花，在绿叶的陪衬下，显得十分漂亮，远远看上去像一

地白色的牡丹花。

菜 园

家北不远处就是四队的菜园。整个生产队就一个菜园,有一个人管种菜,到时候可以按人口分菜。

左边是葱地,绿油油的葱一行行的,像列队的士兵,看上去整齐好看;右边是茄子地,大片大片的茄子叶,遮住整个地面,长势旺盛,绿意葱葱;中间是辣椒地,辣椒的叶子很小,枝干也细,不像茄子肆意疯狂夸张作势,而是像大家闺秀,羞涩文静。辣椒先是长出绿色的尖尖角,长大后又长又细,再后来就变成红色的。红红的辣椒倒挂着,一簇一簇的,细小的叶子是遮盖不住的,远远望去一片火红,被大葱和茄子镶嵌在中间,像一幅画一样美。

管理菜园的老头叫朱广军,社员私下里都叫他朱老头。朱老头高高的个子,秃秃的脑袋,四方大脸,浓眉大眼,声音像洪钟,走路带风声。他有三个女儿,都是嫁的部队军官,随军远离家乡,家里就剩下他一个人,队里照顾他,因为新中国成立前他是村支部书记。我爷爷是庄长,他们是老搭档。他们两个是村里第一个党支部的成员,只可惜我爷爷命短,二十六岁命归黄泉。

朱老头自从老伴死了之后,就成了四队种菜的人,一个大菜园子成了他的地盘。菜地的最北头是个又矮又破的小土屋,里边的一张床就是他的全部家当。他不分白天黑夜地守护着菜园子,每天晚上很晚才睡。睡前,他提着罩子灯,一趟趟地巡视着菜园,直到夜深人静,他才回他的小屋休息。

朱老头睡得晚起得早,每天天不亮他就起床,肩上扛着铁锨,从小屋出发,自右到左环视一圈,看看菜地有没有人进过,看看菜地里少没少菜。右边是一条路,是通往家北地里和后庄徐楼的必经之路;前边是一条小路,这个小路直通另一个叫荣庄村的小路。这条小路虽小,但是行人可不少,全村的中学生都从这里走过,三三两两,成群结队。因为我们村没有初中,只有荣庄有个联中,我们村和附近村的学生都去那里上学。

朱老头有自己的一套管理方式,每天晚上他都会在菜园的某个地方做上标记,用铁耙子把临路的地边都搂上一遍,新的浮土翻上来,如果有人进地,脚印就会很清晰地印在上面。

从菜地的四周环视一周后,他就回来做饭。土房子有一片很大的空地,是给社员分瓜菜用的地方,他搭了一个很大的凉棚,凉棚东北角垒有一个锅灶。他坐上锅,里边放上水,切上一块地瓜往里一放,盖上锅盖,就开始点火,火苗呼呼地往上蹿。这是一个很小的灶台,分上下两层,上边是锅,下边是一个洞,是自动抽风的,不用风箱,风就会自动往洞里跑,火柴就会呼呼地燃烧。不一会儿锅就开了，朱老头就把玉米面往锅里一倒，用勺子搅拉两下，就不用管了，用余火慢慢地煮着，他可以去干点其他的事情。

朱老头吃饭很简单，把锅里的地瓜粥倒进一个青花瓷的大台碗里，夹一筷子腌制的辣萝卜条子往碗里一放，哧哧溜溜地就喝完、吃完，然后把碗一扔，扔到一个水筲里泡起来，下顿用的时候再洗出来。

吃过饭他就准备给菜地浇水，或者把垄沟检查一遍，看看哪里需要修补，他就挖一锨土放上，用脚踩实。垄沟修好，就把木水筲放到井里，一手扶着辘轳架子，一手使劲摇着辘轳，水筲慢慢地就从井里冒出来，他一把把它抓住，然后很巧妙地用手一推，水就从筲里滚出去，顺着垄沟像蛇一样爬行。他就这样一下一下地摇着辘轳，水一筲一筲地从地下爬上来，顺着垄沟爬行到菜地里。朱老头的汗水浸湿了衣服，衣服紧紧地贴在背上，脸上的汗珠顺着他脸上的垄沟往下流着，他似乎没有感觉，直到菜地喝足了水，他才肯放手。

朱老头儿种的菜很好，三天两天分一次给社员。队长一喊，家北菜地里领菜去了，分菜了！家家户户的大人小孩挎着篮子、扛着粪箕子一窝蜂似的前往家北菜地。其实早晚都是可以领到的，因为菜都分好了。队长、会计、记工员拿着秤、本子，挨家挨户地分好。一口人、两口人、三口人，依次类推，每一行都有一个纸牌子，上面写着数字，谁是几口人的家庭，就直接去哪里装。我们家是六口之家，就在写着六的那一行里装一堆。我们人口多，每次都分的很多，一个篮子是装不下的，有时候我和妹妹母亲都去。

分菜是一件很快乐的事情，成群结队、花花绿绿的人们挎着篮子往菜地里赶，有时候像电影上逃难或者讨饭的镜头，感觉不是苦难，而是一种幸福。

去领菜的大都是大闺女小媳妇，要不就是老太太小孩子，男劳力都去地里干活儿了，没有在家等着分菜的。人们走到那里直接奔向自己的区域，来回走几趟，看几遍，看来看去捡个自己满意的，装进篮子里，高高兴兴地带回家。

细心的人们会发现，每次分菜之后，朱老头的屋墙根下就会剩下一小堆，用草苫子盖住，但是谁也不会知道这多出来的菜的用处，只有朱老头自己心里明白。等到所有的菜都被领走之后，天渐渐黑下来，就会有一个矮小瘦弱的身影，在暮色中，沿着窄窄的菜畦埂，匆匆地走近菜园子的土屋，一会儿就背着一筐东西走回去。

这个矮小瘦弱的身影就是三队的赵老太，她是个五保户，男人死得早，没有给她留下只男半女，就给她留下一个杏树行。杏树行在四队菜园的南边，只隔着一条小路，就是那条通往荣庄的小路，孩子们去上学的要道。整个春天到割麦子之前，赵老太都会在杏树行搭一个半圆的窝棚，一张木床上放一张苇席，苇席卷起来，立在木床上，上边再放一层塑料布，以防漏雨。赵老太的整个希望就是这个杏树行，这是她唯一的家产，她怕上学的孩子偷她的杏，一刻也不舍得离开。赵老太在杏树下编草辫子，有时候梃子干了，就会去四队的菜园里泡梃子，有时候去辘轳井边提桶水。

赵老太又矮又瘦，还有点驼背，干瘦的手臂就像干柴，胳膊上的青筋看得清清楚楚，扁憋的嘴巴里没有剩下一颗牙齿。但是她有着旺盛的精力，半夜打更，天不明就起床，每次孩子们去上学，她都在路边站着呢，谁想摘她一颗杏是不可能的。

后来人们见她经常去四队的菜园子，比任何人都随便。四队的人都很嫉妒她，特别是小孩子见了她都喊她的坏话。赵老太也许耳朵聋了，从来没有在乎过，照样去朱老头那里，有时候朱老头会给她留些菜，还会接济她点钱和粮食。

菜园子从春天一直到秋末初冬才肯消停。夏天种葱、辣椒、茄子，还有小块的芫荽、冬瓜、黄瓜什么的，进入三伏天，就种上大白菜和萝卜，因为这些菜是可以过冬的。我们家会分上好几筐白菜萝卜，我的父亲会拉上地排车，把它们拉回家，挖上一个大坑，把白菜和萝卜分别埋起来，准备留到冬天吃。社员们把白菜和萝卜拉回家，地里一片空白，剩下一些白菜叶子和萝卜缨子，等到大雪纷飞的时候，它们都被覆盖起来，成为明年的底肥。

远远望去，朱老头的小土屋孤零零的，像座土炮楼，落寞荒凉。

原载《聊城文艺》2021年秋季号

黄永军

寻找三孔桥

在运河上，名曰三孔桥的应不在少数。我要寻找的三孔桥位于会通河段，在山东省临清市、茌平县和东昌府区交界之地，是故乡记忆中不可缺少的一部分。

小时候，听大人们说得最多的一个词就是三孔桥。提起三孔桥，大人们的表情是骄傲的，也是神秘的。而我在故乡生活十几年，却一次未曾见过它的真容，趁放羊割草之际，也曾去那一带寻找，只觅得一片水洼地。看来，在我小时候，三孔桥已经不存在了，在大人们那里也只是一个记忆罢了。虽然如此，关于它的传说却一直未曾消失，比如说三孔桥有只金鸡，常在五更天打鸣，它的声音非常嘹亮，三乡五村都能听到。也曾有胆大的小孩，在五更天跑到那片荒地里，趴在树丛里偷窥，回来说真的听见鸡打鸣了，像解放军的冲锋号。至于是否见到金鸡则含糊其词，说天黑蒙蒙的，没看清。我胆子小一些，不敢黑灯瞎火地跑到野地里寻金鸡，但常常在五更天醒来，听见左邻右舍鸡鸣的声音，在朦胧的夜色里想象金鸡的样子，一定是金晃晃的，更是五彩缤纷的。在有了对于色彩的幻想后，自我感觉很满足，很享受。过一会儿，又昏沉沉睡过去了。

所以，终其在家乡的十几年，三孔桥也只是一个未知。金鸡到底有没有，是金色的还是五彩的，多年以来这个迷就尘封进往事岁月了。

几十年后，因文化遗产保护工作需要，我又一次站到这片熟悉而陌生的地方。眼前依然没有什么桥，只有一个几百平方米见方的大坑。水很深，也很清，能看清水下有几块残石横七竖八，残石大约长一米、宽四十厘米。大坑的四周野草青青，几棵白杨寂寞地挺立。这里向北距魏湾镇东辛村两华里左右，向东距离马颊河二十几米，向南是一段残存的运河旧道，还有水，只是河道较窄，看不出是否保存了曾经的形制。向西原是一大片盐碱地，长着低矮丛生的树木。现在，除了一小块林子外，大部分被改造成了农田，阳光温暖而明亮，绿油油的

麦苗舒展着身姿，一派生机勃勃。此时此地，我当然不会再寻找什么金鸡。最后，只在一片草地里找到一块三棱形石质界碑，共三面，分别刻着临清市、茌平县、东昌府区字样。站在三县交界、既古老又青春之地，真的令人产生许多遐想，不禁要问：三孔桥到底有什么样的来历？

根据记载，三孔桥原本是一座减水闸，为明景泰年间左佥都御史徐有贞所建。当年建成时并非一座减水闸，魏湾以南至梁家浅以北共有减水闸五至六座，均位于运河的东岸。到了清朝初期，这群宏伟的建筑只剩下一座减水闸和一座滚水坝，而减水闸则被改造为减坝，名曰三空桥。至民国二十四年，山东省政府派员对它进行了大规模改造，建节制水闸三孔，桥体长十几米，达到闸前能蓄水，桥面能通车。这在方圆十几里内的荒寒乡村，不啻是极其宏大、极其壮观的建筑了，时人称为三孔桥。作为这一地区的标志性建筑，三孔桥既是乡民邑人的荣耀，也是流离外地乡亲的感情寄托。曾有20世纪30年代下东北的人，在东北某地落户，他没回过老家，儿子也没到过老家。儿子临死之前叮嘱他的孩子，替他回老家看看，说："听你爷爷讲，回到山东，找到三孔桥，就找到家了。"由此可见，三孔桥在当地扎根之深，影响之大。

但是，仔细研究相关史料，及地方民情，还会得出另外一个结论：运河及其附属设施并未真正造福沿岸，相反它严重破坏两岸生态，给沿河人民带来持续灾难。阳谷以北临清以南这段运河更为明显，它截断徒骇河、马颊河等泄洪古河，导致该地区洪涝灾害加剧。作为减水闸也好，作为桥也罢，三孔桥在四百多年的历史中主要是排泄运河的洪水，保障运河航运的畅通。尤其是在明清两代，它所服务的对象不是周边几十万乡民，也不是这几十万乡民所赖以生存的土地，它的主要功能是保障漕运水道的畅通，保障四百多万石漕粮抵达北京，保障王朝政权的稳固。所以，它的安危经常牵动最高统治者的神经，在各类奏章、圣谕中多有提及。为确保安全，明清两代的统治者投入大量人力物力，不断地加以修缮保护。不仅如此，他们还在运河西岸修筑了大堰，阻挡来自莘县、朝城、堂邑、冠县等地的客水，防止洪水侵入运河，造成运道泛滥。这些来自西南方向的水患有黄河决口导致，也有大雨成灾导致，洪水徘徊于堰堤之西，长年累月不减，对运河以西广大地区农业生产造成严重影响。同时，运河以东的博平、清平、高唐等地承载运河泄洪的压力，从数处减水闸、滚水坝奔涌而出的洪水在以上各地漫流，淹没农田，侵坏房屋。对此，明清两代统治者严禁地方"只准报灾，不准挖河"。久而久之，该段运河沿岸大片土地碱化，减产甚至绝产，到20世纪六七十年代还非常严重。记得我小时候在大堰周边放羊，大堰由南向北绵延数里，高一丈有余，丛生的野草又高又老，粗壮而尖利，羊都不肯吃。杂草下面，满是被雨水冲刷形成的沟壑、狼窝，偶尔有兔子、黄鼠狼或不知名的野兽窜出。大堰西侧是庄稼地，稀稀拉拉，遮不住碱地之白，据大人讲这一片地亩产连一百斤都不够。大堰的东侧是三四百亩的林场，一棵一棵长在白花花的碱地上，枝干坚硬而曲折，树叶稀少而刺多。那时，年龄尚幼的我坐在大堰上，竟然产生出莫名的感慨来，内心有一种空落落的感觉，难道天下之大都是如此的荒凉吗？前途在哪里？未来又在哪里？

此时，运河已经断流，三孔桥失去功能多年，像一个被遗弃的老者，破败不堪，在这荒凉之地苟延残喘。而它周边的环境，也正悄然发生着巨大变化。20世纪60年代，毛泽东提出了一定要根治海河的号召，鲁西地区对徒骇河、马颊河、卫运河进行了大规模治理，挖深加宽，扩展外堤，兴建拦蓄水闸和众多小型扬水站，对区域内防汛排涝起到显著作用。同时，各地政府组织农民群众平整土地，规范沟渠，改碱压碱，昔日灰暗荒凉的广大农村开始展露生机，农作物亩产量逐步提升。而三孔桥，这个饱经沧桑的老者也迎来了最后时光。1970年，临清县魏湾公社组织十几个村的民兵，开始对三孔桥进行彻底拆除。所拆下来的石料分别用于魏湾东魏、黄庄、河南堂三座生产桥建设。魏湾是公社驻地，也是集贸市场所在地，此次修建的桥位于街内会通河上，未建桥前，生产、赶集、走亲访友均走一座简易木板桥，人行在上面摇摇晃晃，很是危险。现在，我终于可以放心去赶魏湾集了，大步走过这坚固宽阔之桥，买一点瓜果花生，闻一闻包子油条的香味，见一次阔别已久的亲戚朋友，非常开心惬意。还有黄庄村南的生产桥，桥基由大块石料建成，坚硬苗实；桥身是红砖水泥砌成，厚实稳重，至今已近五十年了，还牢牢地扎根河上，为上千亩农田的耕作收获提供交通保障。

至于三孔桥，有着四百多年历史的减水闸，最终落了个被拆除的结局。其实，这也无可奇怪。在封建社会，坚石大料只能为当权者服务，是封建政权的附属物。在新中国，共产党以服务人民为宗旨，以人民利益为核心，凡是对人民有用的予以保留，无用的就废弃，或者加以改造，服务于新时代，服务于广大人民群众，这不是顺理成章的好事吗？转世化身为生产桥，对于三孔桥来讲也是一个好的开始。

何况，它还留给我一个关于金鸡的美好梦想。

原载《聊城晚报》2021年3月19日

靖宝山

看电影

童年时代难忘的故事多得像天上的星星，但我印象最深的是看电影。

那是 20 世纪六七十年代，村里每次演电影都是"县里"来的，三五年才可以在自己家门口看上一场——听说我们村规模大，人口多，才有幸享受如此待遇，周围较小的村庄则成了被电影遗忘的角落。想想也是，一个县的地面那么大，即使电影队一年四季一刻不停地巡回放映，挨过一遍也不知道猴年马月！虽然好几年才盼来一次，但我仍然感到无比自豪和骄傲——毕竟不是每个村都受到这样的待见，梦想的诱人之处不在于变成了活生生的现实，而在于一天天掰着手指头望眼欲穿的过程。

每次一听说村里晚上放电影，我们小孩子那激动而又兴奋的心情简直无法用语言形容，太阳老高就跑到大街上打听在哪里演出——一般是学校操场或者村口比较空旷的地方，兴冲冲地凑到跟前欣赏设备：银幕是大约两米见方的白布，周围用黑布做的边儿，四个角留有圆孔，供穿绳子使用，以便把银幕平整地悬挂在空中——绳子都是拴在大树上或者支起来的木桩上。幕布前面是一张桌子，上面摆放着放映机和播放唱片的留声机，发电机（那时候叫电锅）被远远地安放在背静的地方——这样它发出的声音才不至于太影响观众，一根长长的黑色皮电线把彼此连接起来。放电影的人除了把这些布置妥当外，为了切实做好晚饭后正式放映的准备工作，做到万无一失，还要在我们的簇拥下来到发电机跟前，双手握住制动杆猛地用力往下按压，只消几下子，发电机便爆豆一样"突突突"地响起来，声音是那么清脆悦耳。于是我拉开架势，拼命地往幕布那边跑，总觉得发电机发出的电通过长长的电线才能到达放映机那里，我何不跑在它的前头等它一会儿呢（那时候谁能知道电的速度是每秒 30 万千米呀）。每每还没等我转身迈开步子，远处放映机那里的电灯已经亮了，整个场地一片通明。随着唱片沙沙的转动，幕布上方的高音喇叭响起了高亢的乐曲，播放的大都是合唱《东方红》《大海航行靠舵手》《毛主席走遍祖国大地》等歌曲,声音激越豪放,传到四面八方,使得周围三五里之内的村民听得清清楚楚(当时只有哪里演电影了才会发出这样的声音),于是村民大都晚饭后呼朋引伴地一同来享受难得的精神大餐。

这时,太阳刚刚坠入地平线,天光还明亮得很,不少心急的人们(小孩子居多)已经把凳子、马扎等摆在幕布前面抢占座位(有人不知道从哪里弄来两三块砖,摞在一起算是占下了座位)。已经吃过晚饭的人们则喜气洋洋地坐在那里,洋溢出捷足先登的优越感。他们也真让我羡慕得不得了,愈发心里急得很,于是拼命跑回家,给母亲介绍在什么地方演电影,演电影的机器已经准备好了,谁谁家的人已经占好了座位,等等,目的是催促母亲快做饭,母亲只好放下手里的活儿烧火做饭。等我心急火燎地扒拉几口饭跑出大门,天色已经完全黑下来,除了天上闪烁的星星外,整个大地好像是被扣在锅底下那样漆黑一片。我深一脚浅一脚忙不迭地跑到那里,现场已经是人山人海,一盏电灯照射到一张张兴冲冲的脸上,距离幕布近一点儿的人们七高八低地坐在座位上,靠后一点儿的人们挤挤挨挨地站着,再往后人们都站在了凳子和椅子上,还有不少人站在地排车上。无论放电影的人怎样一遍又一遍地要求"前面的人坐下,别挡着后边的观众",皆无济于事,到处是乱哄哄的嘈杂声。有的为了争站脚的地方你推我搡地相持不下,有的因为他人挡住视线嘟嘟囔囔,有的为了弄出个先来后到互相指责甚至骂骂咧咧,周围的人则你一言我一语地劝解。在这样的情况下,不少人爬到树上、墙头上甚至房顶上观看。由于我个子太小,哪方面都不占优势,就这里钻钻,那里挤挤,无奈那片人的海洋密不透风,几乎连一根针也休想插进去,万般无奈之下只好随着一部分人(上了年纪的人和妇女儿童居多)跑到幕布的另一面看翻影。在我的记忆中这样做已经不是第一次了——以往去外村看电影也经常遇到看翻影的情况,人物的动作让人看起来别扭,也许是幕布质料的原因,画面也不太清晰,给人以粗糙模糊的感觉。

开映前,大队干部往往先讲话,内容大概是革命形势如何如何好,阶级敌人怎样进行破坏捣乱,需要提高警惕,别光想着看电影,记着回家看看,以免东西被盗。打更的要切实负起责任,勤转悠着点儿。有的大队干部不讲这些,而是读一篇报纸上的社论或者中央文件,念几段毛主席语录。这些结束了,放映员才开始调试镜头,聚光灯一投射到幕布上,前面的孩子就争先恐后地把手伸上去,抓抓挠挠做各种动作,幕布上映现出奇形怪状的投影,引得人们有的起哄,有的嬉笑,形成了一片欢乐的海洋。放映员宣布放映开始,一般是现代京剧《红灯记》《杜鹃山》《海港》,或者故事片《小兵张嘎》《第二个春天》《火红的年代》等。由于一部影片放映两个多小时,时间太短,人们不尽兴,所以放映大片之前都是先加演一两个小片（小片的名称一般不公布），内容大都是毛主席会见外宾、农业科普知识（怎样防治庄稼病虫害或者小麦霜冻等内容）、动画片《大闹天宫》《哪吒闹海》《草原英雄小姐妹》等。电灯一灭，随着放映机轻柔而有节奏的"唰唰"声，便在千万双眼睛的期盼和注视里迅速把人们带进了另一个鲜活而又扣人心弦的世界。

微风拂面，纤萝轻摇，无数颗心伴随着银幕上的故事和人物的命运同悲喜、共患难，一起经受着心灵的激荡和精神的洗礼。一部两个多小时的影片，一般中间需要换四本胶片，换胶片虽然只需要一两分钟的时间，但人们好像经过了多少个世纪似的那么难熬，不时地有人催促"快点""别磨蹭"。可以说，无论什么内容，时间长短如何，都让人如痴如醉，津津乐道。一场电影恰似人们精神生活的加油站，往往过去了很长时间，人们见了面仍然自觉不自觉地谈论其内容。小孩子们则更加痴迷和投入，动辄就把这些融入自己的生活，时而在伙伴中间或者当着大人的面，模仿正面或者反派人物的语言和动作，那活灵活现的台词和出神入化的扮相给人们的生活增添了无穷意趣。

历史的车轮驶入 20 世纪 70 年代，每个公社都添置了放映电影的设备，因此，三两个月便可以足不出"村"过一场电影瘾。不过，放电影的时候有时需要花费时间等影片——大都是和邻近公社在比较近的村庄放电影的互相串换胶片。通常的情况是，一个村先放映加演的小片，另一个公社的村庄则先放映大片，播放完一本交换一本，其间双方互相派人骑着自行车旋风一样来回奔波。还有，播放电影需要电，当时没有专门的机械化的发电设备，整个放映过程靠人们蹬着机器转动发电。那简易的发电机好像两辆固定在一起的自行车，前面是两个扶手，座位下面有像自行车脚拐一样的结构，每每放在放映机旁边宛如高科技亮相一样让人眼界大开，不少人围拢来瞧瞧这里、摸摸那里，嘴里不住地啧啧称道。演电影时村里派出的年轻力壮的小伙子两个人一组，坐在上面用双脚快速地蹬着转动，三四个小时尽皆如此。这两个人虽然脚下辛苦，但是处在比一般观众重要而端正的位子上，一边挥汗如雨地忙活着，一边不耽误看电影（听说还给相当于劳动一天的工分），在我幼小的心灵中，一直认为那是一个神圣而又光鲜的角色。

进入 20 世纪 80 年代，各村各户都拉上电了，放映电影只需挂上幕布、摆张桌子便准备妥当。但不知为什么，人们对电影的兴趣反倒大不如从前了，尤其是陆续添置了收音机、电视机、手机、电脑以后，也就基本上告别了在村里看电影的生活。但是，从人们越来越闷在家里而不想与他人见面的冷漠里，从人们见了面越来越没有多少话可说的尴尬里，从左邻右舍婚丧嫁娶需要帮忙人们懒得到场，以至于不得不花钱雇人的现象里，我分明看到人世间弥足珍贵的东西——信任、依赖、互助等在悄悄地流失。是现代化的媒体惹的祸，还是缺少了人性的光辉？抚今追昔，沧海桑田，我是多么恋念当年简陋的条件下看电影的情景啊！那样惬意的精神享受莫非只有那个时代才会有？！

原载《聊城文艺》2021 年夏季号

康学森

散文二篇

情人节的玫瑰多少钱一朵

有一年的 2 月 13 日晚与朋友小聚，内弟打电话来说，哥，买玫瑰了吗？贱了啊，我买了 9 朵呢。这才想起明天是情人节。我知道内弟说此话隐约的含义，他希望我和他姐更和谐更幸福，不要因为我的疏忽而让细腻的妻子有些许失望。我忙说，这就买去。

晚归路上，因有冰雪，没停车。第二天从街上过，果然有卖花人在路旁兜售，在一个 20 多岁的胖小伙前，我问，这玫瑰多少钱一朵？答曰 10 元，我转身欲离去时，小伙子突然追问，大爷，买几朵吧，多了可以便宜呢。这小伙子的热情弄得我非常尴尬，一是我果真就这么老吗？ 40 多岁就被人称大爷了，二是如果我真的买了，说不定这小伙子会在我走后戏语，哼，这老头还挺酸呢，还买玫瑰。

下午再从此路过，躲过了小伙，从临摊处买了一朵，匆匆逃掉。晚上，妻归，见灯架上一个酒瓶里插了一朵紫红色的花儿，显然开心，说：呵，跟你结婚 20 多年，还是第一次收到你的玫瑰。我连忙说，其实我胸中就是个大大的玫瑰园，只是原来不兴这样的浪漫，现在人们的观念进步了，我这也表示一次与时俱进吧！

对于西方的情人节，我一直有很深的误读，认为只是爱人之外的情人，见不得阳光。现在社会又是如此功利与浮躁，更使情人节充满了种种诡秘和暧昧的色彩，说白了就是地下鸳鸯会，这方面的故事太多了。

其实在 10 年前我就写过一首诗，题为《2 月 14 日的玫瑰》，阐述了我对爱情与玫瑰的理解。在人流人海的滚滚红尘中，我只是一个卖花的花农，我一车子的玫瑰都卖空了，也没留下一朵给妻子，因为妻子不需要这些，她需要的是一个农民的基本愿望，那就是一个来年的好收成。把这首诗歌转录于此，以此献给天下的有情人：

2月14日的玫瑰

2月14日充满暗示
这一天许多男人与女人
开始怀念玫瑰
这一天雪纷纷扬扬
大街上到处是
玫瑰和爱情

在街口的一角
我守着一车子的玫瑰
我是一个爱情王子
在这里等待你们
一双双手
拿走我的一束束鲜红的爱情

黄昏来临
我的车子空了
我是一个快乐的卖花人
我不用留最后一束
来献给我的妻子
城市的红男绿女需要玫瑰
我的妻需要风调雨顺的年景

外婆之死

20世纪80年代中期，我还是个战士，军营生活的单调与重复，没有把我塑造成艺术作品中那种铁血男儿的军人形象，相反，我落寞、多思、忧伤，并且狂热地爱着诗。这个时候，我读到舒婷的《怀念》，副标题赫然写着：奠外婆。

舒婷在诗里有一连串的排比，一咏三叹地抒发对外婆的怀念，那种细致，那种深情，那种场景与细节的再现令我心碎。于是，我便不由自主地想起自己的外婆。

我幼年时，由于父母工作繁忙，无暇顾我，在两周岁时便被寄养在外婆家中。虽然乡村的生活是清苦而寂寞的，但外婆给了我无尽的关怀与呵护，她是一个多好的老人啊！我至今记着她将一点自己舍不得吃的食品珍存很久，分期给我的一次次惊喜，忘不了因父母久久不来看我，她沉重的叹息与突然的潸然泪下。

在外婆的目光里我走完了童年，也从外婆身上学会了善良、诚实与坚韧这足以影响我一生的做人品质。后来我大了，离开她了，求学、参军，转眼长成小伙子。读了舒婷的《怀念》，在感动的同时又感到自己比舒婷幸运，因为我的外婆毕竟健在。十八岁的战士已渴望爱情，为了表达对外婆的热爱，我想送给外婆的最好礼物是找一个漂亮女友，而她应该像我一样爱外婆。在那种诗意的想象中，我和女友共同挽着外婆漫步在《外婆的澎湖湾》里那样的沙滩。

我当时就想，假如外婆去世了，对她的最好祭奠是这样一幅画面：一个士兵全副武装默立在她的坟前，头戴钢盔，再斜挎冲锋枪。那该是一幅多么浪漫且不乏深度的画面！ 20世纪80年代中期，祖国的南部边境仍在持续一场局部战争，全副武装的士兵当然渴望以战神的姿态给后方、给亲人支撑起一片安宁的天空。

其实，外婆是1994年的夏天去世的。外婆之前曾一度病危，我和母亲接到通知，说人怕不行了，思想上要有所准备。见到外婆，她正躺在床上被病魔折磨得高一声、低一声地痛苦呻吟，对我的呼喊视而不见，毫无反应。我伏在她床头，忍不住泪如雨下，痛哭不止，心中是无尽的委屈与痛惜。在那样的时刻，我甚至下意识地又想起《怀念》。

外婆终于挣脱死神的纠缠，身体竟慢慢好了些，我把她从乡下接来住了一阵子。当时，我刚添了儿子不久，外婆非常喜欢我儿子，这一点我很幸福，似乎应验了因为外婆爱我，所以就无条件地爱上我儿女的情感原则。

但后来外婆还是死了，她死的时候，我竟奇怪地没掉眼泪，我怎么也难以想象外婆是真的死了。那一天，天下着大雨，按照乡下的风俗，外孙应该在外婆下葬前守望坟地。

外婆坟地的不远处是一块西瓜地，地头有一个看瓜人的瓜棚，此刻的看瓜人早已不知去向，我就躲在瓜棚里感受滂沱的大雨紧紧围绕我。我像一叶孤舟，在那样的白茫茫雨的世界里，思考着人的生与死。

也正是在那样的时刻，我终于明白自己没有流泪的原因：一是外婆在我心中并没有死，正是因为有她活着我才过上快乐的生活；二是她真的死了，我也是唯一的在生与死的门槛，在她走的最后路上，送她至最远的人，也是距她最近的人。坟地，那是天地之间、生死之间的一扇门啊！我就在那个地方成为外婆坚韧的守望者。

原载《聊城文艺》2021年冬季号

李　晶

散文三篇

我妈认为我冷

有一种冷，叫我妈认为我冷。初听这句话，总让人发笑，可现在，我却笑不出来，因为我妈认为的我冷，实在就是真的冷。

小时候，最讨厌的一件事，就是我妈说，天冷了，你要穿棉袄！天冷了，你要穿棉裤！天冷了，你要穿棉鞋！而每一次，我或者边说着"不"边跑远了，留下母亲在后面的一声叫骂；或者和母亲当面对抗，大声说自己不冷，惹得母亲火冒三丈，恨不得打我这个不听话的熊孩子；或者，当然，就是妥协了，极不情愿地穿上母亲拿出来的厚衣服。要知道，此刻艳阳高照，天地之间暖洋洋的，哪有冷的丝毫迹象？甚至走一路还要出一路汗。到了学校，看到别的同学穿得单薄而清爽，心里就不停地埋怨我妈：你说的冷在哪里？我不冷！下次，下次，不听你的话了！当然，下次，是常常拗不过我妈的，大多数时候还是会在她的训斥声里不情不愿地穿上，然后再一步步走出她终于放心的目光。

不冷，是其一，其实，更重要的是，衣服不好看。爱美的年龄里，谁喜欢穿又肥又厚的大棉裤？谁喜欢穿家织粗布的大棉袄？——就算是我妈亲手纺织亲手缝制的也不行——穿上以后活动起来都觉得笨手笨脚。所以，面对小伙伴质疑的目光，总要解释一句，我妈说冷，非要我穿。

是我妈觉得我冷啊，可真不是我自己想穿的。谁喜欢穿这个呀？

可是，事实一再证明，我妈是对的。出家门时的晴空万里，不代表回家时依旧艳阳高照。往往是半天过去了，天阴了，风刮了，气温下降了，棉裤棉袄穿对了。看着前半天还穿戴清爽美丽动人的小伙伴此刻瑟瑟发抖依旧美丽冻人，就抱歉地说一句，都是我妈非要我穿的。

是啊，都怪我妈，让我不能和你共同用体温来对抗寒冷。

就算一次次降温一次次证明了我妈的前瞻性与正确性,但下一次我妈认为我冷,让我加衣时,我依然会和我妈闹别扭,嚷着不冷不冷,不穿不穿。当然,别扭的结果常常以我妈胜而结束。

或许,孩子和妈妈天生就是用来对抗的。不别扭不成母女。

后来,等我做了妈,我和女儿的对抗又开始了。当然,面对熊孩子嚷着"我不冷",我也会像我妈一样,以强迫的手段让我的女儿就范。只不过,现在随时可以看到天气预报,甚至可以清楚地知道每一点钟的确切温度,所以,知道心疼自己的孩子会及时加减衣物的。但即便如此,我也时刻关注孩子所在城市的气候,天气转凉,气温下降的时候,也会给孩子发个微信,嘱咐她,要加衣了。

是的,要加衣了。不管孩子长到多大,在母亲心里,依旧是她怀抱里的那个孩子,依旧会在天冷的时候,打个电话,说,要变天了,穿厚点儿。

妈,我知道,做了母亲的我一下子就知道了。

今天是霜降,此刻,新一轮强冷空气正在西伯利亚气势汹汹前来的路上,气温已经开始逐渐下降了。小薇,我的孩子,要加衣了。

往年的此刻,我妈的电话肯定又打来了,用她一打电话就要亮开的大嗓门对我说,天冷了,穿厚点儿!可是如今,这样的电话永远也打不来了。因为,我妈,在五年前的那个深秋,不在了。

妈,我已经穿上厚外套了,每个气温下降的日子,我都会好好地用厚厚的衣服来温暖自己,用身体的温暖来抵挡心灵的寒冷。你一定不知道,你一直都是我灵魂的煦暖阳光。

妈,我想你了。

在每一个日子。

我要给我爸打个电话了,告诉他,爸,天冷了,想着加衣。

原载《聊城文艺》2021年夏季号

儿时的味道

我家在徒骇河南岸,据我母亲说,老宅院紧靠河堤,她当年就是嫁到老院的。

夜里可以听到大鱼翻花的声音。她说,嫁过来后就和你爸、你姑一起拉土垫新宅基,第二年你就在新家里出生了。

我遗憾不能夜里听到大鱼翻花的声音,但新宅离河堤最多也不过百米,村里人洗澡、洗衣、给庄稼浇水都离不开这条河。大家和河的关系非同一般,无论谁要去河里干什么,都不用和河打招呼,仿佛这河就是自己家的。

河也从来不在乎。

　　和别家不同的是,我爷爷逮鱼,我家还有一艘小木船。我家院子里北屋的南墙上有一排大钉子,一年四季上面都挂满了渔网,院子里整天散发着一股鱼腥味。这味道让母亲难以忍受,出来进去她都要掩鼻而过。她实在不明白,为什么全家人都喜欢吃这种又腥又有刺的东西,就不怕扎嘴卡到嗓子吗?父亲将吃得只剩一副完整的鱼骨架的盘子推到母亲面前,说,刺都在这儿呢,怎么会扎嘴?

　　母亲一副不可思议的表情,她坚信事情并没有那么简单,所以只要是吃鱼,她都提心吊胆地看着我们四个小孩子,再三叮嘱一定嚼细点儿,别卡着。后来母亲生病,需要补充营养,我给她清蒸鳕鱼、干炸沙丁鱼,做好后把刺剔掉给她吃,她勉为其难地吃几口后说,也没那么腥呀。

　　那就把这些都吃完吧。我笑着继续剔鱼刺。

　　到离开人世的前几年,母亲才确定不是所有的鱼都腥,都扎嘴。

　　记忆里爷爷几乎每天都要划着小船去撒网、起网,回来就把网挂在屋墙的钉子上。鱼在网眼里挣扎,有的掉在地上,在地面上跳起翻两下身,这时候奶奶就端着大盆放在网前,双手麻利地将鱼一条条从网上解放出来。大一些的直接装篓,让爷爷驮到城里去卖;小鱼就留下,奶奶双手在鱼肚子上一挤,挤出内脏,直接扔到另一个盆里,然后我们就可以等着奶奶开饭了。稍大一点的,焖一晚上,第二天就可以吃骨刺绵软的糟鱼;小一点的,奶奶炸得酥脆,刚一出锅,几双小爪子就伸过去。

　　鱼,对我们家来说实在是最平常的东西。大姑说,那时候她有个同学说饿,没东西吃,她就对人家说,那你们怎么不吃鱼?

　　卖鱼回来,爷爷的鱼篓里会有奶奶想要的醋、酱油和盐,甚至有一两尺斜纹布,是给孩子做鞋用的。爷爷心情好的时候,会从衣兜里掏出一把橘子瓣形状的水果糖,用拇指和食指捏起一块放入我们张开的嘴巴里,然后再往每一个小手心里放一块,将剩下的包好后再放进口袋,说,走吧走吧,没有啦!

　　我们知道两块糖已经是爷爷给的极限,便一哄而散了。

　　晚上忙完一天的活计,爷爷就坐在油灯下织网或者补网。网分大网眼和小网眼。大网眼是逮大鱼用的,小网眼专门捕捞小鱼。爷爷拿着一把缠上线的梭子钻来钻去,很快就会织出一片网来。其实对那些小鱼,我们都看惯了,就希望逮住一条抱都抱不动的大鱼。

　　我父亲是逮大鱼的能手。有一次他逮住了一条和我小弟弟一样高的鱼,放在大水缸里,盘了两圈半。那条鱼不是我们常见的鲤鱼和草鱼,有碗口粗细,很长。我们几个围着水缸看大鱼,从心底对我父亲生出一种崇拜感,仿佛父亲那天的笑声都特别响亮,走路都特别带劲。

　　后来爷爷与父亲合作捕鱼。天气比较冷的时候,父亲和爷爷都穿上笨重的

连体橡胶衣，两个人走到河里，弯弯曲曲地插一些竹席，像是一个阵法。从父亲的解释里，我约莫了解到大鱼从这边竹席留着的口进去，从那边却出不来。晚上布阵，第二天直接拿舀子往船上舀鱼就是了。

然而直到今天，我依然怀念那条被水草困在岸边浅水里的大鱼。那年我大约六岁，和小伙伴们在河边玩，捡拾螺蛳回家喂鸭子。夏天水草繁茂的季节，大半个河面都被水草覆盖。那些杂草从水里直冒出来，在水面上蔓延，叶子就像缩小版的海带。忽然我看到了一条如我一样长的大鱼在水草间盘旋，心头一阵猛跳，想跳下去抱住，又担心抱不动，急得在岸边直转圈。然后我对小伙伴们说，这是我先看到的大鱼，是我的，你们谁都不能要，我要回家让我爸爸来捞。说完我飞跑回家，上气不接下气地拽着父亲就往河边跑。等父亲弄清我的意思，忍不住大笑起来，说，跟我闺女去捞大鱼喽。可是等我们赶到的时候，大鱼不见了，小伙伴们也不见了，我大哭起来。父亲哈哈大笑着将我扛在肩上，说我的傻闺女，哭成花猫脸就不俊了，别哭了，大鱼回家了。

大鱼果真回家了吗？

长大以后我才知道，我就是那个刻舟求剑的人呀。

原载《聊城晚报》2021 年 7 月 30 日

盘中餐

一

华北平原的麦子熟了。铁路两旁，是一望无际的金色麦浪，在夏日暴烈的阳光下，闪着明亮的光芒，犹如凡·高的一幅巨大的浓墨重彩的油画。火车是漂浮在麦浪上的航船，披荆斩浪，一路向着北京疾驰。

从山东一坐上火车，麦田就在我眼前展开一幅金色画卷。看窗外飞快掠过的沉甸甸的麦穗，我知道，今年又是一个丰收年。芒种已过，收割的镰刀已经初试锋芒。麦收，正从南向北如火如荼地展开。

浓郁的麦香在天地间弥漫，似乎能够穿透车厢，让我闭上眼睛就能闻到馒头包子热气腾腾的香，劲道十足的什香凉面的味道在我的唇齿间萦绕。小麦，是黄河流域人们的主食。

坐在我对面的，是一对脸膛黑红的夫妻，两人从河南来，要去看望在北京工作的儿子。一路乘车，我们很快就熟悉起来。

原来是麦收过后，做母亲的惦记着儿子喜欢喝麦仁粥，所以新麦子一下来，她第一时间就去脱了麦仁，迫不及待地要给儿子送去。

他肯定一口气能喝三大碗，像原来在家里时一样。做母亲的信心满满地说。

那可未必。北京什么没有？跑两千里地，就为送这半袋子麦仁？寒碜不寒碜？男人和女人拌嘴。

这是咱家自己种的麦子，是俺娃他爹他妈种的，吃起来味道能和超市里买的一样？女人说。

我很快加入他们的聊天。问他们一亩地的收成怎样，纯利润有多少。男人掰着手指头说，今年丰收，亩产一千多斤，一斤一块多钱，除去雇用联合收割机的钱，还有施肥、除草、浇水的费用，如果不算人工，一亩地最多收入八百块钱。

八百块钱！不够很多人请客的一顿饭钱！从播种到颗粒归仓，其间辛苦可想而知。而这所有的辛苦，也不过值几百块钱。我顿时觉得窗外铺天盖地涌过来的滚滚麦浪，不仅仅是一棵一棵成熟的麦子，而是无数的汗水和心血。

我们感恩大地，让土地长出庄稼；我们感恩上苍，让四季风调雨顺；我们更应该感恩农民，他们耕种收割，让我们碗里有饭，腹中有食。

每一粒粮食都来之不易，无论你多有钱，有多强的购买力，浪费就是可耻，因为你无视别人的辛苦付出和土地的慷慨馈赠。而那个付出的人，可能就是我们的父母亲人。

而且，你所浪费的，可能正是很多人求之不得的。

我由衷地对那个父亲说："放心，这些麦仁，孩子肯定喜欢，肯定能品味出特别的味道。"

二

在北京，与久别的好友重逢。三个人兴致勃勃地逛京城，最后辘辘饥肠提醒我们要去找饭吃了。无辣不欢的三个人最终走进一家湘菜馆，想品尝一下毛家菜。

坐下，开始点菜。

没有你来我往的客套，我们三个人很默契地一共点了三道菜，理由是，先吃吃看，不够再点。后来果然又点了，是一小碗米饭。三个人一人分了一小块，就着辣得冒汗的菜，吃了个精光。

看着三个空空的盘子，我们仨相视而笑。今天，我们又光盘了，没有浪费。然后说，以后我们就这样点菜，够吃就行，决不剩下。

其实按我们家乡的习俗，一般请客吃饭是不会点"三"道菜的，三个人至少要点四道菜。而且，如果只有三个菜，酒桌上的人一般也不会动筷子，总要等第四道菜上来。据说三个菜属于断头菜，因为古代行刑前，给死刑犯吃的最后一顿就是一壶酒，三道菜。

我们笑这陋习的可笑，甚至说，今天吃得太撑了，以后再吃饭，先点两个，不够再加。

其实，有一句话大家放在心里没说出口，就是袁隆平院士的去世，给了我们

极大的震动。一个91岁的老人还坚持下田，为的就是杂交出更多的水稻，让我们每个人都能吃饱饭。面对这样的老人，你怎么还有脸浪费粮食？

浪费粮食，不，浪费所有的资源都是一种犯罪。

三

年轻人与祖辈父辈的代沟之一，就是对剩饭剩菜的态度。很多年轻人坚决拒绝剩饭剩菜，理由是有细菌滋生，不健康、不卫生；而祖辈父辈一代，却奉行"宁可撑死人，也不占着盆"的原则，剩下了能吃掉就吃掉，实在吃不掉的就留在下一顿继续吃。孝顺的年轻人，有的会因为父母的冥顽不化而生气。

真不知道他们是怎么想的，万一吃病了去医院看病，又花钱又受罪，更得不偿失！年轻人愤愤然。

其实上辈人在意的不是得不偿失，而是对粮食的态度。

当年，为了减少因剩饭剩菜引发的战争，我母亲会将剩饭剩菜藏起来，等到下一顿再偷偷吃。她说："这都是辛辛苦苦种出来的好粮食、好菜，倒掉太可惜了。"还有我今年87岁依旧健步如飞的婆婆，最受孩子们诟病的也是吃剩饭剩菜。有一次我老公终于忍无可忍，将老太太的剩菜直接倒在了垃圾篓里，对老太太说："炒的新菜你不吃，吃剩的，结果新的又剩下了。你就天天吃剩菜吗？"老太太急得围着垃圾篓转圈，端起另一个小半盘剩菜说："我就喜欢吃剩的，碍着你啥了？你闻闻，这些菜一点儿都没坏，你就给我倒了。造孽呀！"知道老人舍不得倒掉，他一把抢过来，三下五除二扒拉到口中解决掉，再把新炒的菜推到老太太面前。

"为了不剩下，以后咱就少做点儿。"

"少了，怕你们不够吃。"老太太小声说。

"宁愿欠点，咱以后也不多做。少吃一口更健康，还不用专门减肥了。"

婆婆说，没有真正挨过饿的人，哪里知道粮食的金贵？饿得两眼冒金星的时候，树叶树皮都抢光了，有的人看见土都要塞一把到嘴里。没金银珠宝，一辈子照样活；没有粮食，一星期你试试？

老太太在居安思危。或许，只有真正经历过苦难的人，才会了解苦难的真面目，也才会更加珍惜所拥有的。他们清醒地知道，如果苦难卷土重来，会是一种怎样的灾难。

珍惜每一粒粮食，不要被一粒粮食绊倒；珍惜每一种资源，造物主让我们使用，是对我们的恩赐，如果浪费，就违背了造物主的美意，长此以往，很可能把自己送入万劫不复的境地。

原载《聊城日报》2021年8月23日

李明芳

月色汹涌

一

　　我站在海边，燕儿岛初冬的风有些冷冽，天空中星辰闪耀，就像悬挂了满天的宝石。远处是星星点点的灯光，在苍茫的大海上，间或有轮船在远处行驶，闪烁着隐约的轮廓。除了潮水外，世界沉静，包括天空、星星和月亮。潮水涌上来，啪啪啪拍打着海岸，咸腥的气息扑面而来，一遍遍冲刷着沙滩，潮水赶过来，又退回去，仿佛在诉说着什么，依然那么神秘，那么浩荡不息，那么庄严。附近是黑魆魆的礁石和柔软的沙滩，我想起孟姜女哭长城故事中最后大海里升起的两块礁石，疑心脚下也踩着无数女子幻化成的礁石，因此脚不敢沉实地踩下去。

　　沿着海岸线走，半轮月亮也跟着我走，本想在海边再散会儿步，能迟一点回去，然而我已经感觉到潮汐的湿气黏腻地附着在衣服上，这让我感到紧张乃至于羞惭，心情瞬间崩塌。暗夜里谁也看不见我，我却裹紧了大衣，裹紧了这具皮囊的难堪。这种羞于言说的经历，即便有充分的心理准备，还是有不期而至的时候，迎接这种不堪似乎是女人的宿命。月有盈亏，潮有朝夕，疾病可以痊愈，而入月却是无法解开的偈，一个美好的诅咒。多年来，我储存了许多这样的时刻，犹如初潮时的慌乱，我想忘记，却无法卷起浪花彻底淹没，也不能让记忆的雪山崩溃覆盖住那一抹猩红。

　　十三岁的春日，正是少女无知，一切都那么明媚，体育课上的奔跑跳跃让人轻松快乐，呼朋唤友，兴趣盎然。队列集合时，我忽然觉得身体里仿佛有什么液体在往下淌，还没来得及去洗手间，就看见身边若干双鄙夷的眼睛，指指点点，似乎还听到了一声嘲讽的口哨，我抬手摸了裤子，手上沾了污血，在众人的眼光下我跌跌撞撞地跑出了队伍，冲向了洗手间。更难堪的是，我在恐惧中挨到下课铃响，同桌为我带来的是一块不太干净的手帕，我用脏手帕使劲擦裤子上

的血迹，却让那血迹变得更脏。我躲在同桌后面被掩护着回家，更换了干净的衣衫。

母亲教给我如何使用一种叫作"月布"的东西，垫上折叠好的卫生纸，方便及时更换。由于心理高度紧张，很怕弄得床单上到处都是，半夜时时在噩梦中惊醒。回忆起来，我的初潮像是一部阴暗的电影，在一片暗黑中的一抹惨红。我没有像山口百惠那样吃到家人特意做的红米饭。她在自传《苍茫时刻》中写道，日本家庭有庆祝女孩成人吃红米饭的风俗，那是一种成长仪式。我的成长仪式是不久后学校为我们女生上了一节集体生理卫生课，当我们女同学回到教室时，面对男同学的目光，仍然是窘迫不已，原来我一个人的困境，居然是一个群体不得不迎接的必然。

入月相伴洗裙裾，《黄帝内经》中说，"月事以时下，谓天癸也"，月亮对地球潮汐发生影响，地球生命系统发生节律运动，女性基于水的生命体液同样也在"涨落"，这不过是一个系统中节律运动的缩影罢了。至此，我似乎应该坦然接受月亮对女孩子的"宠爱"，却有些不解，男孩子可以幸运地躲过月亮的节律运动，为什么连太阳也不去干扰他们的生活？这世界是不是有点厚此薄彼。

一个女人从什么时候开始接受自己的女性特征，我似乎敢肯定地说不是初潮，那只不过是慌乱的开始。有几次，我在学校厕所里看见女孩子躲在厕所里纠结，赶紧递出我随包带的卫生用品，嘱咐一句，"这是生理自然现象，每个女孩子都会面对的，别紧张"。然后我会快速离开，只希望她们不要尴尬太久，不必在我面前长时间暴露生命中的第一次不堪。月事在无法预料的情况下出现在女孩生命里，却要她独立作出反应，这命题的确有点难。在古老的中国传统中，月经和死亡都是人们难以启齿的话题，很少有母亲在女孩未来月事之前告诉孩子，让孩子产生对这一生命现象的正确认知，在某种意义上，少女宁愿选择逃避，也不愿正面直视这样的窘迫不安。正像女性的第一次性体验极端重要一样，女性的初潮体验也将投影到她的一生。

二

月经像一只养不熟的猫，它任性之极，想来就来，想不走就不走。有时逢到高考、运动会、上台演出、公益活动、旅游出差，甚至结婚洞房之夜，都莫名其妙地出现。对于大多数女性来说，越是情绪不好，越是心情波动大的时候，简直是防不胜防，左冲右躲都会中枪。军训需要避开它，拔牙需要避开它，做手术需要避开它，游泳需要避开它，竞技比赛需要避开它，一切剧烈运动都要避开它。最让人讨厌的是吃个冰激凌、打个耳洞需要避开它，喝咖啡、喝酒、喝浓茶、吃个海鲜都需要避开它，连夏天穿个裙子想美美的都有点困难……当遇到这一大堆的障碍,想要女性不长黄褐斑再貌美如花,带娃赚钱养家,实在有点强人所难。

　　女性学家波伏娃有一句经典的论断:"从青春期到绝经期,女人成了戏剧表演的场所。"而男人则说,女人不爱讲理,跟女人没什么道理可讲。我说,错!跟经期中的女人讲道理本身就属于不讲理。女性的腹部是虚弱的,由此导致的生理疼痛反应无奇不有,从小腹到后背的腰酸背痛,从神经到大脑的支配紊乱,有些女孩还有神经性头痛、牙痛、不自觉地皱眉、手脚无力、痉挛、听力障碍、月经性哮喘等症状,男人这时跟女性讲理,本身就是无理取闹。

　　女人身上有两朵花,一朵开在发鬓,一朵开在耻部。女性的私密之处被称为耻部,足可以说明世界看待女性的视角。这最初的羞耻就来源于女性的受难,女性的生命像一条流动的河,这河流从上游便承载了繁衍下一代的宿命,为了让最好的基因传递下去,便通过异常坚韧地排出血污的方式清洁自身,这种肌体自我清洁的功能却成了污秽的象征。甚至连女性自身都并不清楚,自惭形秽,谈到月事便感到不雅,走进了语言禁区。

　　因为这种羞惭,甚至古代女子不能用言语去表述此事。据《三余赘笔》一书记载,在汉代便已有了女子入月时"以丹注面目",后妃宫女们在来潮时往往会在手上戴一枚金戒指,作为戒除性行为的警示标志,以此提醒帝王在此期间不可同房。所以,金戒指也被称为"经戒指"。无论是用红笔在面目上做标注,还是戴一枚戒指作为暗示,月事不能说,犹抱琵琶半遮面,仿佛一说就戳破了羞耻的面纱。

　　月事还有多种别名,东汉许慎在《说文解字》中有"姅"字,注释为"妇人污也",即指月经流出的经血,因此月经被称为"姅变";李时珍在《本草纲目》提到妇女:"其血上应太阴(月亮),下应海潮。月有盈亏,潮有朝夕,月事一月一行,与之相符,故谓之月水、月信、月经。经者,常候也。"此外,古代还有很多代名词,例如红潮、天葵、月露、红铅、入月、桃花葵水等,而现代人叫月经为"大姨妈、来事、例假、来红、中奖、倒霉、身上来了、生理期、好朋友",古人今人皆避之而用婉辞,恰是因为心理禁忌。

　　国际妇女健康联盟曾经收集了九万多个样本,据统计全世界各种语言加起来,目前和月经有关的婉辞达到五千多个。英语里面有婉辞 Aunt Flow,与我们的"大姨妈"称呼类似,取的是来了重要的亲戚,需要好好照顾的意思,不过这个亲戚有点麻烦罢了;盎格鲁撒克逊人则称月经是"祸根";西方国家还有些指代此事的婉辞,例如 Shark Week,意思是"鲨鱼周",形容一周来潮的时间像鲨鱼一样凶猛,很是形象。

　　我听到有关月经最好的婉辞是 Mother Nature,意为"自然母亲"。这种称呼是最平和、最具有情怀的称呼,更主要的是这个词后面所包含的深深的善意。

月经是自然的恩赐,是母性生命之河,奔流之后,才带来生命、希望,才有一个美好的世界。

三

让我痛楚的,是此时此地此事此身。在一个公共厕所里,我见到一个满脸风霜的妇女,破衣烂衫,头发打结成了一撮一撮的。她在隔壁轻轻唤我:"妹子,带没带纸,我来那个了……"

我隔着木板递过去一片卫生巾。

她有点不好意思,龇牙笑着说:"给我点纸就行,不用这么好的东西,我平时都用捡到的破棉套子,洗洗晾晾,再不行,就烧草木灰用……"

我惊讶了,她说话快,我听不太清楚,忍不住追问:"那容易沾上细菌呀,不能买点卫生纸吗?"

"哪有那闲钱啊,我养活自己就不错啦,不干不净用了没病。今天多亏你啊,妹子,你是好人,不嫌弃我。"她还是龇牙笑着,那笑疯疯癫癫,有点让人心疼。

她蹬着拾荒的破旧三轮车快速骑远了,我想把包里剩下的两片卫生巾送给她,却追不上了,喊她一声,她远远地转了一下头,却没有停下来。我来不及问她的经历,刚刚说话的时候,已经感觉她精神不太正常,语速快到像高铁行驶,眼睛有点发直,从她身上的灰垢来看似乎已经流浪很久了。

我不知道该如何救助一个这样贫困的女人,哪怕是一包卫生用品,似乎也显得有点奢侈。这个世界上,还有多少这样的女人?女性卫生用品是女人生命质量的保障,我忽然想到,以后再做公益,不需要捐钱、捐衣物,也许我该找到那些在角落里需要呵护的女人,送上女性急需的卫生用品,这是真正帮助她们,也才能消减掉我同样作为女性内心的不安。

记得曾在一份资料里看到过,原始社会的女性常常使用干草、树叶、羽毛、动物皮毛、草木灰、棉花做卫生用品;沿海地区的女人使用自然海绵作为卫生用品,自然海绵是一种生活在海里的原生动物,没有神经系统,细胞组织疏松,死后干燥的尸体可以大量吸水,因此自古便被用作有效的吸水工具使用,也成为古代妇女经期的卫生用品;古埃及女性用亚麻布处理月事;古希腊时期女数学家希帕提亚貌美,传说为拒绝爱慕者的围追堵截,她就把月事的布条扔在追求者面前,让他们望而却步。英语里有一句俚语叫 on the rag,就是"在破布上",意思是女人处于经期;在我国明清时期的《金瓶梅》中已有描述使用"夹布子",后来女性开始使用棉布、月经带等用品,发展到现代社会则有了卫生巾、卫生棉条、卫生杯等几种常见的用品。

想想吧,我遇到的这位拾荒的女人,还生活在"原始时代"中,破棉絮、草木灰居然是常用的"卫生用品",尽管她可能是文明遗忘在角落里的个例,却让我此刻感到遍布全身的荒凉,仿佛回到了古老的原始森林。那时候,母系氏族时代的女性也是这样活着吗?是什么力量让她们顽强地活下来?

波伏娃曾说,"身体即使不是一个物,也是一种处境,女人的身体是她在世界上的处境的主要因素之一",面对这处境,我很想看到人类更多的慈悲。

四

万物纠缠,生命里的潮汐就像身体里的摇篮,筑起,又把它毁掉,等待下一次冲刷。在梦境里,我看到自己一次次受孕,醒来其实不过是又一次潮汐冲刷前的错觉。慢慢地,才知道,原来那等待也是希望之一种。这么多年,我只孕育了一个孩子,这一生却仍要在一次次每月起伏不定的潮汐中挣扎,很多次幻想永远告别涨潮的时刻,却还未如愿。结束涨潮,也许就告别了生育意义上的女性身份。那一天,如果真的到来,我会真的轻松了吗?还是会在迷惑中再度茫然?我像打进自己内部的敌人,潜伏在自己的意识深处,从未将这份心意暴露于人前。

而那些自己放弃了生育的女人们呢?那些杰出的女性,特雷莎修女、南丁格尔、波伏娃、狄金森,甚至还有伍尔夫、莎乐美,她们怎么面对身体里叫嚣着的小兽?是无奈地坚韧,还是无比的强大?

我还记得在参观重庆渣滓洞集中营时,看到铁窗外倾斜的夕阳,江姐和那些被关在里面的女性们,在逼仄的空间里望向窗外的天空,当她们用黄草纸和旧布解决女性生理期的困境时,可曾想到的是女性的"我"?

现代社会中那些草原上的女人呢?在马背上放牧,在羊群里劳作,疲惫时躺在雪地里也是享受,是否能回到温暖的帐篷里安心休憩一下;那些大山深处的女人呢?山路十八弯,背负竹篓上山采拾菌子、采拾山果,逢采茶季节无数次弯下自己的腰,无数次抬起;那些城市街头经营小吃的女摊主,深夜里还在为人做麻辣烫、煮馄饨,甚至来不及上一次厕所;那些工作在 IT 行业,出入高楼大厦的现代女性,每天在电脑前工作十几个小时,即便是经期盆腔充血不能久坐也离不开岗位;那些城市的暗影里抹着红色唇彩,无奈谋生招揽男性客人的工作者,一次月事对她们而言就是一个短暂的假期;那些背着硕大帆布袋子外出打工的妇女,一次次月事,就是她们迁徙打工进程中的一次次求人照看行李的尴尬。

试图一遍遍追问似乎毫无意义,对于大多说女性来说,顺其自然,该来的就来,无须杞人忧天。我恍惚中想到,未经省查的人生没有价值,月事自有女性就一直存在,应该有很多人曾经为之困扰,说不定有人已经像我一样杞人忧天过

了，知道天塌不下来，不必庸人自扰。

很有意思，中国的历史中能查到的有关文字并不多。倒是中医们留下了不少文字，《黄帝内经》《金匮要略》《医宗金鉴》《傅青主女科》等书中的记载，皆是将之作为病症分析的。而能进入诗人视野的也极为少见，唐朝诗人王建写过一首《宫词》诗："御池水色春来好，处处分流白玉渠。密奏君王知入月，唤人相伴洗裙裾。"中国女性踉跄行走了几千年，居然没有一本专著来客观地审视、观照这一现象，颇有些奇怪。我把目光投向国外，能查到的资料也是寥寥无几，最值得珍视的是女性学家波伏瓦的著作《第二性》，其中"女性的形成"一章里，用近十页文字描述了少女月经的现象，这是最系统、最深入的有关女性月经的文字了。她客观记录了这种现象，并举了一些实例，收集了少女对月经的描述。略有遗憾的是，她的重点在于女性性心理方面的分析，尽管如此，我们仍然要感谢她在人类女性学史上留下的重要痕迹，不至于让女性生命中重要的一段，落入可怜的文字空白。

五

关注女性的成长史，了解月经对于女性生命的影响，并非无聊之举，我还没有悠闲到无事可做的程度。雨雪在哪个时代都不会消散，我更想知道女性如何跨越自身的障碍走向通透的人生，在复杂的世界里与自身命运达成和解。

女作家应该是女人群体中才情卓越、性灵超绝的一群人，然而阅读她们的故事，反倒让人唏嘘。古代的女作家们受历史局限，蔡文姬在悲惨的遭遇中顾影自怜，远嫁异族，才情在忧伤里徘徊，无力解脱；才女上官婉儿，笔底风云，招来赐死横祸；女词人朱淑真洒脱不羁，境界停留在"和衣卧倒人怀"；济南才女李清照颠沛流离，家国无着，此后再嫁所托非人，在"寻寻觅觅冷冷清清"中度过一生。

那到了现代呢？萧红的作品被永远流传了下来，她两次怀着别人的孩子嫁给另一个男人，英年早逝，成为悲剧；张爱玲小说的魅力无须赘言，遇到风流成性的胡兰成，因为懂得所以慈悲到退无可退，到了自传小说《小团圆》中与桑狐的恋爱时，下水马桶中旋转的水流冲走流产的婴儿，晚年丈夫赖斯去世后，孤独至死；再往后数，恐怕要数到林徽因了，林徽因是近代中国女作家中才华横溢，思想独立的一位女性，算是中国女作家里的一个异数，有人说她把爱情给了徐志摩，把家庭给了林思成，把儿子留给了金岳霖，把才华给了中国建筑，把雅兴给了诗歌，最终却因肺病 51 岁早早去世。

国外的女作家呢？我喜欢狄金森的诗，而狄金森近乎女尼似的逃避世界，终其一生都躲在诗歌和园艺爱好的背后；小说《情人》的作者杜拉斯，一生都在寻找爱情，70岁时与27岁的男孩相恋，相伴直到82岁去世；作家伍尔夫的作品对后世影响很大，她思索过女性自身的意义，很早她就提出为什么男人可以饮酒，女人却只能喝水，少女时曾受到同父异母哥哥的侵害，让她的生命变得诡异，一面铺洒着天堂之光，一面燃烧着地狱之火，抑郁症发作时在身体上坠上一袋石头投河身亡；作家莎乐美对两性有自己独特的看法，她认为"两性的差异本身就是价值，借此才能把生活推进到最高层次"，而且她对精神事物有着非凡的领悟力，从未终止过精神上的进取和自我实现，一生中与许多杰出男性有过交集，使尼采、里尔克这样的天才男人精神受孕，写下不朽的哲学著作和诗集，精神分析学家弗洛伊德与她亦师亦友，她把全世界的目光引向了对妇女内在灵魂的关注。

女性学家、作家波伏娃，终其一生都在探索女性的奥秘，用自己的著作、用自己的身体、用自己的爱情去探索，与萨特的契约婚姻像是一场庄严的游戏；作家、思想家苏珊·桑塔格除了多部影响世界的哲学思想著作外，还自曝自己是双性恋，一生中有5位同性、4位异性情人；与波伏娃、桑塔格并称为"世界三大女性思想家"的汉娜·阿伦特，写下了影响深远的《集权主义的起源》等书，而与老师海德格尔一生剪不断理还乱的故事也是广为人知……

这些杰出的女作家用自己的一生给女性身份一个解答，答卷可圈可点，静静地读下来，我能发出的是无数声叹息。聪慧如斯，才华如斯，也会面临一次次艰难的选择，也会有一次次困境，一次次情感的犹疑，想想自己一路跟跟跄跄，又有什么值得梦转千回，徘徊不已的呢？

六

我想起看到过的一幅画面，伍尔夫将手靠近火堆取暖的样子，特别漂亮，仿佛透过皮肤能看到下面青色的血管和易碎的骨头。这双手不仅漂亮，还能写出色的文字，她在一篇小说的开头借达洛维夫人之口说要为自己去买花。我时常品味这个意味深长的开头，那时的女人几乎不能上街，达洛维夫人需要买花这个借口才能走向街头，找到自由。这像是一个寓言，"我要为自己去买花"，无须假借别人之手的花朵，伍尔夫借用这样的意象发出不同的声音。

在伍尔夫和莎乐美之前，那个时代的女人几乎都是被清规戒律捆绑着生活。莎乐美却勇敢地说："我既不追随典范去生活，也不奢求自己成为谁的典范，我只为我自己而生活。"我喜欢她们郑重而不羁的态度，世俗是个屁，想放就放了，生命是个鬼，何惧与鬼起舞。在她们身上我看到了女性的悲凉和光芒。

这些杰出女性的故事告诉我们，女性生理特征已无可改变，而心理年龄却可以自己左右。现代女性不妨在保护好自身的前提下，在人生追求方面多元化。

喜欢艺术就像杨丽萍一样全身心投入就好了；喜欢热热闹闹的家庭生活，那就结婚生子，一大家人团团圆圆；喜欢像狄金森一样写诗，那就忍受孤独的人生，好好去写；喜欢旅游那就背上背包走天涯，不管天地大，出门去看看；喜欢做公益事业，那就让自己在付出中燃烧；喜欢创业，那就先从一个小项目开始；喜欢冒险，即便贫困无助、身处困境时，也安然面对，无畏平凡；喜欢素朴，那就躲在深山里，种瓜点豆，吃些素食，穿点麻衣。

以何种方式生活，是这个时代女性的自由。物质生活如何好，不太重要，以自己喜欢的方式过一生，才是神灵眷顾。女性潮汐有开始有结束，女人经历过血污，却不会在血污里离去，每一天都是艰难的一天，每一天也是美好的一天，这是生命的定数。唯在摄身，使如木偶，先捆绑，再自然离开，无非一种试炼，无须隐藏泪水与脆弱，最有精神魅力的女人总是平和地与自身身体特征相处，如此活着，人间才值得。

而现代社会中，越有教养的男人也越能做到对异性的尊重与理解，关心与体谅，甚至是帮助女孩上街去买"姨妈巾"；有的地方已经设立了"月经假"，体谅到女性的生理特点，这是社会进步充满温情的标志。什么时候男性能非常坦然地交流这一话题，自然地上街去帮家中女性买卫生用品，社会就真正迈进了文明的门槛；什么时候当旅游景点的女公共厕所比男厕所多出一两倍时，承认女性与男性的差异性，社会文明就开始走向平等；什么时候以某培训机构的CEO为代表的男性，告别大男子主义，不再认为女性拖了全世界的后腿，社会文明就真正前进了一大步。

社会就像一片脉络分明的树叶，把所有的细节铺开，余端的毛细血管就是衡量社会文明程度的最佳观测点。

七

四十岁前，我喜欢吃冰激凌，甜食让我幸福，喜欢赤裸着脚踝在地板上走路，喜欢坐在树林里草地上读书，喜欢深夜里写作，喜欢冲澡。而今，我却宁愿喝一杯热红茶，也不再动冰激凌一口；宁愿穿着厚厚的毛袜子，也不光着脚；宁愿坐在旧沙发上，也不坐在绿草如茵的草地上；宁愿后面追着一批催稿的人，也不占用自己夜晚睡眠的时间；宁愿在月事来临时，坚持厚着脸皮不洗头发，也不洗澡。朋友们说，你老了。我笑笑，女人都会老。优雅地老去自然很美，而我没出息地先选择了舒适，才能先让自己健康地活下去。

就像在燕儿岛的夜晚，我把自己包裹成一只粽子，迅速回到住宿的地方，处理好自己的身体，泡上一杯暖暖的枸杞红枣茶抱在怀里，海边风景再美，在特殊时期也不可以留恋，我身体里的潮汐要比大海更汹涌澎湃，迎接她，感受她，要比观赏海景和星星是一件更重要的事。

　　就像诗人索德格朗在诗中写到的那样:"当夜色降临我站在台阶上倾听,星星蜂拥在花园里,而我站在黑暗中。听,一颗星星落地作响!你别赤脚在这草地上散步,我的花园到处是星星的碎片。"因着诗人的怜惜,这温暖的善意,微小的喜悦赠予了所有女性。此时此地,孤独也是馈赠,我的星星在我的花园里,我的月亮在我的身体里,生命已对我足够深情。

原载《牡丹》2021 年第 11 期

李　信

戈壁书

一

当汽车开始沿着沙漠奔袭，我意识到这已经是我目前行走的最远距离了，再往前走，就是那片注定要与之厮守的戈壁滩。

此刻，空中大片的云朵开始聚集，继而逐渐变暗。我承认，在这里我看到了最美的云朵，从天山上方，一直蔓延到这偌大戈壁滩的上空，像棉絮、却又时刻充斥着不断变幻的妖艳。月亮出来的时候，这戈壁滩，又充满了空旷和寥廓，这黑沉沉的旷野啊，像极了我此刻的心情，有些许寂寥，但更多的是无比新奇。

其实，从汽车进入沙漠的那一刻，我就开始观察这独有的自然风貌，毕竟是第一次见沙漠，和从媒体上了解的不一样。脑海中的沙漠应该是漫地黄沙，起码起风的时候应该遮云蔽日；静止的时候，那些沙子应该是呈波浪状、反射出熠熠金光的。但，这古尔班通古特沙漠的侧影却让我刷新了对沙漠的认知。

单不说这路边随处可见的芨芨草，就是沙漠中成片的梭梭树和红柳，就很容易让人质疑这沙漠的真伪性，唯一能证明的就是那些让植物赖以依附的黄沙。可是，也正是因着这些倔强的物种，才没有沙尘暴，才没有造成沙漠更大面积的扩张。

那会儿，我就想，如果我变成一株梭梭树，会不会也能忍受住风沙、灼热和严寒的考验？会不会也能把根系扎得很深，把少得可怜的水分长久地保持住呢？沙漠中植物的宿命，俨然比人类的经历要残忍得多，它们在四季的循环中艰难生存，随时都有牺牲的可能。对，只有战士才会牺牲，那它们就是守护沙漠的战士。

或许它们也想像胡杨一样能永远地守望着这片沙漠，像槐树、白杨，恣意地生长，遵循四季的循环，该发芽的发芽、该葳蕤的葳蕤、该落叶的落叶，该在大风的侵袭下,张牙舞爪的张牙舞爪。但,事实限制了我的想象,它们和胡杨的本质区别决定了在这个世界上存留的年限。

二

抵达戈壁滩的时候,正是夜晚。

初夏的戈壁滩夜晚宁静异常,夜幕也泛着蓝色的微光,在这里我看到了什么才是"星罗棋布",看到了儿时才能见到的夜空。那种夜空的纯粹,是需要把心沉静下来,继而放低到地表,甚至地表以下。

可以毫不避讳地说,那一刻,我有一种趴在这片大地上的冲动,让这片神奇的大地,滋养我每一个毛孔。

亿万年前,这里是海洋。

亿万年间,这里经受着地壳一次又一次的挤压和变动,当然不能否认这亿万年间,是否还有着天外星体的撞击。起码,现在这里的戈壁滩上,有很多远古的陨石,时至今日,站在空旷的戈壁滩上,还能看到一颗颗流星,拖着长长的尾巴在上空掠过。

都说见到流星要许愿,这是寄寓着落地成真,还是一种美丽的梦幻?

在戈壁滩,每次看到流星,我也会许下一个愿望,也期望着这美丽的流星能让我的愿望成真。

这里的戈壁滩,最不缺的就是远古海洋生物化石、玛瑙、戈壁玉;在恐龙沟还有恐龙化石,硅化木园还有玉化的一人才能环抱过来的整棵大树;在地下深处,更有数不尽的煤炭和石油。

这不是戈壁滩啊,简直就是一座宝库。

三

说起玛瑙,不得不说一下"佛教七宝"了。

《般若经》中所说"佛教七宝"为金、银、琉璃、珊瑚、琥珀、砗磲、玛瑙。在临近的北庭都护府(吉木萨尔县),就有着千年前的西大寺遗址。那里的洞窟和造型优美的佛像,无不向世人诉说着"诸行无常,诸法无我"的永恒。

从亿万年前的地壳运动、火山喷发,再到亿万年间的自然磨砺,最终这星星点点的瑰宝点缀着偌大的戈壁滩,闪耀出璀璨的光芒。

或许,对于新疆来说,玛瑙的价值远远逊于和田玉、金丝玉,但这里的玛瑙和紧邻的佛家圣地岂不是默契的相合?这片大地的灵性,岂不是古已有之?

当我在戈壁滩上漫步的时候,就着毫无规则的风、就着时而扬起的风沙、就着特有的属于这个季节的温煦,我的目光就一直在戈壁滩那些大大小小的石块

之中了。

每发现一块玛瑙，都能像孩子似的兴奋好久。

我当然知道，这些对于戈壁滩都是非常平淡无奇的东西，我的兴奋，显然有点不切合地域。可是，我在里面读出的却是一部厚重的书，一部厚重到从地壳运动开始编纂至今的书。

这部书里，有浩瀚的海洋，有悠然自得的古生物，有茂密的森林，有奇异的花草；这部书里，还有一次次艰难的分娩、疼痛和新生。

这部书，就是戈壁书。

四

这苍茫空旷的戈壁滩，触目远及，颇有天盖穹庐的味道。

当朝阳在地平线上，露出一点微红的云霞时，整个天际都开始变得湛蓝，继而那些云彩便像红透了的柿子，一朵朵掩藏着不剩的娇羞；当夕阳渐沉，那大片大片火烧的云朵，又映透出无比的瑰丽，折射着戈壁滩的雄浑和厚重。

没有目睹过戈壁滩日出和日落的人，根本体会不到西北风情的精髓；没有品尝到西北风的凛冽和风沙的味道，也根本体会不到戈壁滩的厚重。

我从没想到，N年前自己给自己的一次占卜，却成了现实。我终究还是来了，来到这片曾经浩瀚的海洋，来到这片现在蓬勃发展的戈壁滩；和五湖四海的人一起，用心浇灌出一朵朵美丽之花。

来了，就注定与之结缘，走不了，也不想走！

随便一颗沙砾都能折射出对流星许下的愿望。

当我触摸到这地下几百米深处的煤炭时，就像婴儿找到了乳汁，漂泊的心瞬间变得无比安定。

这亿万年前的树木啊，变成的煤炭都闪耀着它们细腻的纹理和经络，纵使它们不断地变迁，却始终保留着魂灵深处的质朴。

顺着煤层开采的台阶，蜿蜒而下，我多么像一个"诗想者"，把每一块岩石剥离，然后吹掉煤上面的浮土，对着它黑亮的镜面，写下关于沙漠、关于这戈壁滩的诗行。

红柳花开、梭林茂密、顾盼生辉间的流光溢彩，这就是我对着流星许下的愿望。

原载《回族文学》2021年第4期

孙晓宇

消失的泥钱儿

小时候没有什么玩具,但就地取材也能玩出不少花样,比如泥钱儿。

每年春天,村里都会组织人力把田地边上的水沟再挖深一些,我们一帮小孩子的乐趣,就是在挖出来的泥土中寻找胶泥。胶泥和普通的泥土有所不同,它颜色红,黏性大。把一大块胶泥抱回家,在母亲的捶布石上转着圈地摔,越摔越软,摔软了的胶泥可以捏各式各样的物件,像小鸟、茶壶什么的,我总是把大部分胶泥用来做泥钱儿。

电池阳极一端有一个红色的塑料盖,盖子中间有一个圆孔,把它从废旧电池上取下来,把摔软的胶泥用两个电池盖夹住,再用一根粗细相当的挺杆从圆孔里穿过去,两只手挤紧了放在石头上来回滚,胶泥被滚得边缘平整,和电池盖一般大小,泥钱儿的厚薄由放入胶泥的多少而定。抽出挺杆,慢慢地把两个电池盖打开,一个圆圆的泥钱儿就做成了。当然,这只是泥钱儿的胚胎,还要放到阳光下晾晒,干透了以后才能玩。

我经常到街上和小朋友们比赛,泥钱儿从墙上滚下来,谁的滚得远谁就是胜利者,那个胜利者就可以把其他参赛者的泥钱全部收入囊中,玩得热火朝天。

我的朋友雨点却不能享受这样的乐趣,她妈妈不让她玩泥巴。我们玩的时候,她只是羡慕地站在一旁观看。

有一次,我们正在比赛,我的泥钱儿滚到她脚下,我看得清清楚楚。等别人的泥钱儿都停稳以后,我宣告我的胜利时,我的泥钱儿却找不到了。我追上正要回家的雨点,问她有没有看见我的泥钱儿,她说,没有。但她说话时犹犹豫豫的,表情很不自然。如果不是她拿了,她心虚什么呢?我心里认定是她拿了我的泥钱儿,从那以后不再和她玩,也不再和她说话。

那一局赖波赢了。

过了一段日子,雨点找到我说,她们家就要搬到城里去住了,问我能不能送

她一个泥钱儿留作纪念。我态度坚决地拒绝了她，对她毫不客气地说，我不想和小偷做朋友！

她欲言又止，伤心地走了。我感觉她那假惺惺的样子真是可笑。

几天以后，我又在街上和小朋友们比赛，小花的泥钱儿滚得很远，我操作失败，自知无望获胜就退到一边观赛，我看见赖波悄悄地拿起小花的泥钱儿装在自己兜里，我冲到赖波跟前质问他，你为什么拿小花的泥钱儿？在我的逼问下，赖波承认，那天，我的泥钱儿也是他拿的。

我冤枉了雨点！

我急忙跑回家，串了好几个泥钱儿放到雨点家门外，希望她能看见。

我到她家门口一看，泥钱儿已经被昨夜的雨淋了个稀巴烂。雨点一家已经搬走了。她就像那个圆圆的泥钱儿，在我的童年里消失了。

原载《山东青年报》2021年3月17日

谭登坤

大地的隐语

　　我常常为大地上那些偶然的奇遇感到惊讶。下雪了。一只灰喜鹊，飞过白雪皑皑的原野。在这个冬天里，它绝不至于饿死，或者冻死。它穿梭于屋檐儿与草垛之间。那里，有它自己写下的无数的隐语，凭着一株麦草、一片枯叶，或者一道爪痕，它轻易地推开一扇又一扇隐秘的门，在墙缝儿里，或草垛里，取出一枝捂熟的杜梨儿、一个山楂、一枚红透的枣子。这是只有它自己独守的秘密。早晨，一只早起的麻雀，学着我的样子走路。它高抬腿，轻迈步，清晰地在霜雪上印下一串花瓣似的符号。它见我惊讶，便不屑，悠然飞去。我仔细辨认麻雀留下的那一串痕迹。见线条瘦硬，字字严谨，虽一字贯之，却绝无懈怠。自忖，这应该是这只小鸟留下的隐语吧。凝视有时，终不能揣度其意。屋檐上，麻雀们正排成一排，歪着脑袋，一起看我。它们一定在想，这个愚蠢的家伙，竟连这么简单的意义也不能体会。这只小鸟，它或者真的希望，同样两足行走的我，是一位知音，只可惜我太让它失望。此时，缀结于檐头的那一团阳光，终于饱满，流淌下来，将那一串原本清晰的文字潓然淹没。

　　开春的时候，一条刚刚出洞的小蛇，在我家那头刚刚买回来的小猪面前，绕出如水的线条。一颗尖削的脑袋，引领着它的妖娆的身体，画出一串眼花缭乱的符号。蛇无声，蛇的意味深长的表达，完全靠它美丽的身体。这头小猪，它跟随着这条一波一波横着流淌的小蛇，认真地辨识了好久。直到那条蛇在一截断墙前悠然而逝，小猪都没有弄懂，这条蛇，它到底说了什么。它明明是往前游动的，怎么就横着退去了呢？小猪愚蠢地朝我摇一摇脑袋，惭愧地离去。

　　我坐在一片夏日的树荫里，享受着扑面而来的风。一眨眼的工夫，一只蚊子也赶过来，接着，又是一只。它们围绕着我，飞出翩翩舞姿。一只小鸟，和一只黄狗也突然鸣吠起来。还有一群扰人的苍蝇。它们都是冲着我来的。本来空旷的原野，也没有蚊子，也没有苍蝇。一眨眼，它们就无中生有，来到我的眼前，俨然，是一群隐藏很深的哨兵，是这一片树荫的捍卫者。野地空旷，它们能藏在哪里呢，它们有让自己消于无形的法术吗？这让我兀自感叹。飞蠓蚊虫，皆能通灵。

一粒儿蚂蚁，晃动着发丝一样的天线，以它微末的身体，爬过森林一般的草丛，和沟壑一般的辙印，找到回家的路。一只刺猬，它在瓜果成熟的时候生下幼崽。一只小鼠，它在子夜出穴。一只野兔，它在野草丛生的荒野里筑下窝巢。其实，这都不是一件偶然的事。这些游荡于大地深处的精灵，它们毫无障碍地跟大地交流，无不精通大地的语言。它们遵从着某种指引，蹚开一条又一条看似无解的路。自然造化，给生命以先验的灵感。它们是大地之子，可以安享大地赐予的恩惠。

再没有比一条藤蔓更谨慎的生命了。它的触须伸在半空里，长久地试探，一点一点释放出它的信号，跟野草，或树枝结缘。一棵玉米，一穗儿高粱，它的穗子展开在空中，释放着无数的因子，它的无穷尽的因子在空中飞舞。它持续不断地将生命的信息发送出去。一棵树，它在泥土中伸展着根须。它所释放的信号在泥土里散布开去。它们与大地建立起无比亲密的关系，以只有它们自己能懂的方式，传递和接收。它们看似固守一隅，实则在无声的世界里畅通无阻，获得自由。这是草木与大地的默契，也是大地对一草一木的钟爱。

一丛紫花地丁举起它们娇艳的花瓣儿，在草丛里闪烁。随即我就惊喜地发现，在这丛地丁的周围，一片屋底儿一样大小的草丛里，到处闪烁着碧绿妖娆的紫花地丁的身影。有的含苞，有的才刚刚抽出两三片叶子，有的则刚刚萌芽。它们像一幅硕大的花毯，展开在草地上。这张毯子之外，则完全是狗尾巴草和星星草的天地。我在其他的地方，也曾见过这样的奇观。一大片遍身绒毛的地黄，一大片叶片肥厚的车前草，或者是星星点点的蘑菇，它们总是扎堆，成簇成片地从某一片土地上冒出来。它们选择了这里，而不是那里。它们手拉着手，肩挨着肩，比邻而居。在我看来，这一片土地，与那一片土地，它们并无不同。可这些连片结伴的精灵们不这样看，它们掌握着某种密码。那是只有这些俯伏于地的微末草芥们才能读懂的，大地的隐语。它们懂得，只有这里才更适合它们，才是它们生命的天堂。这一片紫花地丁让我兴奋，还因为，在我与土地的长期交往中，有时候也会误打误撞地触碰到土地上那些隐秘的按钮。有一天，我忽然发现，河南的一片土地上谷子长得更加旺盛，而河北的那一片土地，则更被高粱钟爱。这让我深感惊讶，并为此长久地感动。一粒种子，它跟土地有着前世的约定。这是只有它们自己才懂的，生命的密码。这些密码，深藏于土地的褶皱里。解读密码的钥匙，却深藏于每一粒种子的内心。有一天，它们在风中相遇，便有一场以命相许的爱情，在这片土地之上诞生。这些，于一粒种子何其简单,于一个人又何其艰难。我得下足了功夫,日复一日地寻找,才渐渐明白,这一片土地与那一片土地,这一垅黄土与那一垅黄土,它们是不一样的。越是寻找,就越是让我深感自卑。一株野草,一粒蠓虫,它们都可以凭着简单的逻辑,直达真理。它们轻易就能读懂那些大地的语言,似乎,那就是它们的日常,就是它们最通俗的交流。而这种交流,在我却成为秘密,成为大地的隐语。我像一个盲人一样,东一头西一头地瞎撞,撞得准与不准,全凭我的坚持和运气。我体会到,我与一株紫花地丁的差距。这不是高与矮,或者多与少那样简单的差距,这是有与无,甚至是天与地那样的差距。有时候,我深深地感到隔膜,与我立足的这片土地。我日日水里泥里,摸爬滚打,自以为与土地建立起无法割舍的情谊,却不如一粒小小草籽,浑然泥土的那般亲密。这让我在面对一株野草的时候,满怀羡慕且惭愧。我们,不在一个纬度上吗?不在一片天空下吗?越是这样,我就越是对一粒种子,对一株紫花地丁,对一株开满成串喇叭花的地黄,充满敬意。我真诚热烈地赞颂它们。它们可真是太聪明,太富有智慧了。我必须低下身段,我得成为它们的同谋。这是低处的哲学。这是草木以及虫鱼的智慧。其实,我早就发现,我比一株在风中扭动着腰肢的小草或者小花要愚蠢得多。或者说,我脚下的这一片土地,它对于我,远不及对一株深深藏进它的怀抱的野花野草更亲切,也更关切。我得从头检讨,我的所有思想,以及品格。

马颊河自西南而东北,一路蜿蜒。它日复一日地叙说。它澎湃时大地轰鸣,它絮语时云淡风轻。这条河流,它有一千个理由绕开我脚下的这片土地,它有一万个理由改变方向。可它没有。它费尽千辛万苦,它朝着我脚下的土地流过来。它游动巨龙一般坚定的头颅,深深扎进泥土。它劈开一片高高的塬地。它的弯曲的身躯像一副弓起的脊背。很久以前,那位麻衣草屦的流浪者,踏过荒原。他走了多远的路,忍受过多少饥寒和跋涉。疲惫让他在又一个黄昏,在一片空旷的荒野里沉沉睡去。睡梦中,他像是靠在一副宽阔的肩膀上。他听到亲切的絮语。那是一场从未有过的深睡。他的流浪的灵魂和身体,获得从未有过的安抚。他醒来的时候,百花盛开,百鸟齐鸣。湿润的风,滋润着它干裂的嘴唇。他的耳边,响起由远而近的涛声。那是从大河上传过来的声音。他一抬眼就看到了汤汤的流水。他蓦然发现,他靠在一条大河的堤岸上。他的旁边是一棵树。枣树。树干粗壮遒劲,树龄怕有百年。树上挂满果子,如一树的风铃。这让他大为惊讶。他记得清清楚楚,在他睡去之前,他的周边是无际的荒原,没有树,也没有河流。是他发生了梦游,还是这条河跟这棵树,都是千里迢迢地赶来,专为了迎迓,才陪伴在他的身边的呢?

一爿村庄就在一条大河的宽阔的脊背上生长起来啦。一片塬地,从此人烟辐辏。这是一座村庄诞生的传说。重新审视我的村子,一条大河,我豁然明白,一个村子，就像一株草、一棵树一样，就像眼前的这条大河一样，同样是大地之手的杰作。我和我的族类，不过万物中之一种，天地间之一环、一链、一枝、一叶。春风化雨，耕种收获，无不遵循着自然指引，天地造化。就像这条大河，它非要切开这一片高亢的塬地，它非要在这片塬地前弓起它宽厚的脊背，它在这片塬地上，驮起一片村庄，这就是天赋使命，违拗不得，也改变不得。渺小如人类，岂能跳出大地的掌心，自外于大河的滋润呢？这样一个发现，让我怦然心动。

只是，我在什么时候，丢失了那把钥匙；在什么时候，失去了一份敏锐；在什么时候，丢掉了与大地交流的本能呢？同是大地之子，我就要被抛弃吗？

我曾经长久地凝视一条蛇、一只蛙、一只小鼠；也曾经长久地凝视一株树、一棵草、一朵小花。看它们如何一次又一次，轻松然而不懈地敲响自然之门。它们无不美丽，无不蓬勃，无不智慧而敏锐，它们触地而生，逍遥草野，或遁地隐形，得其所哉。沿河走来，我恍然回到原初，回到一座村庄的诞生和生长。我代替我的祖先，走在一片荒原上。我与大地亲密交往，一切都不神秘。我毫不费力地破解一道又一道大地的隐语。或者，那正是我与大地交流的日常。是我过于贪婪了吗？是缘于我的掠夺吗？我一天一天变得无知，在不知不觉中，一点一点丢掉了祖先原初的质朴与谦逊，一点一点丧失了先天而有的敏感。千百年来，一条大河给我的提醒足够耐心、足够深切。它的波涛在夏季发出咆哮，震撼着川原。它的力量有时候让我莫名惊诧。我却依然有意无意地辜负。傲慢地扭过头去，无视眼前的乌烟瘴气，甚至连空气都毒化了。我失去了与大地对话的能力。这是我的罪愆，和愚蠢。

我相信，大地的言语，那本来都是最朴实，最殷切的叮嘱。我必须像当年建设一座村庄的时候那样，遵循大地的指引。我必须低下身段，混同草木，深怀土地之子的虔诚，久而弥新的挚情。我才会像一棵草，一只虫那样，轻易地听懂大地的嘱咐。才会如芝麻开门一样，敲开一扇又一扇大地之门，我的眼前才会豁然开朗。隔膜是因为遗忘。惩罚是因为无知。所有的违背，破坏，或者，假装听懂的遮掩，都是一场自欺。如有违逆，必遭报应。这不是诅咒，而是自然的法则。我需要一次回归，一次真实的，灵魂的回归，才能享受自然之子的恩惠。

我也长久地仰望，天空中的一只鹰，一只黄鹂，一只燕子，乃至一只麻雀，陷入冥想。这些体生双翼的精灵，它们无不是大地的信使，它们是生发于低处的另一种表达，一种传递，它们揭示一种联系以及向往。它们把大地的密码写到天上。

深秋的黄昏，大雁南去。这是一群天底下最认真的书法家。千百年来，它们在我的头顶上写出工稳的行楷，厚重的篆隶。可它们始终以谦逊的姿态，笨拙地、执着地训练，从不懈怠。它们始终从最简单的起笔和落笔，从一笔一画，一撇一捺练起。这在一般浅薄的人看来,这一只大雁,它的学力实在太拙。这样既无创新,又不变通,岂不荒唐。可是,越想就越不对劲。这些貌似笨拙的大鸟,它们年复一年、日复一日地在我的头顶上,不知疲倦地训练着。它们尤其让我惊讶的是,对于我脚下的这片土地的态度。它们一直在马颊河的上空,从不落下来。它们就那么一直训练着,一直演示着。它们飞得那么沉重,已经很累了,可是坚定地从我的头顶掠过。它们从一开始就是在天上,到最后还是在天上。它们把写了一千遍的那两个稚拙的大字,毫不犹豫地写出第一千零一遍。

那是大雁留给马颊河的偈语吧。

长天里响起大雁凄切的悲鸣,如一滴清露,浸透了寒峭的天空。在这一声嘹唳的长鸣里,我听出了无奈,和叹息,深长的叹息,是大雁满怀的悲悯吗?这只大雁,它这样不惮其烦,不辞辛劳,它根本就是在嘱咐,或者警示。它高飞于天,是为着更深切地警示于地。它起飞的时候必是负有使命。这一行大雁,它从哪里起飞,又从哪里落下,这已经不再重要。重要的是,它以不竭的飞翔,传递给这片土地的挚爱。大地深厚,它从无责备,也足够耐心,等待每一只迷途的羔羊回来,呼唤每一个混沌的子孙猛醒。大地的嘱托,饱含在每一粒儿泥土里。可是,它依然觉得不够,远远不够。它派出一批又一批的使者,无数的翅膀,写在每一片蓝天里。

我现在明白,大地的隐语密如蛛网,纵横交织。天空的隐语也早已密密麻麻,繁如星月。那我现在要做的,就只是痛饮每一滴雨露,拥抱每一粒儿泥土,解读每一片云彩,迎接每一场南来北往的风。我痛彻地知道,那些,都是大地的隐语,也是上苍的法则。

获中国自然资源作家协会、广东省作家协会、深圳市文联、深圳大鹏新区综合办公室举办的第三届全国"大鹏生态文学奖"一等奖

王东升

遥远的蛤蟆坑

我的家乡王顺廷是鲁西平原上的一个普通村庄。王姓于明初由山西老鸹窝迁此立村，因村中有一壕沟状水塘，人们习惯称水塘为海，于是定村名为王海。立村三百年后，清朝初年，出了一个叫王顺廷的先祖，武艺高强，为人豪爽，名扬四乡，一百斤的大刀舞起来呼呼生风，后人为了纪念他，就将村名改为王顺廷。

又三百年后，我出生在这个村庄，成了王顺廷的后人。如今王顺廷村有一千余口人，拥有一千六百多亩地。这些土地被沟渠、乡间小道分割成六七块相对独立的地块，每个地块都有名字。而且这些土地不是均匀地分布在村庄四周，而是东南缺、西北阔，家前、家东、家后地很少，家西、西北地多，西北广阔的土地一直延伸到五华里之外的韩庄店、康庄的村前。

最西北的土地地势低洼，夏天雨水大时，西北洼一马平川全部是水，水量大时，从观城、王庄集过来的大水由西南向东北缓慢地流过西北洼，向朝城方向流去，由于积水长时间滞留，成了蛤蟆的天下，每到夏天，万蛙齐鸣，声势壮观，于是西北洼就有了名字——蛤蟆坑。

我四五岁时，跟着父母去了一趟蛤蟆坑。从家到蛤蟆坑没有直路，当时父亲用地排车子拉着我，沿着曲折的乡间小道，走将近一个小时才到。从蛤蟆坑看，韩庄店、康庄近在眼前，回望王顺廷却显得很远。所以蛤蟆坑的遥远深深地印在儿时的记忆里。

由于地势低洼，长期积水，蛤蟆坑成了盐碱地，雨量大时，秋庄稼很容易颗粒无收。村民们为了把蛤蟆坑改造成良田，深挖台田沟，与沟渠疏通。由于雨水及时下渗、排出，台地上的庄稼有了收成。

后来由于气候越来越干燥，台田沟积水越来越少，沟里也种上了庄稼。再后来，因为台田沟收割庄稼有很多不便，于是村民们开始填埋台田沟。我和父亲用了两年时间才把台田与乡间路之间的沟填平,这样台田就与乡间土路直通了,上粪施肥、拉麦子、拉棒子秸就很方便了。

每到三月间,春回大地,万物复苏,台田沟里野草开始生长。有一种野草是我们的美味,我们称为谷荻,就是白茅草的嫩芽。当谷荻露出地面,我们就轻轻地提出来,剥开外皮咀嚼,满口香甜,是我们的"口香糖"。其实白茅的根更甜,但需要用铲子挖出、洗净,有点麻烦,不如谷荻吃着方便。提谷荻不能心急,心急易断,你需念念有词:"谷荻、谷荻,出来放屁;荻谷、荻谷,出来娶媳妇。"然后慢慢提,谷荻一高兴,"吱扭"一声就出来了。

油菜花开的时候,有一种灰黑色的小虫子从泥土里爬出来,我们叫它"老鸹虫",有豆粒大小,最喜在榆树下生长,在油菜花、桃花、梨花间飞舞,爬出地面就会飞,在不到一个月的时间里交配、产卵、死亡。由于形态可爱,我就把它装进玻璃罐头瓶,看它爬来爬去的样子,很好玩。老鸹虫的一生虽然短暂,却装点了我们的童年的春天。

台田沟里种着丛生的桑葚和阴柳墩,桑葚用来养蚕,阴柳用来编框、编簸箕。都说老鸹等不得葚子黑,其实我们更等不得,总是葚子刚长成个,还很青的时候就变成我们的美食了。还有一种昆虫最喜欢在桑树上休息,它就是长着长长的触角的天牛,锯齿状牙齿很坚硬,能轻松夹断小树枝,我们就让它夹它的触角,它照样一截一截地夹断,我们这些孩子就称它为"会铡草的老牛"。

地黄是田间比较普通的野草。地黄的花很好看,长喇叭状,像酒杯,红白相间的颜色,摘下来吮吸一下,花蜜很甜,我们叫它"酒壶花"或"老鼠喝酒"。地黄的根是药材,有止血功能。

夏天,父母在田间劳动,我们就巡游台田沟,走得累了,就躺在沟坡上看高天流云。虽然水少了,但是青蛙还是很常见,要不怎么叫蛤蟆坑呢?我们把个头大,跳得远,身上有彩色条纹的青蛙叫"花丽虎";把同样善跳,叫声像唱戏的梆子,个头较小的称为"小梆子"。我们费好大劲才把它们捉住,敲着它们鼓起的白肚皮,笑着说:"伙计,怎大的气呢?"然后把它们放掉。

叫天鸟云雀,我们称它为"野百灵",也是我们的好朋友。当我们走过阴柳墩,它忽然从我们身边扑棱棱地飞起,高唱着直冲蓝天,从日出一直唱到晚霞满天,给我们的炎炎夏日带来一丝清凉。

麦子收完,棒子苗又长起来。棒子冒了天樱,秋天也就来了。我、东旭和小二叔如果到这里割草,便顺便偷几穗嫩棒子烧烧吃,还不忘把棒子秸一块儿连根掰断,我们称它为"甜秫秸"。不过,并不是所有的棒子秸都甜,吃上不甜的,嘴一咧,直嚷嚷"呸呸,马尿味"。

蛤蟆坑由于距村最远,没有水沟,那时更没有机井,虽然乡亲们付出很多,但粮食产量上不去。在那里，我轻轻吹，送走一拨又一拨蒲公英的"伞兵"，而我也慢慢长大，离开这片土地，到远方求学、工作。在我初中毕业，准备到县一中上学时，由于地块的调整，父母不用再到蛤蟆坑种地了，从此，我再也没有去过蛤蟆坑，蛤蟆坑的童年印象成了遥远的记忆。

时光荏苒，如今与蛤蟆坑一别就是三十年。近年，寻访蛤蟆坑，寻找自己曾种过的老地块的愿望越来越强烈，于是在中秋节回老家时，骑着电三轮，在家乡的旷野中飞驰，不大一会儿，就到了康庄村的村头。我立即意识到出村了，回过头来仔细辨认，提谷荻的台田沟没了，叫天鸟栖息的阴柳墩没了，玩过三棱草的乡间小道变窄了。三十年来天还是那么蓝，云还是那么白，低洼不平的地貌却看不到了，乡亲们把土地平整得一马平川，机井遍布田野，庄稼年年大丰收。

三十年来人们拉庄稼的工具由地排车升级为驴车子，又升级为三马车，收割庄稼的工具由人工收割升级为小收割机，又升级为大联合收割机，原来十天半月过完的麦收秋收，如今仅用一天粮食就能进家。遥远的蛤蟆坑由于交通工具的升级已经不再遥远。

站在蛤蟆坑的土地上，我陷入沉思，蛤蟆坑为什么叫西北洼，王顺廷与西北邻村韩庄店、康庄之间为什么六七华里地空无他村，地势低洼的背后，隐藏着什么秘密？带着这些疑问，我翻阅了大量文献资料，得到一个结论：蛤蟆坑虽然在空间距离上不再遥远，但从时间距离上看，还真很遥远，蛤蟆坑连同邻村韩庄店、康庄之间的土地下面淹埋着一条古河道。

据《朝城志》记载，西汉武帝元光三年（前132年）春，河决顿丘（今清丰县西南），流向东北，经观城、朝城注入漯川。只是这次改道时间不长。《朝城志》又载：武水即漯川，发源于县城西南。《莘县地名》记载，韩庄店早在汉代就已有村，地名为韩王店，汉献帝初平年间曾作为东武阳县的县城。至今韩庄店还流传着东码头、西码头的说法。《莘县地名》又载，韩庄店西南四华里处有一村庄叫沙村，坐落在古黄河的河床上，说明韩庄店临着大河，这条大河应该就是黄河。黄河改道后，旧河道因为是汉武帝督修的河道，仍称武水，黄河改道后，流经蛤蟆坑的大河逐渐萎缩，成了古武水的上源，古武水也成为黄河的一大支流。

韩庄店曾是东武阳县的县城，以及东武阳县县城遗址在朝城西孟洼，都有可靠记载，又韩庄店一带恰恰位于朝城西南方向，与"武水即漯川，发源于县城西南"的史料记载高度吻合。由此可见，古黄河曾经流过蛤蟆坑，蛤蟆坑曾是古武水的上源，韩庄店就位于古黄河以及后来的武水岸边，且因为是水陆交通要道，运粮船往来频繁，商业繁荣，古有东西两个码头，因临武水，韩庄店曾作为东武阳县县城就不难理解了。后来由于黄河改道，武水上源补给水源越来越少，加上黄河泥沙淤积，河床抬高，古武水渐渐湮灭在历史长河里，但遗迹犹存。据老人回忆,直到 20 世纪六七十年代,雨量大时,蛤蟆坑一带地势低洼,观城、王庄集过来的洪水淹没蛤蟆坑的土地,由西南流向东北,向朝城方向缓慢流去,水面之宽非常壮观。

遥远的蛤蟆坑啊,虽然失去了浩浩汤汤、浪涛拍岸的壮阔容貌,但承载的历史底蕴是那么深厚。如果今后找到更有力的证据证明,蛤蟆坑的土地下面淹埋的古河道就是古黄河,或是古武水,那或许就是我一生中最伟大的地理发现,到那时,我就真正可以在蛤蟆坑的旷野中高唱:

"一条大河波浪宽,风吹麦浪香两岸,我家就在岸上住,撒着渔网看那运粮的船……"

原载《聊城文艺》2021 年冬季号

王洪金

我的木匠父亲

父亲属牛的，七十多了。

七十多的父亲，脾气愈发好起来，每次带孩子回老家，他都牵着孩子的手，把鸡放满院子，陪着孩子一把一把地撒玉米喂鸡。鸡也领情，吃饱了就好好下蛋。他一天去鸡窝里跑十多趟，多的时候一天能拾五六个蛋。

这些笨鸡蛋他都一个一个地码好，留给我的孩子吃。

可怜了二十年前家里养的那些鸡，那时候，父亲是个木匠，主要做农村用的地排车。父亲做木工活儿的时候，鸡是不能叫的，下蛋也不行，谁要是叫被他听到，不管手里是斧头还是凿子，哪怕是尺八长的锛，"咣当"一下砸过去，吓得鸡们争先恐后地爬树上房，我从门缝里看到他变形的脸，心跳得厉害。还好，我不叫，他没用斧头砸过我。

父亲姊妹六个，他是老大，最小的姑姑也就比我姐大四岁，可惜十八岁那年，小姑因病去世了。我看见他用被子蒙住头，呜咽地哭，后来听他跟娘说，要是有钱给小姑去大医院看病可能就好了……他接着去做他的地排车，白天做，晚上在院子里的月光下也做，后来有了电灯，他去小西屋里做，那时我从来不知道他什么时候睡觉。

地排车的制作离不开母亲，院子里挖了一个一米多深、半米方圆的深坑，父亲把从集市上买回来的四五米长的木头斜竖进坑，高的那端紧倚着木头上下码两条板凳，上面的板凳后腿蹬着下面的凳面，前腿凌空拴在木头上，母亲就站在上面的板凳上，和对面站在矮板凳上的父亲一前一后地拉大锯，锯末从父亲这端汩汩流出，落满了坑子周围，调皮一些的会飞到父亲的头发上、脸上、脊背上……随着锯口的深入，父亲会拆掉母亲站的上面的长板凳，母亲就站在四腿着地的下面板凳上，父亲也从板凳上下来，两脚前后呈一字步和母亲接着拉锯，直到拉到坑口处不能再拉了，再将木头倒过来拉，最终将一根木头分成四片，中间的两片父亲就着弧度修整好做车梯,外面的两片再分解成车撑子或车帮。

我深深地记得,有一次,拴板凳的绳子突然断了,母亲猝不及防狠狠地摔在地上,昏了过去。父亲站在那里,脸都白了。过了好大一会儿,母亲坐了起来,父亲用了两根绳子重新把板凳绑结实,母亲很快又站了上去。那天,院子里也有不识趣的鸡在叫,父亲却没有听见。

安车撑子的时候,父亲需要两个人帮忙抬着凿好卯眼的车梯,把它们放在中间有孔的墩木石上。父亲用大铁锤狠狠地砸上侧的车梯,直到下头撑子紧密地卡在卯眼里,撑子头穿过卯眼恰好伸进墩木石孔里,从头至尾,七八根撑子砸完,震得我全身都是麻的,麻也不敢说,就盼着赶紧砸完。

有时候,在胡同南头去后街奶奶家,远远地看到父亲在北头往南走,我赶紧后退,绕道西边胡同,就是不想看他的脸。

秋天,我牵着牛和他一起去耢地,牛走偏了,他就大声吵我,我嘴里不说什么,松松牛鼻子,牛顺势就叼起一棵玉米苗。他还吵,吵得天上乌云密布。我抬起头,正好有一架飞机拉着长长的尾巴从遥远的天空飞过。我就想,等我长大了,一定要离开这里!

长大后,我到远方去读书了,在一个有海的城市,远方有诗,我终于离开了父亲。

春节放假回家,父亲在村口两手揣着袖筒等我,看着我,脸上似乎在笑。他想帮我提书包,我没让,他略一顿,又把手揣进袖筒,陪我走进家。

吃饭的时候,我看他右手缠着白纱布,上面一片洇红的血渍。他看着我不好意思地说,前天用电刨子,手慢了半拍,把小手指头干掉了,当时还连着一块皮,嫌碍事,自己拽下来扔了。

"去医院了吗?"我骇然。

"上什么医院啊,叫你民叔包下就行了。"

父亲似有不甘地说,"这还花了七八十块钱呢"。

日子过得很快,农村近二十年都不用地排车了,也没人养牛了,工厂建到了家门口,父母一共还有三分地,父亲一下子闲了起来,身上开始添毛病,先是血压高,后又腿脚不灵便。我带他去医院检查,大夫说有些血栓,需要住院输液治疗。

我那时常出差,事情比较多,父亲很快就出院了,腿微微有些颠,我给他买了个脚蹬三轮车,叫他围着村庄骑着锻炼。

每次开车回老家,看到他在茌新河边和村里爷们聊天,我都慢下来,他在后面使劲地骑,我在前面慢慢地开,二三里的路,我愿意和他一起慢慢地走。

前些日子,参观区历史文化博物馆,看到有木匠打线用的墨斗子,我就回老家放杂物的小东屋去看父亲做木工时残存的那些七零八落的工具：有好几把生锈的锯，好几把凿子，墨斗子还在，断了把的斧头还在，电刨子没了……

父亲说电刨子早当废铁卖了。我说这些家伙什都成古董了，以后你留着吧，那个溜光剔滑的墩木石还有吗？

父亲说烂了一个，还有一个不知压哪里了，有空叫你娘找找。

等我又一个周末回到家，父亲兴奋地告诉我，找到那个墩木石了，叫你娘擦洗干净了，你要是有用，就拉着吧。

父亲可能不知道，我回家就是想看到那些家伙什，我还想他拿着大铁锤狠狠地砸车梯，安最结实的撑子，哪怕震得我全身都麻，我再也不会希望那是最后一下。

原载《长春日报》2021 年 10 月 21 日

许书敏

白露清秋

"露从今夜白,月是故乡明。"白露,是孟秋转向仲秋的节点,秋光自此安暖,月色愈加清明。

二十四节气中,我最喜欢白露,也许是因为这两个字组合起来便有了一种诗意,"蒹葭苍苍,白露为霜""金秋白露坠,青山红叶飞"的意境在心中氤氲而起。白,让人想到月夜清辉,想到碧流素波,内心生出一片素洁雅净;露,让人想到薄凉的晨雾中,叶尖欲坠未坠的露珠,透射着晨曦的和煦与水的灵气。过了白露,悬凝在枝梢草尖的露珠更加晶莹洁白。无风的早晨,露珠像给披了金装的草叶戴上了珍珠项链。一片草野就是一则清美的童话。

你看,白蜡树的叶子开始飘落,少了叶的荫蔽的翅果簇拥在一起,像一群抱团取暖的孩子,对抗秋夜的浅凉。香椿树青绿的蒴果有些已变成熟褐,等待深秋时候,让怀抱中的"娃娃"们展开翅膀、乘风飞翔。核桃树的叶子也变得稀疏,青苹果一样的核桃在阳光下闪着光、带着笑。紫叶李的叶子还在秋阳下坚韧地织染着红艳耀眼的彩衣。紫薇那一树树绯红的轻云似被秋风吹散,华丽盛放时的满目红光逐渐淡下去,稀稀疏疏的花朵,东一簇,西一束,如日落之后流荡在天边的散碎霞光……

你听,那高亢连绵、起伏跌宕的"知了"之歌趋向尾声,渐渐走向寂静,只剩一两只还在坚守阵地,偶尔响起一两声孤独凄惨的声嘶力竭的呐喊,表达着对生命短暂的、如泣如诉的留恋。鸽哨因了天高气爽的空旷,更加响亮,更加悠远。南飞的雁群变换着队形,时而发出为掉队者助力加油的呼唤。夜晚的虫鸣因了秋露的滋润,更加婉转清朗,有怕冷的蟋蟀,趁隙跑进屋里来,在桌下,在墙角,突然歌唱几句,对夜读的人起到醒神的功效……

经过一夏的疯长,冬青和草坪的"头发"有点凌乱,辛勤的园艺师给它们理了个整整齐齐、清清爽爽的发型。割草机的烟气过后是四处弥漫的草香。新鲜的草香，带着露珠的潮润与草汁的青翠，经过阳光的曝晒，变得干爽而轻盈。苹果树上的累累硕果，点缀着阳光的金黄，月光的乳白，沾染着露痕，散逸着醉人的甜香。紫红的葡萄，也急着下架，赶到人间烟火的画卷里去。快要中秋，加紧制作月饼的糕点铺子里，飘散出的粮食之香和民俗之气，让人似乎闻到了月圆之夜的节日气息……

跟着季节走，喜欢在每一个节气的节点上驻足凝眸，察自然之变，搜史料之记，诵古今之诗，发现其中藏着的美好，涵泳品味，享用不尽。

在节气里，看见自然万物顺应天时，各安天命，自我生命也自在安然、清醒愉快。

原载《聊城日报·副刊》2021 年 9 月 24 日

张桂林

散文二篇

会飞的河

一河芦苇，追逐着流云逆水而行。

三十多年前的那个下午，我们坐在徒骇河右岸的斜坡上。河水浅流，倒映蓝天白云，落叶和蒿草泛着金黄的光芒。河道的风应该是积攒了多日，从树的枝杈间、蒿草的根部奔突出来，汹涌浩荡地沿河而上。那一刻，天地辽阔，虫噪声，鸟噤鸣，万籁之音皆匿于风声。

我们从城南的大学出发，顺着河堤北行，中午的时候来到了这里。河堤上处处堆积着玉米秸秆，秸秆上的叶子凌空飞舞，秋天辉煌的大幕在它窸窣的舞步下徐徐下落。堤下的农田空荡荡，满目荒凉，偶尔有三五只鸦雀长一声短一声地啼鸣着，低低地飞过田野。这叫声一波三折，似嘘声短叹，欲罢不能；又似溪水集流，蓄势待发。老天爷饿不死瞎家雀，这些鸟们会用自己的方法度过一日日逼近的冬天。

一位老者赶着一只羊从河坡底向上走来。老人黑衣黑裤黑鞋，脸像灶台上的抹布也是黑皱皱的，羊却体毛顺畅洁白，眼睛迷离含情。羊停住蹄步，站在斜坡上仰着头斜视我。它那瞳仁里汪着一轮春水，蒸腾出氤氲的水雾。那水雾触碰到一缕暖暖的阳光，竟散射出斑斓的光芒，这光芒就柔柔软软地探进了我们的心里。多年以后，妻子整理影集时，发现一张老人和羊的黑白照片，她便回忆起当日的情景。

那天上午，我们带着面包和相机出发，想看看学校东边近在咫尺的河。听说这条河发源于河南濮阳，于滨州入渤海。我们从学校的面包房买了四个面包，准确地说是用食堂的饭票换的。当时国家按月发给我们饭票、菜票，女生饭量小，总会有些结余。我们都是农村长大的孩子，家庭困难，星期天逛街，在小店吃一份六毛钱的焖饼就已经很奢侈了，甚至偶尔周末回家，会因为一张一元多的车票踌躇半日，结余的饭菜票，就成为我们挥霍一次的理由。老式海鸥牌双镜头 120 相机是我从学校摄影协会借用的，那时照相大都去照相馆，农村乡镇的照相馆要到城里洗相片，对普通老百姓来说，相机还是稀罕物件。老人见我们给他和羊拍照，既兴奋又拘谨，脸上的皱纹一时舒展一时绷紧，丢掉手中驱赶羊的枝条，两只手上上下下，不知如何安放。

老人的家就在河东，他每天都来河堤放羊，我记住了这个村庄的名字——大湖村。照片洗出来，我总想着把照片给老人送去，却一直未能成行，这张照片就一直尘封在影集里。我现在居住在这条河的东侧，距大湖村两千多米。我忽地记起我大学同学的岳父就是那个村庄的村民，前段时间，我便用手机把那张照片传给了我的同学。他岳父回了话，那个老人已去世多年。大湖村几年前也已拆迁了，建起了一幢幢高楼。放羊的老人和他的村庄都在这个人世间消失了。我心中留下了一个小小遗憾和愧疚。深秋，再次来到徒骇河河畔，我恍若看到那位老人顶着一头芦花，向前倾斜着身子，赶着羊慢慢地消隐于芦苇丛中。有风吹过，刷刷的声音渐去渐远，那白茫茫的芦花拥着老人、羊正逐水而行。

夕阳西下，风继续吹着。每一丝风都长着棱角，干涩、冷硬，我仿佛看到它划过草木和流水的印痕。阳光渐渐失去热度，变得浑圆、红润。芦苇没有遮挡住的河面上，阳光被流水的波纹颠簸得细碎，似无数的精灵蹦跳着，忽而散开，忽而聚拢。那一河芦苇起伏跌宕着，锋利的苇叶如无数柄利刃搅割着阳光，我看到一团团阳光哗啦啦地跌落，芦花在高高地飞扬。这一株株芦苇跋涉于岁月之河，坚忍、顽强，多像我们的祖祖辈辈，根扎在泥土里，梦想在天上。芦花怀抱着夕阳的光辉一波一波地向前，翻卷着，起伏着，跃动着，好像生发出千万只翅膀，带动着这条大河飞翔。

大河东流，昼夜不倦。儿子考取了上海市公务员，在上海结婚安了家，要回聊城举行婚礼，我们便和父母调换了住房，搬到滨河小区这个三室两厅两卫的居所。这条河已焕然一新，建成了徒骇河风景区，晨起散步，周末假日沿河游玩，美不胜收——长波蓝天一色，白鹭翠鸟齐鸣；荷花月季斗艳，亭台绿柳相依。春花秋月，赏心悦目，但我还是最爱那一河芦花。

河宽了，间或有沙洲湿地两两相望，沿河步道也是蜿蜒起伏，移步换景；水中栈道曲径通幽，伸向芦苇丛的深处。一次领着三岁的孙女沿栈道前行，一条鱼竟然直立立地探出水面，张开椭圆形的嘴巴，瞪着圆圆的眼睛和我们对视。在以后的几天里，孙女天天蹦蹦跳跳地扯着我的衣角，让我带她到栈桥深处的芦苇丛里去看那条鱼。孙女没看到鱼就回了上海，年底来聊城过春节却看到了芦花。

年底,从微信朋友圈看到徒骇河栈道芦花的照片,那白花花张扬欲飞的芦花一下子又勾起了我去看看的欲望。我们走出小区,顶着刺骨的寒风,沿滨河步道行一千余米就到了目的地。我和妻子把孙女包裹得严严实实,既怕这南方的小孩儿抵挡不住风寒,也想让她见识一下北方的冬天。

河道的风尖锐犀利,窄窄的栈道被芦花挟裹,漫天的芦花仿若漫天的飞雪,旋转着、激荡着。这芦苇荡啊,一定是藏着千军万马,在这寒冷的冬天左突右冲,寻找着季节的隘口,奔向春天。我托抱着孙女,任芦花摩挲着她的脸庞。她的脸庞红红的,眼中满是惊喜。她伸出羽绒服长袖里藏着的手,抓住柔软的芦花,芦花借着风力弹起,急火火地挣脱,一团团芦花又扑面而来,她两只小手应接不暇,在我的怀抱里扭动着、伸展着,一阵咯咯咯的笑声淹没在芦苇荡中,妻子用手机相机记录下了这欢快的一刻。此时,芦苇荡翻滚着,好似大海的波涛,向天空一浪一浪地涌去,这狭长的栈道就是一叶扁舟了,我们就划行在这条会飞的河上。

原载《聊城日报》2021年8月11日,获《当代散文》主办的"第二届好生活好散文原创作品大赛"二等奖

月光里的少年

一

夜里,我被二刚喊醒。

由于房屋紧张,那个冬天我居住在奶奶院子前面的两间小屋里。晚上放学回来,我便躺在一张小床上睡了。两间小屋通着,西间靠着南窗户停放着奶奶自己备好的寿棺,北边的空间堆积着树叶、柴草;东间对门靠北墙支着我的小床。迷迷糊糊中,有人拍着门板喊我,喊我去生产队的院子里偷粉条吃。我经不住生产队院子里一挂挂乍硬还软的粉条的诱惑,爬出被窝,走出院子。

这是我在山东度过的第一个冬天。这年初夏,大姐和小妹便提前回来了,父母带着我和二妹是十一月下旬回到老家的。这半年,小妹在村里小学继续读书,放学后割草喂羊,大姐参加生产队劳动挣工分。入秋,姐妹俩披星戴月,扫树叶、拣树枝,积攒越冬的烧柴。我们从东北带回来的粮食和积蓄很快耗尽,大姐半年的劳获也是杯水车薪,生活只能靠庄乡接济。由于水土不服,口音不通,饮食不适,我情绪十分低落,对未来满是迷茫。一入冬,生产队便开始生产粉条。夜晚,粉条竿儿上的粉条就成了我的美味。这个冬季,那还没有冻透,入口即软,甜丝丝、滑腻腻的粉条,既填充了我的胃,也为我苦闷的生活涂抹了一丝亮色。

胡同里灌满了月光,没有人影。树木、草垛、屋檐,谁家遗忘在渠边沟畔仍

然站立的秸秆，院落里忘记收拣已冻干的衣物、裂纹的瓦盆，走村窜街的狗丢弃在路边的一块骨头，这些风中之物发出大小强弱的声音，好像一白须老者抖动巨大的身形拨动百千琴弦，那声响幻化成猎猎旌旗席卷倾泻的月光，白花花，呼啦啦，冷飕飕，寒气煞人。我的胸腔好似一个暖窖，灌进来的一根根冰溜子融为冰水在身体里蔓延。

我来到生产队的院子，院子里一片漆黑，拉着铁丝的木桩子呆呆地立着，铁丝上也没有挂着的粉条，牛棚里也没有一丝动静。平日里的灯光，牛吃草的声音好像都被巨大的黑幕遮蔽了。

我十分沮丧地原路返回，发现屋门半开半合。我记得出门时，把门关得严严的，走出去两步还回头看了看呢。我躺在床上还没合眼，大脑就困成了一勺糨糊。朦胧中，煞白的月光照在床头，平日里布满灰尘的原木寿棺也泛出了白光。寿棺周围升腾着寒气，袅袅地散开，阴森森的。西墙角那堆柴草腐朽的气息在月光中荡来荡去，草堆中发出"簌、簌"的声响，偶尔有几点豆大的绿光闪耀，还有老鼠"哧、哧"的磨牙声像一根细线绳缠绕在耳蜗里，让人痒痒的。我知道是月光喊醒了这些生灵，激活了沉睡的气息。

咦！门咋又开了一扇呢。我想挣扎着下床，把门关上，可是似有重物压身，呼吸困难，怎么也动不了。我用手使劲扒着自己的眼皮，努力把眼睛睁大。月光一点点隐去，我在浓浓的夜色中又进入梦乡。第二天，上学的路上，我问二刚："昨晚你喊我去生产队偷粉条，我一溜小跑，也没追上你啊。"二刚愣愣地看着我，说："你梦游了吧！"

二

一天凌晨，我在睡梦中听到了此起彼伏的鸡叫，抬眼看看窗外，天色明亮，便认为到了上早学的时间。我迷迷糊糊地起床，穿戴好鞋帽，就走出了房门。月光泼洒到房顶，又顺着房檐流泻到院子里。两只在院子里觅食的家兔，听到开门声，折返身子轻挪慢跳，蹚起一缕袅袅的烟雾，奔向西墙根下的兔窝——它们在仅能容身的窝巢里向墙根的深处挖了一个洞，这个洞是我几个月后发现的。那个春天，黑灰色的母兔子怀孕了，拖着一个圆圆的肚子在院子里转来转去。兔子的肚子瘪了，窝里怎么没见生下来的兔仔呢。一天下午放学后，我趴在兔子窝口往里看，一只兔子正趴在窝里靠墙的一个洞口看着我，两只眼睛像晶莹剔透的黑葡萄，水汪汪的。那一刻，我从这小生灵的眼神里读出了机警和柔情。兔子们一窝一窝地生，有一些被送了亲戚朋友，一些继续生活在洞中。我相信兔子洞在地下已通向了四面八方，或者在其他地方已有了出口。几年后，我们一家搬进城里，便把这座院子卖掉了，把兔子也送给了院子的新主人。离开的那天，六七只兔子前前后后地卧在洞口——从它们泪汪汪的眼里，我知道这些可爱的小动物是在为我们一家送行。

　　月光从院子里流到胡同，又从一个个胡同汇集到村庄的主街，然后流向村外的道路。我始终认为，道路上的月光和田野里的月光是不同的。道路上的月光有淡淡的烟火味道，还有人气味儿，胶皮轱辘味儿，骡马的尿腺味儿……田野里的月光没有。田野里的月光有桃、杏的花粉味儿，谷物成熟的馨香味儿，新翻泥土的土腥味儿。这些气味不是所有人都能闻得到，分辨清的。在双辽生活时，我从五六岁开始就跟着大人在沙坨子、草甸子上牧羊放牛。在草地上观察丢失牛马的蹄印，辨别它们的去向。经常追随蒙古人王大脑袋狩猎猎兔，根据动物的粪便气味和啃噬植物的痕迹推断它们藏匿的方位和距离。我还学会了从蘑菇生长的环境、色泽味道，判断其是否有毒。总之，我小小的年纪就练就了敏锐的嗅觉和味觉。

　　我独自走在村庄东北角一条通往学校的小路上。天地间白晃晃的，可远处的土包，近处的树木全都模模糊糊的。我不会在梦中吧，揉揉眼睛，把眼睛睁大，怎么还看不清楚呢——周围的一切好像隔着薄薄的磨砂玻璃。我看不见我的影子，影子消融在如水的月光里。四野静悄悄的，我好像踩在薄薄的纱上。"刷、刷"的脚步声不是来自脚下，它来自身后微风吹皱的月光。

　　前面的村庄静悄悄的，没有鸡鸣狗吠。此时，寒气愈浓，我有些惶恐，加快了脚步。

三

　　那个冬天以后，我再也没有遭遇过那么清，那么柔的月光。

　　这个冬天我借居在亲戚家空闲的院里，住处距离学校大约有一千五百米的距离。我早出晚归，一天步量两次。夜深人静，推开书本，我又沿着这条路紧走慢跑，缓解大脑的疲劳。有月光的晚上，坑洼的泥土路也变得平平展展，弹性十足了。多年以后，我依然能看到自己在那段土路上身轻如燕、跳跃奔跑的身影。月光包裹着我，我便是一团月光，追赶着天上的月亮。

　　一阵浓雾袭来，月光披上了帷幔，路西边大坑旁的土坯房成了水榭楼台的庭院，那棵老榆树就是桂树了。院墙外拴在木桩上的那只老牛竟也在云里雾里了，它冲着我抬了抬头，伸了伸脖子，晃了晃那两个时刻都摆出拥抱架势的一对牛角，一副超然世外的样子。路东边，白日里见到的是一处平整整的空场，空场北面两排平房。更深夜静，月光和雾糅合在一起，浓稠、黏腻，伸出两掌，慢慢攥紧，掌心竟湿漉漉的。那两排房舍仿若在涓涓清流之中凌波而起，若隐若现，包围它的一千多人口的村庄悄然远遁，犬吠驴鸣也消隐唏声。

　　靠近路的一个窗口散射出灯光，灯光弱弱的，但它在以后的无数个日子里，刷新着我的梦境。那灯光像是撞在厚厚的幕布上，软软地蓬松成一片橘黄。我知道，那橘黄的源头有一位清纯的少女正在苦读，她那白而透红的瓜子脸上托着一双圆圆的眼睛，黑黑的眼珠像两颗沉在湖水中的宝石，饱满圆润，光泽外溢。

她是我前桌同学，偶尔回头一笑，竟感觉微风拂面，散发着春天的气息和桃花带雨的芬芳，这气息和芬芳像一束激光瞬间照亮了我少年懵懂的心怀，我常感到一阵阵的晕眩和战栗。那个冬天以后，我一直不敢断定那回头一笑，是否和我有关，但那个冬天确实遇到了美好。多年以后，我时常回忆起那个冬天的月光和月光里那个风一样行走的少年。

原载《当代散文》2021年第5期

张书军

半顷侯小记

　　无论古人今人，人们一般都有姓名。姓和名其实是两码事，姓一般是由自己的部族确定的，名是区分人类个体的特定符号。人们很注重自己的名号，特别是文人墨客，名流雅士，更注重自己的姓名。每完成一件作品或做完一件大事，都不忘留下自己的姓名，所谓"人过留名，雁过留声"，是之也。相较于古人，今人更有过之而无不及。因为法律规定了姓名权、著作权等权力，因侵权维权所发生的纠纷、官司屡见不鲜。一般人则以大丈夫"行不更名，坐不改姓"为座右铭，以宣示英雄气概。与今人只有姓名不同，古人除了姓名外，往往有字或别号。名流雅士，达官贵人不吝文字（虽然那时文字并不比今天富足），还有一个或几个雅号，××居士、××山人、××堂主、三槐五柳、工部船山等，不一而足。这些雅号有的是自封的，有的是人送的，大多数比姓名更上口易记，流传久远。一般人，特别是山贼草寇则不那么幸运，一生只能混个绰号，虽不雅，但也真实贴切。

　　我本一介布衣，非贵非显，人微言轻，不知怎的近些年也害起了"儒雅病"，自封一个"半顷侯"的雅号，招摇过市。半间书屋，挂上了"半顷侯轩"的招牌，不土不洋，不伦不类，让人费解。何谓"半顷侯"？还真有点说说之必要。

　　有点文史基本知识的人都知道，"侯"是中国封建社会制度下五等爵位的第二位。食邑万户以上者，称万户侯。古代，比如汉代，侯也有不同等级，大体可分为县侯、乡侯、亭侯等级别。像汉末的孙权为吴侯，吕布为温侯，皆为县侯。诸葛亮为武乡侯，当然是乡侯。关羽为汉寿亭侯，自然就是亭侯了。说白了，"侯"就是达官贵人。加爵封侯，是封建社会文人武士的毕生追求。"闺中少妇不知愁，春日凝妆上翠楼。忽见陌头杨柳绿，悔让夫婿觅封侯。"唐代著名诗人王昌龄的《闺怨》，形象地道出了古时新婚少妇春日登楼远眺，对为"觅封侯"而远征丈夫的思念之情，让人为之心痛。旧时多少男子，为求取功名，建功立业，光宗耀祖，封妻荫子而头悬梁，锥刺股，囊萤映雪，凿壁偷光，日夜苦读。或闻鸡起舞，金戈铁马，驰骋疆场，倥偬一生。到头来有几个加官晋爵，荣归乡里？更多的是名落孙山，失魂落魄，穷困潦倒。或者白骨弃野，马革裹尸，"可怜无定河边骨，犹是春闺梦里人"。

我无端弄得个"侯爷"封号，是三生有幸，还是绝妙讽刺？总觉得有点自吹自擂，贻笑大方。细思之，这不过是个自我加冕的虚号，甚至连个虚号也称不上，最多是一个绰号，不异于幼稚儿童的开心游戏，心里也就坦然了许多。

时过境迁，"侯"这个概念已被历史的尘埃掩埋，很少有人提及。我却翻箱倒柜，找出一粒时光的垃圾，沾沾自喜，让人匪夷所思。究其因，是如今社会上正流行一种叫"攀龙附凤"的疾病。谁不想给自己找一个黄袍加身或头罩瑞光的祖宗？往自己本来土里土气的脸上贴几条金线或撒点金粉，借祖宗的荣耀提高自己的身价。实在找不到者，就拜在金、瓶、梅的石榴裙下，她们虽不是达官贵人，总算得上个性解放的先行者或名流吧。我似乎也患上风雅流行病，想攀上高枝，借点灵光。让我失望的是，老张家祖上从未有黄袍加身者，咱又不姓侯或王，深知自己和王侯贴不上。但翻阅史料后，我欣喜若狂。老张家的先祖（不能称始祖，人类的始祖都是猴子）荣光得很！唐人林宝《元和姓纂》云："黄帝第五子青阳生挥，为弓正，观弧星，始制弓矢，主祀弧星，因姓张氏。"《史记·黄帝本纪》也说："黄帝居轩辕之丘，而娶于西陵之女，是为嫘祖。嫘祖为黄帝正妃，生二子，其后皆有天下。其一曰玄嚣，是为青阳，青阳降居江水。"可见青阳就是玄嚣，是正宗皇子，要不是当时实行禅让制，说不定其子挥（张姓先祖）还真能弄个龙磴坐上几年。传说玉皇大帝也姓张，能与天王老子攀上本家，身价陡增。我的祖先虽未黄袍加身，但起码是弓矢的创始人兼管理官员，是伟大的发明家，比现今兵工厂厂长官高位显，至少也相当于现在的总后勤部部长兼总装备部主任吧。据说新近张姓后人在河南省某地建起了张氏祠堂，供奉张氏先祖，张姓后人参拜是不收钱的，其他姓氏就没了这种待遇。细思之，不禁惨然。那都是先秦史或近乎传说，如过眼烟云，渺茫得很。那就考考近祖吧，我的祖上自明洪武年间从山西洪洞县迁至鲁地，世袭农耕。男人们的名字土得掉渣，据说祖上有一个不成文的习俗，添丁有喜，一大早出门"碰名"，即遇见什么就叫什么。一些人叫牛羊猪狗之类的名字，也就不足为奇了。最可怜的要属女性，辛亥革命前一般一生无名，出嫁后才勉强混得某某氏称谓。

我"生在新社会，长在红旗"下，童年遇上三年严重困难，衣不遮体，食不果腹，辍学逃荒，勉强保命，一个窝窝头，一碗青菜汤足矣，侯是什么，不懂亦不想。少年时赶上十年动乱，"粪土当年万户侯"，避之不及，何敢企望？青年时侥幸成为"工农兵学员"，混得碗粥喝，知足常乐，加官晋爵，未曾想过。三十几岁上不小心当上了某乡镇党委书记,成为三万多亩土地,两万多人口的"头人",看样子像个"乡侯"了。但仔细一算,当时多为五六口之家,顶多也就管理三四千户,相当于汉时亭长,九品或未入流。辖区不过东七里,西七里,南七里,北七里,抓抓赌博的,逮逮卖私盐的弄壶酒钱,与"侯"相距甚远。四十岁上,一纸任命,把我抛到市属某中等专业学校做起校长来,从七品,一干就是十六七年。

这是一个市属职业学校,驻地并不在市级治所,而是在一个偏远县城,像后娘的孩子,舅舅不亲,姥姥不爱,山高皇帝远,倒也自由自在。八十人编制,半顷(五十余亩)地面,墙外之事与己无关。像一个飞到别人领地里的孤岛,放个"二起脚"如偏离轨道,就可能"侵犯"别人领空,"领地"确实太小了。但学生来自两省三市十几个县,去之全国各地。十六七年下来,也算桃李满天下了。想一想,还真像一个独居领地的"侯爷",日出而作,日暮而息,振臂一呼,应者云集,十几年独来独往于半顷天地,像一只土狗忠诚护卫着自己的领地。

退休后,闲居无事,百无聊赖,想入非非。自戏自虐,自娱自乐,自嘲自况,鬼使神差地想起"半顷侯"这个不伦不类的名号,像捡到一个路人皆不屑一顾的破毡帽,急不可耐地扣在头顶,人模人样地做起"侯"来(更像猴),全不顾世人讥讽嘲笑,评头论足,丢人现眼!

"半顷侯"说到底就是半顷(五十余亩)土地上一个自得其乐的猴头,一个不知天高地厚的弼马温。要是赶上新中国成立初时土改划成分,充其量被划为中农。现今某些城市卖白斩鸡或豆汁的人也敢挂出"一户侯"的招牌,我自诩"半顷侯"私下里感觉也不为过了。

我曾经撰写过一帧自况联:"一生所求一饭一茶一本书,半世厮混半人半鬼半文盲。"自知自己是不懂外语,不会敲电脑,清心寡欲,与世无争的近似半文盲的庸人。闲来无事,读读闲书,鼓捣点文字,附庸风雅,自编自导自演一场闹剧,自己为自己扣顶纸糊的高帽,满足一下半老之人的虚荣之心。"半顷侯",虽然是自封的,进不了正史列传,不能光宗耀祖,封妻荫子,我却心满意足。

作此小文,记之。

原载《聊城文艺》2021年春季号

张晓燕

采采荷花满袖香

　　还没走到湖边，已有含着淡淡清苦的香气袭来，这是荷花独有的香。

　　首先涌入眼中的是一大片睡莲，层层叠叠的绿叶像无数个碧玉的盘子，随着湖水一漾一漾，雪白、鹅黄、水红的睡莲浮在绿叶上，层层花瓣舒展开来，像小姑娘的笑脸。不知为什么，我总觉得花朵在闪着光。有人走过来了，笑着对我们说："这花真是好看，是吧。"我们说，是啊，好看，真好看。

　　蓦然，我看见一朵粉色的荷花，站在水中，亭亭玉立，微风吹来，它的花茎和花朵都随之轻轻晃动，就像一个身着霓裳羽衣的小仙女迎风而舞。一瞬间，我心荡神摇：天哪，它怎么可以如此美丽？一瞬间，我深深地爱上了它。在此之前，我只是喜欢荷花，像喜欢所有的花草一样泛泛地喜欢，但此刻，我却是从心底里爱上了它。

　　我只恨自己词穷，不知道该用什么语言来形容它的美丽，"清水出芙蓉，天然去雕饰"？"出淤泥而不染，濯清涟而不妖"？不，不，都不能表达出我内心的感觉。我只是呆住了，那一刻，周围的一切都静止了，只有我和这支荷花痴痴地对望。

　　余光中曾这样描述他看到羊蹄甲花的感受："……艳不可近，纯不可渎；……每次雨中路过，我总是看到绝望才离开。"此刻，我对这支荷花便有着绝望之感。我对它凝望许久，终是恋恋而去。

　　湖边遍种香蒲，它们举着火腿肠一样的小棒棒，一簇簇一蓬蓬，修长如丝，那样清新宜人的绿，看去便觉得有无尽的凉意。香蒲丛里亦长了不少荷叶，开了不少荷花，这里的荷花长得尤高，努力地向上，向上。"飒飒"风过处，香蒲如绿色的波涛起伏，荷花半隐半露，似惊鸿一瞥的美人。

　　有小小的影子闪过，啊，是黑色的小水鸟，毛茸茸的，比小鸡还要纤小，一只，两只……轻轻巧巧地从荷叶上走过。也许是我惊扰了它们，刚拿出手机，它们便钻进香蒲里不见了。忽然觉得做一只水鸟也不错，白天嬉戏在荷花之间，看荷花一朵一朵开放；夜间栖息在荷花之畔，梦里亦染了荷花的香气。

《聊斋志异》里有篇故事叫"晚霞"，讲述的是阿端与晚霞的爱情故事，而他们幽会的地点便是在一大片荷花之中。"见莲花数十亩，皆生平地上；叶大如席，花大如盖，落瓣堆梗下盈尺。"故事如何我早就忘了，记住的唯有这一段文字，铺天盖地的荷叶与荷花，柔软芬芳的花瓣，若有若无的清香，少年男女执手相看，互诉衷肠，这画面真是绝美。

在我所知的文艺作品里，能勉强与之相提并论的，唯有电视剧《金粉世家》里那一片金灿灿的向日葵，也是意乱情迷的少年男女，也是铺天盖地的花朵。只是，向日葵之光鲜热烈较之荷花的清冷出尘，似乎又稍逊了一筹。

"采采荷花满袖香，花深忘却来时路"，我带着一身的荷香离去，心里期待着明年的重逢。

原载《聊城晚报》2021 年 7 月 9 日

张振峰

一盘大枣

走进家门，见桌上摆着一盘蒸熟的大枣。那个头、那果型、那颜色太熟悉了。"当地枣！""你不是说咱当地的枣比外地的或者是什么新品种的都好吃嘛。今天碰到一个老人，说是自家的枣，当地枣，我吃着可是有点酸，不如新品种大个头的枣甜……"妻不明就里，她不知道我内心深处埋着的那段枣的情结。

我小的时候，小孩儿们经常住姥娘家。我家和姥娘家都是鲁西北土得掉渣的农村家庭，所以脱不了俗，我也经常住姥娘家，也经常听人家笑说"外甥是个狗，吃了就要走"。对我来说，住姥娘家的原因之一就是给姥娘家看枣。说看枣就是为白吃饭找个说道，勉强算个理由。另外一个原因是，我舅家表哥比我大十个月，同龄人，那时五六岁不上学，所谓"育红班"也没多大吸引力。跟精灵古怪的表哥摸鱼捉虾那真是不一般的不亦乐乎，姥娘家承载着我一多半的童年。

母亲在娘家是长姐，我也是大外甥。在姥娘的记忆里我是个小俊小儿，姥娘家的邻里街坊都叫我"张小儿"，都逗我"张小儿又来了？""嗯，来了，给俺哥哥看枣哩，谁都不能偷。"当耄耋之年的姥娘回忆起这些时还是一脸的骄傲。我现在去姥娘家还有很多相熟的人，可是姥娘姥爷都潇洒地驾鹤而去了。

表哥盖新房，很多枣树都挖掉了，还剩下几棵，但我的记忆还是一尘不染，还能将它们一一还原。在院子里转转看看，站在残存的几棵枣树下，很自然地就能穿越时空。看着表哥宽敞明亮的新房，脑海里却一遍遍地重现着曾经的那三间土房，那盘土炕，那段难忘的时光。枣树从发芽到开花，再到挂满小青枣儿，一天天长大，七月十五是"枣红腚"的季节，八月十五就"打干净"了。七八月，每天清晨姥爷都会早起，将树下被风摇落的青枣儿、红了半边的枣儿都捡起来，晾晒在窗台上。姥爷总是让我和表哥先吃被蜜蜂叮破的枣儿，这种枣儿较其他更甜，那些青枣晒干后才有点甜味儿。枣树下，姥娘坐在高粱叶编制的蒲团上的身影仿佛就在眼前：一头白发，慈祥的面容，盘扣偎襟的粗布褂子，轻摇着大荷叶扇子，夹着旱烟的手，吐出的缭绕烟雾……

那些年，每到八月十五前，爸爸妈妈还有姨和姨父们都到姥娘家帮忙打枣，当然也帮着吃还帮着拿走。姥娘家东院西院、院外都有枣树，收获颇丰，不舍得都卖掉，也许是因为有以我为头儿的一群外甥外甥女，所以总要髹上几瓶几罐鲜枣，存放在三间土房的里间床下，一直放到春节后年初二我们走姥娘家时才开封。那混合了枣香酒香的味道我至今不忘，可是再也吃不到了！

岁月匆匆，家里孩子往外走，我们长大，姥娘变老。但每到年初二，我们这些小家庭也都齐聚到姥娘家。姥娘虽然行动不如从前利落，但身体依然硬朗，记忆力也好，还能一一叫出一群重外甥、外甥女的名字。可岁月是把杀人刀，舅舅染病离世，姥娘姥爷白发人送了黑发人，沉默越来越多，几年工夫，在我的不经意间姥娘姥爷已是风烛残年。表哥表弟在南方工作，爷爷奶奶想孙子，孙子也想爷爷奶奶，表哥表弟回来与爷爷奶奶和几个姑姑商量，将爷爷奶奶接去南方住，照顾也方便，汽笛一声肠已断。

母亲和几个姨娘轮流去南方照顾，我也经不起思念的煎熬，乘车一天一夜到达，再见面时，能看出姥娘眼神中的亲切，但她已叫不出我的名字，说不了成句的话语。那稀疏的白发像银针一样扎着我的心！我感受到从来没有过的无力和无助，我拽不住岁月，阻不住时光，留不住他们老去的脚步。

相见时难，别亦难！我不敢回头，怕迈不开脚步，怕母亲姨娘们看到我满盈双眼的泪水。七十不保年，八十不保月，何况姥爷姥娘都已九十多岁。此时一为别，只怕是再难相见。坐进表弟的车里，已是泪湿青衫！胸腔里起起伏伏，比太湖水还要汹涌激荡，感情的潮头四处冲击，呜呜咽咽，泣不成声……

几乎每年下枣的时节我都嘱咐妻子买些当地的大枣，可怎么也吃不出记忆中的味道。妻子总是说我难伺候，"这次大枣买得怎么样？合你的口味吧？"我从遥远的回忆里跳出来，拿一颗再细细地品……

那些枣树，那些大枣，那慈祥的面容，那些充满甜味的温馨时光，都已成为过去，但从来没有走远，也从来没有走出我的思念。

原载《西部散文选刊》2021 年第 1 期